文春文庫

泣き虫弱虫諸葛孔明

第参部

酒見賢一

文藝春秋

目次

三国志地図
都
州刺史駐屯地
郡太守駐屯地
県令駐屯地
魏
呉
幽州
冀州
并州
青州
兗州
司州
徐州
豫州
揚州
荊州
交州
勃海
東海
盛楽
定襄
平城
上谷郡
漁陽郡
遼西郡
右北平郡
幽州
燕国
代郡
范陽郡
雁門郡
中山国
勃海郡
東莱郡
楽浪郡
帯方郡
并州
太原郡
冀州
安平郡
青州
斉国
北海国
西河郡
広平郡
歴城
泰山郡
平陽郡
上党郡
魏郡
兗州
魯郡
瑯邪郡
東郡
河内郡
東海国
河東郡
洛陽
管城
陳留国
徐州
彭城国
下邳郡
弘農郡
司州
潁川郡
許昌
陳郡
譙郡
広陵郡
南陽郡
豫州
揚州
建業
毘陵典農校尉
荊州
汝南郡
丹陽郡
弋陽郡
合肥旧城
呉郡
襄陽郡
廬江郡
震沢
江夏郡
廬江郡
会稽郡
新都郡
荊州
南郡
江夏郡
宜都郡
雲夢沢
宮亭
臨海郡
鄱陽郡
武陵郡
洞庭
豫章郡
長沙郡
衡陽郡
臨川郡
建安郡
侯官
廬陵郡
湘東郡
零陵郡
桂陽郡
臨賀郡
蒼梧郡
交州
南海郡
鮑丘水
沽水
河水
呼沱河
汾水
済水
濰水
沂水
洛水
潁水
汝水
睢水
淮水
淯水
漢水
江水
浙江
澧水
修水
余水
湘水
資水
沅水
贛水
盱水
閩江
灕水
溱水
鬱水
北回帰線
0
200
400
600
800km

赤壁の戦い
涼州
敦煌郡
河西鮮卑
高闕
西安陽
光
胡
洛水
宛
淯
水
新野
南陽郡
襄陽
荊州
南郡
江夏郡
当陽
夷陵
漢津
漢
水
蜀
夏口
江
水
江陵
華容
曹操軍
江
水
油江口
雲夢沢
烏林
赤壁
孫権・劉備連合軍
培陵郡
武陵郡
揚州
洞庭湖
長沙郡
盤越
郁水
僕水

初　出　「別冊文藝春秋」第二六八号〜第二七三号、
第二七五号〜第二七八号、第二九四号〜
第二九七号
単行本　二〇一二年七月　文藝春秋刊
三国志地図作成　㈲ジェイ・マップ
赤壁の戦い図作成　城井文平
参考文献は最終巻に記載します。

泣き虫弱虫諸葛孔明　第参部

今、『三国志』がヤバい。

「ちょーヤバいっすよ、おれ。目覚めちゃったっすよ。おれ、ヤバすぎる」と、KO負けの直後の朗らかさで言うような感じである。

ただ、近頃の日本語では、賭場の隠語（諸説あり）であった「ヤバい」という言葉の意味も変質しており、決して「あぶない」という意味ばかりではなく、むしろポジティヴに使われたりしているから、会話文ではいちいち意味を吟味する必要も出て来ている。「鬼ヤバ」とか言われて、いいのか悪いのか、ニュアンス的によく分からないのはその場の空気によって決まるからだ。そういう意味では、正史『三國志』はとくに変わらずヤバくはないが、『三國志』を読んでいるのは研究者かマニアか作家くらいなものだから無視してもよい（加えて『後漢書』『晋書』も）。

わたしがこの小説を書き始めてから、知る限りで三つの『三国志』がマンガ誌に新連載され、うち二つは途半ばで終了したが、その胎動はなお収まっていない。『三国志』したいお年頃の作家は少なくない。そうかと思えば『三国志』オンリーという、偏った専門マンガ月刊誌が刊行されたりするところを見れば需要は十分以上にあるということである。そのうち大規模なアニメが製作されるのは予想できることだ。小説のほうでも『三国志』関連のものがいろいろ出ているんだろうが、書き下ろし文庫、ライトノベルまで入れれば数えきれぬほどあるというデータがあり、わたしにはよく分からない。

一般教養書の『三国志』関連は適当なものからとても参考になるものまで、相変わらず毎月のように何らかのものが出ている。あまり関係が無くても書名に『三国志』とつけると販売がよくなると営業担当が目論《もくろ》んでいるとしか思われないものも多少あった。

現代日本にことほどさように『三国志』が癒しとして必要とされているのかと思うと、明るい(暗澹《あんたん》たる)気分にかられてしまうというものだ。全国制覇を目指して、キャラの立ったむさくるしい男どもが、ひたすら殺し合い、騙し合い、権力争いに血道をあげる物語がもてはやされる背景には、現代日本の抱える闇、諸問題、危うい世相が反映されているのではないかという深刻な疑いを抱かずにはいられない。

『三国志』はゲームの題材としても不動の人気を誇り、正統派シミュレーション物から、異風RPG物、ギャグ・アドベンチャー物、激烈スーパー・アクション物(ブッ飛び)、子供殺しのカードゲーム物、また麻雀『三国志』物まで、どんな分野のゲームでも不可能の文字はない、何でもござれの品揃えである。たまにゲームセンターをのぞくと、『三国志』の大戦が開戦していたりもして、かなりヤバい。

コンビニにゆけば本棚に廉価版の『三国志』マンガがあり、お菓子には武将の食玩もついていよう。パチンコ台もスロットも『三国志』色に染め上げられたものがある。東京のどこかにはきっと『三国志』喫茶があって、コスプレ武将が、「主公《との》、御意でございます」と、接待してくれるに違いない。片手に蛇矛《じゃぼう》とか青龍偃月刀《せいりゅうえんげつとう》を持っているので、お盆を運ぶのも技術的にたいへんそうだ。

わたしとしてはまことに『三国志』に攻められ、籠城しているかのような気分である。わたしだけではない。どこに行ってももう我々は『三国志』から逃げられないのである。

これはたんに一時の流行に過ぎないのであろうか。

江戸期、明治期から現代までの『三国志』の受容の変遷を調べた本を見ると（こんな企画の本が出ること自体が既に自家薬籠中）、日本人というのはどうも昔から『三国志』民族だったようであり、今の『三国志』繁栄の素質を持ち合わせていた気配がある。

もはや『三国志』は、一つの作品名、異国の一つの時代の歴史という本来の意義を超えており、『三国志』という名の一つの巨大ジャンルを形成していると見たほうがいいのかも知れない。そのグループ内で自ら中毒してヤバくなり、壊れかけるのなら、それはそれで『三国志』も本望なのであろう。中国本国では『三国志演義』の評価は一般的に『紅楼夢』や『西遊記』『水滸伝』よりも低いのだが、そんなことは日本人にはおかまいない。日本独自の『三国志』文化が、中国を追い上げ、既に追い越していると言っても過言ではない。

とにかく、中国のことは何も知らなくても、『三国志』のことは何故だかよく知って

いる人が増加傾向にあることは間違いない。リュービ、ソンケン、セキヘキといった単語が聞こえれば、

「ああ、『三国志』の話ね」

とすぐに判明する。マニアとかエンスーともなれば、その奥深さは常人には窺い知れないところがあろう。

たとえば、サラリーマンが飲み屋で愚痴をこぼしているとしよう。

「へえ、お前のとこの部長はそんなにひどいのか」

「そうなんだよ。まるで賈華《かか》みたいな人でさ、まいっちゃうよ」

「賈華か。そりゃ小人《つま》らんな」

他人には何のことだかさっぱり分からなくても、これで会話は完璧に成り立っている。彼らにとってはマイナー武将など存在しない。『三国志』には人間の典型、またはサンプルのすべてが登場していると信じる彼らにとっては、登場人物の誰一人としてかけがえのないキャラでないものはないのである。しかし、部長が張飛《ちょうひ》や劉備《りゅうび》だったら、それはそれで賈華よりははるかに始末に困るに違いない。西郷隆盛は『春秋左氏伝《しゅんじゅうさしでん》』があれば政治、外交すべてにこと足りると言っているが、彼らの場合は『三国志』があれば人間関係や処世のことすべてに通じる人生の教科書と断言したくなるのであろう。タカ派ならむろん戦争戦略論の基にする。

ハシゴしてキャバクラに行こうが、話題は『三国志』のことばかりであって、店の女の子を困惑させ、たまに『三国志』好きのバイト腐女子大生（同人誌つくりが命）がい

たりすれば夜明けまで意気投合して、そのままくっついてしまいかねない。また彼らは美女の基準を貂蟬《ちょうせん》に決め置いているから、夜の女に目移りしにくく、女性を評するとき貂蟬より「上か、下か」以外に判断のタネを持っていない。見たこともないはずなのに。

銀座の超一流クラブのママやホステスも、出勤前に主要全国紙と日経を読んだ上で今日の『三国志』も読むのが必須の教養で、『三国志』を語りたくてたまらない経団連とかの社長さんに備えねばならない日が近い将来に訪れる可能性だってゼロとは言えない。

首相（役職名は丞相《じょうしょう》に変更か）は『三国志』の故事名言を引用して国会で語り、野党も好きだからうっかり納得する。どんな国民無視の許し難い法案も『三国志』に絡めれば豪快に素通りである。世界史は履修する必要もなく、でも三国史は必修であり、試験には『三国志』のことしか出ない（『三国志』豆知識クイズのようなものが出題される）。トヨタの次期世界戦略車の車名には『三国志』の武将から名がとられるおそれがある（カローラ・カンウーとか）。市町村合併後の名称も地元の歴史をアタマから無視して『三国志』からとられ、「N県張飛市」などという酒類消費量日本一の破産寸前のすさんだ自治体が誕生する。防衛省のマスコットキャラはシビリアンコントロールに従順だが海外派兵ありの「集団自衛ちょううん君（違憲の疑いあり）」に決まりだ。

そんなこんなで日本の政治、経済、ことに娯楽をサンゴクシシャンが掌握する日は近いのかも知れない。サンゴクシシャンはサンゴクッシャンともいうが、いずれにしろ造語なので、好きなように意味つけしてもらってよい。『三国志』列島二十四時。このまま日本は五丈原《ごじょうげん》に沈没（陣没）し、蜀漢《しょくかん》のような三流国に成り下がってしまうのか。せめて県くらいでとどまって欲しいものである。

孔明《こうめい》に関して言えば、経営者向けよりも、オカルト系での活躍が非常に目立つ。『ムー』登場率は『三国志』中ナンバー1であろう。本屋にいくと『諸葛《しょかつ》孔明の言玉』という中国算命学の本があったので、つい反射的に買ってしまった。孔明が算命の達人だったという伝説から出ているもので、「あなたの運命をズバリ予測！」してくれるという内容を見るに、別に孔明の名を使う必要はないと思うのだが、売れ行きが凄く違ってくるのだと思われる。一部業界では孔明は占術の天才として重宝されているのである。他にも、孔明は占術の「六壬神課《りくじんしんか》」のテキストである『六壬類苑』の著者と目され、この占いには必ず軍略天才孔明についての言及がなされる。「六壬神課」はマイナーな占いであるが、ウェブの占いサイトを捜せば体験可能である。のみならず中国系の占いで、孔明が噛んでいないものはないのではないか。

「奇門遁甲《きもんとんこう》」はとくに然り。太公望呂尚《たいこうぼうりょしょう》―張良《ちょうりょう》―孔明に伝えられてきたという極めつけの秘術である。このあいだ、ダイレクトメールが来ており、封筒に「軍神諸葛孔明」の名が見えたものだから、普通はすぐに棄てるのだが、開封しないわけにはいかなくなった。要は開運グッズ「奇門遁甲の護符」のセールスである。

「諸葛孔明のパワーで必勝無敵の金運勝ち組となれ!!」

という力強いのか当てにならんのか分からない宣伝文句はいいとして、

「奇門遁甲術は、古代中国で戦いに勝つための無敵必勝の兵法奥義とされてきました。特に『三国志』で有名な天才軍師・諸葛孔明は、戦いや政治にこの奇門遁甲術を用いてまさに百戦百勝、戦国の世を勝ち抜いたと伝えられています」

と、誰に伝えられたのか知らないが、間違った歴史解説によりその威力が補強（補弱？）されている点が痛いところである。それでもつい欲しくなってしまうところが孔明の魔力であり、この護符を持っていると普通とは違う、変わった、手段を選ばぬなんらかの形で勝てそうな気がしないでもないなと思わされるのだ。

さすが孔明、抜群の怪しさである。

サンゴクシシャンに対する包囲はこんな狙い方でも、常に身近に迫っているということだ。気を付けねばなるまい。

『三国志』を書いていて助かるのは日本語で書かれた資料に事欠かないことで、その上、次々と新資料なり新参考書なり新小説、新マンガが出てくるのは罠なのかも知れないと思うこの頃である。これは異常というほかあるまい。他の時代、宋、明なんかは歴史から抹殺されているも同然と言える。春秋戦国時代と比べても十倍以上の量的差は確実にあり、恐るべき格差歴史である。是正は不可能というか、是正する動きなどまったくない。富めるサンゴクシシャンたちはますます富み、笑いが止まらないのではないか。

そんな中、超弩級の参考資料として完全映像版『三国志』が出ていたので、話のタネに見ることにした。『三国志』は、ときどき全体像を復習しないと、事件の順序を忘れてしまいそうになるから、都合がよかった。

その新聞広告がヤバい。『三国志』中毒者なら次の瞬間には購入してしまっていること間違いない。

「大陸が揺れた！」

「史上最大の歴史ロマン！」

「製作費100億円、出演者10万人、馬10万頭、製作年数4年、全84集、64時間の超大作」

「中国最高賞を全て獲得」

「DVD‐BOXノーカット完全版」

中国中央電視台が総力をあげて製作した決定版『三国志』である、らしい。

オープニングからしてヤバい。

ブォドドーッと気合いの入ったBGMが鳴り響き、山野を埋め尽くして軍旗をかかげた鉄騎が入り乱れ、矛を立てて進む甲兵の群れまた群れ。数万の人海が動員されている。城攻めとなれば梯子《はしご》を抱えた兵士が城壁に突進しては突き落とされ、投石機がうなりを上げて巨岩を連撃。野戦では騎兵が次々に落馬し、馬もひっくり返る命懸けのスタント。火矢に燃え上がる夜の陣地を俯瞰すれば、江上の軍艦も負けずに燃え上がる。ゾウに乗って攻めてくる南蛮の兵らが、（おそらく孔明の見ている前で）狂ったような火祭り踊り……。

と、これは期待せずにはいられないというものだ。が、宣伝映像とか冒頭映像に魅力的なシーンを連ねるのは映像作品のならわしである。

この作品は勝手な解釈（反原作的脚本と捏造演出）は控えた『三国志演義』の正統に

則《のっと》っており、好感が持てるつくりである。もし日本に三国時代があったとしたら、五年周期でNHKの大河ドラマに採用されるに違いなく、その際は遥かにしょぼいつくりにされた上、しかも変な解釈を加えられて、とにかく主人公の陰の部分は隠蔽され、無理矢理にでもいい人にされてしまい、サンゴクシシャンの顰蹙《ひんしゅく》を買うことになりかねないと思われる。

まだ全部は見ていないが、ちょっといい見所は少なくない。

中国語で字幕つきの作品だから、セリフの翻訳にいくらか間違いはあるかも知れない。

登場早々、いきなり関羽《かんう》に喧嘩（殺し合い）をふっかける、期待を裏切らない張飛。

毎度、暗い顔して溜め息をつき、事あるごとに泣いてかっこいいセリフを吐く劉備。

いつも泰然としてこれでもかと髯《ほおひげ》をしごいている赤い顔の関羽。

赤兎馬《せきとば》を贈られて喜び、パトラッシュとネロのように楽しそうに遊び戯れる小学生のような呂布《りょふ》（裏切り完了）。

むかしのアイドルビデオの一場面にも見紛う、笑顔でブランコに乗ったり、水着ロケで水遊びを、王允《おういん》にわざとらしくさせられる貂蟬。

ひたすら酒を飲んで周囲を戦慄させ、

「戦さに出る者が酒も飲めぬと？　それでも戦う男か」

と下戸の人に飲みを強要した挙げ句にど突き殺す、ごく普通の張飛。

呂布と顔を合わせるたびに目をギラリと光らせ、飛びかかって殺しそうになるのを関羽に止められるいつも喧嘩腰の張飛。

劉備、関羽の前で、

「これは酒ではない、水だ！」

と叫ぶ張飛。その後、反省しては泣きそうな顔に。やはり見ていて面白いのは張飛というしかない。

名場面には必ず感動的なオリジナルテーマソングが挿入される（桃園《とうえん》のテーマとか、赤兎馬のテーマとか、貂蟬〜愛のテーマとかｅｔｃ．）。

どうしても強いとは見えない呂布（役の俳優）。

荀彧《じゅんいく》や郭嘉《かくか》に素敵な献策をされて物凄く嬉しそうな顔をする曹操《そうそう》。心底から謀略が好きなんだな、と分かる演出だ。

自ら禁止した途端に麦畑を踏み荒らしてしまい、髪切りのとんちで誤魔化す曹操。

だんだんぐれて顔色も頭も悪くなっていく呂布。

呂布は死闘の果てではなく、部下に裏切られてかっこ悪く殺され、物語は前半最大の見せ場となる官渡《かんと》の戦いに向かってゆく。ここはリキが入っている。

劉備軍団が情けなくも右に左に流されるままなのは原作通りでやむを得ない。

敵（車冑《しゃちゅう》）を虐殺した後で劉備にひどく叱られるが、

「殺してしまったものを今更後悔しても仕方がない」

と目を剝いてポジティヴシンキングな口答えをする張飛。

持病の偏頭痛で苦しんでいるとき、陳琳《ちんりん》の檄文（れいの「贅閹《ぜいえん》の遺醜《いしゅう》」というやつ）を聞かされて、名文の効き目はばっちりだ、と、頭痛が治って子供のように喜ぶ曹操。

劉岱《りゅうたい》を生かして捕まえるという名分のもと、部下を酷《むご》いリンチにかける張飛。

捕虜にされたときの関羽の凄まじいまでの我儘（三つの約束）は、これはかえって曹操の男が上がる場面なのだろう。古来、これほど傲慢《ごうまん》で恩知らずな捕虜もいまい。関羽と曹操の間に挟まって説得に当たる張遼《ちょうりょう》がなんだか中間管理職の悲哀を漂わせている。その後、赤兎馬をくれてやり、無礼を繰り返され、単騎、千里を走る大量殺人関所破りを繰り広げられても関羽を許す曹操には燃えたぎる愛しか感じられない（頰を染めてちょっとかわいい曹操）。でも戦場以外で無用の殺戮《さつりく》を繰り返すのはやはり犯罪だろう。しかしここは関羽の一世一代の見せ場でもあり、雄叫びを上げながら手加減全くなし、関羽（役の俳優）も大張り切り、やけにかっこいい殺人鬼は、職務に忠実な人々を爽快に斬り殺しては無念そうに髯をつるりとしごくのであった。

劉備は袁紹《えんしょう》陣営に入り込み、魔性の謀略活動を行うも当然の如く失敗。かっこいいセリフで必死に誤魔化すが限度がある。

ほんのわずか目を離したすきに、すぐに山賊化してしまう張飛。夏侯《かこう》家の少女を誘拐して嫁にしたのはこの時期のことだろう。

ようやく巡り会って再結集、意気上がる劉備三兄弟プラス趙雲《ちょううん》。「桃園のテーマ2」が感動的に歌い上げられた。

刺客に襲われ、于吉《うきつ》に祟《たた》られと踏んだり蹴ったりでサクッと逝く短気な孫策《そんさく》。

優柔不断というよりも、たんなるバカにしか見えない袁紹。

荊州《けいしゅう》に流れた劉備主従、蔡瑁《さいぼう》に殺されかかるも、単福《ぜんふく》こと徐庶《じょしょ》が登場すると、いやがおうでも近付いてくる孔明登場への期待感が増してくる。なりゆき徐庶は劉備軍の軍師となり、ある意味どうでもいい「徐庶の奇妙な冒険」が始まる。

八門金鎖《はちもんきんさ》の陣も初めて見たが、やはり使い物になるとは思われないへんてこりんな陣だ。

趙雲の槍にかかると何故か敵は必ず一回転、一回転半と飛び跳ねてから死ぬ。これにはわたしも驚いた。趙雲の槍は本場中国でもやはりそんなふうに演出することに決まっているのであろう、多分。

徐庶との別れでは、劉備の、

「木をぜんぶ伐《き》りはらえ！」

という無意味な自然破壊指令が炸裂し、徐庶の裾にすがって泣くのも外さない。

やはり神秘な誕生をする阿斗《あと》（劉禅《りゅうぜん》）！

劉表《りゅうひょう》らしからぬ劉表！

劉備、檀渓《だんけい》での危機一髪に三十メートル以上も跳ぶ的盧《てきろ》！

水鏡《すいきょう》先生にだまされる劉備（「臥竜《がりょう》、鳳雛《ほうすう》を得れば天下はあなたのものだ」）！

いよいよ突入する三顧の礼にはやや精《くわ》しく注目してしまうというものだ。

一顧目。

想像していた以上に歌劇場と化していた隆中臥竜岡《りゅうちゅうがりょうこう》！

いきなり農民が「臥竜の眠り歌」を熱唱！

農耕兄弟が住むにしては立派すぎる竹林に囲まれた邸宅！

謎のクソ生意気な童子（というか、美少年）に舐められ、つれなくされる劉備！

見てくれかっこいい崔州平《さいしゅうへい》のたわ言を聞かされて唸る劉備！　睨む張飛！

二顧目。

雪の降り積むなか、謎の居酒屋で歌い踊る石広元《せきこうげん》、孟公威《もうこうい》！

赤鬼のような顔になって諫言する関羽！

溜息をついてかっこよく嘆く劉備！

とにかく吼《ほ》えて飲む張飛！

先生はいます、と真っ赤な嘘をつく童子！

べつにおどしていない、歌う諸葛均《しょかつきん》！

「（孔明は）いったん出掛けたら最後、どこにいるかわかりません」と言われて泣きそうになる劉備！

歯の浮くような言辞を連ねた脅迫文を書く劉備！

粋な驢馬《ろば》乗り、のりのりで宇宙を歌う黄承彦《こうしょうげん》！

ぜんぜん出てこない黄《こう》氏！

三顧目。

易者に吉日を占ってもらう劉備を、人を殺しそうな目で睨む関羽と張飛！

臥竜を罵る関羽に『春秋左氏伝』をひいて叱る劉備！

孔明をひっ括りに行くと怒鳴る張飛！　泣き落として説得する劉備！

案内もせずに去る諸葛均を殺人鬼の目で睨み付ける張飛！

こうしてついに諸葛孔明の登場が……(当然のように午睡中である)。

御簾《みす》の向こうにいる男の寝姿を直立不動で見つめる劉備!

白羽扇《はくうせん》を持ったまま眠っている変な奴!

何故か房の中で焚かれているスモーク!

「起きないなら火をつけてやる」と孔明邸に突入する張飛!

関羽だって剣の柄《つか》に手をやり、今にも引き抜きそうである。

待たせて待たせて待たせたうえで、変な詩を吟じながら、酔っぱらいのように起きあがる変な奴!

そして、ついに、白羽扇をぶらぶらさせながら登場する綸巾鶴氅《かんきんかくしょう》に身を包んだ臥竜孔明! その全貌が見えたり! とても二十八歳には見えないぞ。

ここで申し上げておかねばならないのだが、わたしはサンゴクシシャンになれない人間となっていることが、はっきりと分かってしまった。『三国志』随一の名場面、ほんとうは真面目で真剣なシーンであるにもかかわらず、孔明が姿を現した瞬間、思わず爆笑してしまったのである。飯を食っていなくてよかった。製作者の方々、許して下さい。決して役者さんや演出がいけないのではなく、わたしが悪いのである。

(ああ、わたしは今後、もはや普通に『三国志』を楽しめる身体ではなくなった)

と我ながら嘆くのであった。

中国の幾多の演劇、映画で練り上げられてきた孔明の演技の型というものがある。孔明役にキャストされた俳優は名誉なのであり、そうした伝統的な孔明像をもとに自らの孔明を演じることになるのだ。歴史的重みのある孔明芸である。だというのに吹き出すとは何事かと嫌な顔をされても仕方があるまい。

しかし、どうしようもない。孔明（役の俳優）の孔明らしい変な化粧をした顔がやけに可笑《おか》しい。また、孔明のやることなすこと話すことのすべてが可笑しい。笑い続けだ。白羽扇のあおぎ方から、歩き方、ちょっとした動作や表情に至るまで、すべてが変で可笑しい。俳優はきわめて真剣に孔明を演じているのであろうが、やることなすこと全部が変なのであって、智恵ではなく笑いを振りまく男というしかない（わたし限定）。

かくて劉備と孔明の初めての出会いが描かれていく。晴れ晴れとした顔の孔明、

「田舎者のために失礼ばかり致してしまい、ごめんなさい」

と、そんな言い訳が通るのか。しかもとどまることを知らぬ孔明の無礼、

「私はただの百姓、天下を論じる柄ではありません（謙遜も、しすぎれば侮辱だろうに）」

許しているのは劉備だけ、張飛でなくとも殺意を抱こうというものだ。劉備にお茶を注ぐ動作も、ウケを狙っているかのような動きである。

歯の浮くような恥ずかしいセリフでここぞとばかりに口説く劉備だが、白羽扇の一振りで次々に誤魔化されてしまう。見つめ合う二人。孔明は劉備に、真の気持ち、を問うが、劉備の答えはただかっこいいセリフの羅列である。孔明は遠回しに断るしかない（笑）。

孔明、すっくと立ち上がると変な身振りで白羽扇を振り回しながら天下の情勢を詳し

く解説し、天下三分の計「草廬対《そうろたい》」をまくしたてた！　どうにも笑いが止まらん（わたし限定）。

「諸葛先生の秘策に私の全てを賭けて従います！」

と（結局、嘘になるんだが）、どう劉備が口説いても、

「わたしはその気にならない」

という孔明に、劉備の最後の（いつもの）手段、自殺をほのめかしての泣き落としが炸裂！「哭《な》きの劉」と呼んでくれ！

その迫真の演技に、つい孔明もほだされて、

「将軍の赤心にうたれ申した。犬馬の労を尽くします」

と言ってしまうのであった（爆）。また見つめ合う二人。互いに手を取りあって……。

ここで、とてもかっこいい、

「孔明～出廬《しゅつろ》のテーマ」

が挿入され、たっぷりと歌い上げられる。

「竜よ！　風雲の空を翔《か》けよ！　魑魅魍魎《ちみもうりょう》の世に火を噴け！」

といった原作とは正反対のファイアー・バイオレンスな歌詞が最高である。劉備たちは臥竜岡に一泊することになったんだろうが、月夜、孔明はハードロッカーの如くに激しく琴をかき鳴らして、「孔明～出廬のテーマ」をさらに感動的にしようとする。いや、もう分かったから、腹が痛いのでやめてくれ（わたし限定）。

諸葛均にいろいろ言いつけて、きっと顔を作り、草廬を去る孔明。白羽扇は一秒たり

とも手放すことはない。

そこでも出てこない黄氏！　やっぱり醜女《しこめ》だから抹殺されているのか。

劉備たち皆の表情には期待の笑顔があるのみ。この場は関羽も張飛も。

新野《しんや》に着くや、いきなり軍事訓練を始める孔明！　といっても、白羽扇をふりかざすだけ。民間新兵のなか、ひとり綸巾鶴氅で浮きまくり。劉備が馬でやって来て、手ずから編んでプレゼントした帽子を、無礼にも突っ返す孔明（笑）に、張飛の目がぎらりと光る。

「主公《との》の大志はどこに行きました？　こんなものを作っている時間はない筈です！」

と、説教される劉備はしょんぼりだ。帽子のデザインが気に入らなかったのかも知れない。

そんな尊大な孔明を今にも唾を吐きかけたそうな憎々しげな表情で睨む関羽、張飛もグーというしかなく、その険悪な雰囲気を変な動作でクリアする孔明にまた爆笑（わたし限定）。

一方、劉備の諸葛亮《りょう》獲得の報を得た曹操が、徐庶にその人物を尋ねると、徐庶は原作以上の大風呂敷をひろげ、

「天地をくつがえす能力をそなえ、鬼神も及ばぬ計を立て、宇宙を抱く大志を持つ、この世の奇才です」

と言うからたまらない。これで孔明は夏侯惇《かこうとん》たちにバカにされながらも、過大な評価をくだされることになる。活躍する前からオールマイティな〝神〟レベルのキャラにさ

れている孔明であった。

超大作大河ドラマ『三国志』の話はこれくらいにしておくが、ひとつ言っておきたいのは、孔明の登場以降、ここまでシリアスに進んできた（張飛を除く）物語が、明らかに変質し、矛盾は拡大し、どんどんおかしくなっていくことである。まことに虚実はいつの間にか入れ替わる。孔明とはドラマツルギーをぶち壊す男なのであり、『三国志』の歴史と物語を歪める放射能をまき散らすジョーカー、トリックスターなのである。作り手も孔明をコントロールすることは出来ないものらしいということが、あらためて分かった。

思えばわたしのサンゴクシシャン失格の始めは他にもあった。

さる作家の本格的『三国志』を読んでいたとき、これまた不意に笑いの発作に襲われたことがある。というのも、孔明が曹操の放った刺客に襲われたとき、なんと諸葛均が孔明を庇《かば》って剣を抜き、

「兄上、ここはこの均に任せてお逃げ下さい」

と、立ちはだかり、スーパー・アクションをこなすのだ。じつは諸葛均は幼少の頃より剣を磨き、その地の名人から秘剣を伝授されるほどの腕前なのであった！　これはいかん。木人《ぼくじん》の中に入って料理を作っているような漢《おとこ》ではないと叱られたばつの悪さである。

人の書いた小説で吹き出してしまうなど、失礼の極みというほかないが、しかしこの

設定はツボにはまりすぎていた。諸葛均はこんな人じゃない！　というのはわたし限定のことで、諸葛均がこんな頼りになる男ではなかったという証拠はどこにもなく、誰にも否定できないのだが、やはり堪えきれず笑ってしまうわたしを許してもらいたい。

コマーシャリズムにのらない『三国志』もとてもたくさんあることは薄々知ってはいるが、サンゴクシシャンならぬわたしは、さすがにその巨大妄想世界に目をそそぐことは出来ていない。しかしこれも日本の『三国志』文化の一角を強力に担っているのであり、そう簡単に無視してはならないものだと思う。そこで平成九年に見たマンガから引用しておこう。

『神聖モテモテ王国　4』ながいけん
（小学館　少年サンデーコミックス）

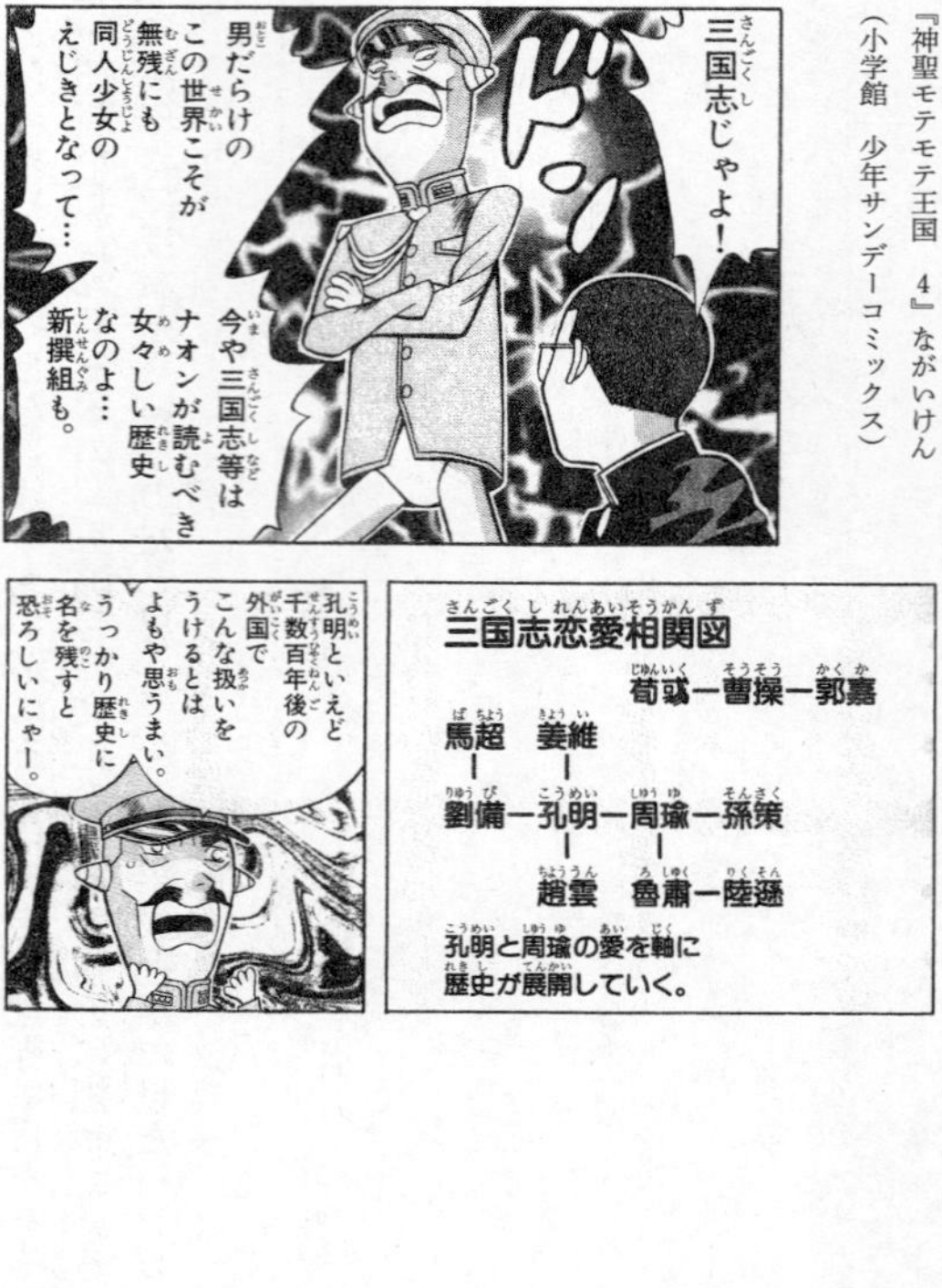

ということらしいのだ。

「曹軍百万が迫っているというのに孔明と周瑜《しゅうゆ》は互いの立場を忘れて許されざる愛に悶え苦しんでいた」

とされる。とにかく登場人物が多いから、カップリングの組み合わせは天文学的数字になる。魏延《ぎえん》と孔明が憎み合っているのも実は三角関係であるとか、胸の奥に蔵した激愛が余って憎さ百倍であるゆえのことであったりしてもいい。しかし、髭面の男臭い奴らが絡むのは美しくないという思いがあるのか、出てくる武将どもの顔には何故か髯がなくてつるんとしていることが多い。胸毛とか体毛もあまりないのが好まれている。劉備のように特徴のありすぎる身体も遠慮を受けているのでは。

これらもあくまで氷山の一角、サンゴクシシャンですら迷宮に入って出てこられなくなるような『三国志』世界が東京の有名ゾーン、アンダーグラウンドやネットに存在しており、しかも日々増殖中なのである。もはや『三国志』研究者は、文字や絵にされて公表されたものだけを取りあげておればそれですむというような平和な状態ではなくなっていることに気付くべきと言えよう。巨大な『三国志』複合体《コンプレックス》は生き物のように蠢《うごめ》きつつ、さらにマルチプルに身を膨らませている。

『三国志』ヤバおそるべし！

こんな弱肉強食の激戦地域のただ中にあって、敢えてわたしが孔明について書くことが、『三国志』文化に何かわずかでも裨益《ひえき》するとはまったく思わないが、『三国志』文化の猖獗《しょうけつ》の渦に一筋の光をあてるくらいはできるかも知れないとも思わないのであって、そんな無力さを噛みしめているのだが、どうだろう。

こうなった以上、あとは孔明頼みというしかない。『三国志』複合体と戦うのか仲良くするのか魔法をかけるのか、それは孔明が決めることだ。

孔明、呉の大地に立つ

ところは江夏郡夏口《こうかかこう》。のち漢口、現在の武漢市にあたる。

劉備《りゅうび》たちの宴会は果てしなく続いていた。宴会は劉備軍団の鉄の掟である。長坂坡《ちょうはんは》での命冥加《いのちみょうが》の反動もあっていつにもまして爆発していた。誰にもやめさせることは出来ないお礼参りである。

夏口につくられた仮本営では三日三晩を越して記録更新中のぶっ通し宴会が、耐久レースであるかのように行われている。脱落者が次々に出るなか、狂宴はヒートアップしてゆき、最後の一人が觴《さかずき》を持ったままげろを吹き出しつつ気絶するまで終わらない。なぜそこまでしなければならないのか、誰にも分からない。

劉備が率先して騒ぎ、奇跡的に生き延びた配下どもに仁義の声をかけまわった。

「わしは勝った！　完勝じゃ。曹操《そうそう》がこの玄徳《げんとく》の命をとれなかったということは、天がわしを大バクチに勝たしめてくれたということであり、それは、なぜならばわしの勝ちだからである。つまりはわしの一人勝ちだ」

と酔っぱらいの論理で勝利宣言を叫ぶや、孫乾《そんけん》や糜竺《びじく》らは、

「げえーっ」

と賛意を表して席を汚すのであった。

趙雲《ちょううん》がずざっと膝立ちとなり、アチョッと拳を突き上げた。

「そうです。わが君は大勝いたしましたぞ。自分も、本当に勝ちまくったであります！」

とこたびの勲功（大暴れ）第一等といっても過言ではない趙雲が、べつに手柄を嫌味に誇るのではなく、野球少年が、ぼく、今日はホームランを打ったんだよ、と無邪気に喜ぶように言った。趙雲は超人化現象というか、パラノーマルな伝説を作りまくった上に阿斗《あと》（のちの蜀漢《しょくかん》第二代皇帝劉禅《りゅうぜん》）の命の恩人にもなっている。

紅の光に肉体を覆われ、追い詰められた竜は飛び
軍馬、突き破れり、長坂の囲み
四十二年にわたる真命の主
将軍、因って神威を顕すを得たり

というBGMが勇壮である。主はキリスト教の神ではなく劉禅のことで、四十二年というのはその在位期間をしめす。趙雲が神懸かった活躍を見せたのはいちおう劉禅の聖人パワーも与《あず》かっているという意味である。どうも手柄を趙雲一人のものとしたくないのは、張飛《ちょうひ》が噛みついてくるからであろうか。

明日もホームランだ、と言いたげな、趙雲の無邪気な喜びぶりに、長坂坡でまったく活躍がなかった関羽《かんう》は渋い顔を見せていた。本来なら一番にケチを付けて喧嘩をふっかけてくるはずの張飛は何故か元気なさげに沈黙し、うつむき加減で独酌している。

「いかがした飛弟、元気がないな」

と関羽が問うに、張飛は拗ねたように言った。

「おれは天下一の嫌われもんなんだ。わかってはいたんだ。けどよ、人として差別はしちゃいけねえよな。おれは人じゃないのかもしれんが。イジメはかっこ悪いよ……」

「何があったか知らんが、元気を出せ。満腹するほど戦さも出来たのだろうし、好きな酒もたんとある」

と関羽が慰めたが、張飛は、

「へっ。関兄も、おれと話なんかすると敵に仲間外れにされるぜ」

と自嘲して、立て続けに十杯を飲み干した。

長坂橋の一場で、曹操の大軍が相手をしてくれずにつれなく去ってしまったことが相当こたえているらしい。

（おれには友だちが一人もいねえ。おれがダメな奴だからみんな逃げるのか）

張飛の人生にもようやく内省の季節が訪れたのかと思われた。そのせいか、この宴会では奇跡的に一人の死者も出なかった。

糜竺は妹（糜《び》夫人）を失ったばかりだというのに、でたらめに磬《けい》を叩いて演奏にも酔っており、糜《び》芳《ほう》は矢に貫かれた顔面をミイラ男のように包帯で巻き、鉦《かね》太鼓をチンドンと鳴らしていた。かと思えばあちらでは理由は知らないが孫乾と伊《い》籍《せき》が肩ぬぎでパンチとキックありの相撲（要するに喧嘩）をとっており、大汗をかき、既に顔面にひどい青《あお》痣《あざ》をつくっていた。

劉琦《りゅうき》は部屋の隅でめそめそ泣いているし、また劉備軍団宴会初体験の諸葛均《しょかつきん》が簡雍《かんよう》に懇懇とエロ話を聞かされ続けており、頭の中はそのことばかりになり、猥褻なトークを復唱させられて泣いている。

とにかくへべれけ、収拾のつかない宴会は続くのであった。

「生きているって素晴らしい」

という真の有難味、人としての歓喜の迸《ほとばし》りが宴をさらにヒートさせているのである。

のちに劉備は益州攻略のために出陣することになるが、そのときも陣中では宴会ばかりしていた（策だったという言い訳もある）。戦闘している時間よりも宴会をしている時間のほうが長かったくらいである。成都陥落まで三年近くかかったのもやむを得ないというか、当然である。しかし宴会は劉備軍団の掟だから仕方がない。

この宴会は孫呉の切れ者策士、魯粛《ろしゅく》の歓迎会も兼ねていた。魯粛は酒席が豪快な男であり、酒も強いのであるが、精神的肉体的な疲れがどっと出て泥酔してしまっていた。

「アトサキ、勝ち負け、ぜんぶ運じゃ。すべては運なんじゃ。劉よぉ、お前の強運《うん》をおれにくれやぁ」

と酔乱した魯粛が軍師にあるまじきことを喚いて劉備にからんでいた。

「ふっ、子敬《しけい》どの、背中が煤けておりますぞ。わしのウンでいいのなら、いくらでも付けて差し上げる」

と劉備は言って、裾をまくって本当に差し上げようとした。

「おお、運じゃあ。強運がつくっ。わしのオヤジの分もくれやぁ」

と魯粛は人として間違ったことをしようとしていた。劉備軍団に交わると燃え上がる火の色のように赤くなってしまう。このときの恥ずかしい写真を撮られてバラ撒くと脅されたら、一生言いなりにならねば仕方がないほどの痛い濫《みだ》れぶりであった。耳に口を寄せられ、

「今なら間に合う。劉備軍団に入るんだ」

「子敬、よろこべ。おまえも劉備軍団に入れてあげる」

と劉備に暗示をかけられ、もういつでも劉備軍団に入団する用意が出来てしまう。

しまいに劉備はいつものように裸踊りをしながら、

「皆の者、ご唱和ねがおうぞ！　一、二、三、ダーッ」

と一人闘魂の炎を燃やしてかっこよく締めようと企《はか》るのだが、誰も聞いてはいない。で、臥竜孔明《がりようこうめい》は当然のように会場にはいない。しかし、要所要所で姿を現して宇宙の話をし、人々にずっと宴会場にいたかの如く錯覚させる術は心得ている。

黄《こう》氏、習《しゆう》氏らは甘《かん》夫人や、関羽、張飛の奥方らと、こちらも宴会を行っていて、劉備軍団の女傑も宴会は掟なのである。しかし男どもよりはずいぶんしめやかにやっている。亡き糜夫人の供養が主題であった。また劉備の娘二人が行方不明になってしまっていた（『三國志』によれば曹軍の曹純《そうじゆん》に捕まった）。劉備の家族には常に悲劇がつきまとう。

孔明はこちらの方に機嫌伺いのようにやって来ていた。劉備と軍団幹部の奥方に伺候して、孔明への偏見を解消していただき（それは無理だろう）、ある程度に気安くなって

いることも、今後のことを考えればかなり重要なことであった。軍師の言をなかなか聞かない劉備を操らねばならぬ時に奥方からやいのやいのと攻めてもらえばスムーズにゆくこともあろう。

かの女らはあくまで傭兵集団劉備一家の姐御格という立場であり、軍団員には〝嫂《そう》嫂《そう》〟と呼ばれている。真の貴人の奥のように御簾《みす》越しでしか面会できないとか、宦官《かんがん》が間に入っているとか、そんな身分違いをたてにした面倒な礼儀作法は存在しないから、近所の農婦と暇話をするのとさして変わらなかった。

「孔明にございます。このたびはまたしても艱難《かんなん》辛苦に遭わせてしまい、劉皇叔《こうしゅく》ともども何と詫びてよいか、ほんらいならこの孔明、面と向かえぬ仕儀にございます」

と、悲しみをあふれさせた表情と言い方で、すり寄っていった。

「孔明どののせいではありません。あの人を亭主に持ったが女の不幸。そう泣かないでくださいまし」

と、甘夫人は言ってくれた。

糜夫人の木主《もくしゅ》（カマボコ板のようなもので急遽つくった）を上座に上げて、皆で故人を偲んで話などをしていた。もちろん飲みながら。

阿斗は劉備の未熟過ぎる親の如き虐待によって、一時は生死の境をさまよっており、今は別室で下女が看病しているということだ。

劉備の犠牲者、故糜夫人は劉備の股肱《ここう》の糜竺、糜芳の妹であり、徐州時代に劉備の妻妾となった。子があったかどうかは不明だが、たぶん女子がいたのであろう。糜竺は孫乾とともに当時の徐州牧の陶謙《とうけん》の家臣であった。糜家は代々富豪で、糜竺は莫大な資産を有する侠気のある人物であり、弓矢と乗馬に巧みであった。このへんは魯粛とよく似ている。それが何をとち狂ったのか劉備に入れ込んでしまい、家財から妹まで劉備に注ぎ込み、ついにはすってんてんになってしまった代わりに、劉備軍団幹部（従事中郎）となるにいたった。糜夫人は大金持ちのお嬢様であったわけだが、劉備に嫁いだばかりに戦場を逃げ回らされる半生を送った末、非業に斃《たお》れたのである。

孔明はわかり易く宇宙の話をして糜夫人の鬼神を慰め、皆をしんみりというより、首をかしげる思いにさせた。

孔明が黄氏に尋ねると、長坂坡の戦闘のとき、孔明と別れた黄氏は持ち前の機転でいち早く劉備軍団と難民の群れから離れたという。身を隠し隠ししながらかえってもと来た道、襄陽《じょうよう》方面に引き返したのである。曹操の大軍とすれ違ったことになるが、軍勢は急ぎ足で当陽《とうよう》へ馳せつけている最中であったから、逃げ遅れて道端に落伍して震えている難民をいちいち襲って捕まえたりはしなかった。そういうわけで、運も良かったのだろうが、黄氏たちは比較的安全に襄陽の近くまで行き、そこで劉備が夏口に行ったという噂を聞いて、そちらへ向かったということである。

「さすがはわが妻、危うきに近寄らざることを分かっていたか。わが君の周辺だけが最悪の紛争殺戮《さつりく》地帯だったのだ。よく見極めた」

と孔明がねぎらうと、

「こんなことならば皇叔のご家族もお誘いすべきだったと悔いております」

と黄氏は言った。

「人には運命というものがある。この孔明なかりせば、今頃はわが軍団は一人残らず骸《むくろ》をさらしていたか、数珠つなぎに捕縛されていたに相違ない。宴会どころの話ではなかった。責められるべきはわたし（と劉備）であって、お前が気に病むことではない」

劉備軍団の主要人物のうち、犠牲者が糜夫人ひとりで済んだことはじつに奇跡的なことであるというしかない。劉備だけではない。全員、異様なほどに強運でタフなのであった。

さて、『三国志演義』では、この合間に劉備と孔明は劉琦とともに悪辣なわる巧みを話し合っていた。

孔明が、

「曹操の勢いは強大で、当方は敵しようもございませぬ。この際、東呉の孫権《そんけん》と誼《よしみ》を通じ、救援を求めるのです。孫権と曹操を戦わせ、われわれはその中間にいて漁夫の利を占めることにいたしましょう」

と卑劣な策を爽やかに提案した。鷸蚌《いつぼう》の争いに漁師役を決め込むは劉備とする。

「東呉には人物が多く、必ず遠慮深謀の者がいよう。そううまく嵌《はま》るとは思われぬ」

と劉備が危ぶんだ。

「今曹操は百万の軍勢を率い長江、漢水の間に虎の如く居座っているのですから、東呉は必ず使者を派遣して、情勢を探らせようとするでしょう。その使者が至れば、わたしは追い風に乗ってただちに江東に乗り込み、三寸不爛《さんずんふらん》の舌をもって騙《かた》り、両軍を嚙み合わせてご覧に入れましょう。もし孫権が勝たば一緒に曹操を殺して荊州《けいしゅう》の地を手に入れ、もし曹操が勝たば、われわれは勢いに乗じて江南を手に入れればよいのです」

と孔明は、楽しくて仕方がないというように笑いながら邪悪なことを述べるのであった。孔明というのはこういう奴なのである。

曹操と孫権とを無理矢理にでも戦わせ、どちらが勝っても上前をはねるという非道な策略である。もしこの策を曹操か孫権が行っていたとすれば、極悪非道、外道畜生呼ばわりがただちに決定の、悪魔野郎の烙印を一発で押されることになったろう。しかし劉備、孔明がやると仁義と正義の愛の奇策となり、皆はその智恵に拍手喝采せねばならなくなるのだ。『三国志』史上最大の決戦、ベスト歴史ロマンズ・ウォーと言える〝赤壁《せきへき》の戦い〟というのは、劉備、孔明からみれば結局この程度のものなのである。なんとなくみみっちい感じがしてならない。

孔明の謀略案に、仁義の人のはずの劉備は、

「まことにすばらしい、ごもっともなお言葉でござる」

と諸手を挙げて賛成する。

「しかし先生、果たしてそう都合よく呉の使者というのが参るでござろうか」

と劉備が懸念を表明したちょうどそのとき、部下から、魯粛が船着き場にやって来たという報告が入った。言う先から孔明の予言は的中し、孔明はもう腹を抱えて笑いながら、

うぞ。

「わが計成れり」

　と言うのであった。飛んで火にいる夏の虫が、ちょうど網を広げたところに来やがったわい、という楽しさである。ゲームもそんなに簡単だと、すぐ飽きてつまらないと思うぞ。

　劉備は劉琦に訊いた。

「以前、孫策伯符《そんさくはくふ》が死んだとき、襄陽より弔問の使者は出されましたか」

「江東とは仇同士の間柄。ついこのまえもこの地を侵されました。弔問の使者など出すいわれがありません」

　と劉琦が答える。

「ふ。されば魯粛の目的は軍事探偵に違いありませぬ。殿は魯粛が何か訊いてきてものらりくらりと返事して、誤魔化してくだされればよい。それでもくどくど訊いてきたなら、あとは諸葛亮《しょかつりょう》に訊けと仰せあれ」

　わたしが魯粛を騙し転がします、と。

「心得た」

　かくして劉備はお人好しの魯粛と面会するのである。わるいやつらというほかない。

　まあしかし、実際は話はそう単純化できるものではない。この時点では劉・孫の同盟ばなしなどまだどこにも出ていなかった。だいたい長坂坡で大敗し、劉備軍団の兵は四散した直後なのであり、そんな実体のない連中となんの攻守同盟が結べるというのか、考えなくとも分かろうというものである。孫権が同盟を提案してくるはずがないし、ほとんど無一文の劉備側から切り出すのは厚かましく恥ずかしすぎる。故にこそ、孔明も強いて孫権と曹操を喧嘩させ、美味しいところだけきっちり奪《と》ると企《たくら》むより他に手がないのであった。成功率が極めて低い苦肉の策なのである。

そこで最も重要な鍵を握るのが魯粛である。うまい具合にいま魯粛は劉備軍団の手の内にあり、二日酔いで悶え苦しんでいる。

劉備たちとともに死線を潜り、なんとか夏口まで逃げ延びた魯粛は、疲れ切ってへろへろであったにもかかわらず、すぐさま怒濤の宴会に引っ張り出され、それから記憶を失い、意識が途切れるまで飲みかつ食らわされて、いちおうもてなされた。目が覚めると半裸で汚物に塗《まみ》れており、がんがんする頭を押さえながら、さらにうっぷと胃液を吐いていた。

「わしゃ、死ぬのか……。いやここはあの世か」

重症の二日酔いに足腰が立たぬまでに痛めつけられている。死が見えるほどの気分の悪さであった。いやむしろもう死にたい。

そううんうん唸っていると、下女がやって来て、

「これをお飲み下さい」

と茶碗を差し出した。

「この吐き気で、飲めるかい。なんじゃ、それは」

と弱々しく言った。

「諸葛先生の煎じ薬です。悪酔いに効くということです」

「おえ」

よく見るといちおう一室をあてがわれ、気絶している間に運び込まれたもののようだ。他の軍団幹部はまだ宴会場で転がされているが、魯粛はなんといっても孫呉の正式な使者である。疲れているところを悪かったかな、と詫びたいサービスであろう。

脱水症状気味であり、水分はかろうじて欲しい。魯粛は茶碗の煎じ薬をがぶと飲み込むと、吐かないように深呼吸して耐え、牀《しょう》に仰向けになった。

孔明の薬に著効ありということで、しばらくすると頭と胃が軽くなり、だんだんと気分も治っていった。

（酷《ひど》い目におうた）

人心地を取り戻した魯粛は少しずつここ数日の記憶を取り戻していった。どうしてこんなことになったのか。まだ気持ちが悪くて頭が痛い。まず自分は何をしに来てここにいるのかという、根本的なところから思い出さねばならなかった。


一方、劉備と孔明は、劉備も二日酔いで死にかけていたが、孔明の煎じ薬で復活して、別室で宇宙の話をしていた。

「先生、宇宙のことは置いておいて、これからいかがすればよかろう」

まだ青ざめている顔で言った。酔いがさめれば、自分が依然として最悪に近い状況にいることを思い出し、また苦しくなってくる。今、劉備の手元には生き残った旗本寄騎《よりき》が五十いるかどうか。劉琦が集めていた江夏の兵を吸収するとして一万ほどになる。江《こう》陵《りょう》に先行した兵が、劉備を見限って逃げていなければ、ほそぼそと集まりはするだろう。江陵占領を終えた曹操が、江夏を放っておくとは思われず、そうなればまたしても一撃で木っ端微塵にされかねない。

「明日にもまた負けて追いかけられるのか」

と夢も希望もなかった。

「殿はその強運により死線を潜り抜けることを得て、一度死して生まれ変わったのです。尸《し》解《かい》したようなものだとおぼしめされよ。先だって大敗したことはお忘れになりますよう。また新たに負けるなどと思ってはなりません。そんな心配を配下の者たちに気取られぬよう、いつものように懐深く構えていてください。この孔明がいるかぎり二度と負けなどいたしませぬ」

と孔明は爽やかに言った。

「もし、わたし無きときと同じように、わたしが何も策を出さないとすれば、殿ならこの危機をどう切り抜けるおつもりでしょうか」

「先生には秘策はないのか！」

「いいえ。まず殿の基本方針というか、希望をうかがっているのです」

「方針と言っても、とにかく夏口にはとどまれまい。襄陽から攻め寄せられれば、あっという間である」

「ですが行く所などありませんよ」

「うぬーん。益州の劉璋《りゅうしょう》のところに厄介になるというのはどうか。いちおう同姓の誼がある。大事に受け入れてくれるだろう」

と、例によっての他人頼りの言いぐさである。とはいえ出入り口の荊州は曹操に占領されているのであり、劉備軍団が益州に移動するのはほとんど無理である。

「或いはあまり気が進まんが孫権仲謀《ちゅうぼう》に頼るしかない。わしが駆け出しのころ仲謀の親父の孫堅《そんけん》には会ったことがあるんだ。戦さが好きな上にとんでもなく強い、まあ、鬼のようなオヤジであったよ。ツテがあるとすればそのくらいだ」

孫堅は字《あざな》を文台《ぶんだい》、呉郡富春《ふしゅん》の出身である。十七歳で海賊退治をしたのを皮切りに、江東の賊を次々に平らげ、黄巾の乱、涼州叛乱、董卓《とうたく》討伐戦に出陣し、連戦連勝して武名をあげ、豫州刺史《よしゅうしし》、破虜将軍となるに至った（劉備が豫州牧をもらうのはこのずっとあと）。洛陽の焼け跡に一番乗りして伝国の璽《じ》を得たことになっている。

孫堅は戦争をさせれば無敵と言ってよいほどで、これほど戦さが強い男もいなかった。東呉のゴロツキどもをまとめあげて精兵とした貫禄からして只の勇猛なだけの武将ではない。三十七の若さで死んだが、もし生きておれば今のような曹操時代は来ていなかったに相違ない。孫家が江東の頭目を名乗れるのはこの孫堅一代の活躍があってこそのものである。のち諡《おくりな》して武烈皇帝。

孫堅は劉備より五歳の年上である。対董卓戦のさい、劉備三兄弟はどこにいたのか定かではないが（『三国志演義』では呂布《りょふ》を相手にがっつり大立ち回り）、孫堅と比べればチンピラ以下の存在であった。

「では孫呉を頼るということでよろしいわけですね」

「まあそうなんだが。だが先生、孫呉が曹操と敵対する腹なのかどうか分からんぞ。それに、今更、孫仲謀の家来になぞなりたくはない」

劉備が一万と少々の兵を手土産に孫権に頭を下げれば、一武将として迎え入れてはくれるだろう。今の劉備にはそれで上等である。めしを食わせてもらえるだけでも有難いと思わねばなるまい。でも、

「それは嫌」

おそらく、孫曹の戦いが始まれば、劉備軍団は最前線に置かれて擦り切れて死ぬまでこき使われることになる。使い捨てにされる運命だ。

「右も左も駄目だとなれば、南方へでも疎開するしかありません」

「そうなのでござる。ああ、われ窮まれり」

と劉備はしんみりといい顔で言った。母性本能をくすぐる劉備顔である。

「そうだ、先生。仲謀の家来にならずに、仲謀に食わせてもらい、戦さもしないですむのが一番よい。何かそういううまい手はないものか」

と身勝手にも程があるという魔性の希望を述べた。

すると孔明、白羽扇《はくうせん》で口元を隠し、

「確かに、あまりにも厚かましき案でございますが、わが軍の現状をみれば、そのあたりを狙うほかないでしょう」

と言った。

「そうでしょうとも、先生、是非そうしてくださらんか」

そもそも天下三分の計の第二段は呉と手を結んで曹操と対決するという方針である。しかしそれは第一段の荊州確保が前提となっている。劉備が荊州の半分でもいいから、領しており、それをもって独立勢力として兵を養う実績があってこそ、呉と対等に同盟の交渉が出来るわけである。三分の計の第三段は益州乗っ取りとなる。それも第一段の荊州確保が前提なのは言うまでもない。なのに劉備は魔性の意味不明な仁義の理屈によって自ら荊州を放棄したのであり、前提を欠いたまま呉と交渉すれば、足元を嫌と言うほど見られるに決まっていた。

「孫呉と対等の同盟を結ぶということですか」

加えてもう一つの前提条件は、孫呉が曹操と抗争する決意を固めていることである。

「なるべく、いや、しっかりと、形ばかりでない、きちんとした同盟じゃないといかんだろう。わが鉄壁軍団の義を常に天下に問えるようにしておかねば」

と自らの実体が糸蒟蒻のようにあやふやな劉備は言うのであった。孔明は劉備が本気でそんなことを言っているのか、表情を観察した。

実体のない劉備軍団が、孫呉と攻守同盟を結ぶのである。攻守同盟とは、言うまでもなく、敵に攻められれば相互に救援し合い、敵を攻めるときは相互に連携するということである。劉備軍団にはどちらも出来ないのだから、実質は孫呉だけが戦い、孫呉だけが劉備軍団の安全を守ることになる。呉は赤子か幽霊と同盟するようなものとなろう。こんな無理無茶な同盟提案は既に策でもなんでもなく、考慮不可能のゾーンにあるとしか思われない。

どんな策士謀臣とて、

「いい加減にしてくれ。そんな馬鹿な話をどう相手方に飲ませろというのか」

と言って投げ出すのがおちである。必死の話し合いを重ね、

「一生懸命交渉して、なんとか孫権軍団の端に入れて貰えましたぞ。いや、それにしても苦労しました」

というのがせめてものところである。それなのに、

「対等の攻守同盟を結んで来い」

と命じるなら、

「死んで来い」

というのと同じに近い。そもそも思いついてもすぐに諦め、口にも出さない。

孔明が黙っているので、

「やっぱりだめか？　ぬうーん、そりゃそうだろうな。こんな一方損だけの同盟話はない。わしが孫権だったら、そんな話は蹴たくって、おとつい来やがれと、糞でも投げつけるところである」

と劉備が孔明を上目遣いに見上げると、孔明は薄く笑っていた。

（ちっ、先生に笑われてしまったわい）

と思った。

「やはり無理か。そうでござろうな。いかに宇宙を運《めぐ》らす才を持つ先生とて、このよう

な手前勝手な話をまとめられるはずがない。世に不可能はある。いや、わしの失言であった」

といくぶん皮肉のように言った。すると孔明、

「殿、そうお望みならなぜこの孔明にはっきりとお命じにならぬのです」

「なんと」

「この孔明にも……不可能はあります（劉備の人格をまっとうにするとか）。しかし」

「しかし？」

「成ることを不可能とは申しませぬ！」

と、孔明は莞爾《かんじ》として断言した。腹の内では怒っているのかも知れない。劉備は、

「おお、先生ッ、なんと心強いお言葉か。これが成るならわしは殺されてもかまわん。一生、先生の愛の奴隷となってもよい。いや、してくだされ！」

と驚き感激して叫んだのであった。

とはいうものの、長坂坡逃げ切りの魔法よりも遥かに難しそうな案件である。信じるに信じられない。

「先生には何か手管のあてがござるのか」

孔明、何も言わない。軍師は味方にも策のタネは隠すならわしである。

「そうか、先生、孫呉には先生の兄君、子瑜《しゆ》（諸葛瑾《しよかつきん》）どのが仕えておりましたな。ここはいっちょう兄弟の愛にすがりますか」

「いえ。兄上のことを慮《おもんばか》れば、今後立場がなくなるような目に遭わすことは出来ませ

ん」

すごくインチキくさい、呉との同盟が成立すれば、その交渉担当者は石もて追われるようなことになるかも知れない。

「ふふ。お忘れですか。いまわが陣中に魯子敬がおります。エエ話があると持ちかけてきたのは向こうですよ。されば子敬とわたしたちは既にマブダチの間柄となっております」

「なるほど、マブであった。しかし、あの男がこの難事に役立ってくれるのであろうか」

「まずは子敬からエエ話とやらを聞いてみることです」

「ふむ」

「そしてここが重要なのですが、子敬に先に言わせなくてはなりません。結盟も色恋と同じで、先に告白した方が、のちの立場として不利になりますから。告《コク》ったほうが負け」

同盟提案は、出した方が下手に出るのが道理であり、立場は弱くなる。

「魯粛をイワしたれ、ということですな。しかしイワせるタネはおありなのか」

「ふっ。魯子敬のほうからわざわざ危険を顧みず死地に飛び込み、殿に近付いてきたのですよ。告るために来たも同然であり、既に負けかけている。もやもやとした下心がある男と見え申した」

「確かにそうだ」

「そろそろ、かれの頭痛も取れた頃合い。殿は子敬と正式に面談なさいませ。何か探りを入れてきたら、いつものようにのらりくらりとかわして下品な冗談で適当に誤魔化し、それでも訊いてきたなら、この孔明に訊けとおおせあれ」

よっしゃ、魯粛をカタに嵌めてやれ、ということになった。いずれにしろ、わるいやつらというほかない。

部下に魯粛を呼んでくるように言いつけた。孔明はとりあえず隣の部屋に控えた。

『三國志』呉主伝にいう。

「荊州牧の劉表《りゅうひょう》が死んだ。魯粛は、孫権の名代として劉表の二人の息子を弔問し、それと同時に荊州の動静を探って来たいと申し出た。魯粛が荊州に着くより前に、曹公が荊州の境界地帯まで軍を進め、劉表の息子の劉琮《りゅうそう》は荊州の軍勢を挙げて曹公に降《くだ》った。劉備は、長江を南に渡って逃走しようとし、その途上、魯粛と出会った。魯粛は、そこで孫権の意向を伝えるとともに、今後の事態の成り行きについて語った。劉備は、夏口まで来てそこに留まると、諸葛亮を使者に立てて孫権のもとに行かせた」

魯粛伝ではこのようである。

「（劉備が南に逃げようとしているとの情報を得て）魯粛は、劉備を迎えるべくまっすぐにそちらに向かい、当陽の長阪（坂）で劉備と面会すると、孫権の意向を伝えるとともに、江東の地が堅固であることを述べて、劉備に孫権と力を合わせるように説いた。劉備はすこぶる喜んだ。このとき、諸葛亮が劉備のそばにあったので、魯粛は諸葛亮に、

「われ子瑜の友なり」といい、二人はその場で交わりを結んだ」

原文は、

『即ち共に交を定む』

である。すぐにマブになったわけである。

「劉備はそのままいっしょに夏口まで来ると、諸葛亮を使者として孫権のもとに遣《おく》り、魯粛もまたもどって復命した」

もともと魯粛は劉備軍団を劉琦、劉琮の付録程度に扱うつもりだったはずなのに、急遽変更し、孫権の意向（これも劉備軍団はオマケ程度の認識）を伝えて同盟を説いたのであるが、どうしてそんな話に転じたのかは記されていない。何が何やら省略の効き過ぎであり、このあらすじのような素っ気ない書き方が陳寿《ちんじゅ》の筆法なのである。そこで、怒った（？）裴松之《はいしょうし》が、やや詳しい事情をどこからか引用して付し、気に入らないときには難癖をつけ、キレてめった斬りにするのである。それをまた『三国志演義』が面白おかしく脚色し、のちの作家がさらなる創作を加えてでっち上げるというストーリーである。

やはり「いっしょに夏口まで来る」あいだに、何かあったと推定せざるを得ない。

そういうことで、劉備は魯粛と対面していた。魯粛、まだ二日酔いのため、身のうちがどろどろしていた。

既に二人は屁の匂いを嗅ぎ合うほどに親しくなっていたのだが、魯粛は、改めて、と拱手《きょうしゅ》して拝礼した。

「劉皇叔にはご機嫌よろしゅう。本日は拝顔の栄を賜り……」

「ダーッハハハ、子敬どの、いまさらそう畏《かしこ》まらずともよい。わしらはもうマブダチの間柄ではござらぬか。気楽に玄徳と呼んでくれい」

魯粛は、

（そんなおぼえはないで）

と言いたげな、嫌な顔をした。箱詰め状態の辛い思い出が蘇るのであろう。ここで魯粛は、いちおう、

「天下の情勢を論じ、誠意を披瀝した」

とある。もう、なんとなく、劉備と手を結ぶ以外に手はないと流されているようである。

魯粛は、玄徳とは呼ばずに、肩書きの豫州の方で呼んだ。こいつとは馴染みたくない、という思いが少なからず滲んでいる。

「拙者も豫州どののおかげでなんとか命拾いし、恩義を感じておりますけん。絶対に下には置きませんで」

「ありがたいお言葉である」

「そこでじゃが、荊州に入っとる曹軍の内情を、どれほどご存じじゃろうか。まずは総勢どのくらいですかいの」

「みどもは将兵が少なく、曹操が来たと聞いただけで一目散に逃げ出しましたゆえ、向こうの様子などとんと存ぜぬのでござる」

と劉備はいきなり知らんふりを決め込んだ。不誠実な男である。

「異なことを。豫州どのは孔明どのの計略を用いて二度も火攻めをかけて焼き殺し、曹操を震え上がらせたと聞いとります。知らんはずがなかでしょう」

これには、

「誰がそんなことを申したか存ぜぬが、ぜんぶ作り話である。もしそれが本当ならみどもはこんなとこに逃げ落ちているはずがない。事実は諸葛先生が焚き火をした程度のつまらぬ火遊びでござる」

と、誤魔化しっぽいが、正直に否定した。

(ぬう。話が続かんじゃが)

と魯粛は表情をこわくした。劉備は、ダハハハと笑って腕を振り、

「細かいことは、それ、先生に直接聞いてくだされ」

そこで劉備が呼ぶと、孔明がやって来て魯粛の左前に坐した。孔明は、魯粛に会釈した。そして、

「わたしは曹操の内情と邪悪な策略を隅から隅まで知り尽くしておりますが、手玉にとってやりたくとも、如何せん、兵の力及ばず、痛し痒し、しばらく避けております」

と爽やかに言った。

(嘘つきやがれ)

と思うのだが、仕方がない。魯粛は舌打ちした。

「で、先のことじゃけど、豫州どのはこれからどこに行かれるつもりなんかいの」

「それなんだが」

劉備はちょいと考え、

「蒼梧《そうご》太守の呉巨《ごきょ》とは昔なじみであり、かれのところに厄介になろうかと思うのでござる」

と聞くだにあやしいことを言った。ほぼ間違いなく口から出任せである。『三国志演義』では呉巨は呉臣となっており、誰かが字を間違えている。

蒼梧は今で言えば広西壮《こうせいチワン》族自治区の梧州市のあたりとなる。香港、マカオの西北に桂林がある。どがつくほどの田舎であった。そんな僻地は、当時なら左遷か島流しにされるような場所といえよう。呉巨は劉表に蒼梧太守の任を与えられたのだが、何か不始末でもしでかしたのかも知れない。蒼梧郡はいちおう荊州であり、のちに呉が狙うところとなり、呉巨は孫権が派遣した歩騭《ほしつ》に騙し討ちに殺されることになる（二一一年）。

蒼梧に行くなどと言うのは、

「隠居して平凡以下の暮らしに甘んじたい」

と言っているようなものである。魯粛は、

（適当なことを言って言を左右にしくさるんか）

と思い、腹立たしくなってきた。

「ハッ、呉巨ですと。呉巨なんぞは能なしですけえ、あんな僻地におって、近いうちに誰かに潰されるんが関の山。そんなところにゲソ付けするとは、豫州どのは正気ですかい」

　すると孔明が引き取り、

「それは、子敬どのの申される通りでしょう。呉巨の世話になるといっても一時のこと。しばし退いてほかに方途を考える時間が欲しいということです」

　劉備は、

「そうなのでござる。呉巨の家は仮の宿。ちょっとめしを食いに行くだけである」

　と虚言であっても図々しい。孔明と劉備はこのようにのらりくらりと口を継ぎ、魯粛を焦らし、惑わせてゆくのであった。

（このガキども）

　並の者なら道を二、三歩も避けたくなるような、魯粛の暴力感溢れる威圧的雰囲気も、魯粛と勝手にマブになってしまった二人には、そよ風に黄砂の粒が混じっているくらいのものとなっている。

「魯粛はん、ごつうエエ雰囲気を醸し出しとるやないけ。わしらはマブやろ。今度一緒にカツアゲに行こうやないか」

　というような嫌な友だちぶりである。カツアゲの行き先はもちろん呉である。

　その間、魯粛はみちみち掛けられた呪いというか変な暗示が効いてきてしまうのであった。

「子敬どのは万難を排してわが君に面会を請いに参られた。それに対してわれらはいたく感激しております。お友だちとして率直に訊きますが、如何なる愛がその胸に漲《みなぎ》っていたのでしょうか。子敬どののエエお話をお聞かせ願いたい」

「いや、そりゃ、さしたる用件があったわけでは」

江陵で劉琮の降伏を知り、しまった、いっとき遅かった、と思ったのは仕方がないが、引き返さずに長坂坡に向かい、劉備に会おうと決めたのは、

「気の迷いでしたんよ」

ではあるまい。あの時は確かに策士の勘に響くものを感じたのである。劉琦、劉琮を逃したからには、

（こうなったら劉玄徳を取っちゃれ。意外といい土産になるかも知らん）

と、よい考えだと思ったのだ。劉備軍団は大挙逃亡中とはいえ荊州一の反曹操勢力であるのは確かなのである。

（ええい。まんくそ悪いで。わしゃ男魯粛じゃ。ナメナメされとる場合じゃないで。わしの書いた絵図にしたごうたる）

と、魯粛は思い切った。

「わしを（不自然なまでに）マブと言うてくださるお二人に、ここは遠慮のう腹をぶちまけますわ。聞いてつかあさい」

隠密外交であれ、魯粛は孫権の名代の符を持つ、全権大使に違いない。

「わしの主君の孫討虜《とうりょ》は聡明にして人徳のあるお方でして、賢者を敬い士人を礼遇すること久しゅう、江東の豪傑はみな心服して風下に立っとります（すこし嘘）」

孫討虜とは、孫権が討虜将軍の名号を得ているからそう呼ぶ。

「孫討虜はすでに六郡をシマとしており、兵隊は精鋭揃い、兵糧も豊かですけん、大仕事をするに十分なもとでを持っておるんよ（すこし嘘）。豫州どのは呉巨なぞのところに寄らずに、ウチに寄るべきですで。ウチは蒼梧よりゃ遥かに頼りになりますで。そこでじゃが、すぐこれからわしといっしょに、豫州どのが腹心と頼む人を孫討虜のもとにお遣わしになり、挨拶すべきと思うとるんですけどな」

「おう、子敬どの」

と劉備が何か言おうとしたのを孔明が押さえ、おまかせあれ、と、

「孫将軍に挨拶にゆけば、どうなるというのでしょうか」

「そげんな、いちいち。ええがに面倒見させていただくで、ち、言うとるんよ」

すると孔明、

「お友だちとしてですか？　呉巨の代わりに？」

「なにが。世話ちゅうてもタダでめしを食わせるわけじゃやなか」

「わたしたちが何か義務を負うということであれば、子敬どの、こちらから挨拶に出向くということは、そちらが風上に立つということでしょう」

「そんなん当たり前じゃろうが。ウチの親分がいまお困りの豫州どのに手を差し伸べるというとるんですで。エエ話やないんかい」

「ふっ。子敬どの、マブだというのに、なんと情けないことをおっしゃいます」

「ご不満かいの」

「不満です。何故、ともにドブさらいをしてくれ、と言ってくれないのですか。めしの

問題ではありませぬ。わが軍団は飢えて生ゴミはあさっても、エサをもらって喉をごろごろ鳴らすようなことはいたしません」

「ど、ドブさらいちゅうんは？」

「ふっ。子敬どのは、何をしに荊州に入られた。孫討虜、仲謀どののご決意は、子敬どのと同じのはず。ですがわが君の大決意は、あなたがたのものより一回りも二回りも大きいのですよ！」

孔明、びしっと白羽扇を突き出した。孔明の決意は宇宙大である。

「いかに」

「いかにちゅうて、ほんなら、どうせいと？」

「簡単なことです。マブダチには風上も風下も、川上も川下もない」

「無茶というもんじゃ」

あんたらは負けたばっかりで、金も土地も兵もないじゃないか、と言いたい。

のちに違約借地問題で魯粛が関羽を責めたさいに言っている。

「わたしが初めて劉皇叔と長坂坡で会ったとき、落魄も窮まっており、その軍勢は一部隊にも満たず、意気も力も尽き果てて、暗い顔をしてただ遠くに逃れ隠れたいとのみ考えておられた。今日のように事態が好転することなど思ってもみられなかったのですぞ」

魯粛は現場にいたのだから、劉備軍団のぶち壊れっぷりをまざまざと見ている。

「だからこそわが君孫仲謀は悲惨な境遇の劉備を憐れんで、荊州南部の土地を貸し与えてやったのだ」

という。しかしそれを言うなら、それ以前に、そんな死にかけの落ち武者どもと同盟を結ぶといったおかしな判断をしたことのほうが、大きく責められるべき魯粛の罪であろう。かの有名な「単刀赴会《たんとうふかい》」の一場だが、関羽はそこをつけばいいのに返答に窮してしまった。

魯粛は腕組みして考え込んでしまった。

(わしの一存で決められることとやないで。しかし、ここで決裂してよかとやろか)

孫権と同一ではないが、それと限りなく近い魯粛の構想に、果たして劉備軍団は必要不可欠か、という点である。周瑜《しゅうゆ》であれば、

「ザコは不要。孫呉の兵のみで十分」

と武断に即断するところであるが、魯粛はそこまで厳しくない。敗者といえど天下に名のある劉備勢力、いざ曹操と決戦するとなれば、どんな少勢であろうが味方としたほうがよいという考えである。

「同格にせいちゅうのはあつかましすぎるで。いまのあんたら、そんなことが言える為体《ていたらく》かいや」

すると孔明、優しげな、遠くを見るような目をして、

「ふっ。子敬どの、われらマブ三人が、死地を潜りぬけ、親兄弟よりも厚く助け合った日々が、輝かしい思い出として蘇りませんか。われらはもう他人ではないのですぞ」

と言った。

（ど、どこが輝かしいんじゃい）

孔明が、白羽扇を目前で翻して、

「蘇れ、友情の日々よ」

と言った。

魯粛の胸に、戦場のど真ん中で恐竜戦車に箱詰めにされ、窮屈さに苦しめられ、敵兵の至近からの喚声に冷や汗をかいたり、敵兵の捜索に胆《きも》が縮む思いをしたり、生理的欲求を必死でこらえたり、もう耐えられないと錯乱しそうになったり、劉備に耳に息を吹きかけられながら、

「劉備軍団に入るんだ。いまなら幹部待遇で入れてあげる」

と囁かれ続けた数日が走馬燈のように浮かぶのであった。夜中にきっちり三等分して食べた饅頭や乾飯は涙が出るほどに美味かった。瓢簞の酒もきちんと三等分にして飲んだが、甘露の如くして、心をうるおしてくれた。

関羽の船で漢水を渡ってからは、陸路をとっての強行軍でひたすら夏口を目指して夜のピクニックにも耐え抜いた。毒蛭に食われてしまった魯粛の首筋に、劉備は直接口を付けて毒を吸い出してくれた。

「汚い。そんなことやめて」

と申し訳なさそうに言って身もだえる魯粛に、劉備はキラリと光る男の優しさを溢れさせて笑顔を見せた。魯粛が毒蛇に足を嚙まれたときも、劉備がすぐさま口を付けて、

毒を吸い出してくれた。

「おいしいよ。きみの足」

　と劉備は輝く笑顔で言ってくれた。毒蜘蛛や毒サソリに食われたときも、すぐに劉備が吸い付いてきた。孔明は薬草をすり潰して張り付けて、

「大丈夫。あとなんか、残らないから」

　と言ってくれた。

「これ、あげる」

　とバナナ一本全部は備ッチャン小さいから食べられないの、と三等分であった。まことにマブ、気持ち悪いほどに他人ではない日々であった。

　右の記憶のどこかが孔明による模造記憶か催眠による幻覚暗示かはたまた毒電波か、その境が定かではない魯粛の目に、いつのまにか光るものが浮かぶのであった。どうもさっきの煎じ薬に、特殊な成分が添加されていたらしくもある。

「おお」

　と魯粛は両手で顔をおおった。

「恩義が深すぎて、どうもならんで！」

　そのまま俯いてしまった魯粛の背中を、劉備が猿のように長い手で優しくなでなでした。

「これほどの愛をもらい、わしゃどう返せばいいんなら。劉皇叔に孔明どの、じゃが、じゃがのう、わしゃあ、カシラを欺けんのじゃ！」

「何が欺きとなるのです」

「え」

魯粛は袖で涙を擦《こす》った。

「子敬どのは、わたしたちの力をあまりに低く見積もり過ぎておられる」

「そうは言うても、兵などおらんじゃんか」

「それではこちらにいらしてください。お見せいたします」

と手をとった。

三人はまだ軍団幹部どもがごろ寝している宴会場にやってきた。

「関将軍、張将軍、趙将軍」

と孔明がするどく呼んだ。もうすっかりアルコールは肝臓のマシンで分解し終わっている関羽、張飛、趙雲が、あくびをしながらもしゃんとしてやって来た。

「先生、何でありましょうか」

と趙雲が言った。孔明は魯粛に言った。

「この、わが軍団が誇る大兵力をご覧あれ」

魯粛は、三将に怪訝に睨まれ、どうも、魯粛でござる、と一礼した。

「よろしいか。関将軍が一万、張将軍が一万、趙将軍はこたびの活躍で二割増しして八千四百。しめて二万八千四百に匹敵する大軍が子敬どのの目の前にある！」

「げえっ（どういう算数なら）！」

「この数は他でもない、曹公の認めておるところ」

「三人で二万八千四百とは、そりゃ、無理（詐欺）じゃで……」

「これに加えて江夏太守劉琮どのが兵一万、さらには少なからぬ兵が、わが君のもとに馳せ参じようとこちらに向かっておりまする」

「そがいなことを言われても」

「この兵数を、孫仲謀どのに胸を張ってご報告くだされよ。さらに言えばこの孔明が計により、特殊効果が加わり、その威力は見かけよりも三倍に膨らみ申す」

孔明の宇宙では、劉備軍団の実数は約十二万となっているのであった。

ちょっと待ったと言いたいところだが、呆れているのか、魯粛は口がきけなかった。

「わがほうは孫呉の兵力と五分以上の陣容である。子敬どの、何をおいても手を結ばずにはいられますまい」

と孔明は凄まじくデタラメなことを真剣に、爽やかに言った。

「けっ。用事はそれだけか。おれはまだ眠いんだ」

と張飛は言い捨て、向こうに行ってしまった。関羽、趙雲も。

幻惑され中の魯粛を連れてまたもとの部屋に戻った。

「子敬どの、分かっていただけましたか。孫呉の今後の計画において、わが大兵団はきっとお役に立つと存ずる」

と劉備は魯粛を座らせ、後ろから肩を揉んでやるのであった。

孔明が背中をひと押しするように言った。

「どうでしょう。十分にマブとマブの取引となり、孫仲謀もお喜びになると存じますが。

魯子敬どののエエお話とも重なるはず。こんないい話はなく、しかもこの同盟の手柄はすべて子敬どののものになる！」

まさに詐欺師！

大借金を背負わされたような気分の魯粛はカタに嵌められてしまうのか。なおもしぶる気配の魯粛に、

「さよう。孫仲謀どのもおそらく名君であらせられるに違いなく、江東の衆は草の如くなびいているかも知れませぬ。ですが、わが君をただのまともな名君と思っていただいてはこまる。はっきりと異常なのです。わが君の恐るべき不可思議の力は並の君主とは一回りも二回りも桁が違うと心得られよ。子敬どのもご覧になったであろう。たとえば、わが君が一声かければ十万の民がごっそり動き、笑いながら死地に赴くのです。見よ、この支持率。荊州におけるわれらの仁義の移動に天下は瞠目しておるはず。要するに、わが君はひと声で十万の民を殺すことが出来る！　これこそ魔王にあらず、古《いにしえ》の聖人の力でなくてなんであろうか。孫仲謀どのに、一声にて十万の無辜《むこ》の民を地獄に落とす力はおありか？」

とどめを刺した。

「確かにそんなことはでけん、ちゅうより、やろう思ってもやれん。ちゅうか、人としてやってはならん外道なことじゃ」

「ふっ。それがわが君、玄徳の魔性の力なのです。これを野に置き、野良犬扱いしていいはずがありません。もし、そんなことをすれば、偉大な軍団と結ぶ好機を逃がしたと、

子敬どのは仲謀どのにきついお叱りをくだされるでしょう」

と、哀れな避難民十余万のことも詐欺のタネに加えて、押し売りした。

「そうですぞ。この玄徳は先生も保証する魔性の人気者なのでござる。この外道が孫将軍のお役に立てないはずがない」

と、劉備は胸を張って言った。

催眠商法というのか、個室にて二人がかりで入れ替わり立ち替わり説得されていると、いつしか嫌とは言えなくなり、高い羽根布団や着物を、つい高金利ローンまで組んで買ってしまうことになるらしい。しかもクーリング・オフは無し。いまの魯粛はそんな状態となっていた。もう何が何やら判別がつかず、理性が停止しかかっている。

「わ、わかったけん。二人してそがい責めんなや。じゃがわしにはとてもウチの者を説得する自信がないで。とても無理じゃ」

自分の収入ではとてもそんなローンは支払いきらん、と、魯粛はおびえる若い娘のように言った。

「案ずることはありません。この孔明が同行いたし、呉のお歴々に詳しい説明をしてさしあげましょう。ともに曹公と戦うのです」

利息の説明も、アフターケアもばっちりです、と孔明は自信たっぷりに言った。

「そうしてくれるんなら、有難い。わしがふうよく取り次ぎますけん、同盟の件は孔明どのの口から言うてくださいや」

かくて魯粛は詐欺と分かりつつも、自ら落ちたのであった。

孫呉と劉備軍団の同盟は、あくまでも魯粛が先に言い出したこと、にしておくべきであった。劉備は同盟を要請されたのであり、そのために今後の方針を話し合う特使を送ったという体裁である。魯粛にそんな大事を決める権限があったかどうかはこの際知ったことではない。魯粛は孔明の来駕をつよく要請して連れて行くわけだが、そういうかたちでなくては孔明が呉の根拠地に乗り込む意義は薄れてしまおう。

幸いにも魯粛の基本戦略構想は反曹操勢力との連携を目指すものであった。劉琦《りゅうき》、劉琮《りゅうそう》と結べなかったうえは劉備軍団でも贅沢は言えないというところである。このとき呉の抗戦派には単独抗戦をとる者と同盟勢力を糾合しようとする者のふたつがいて、単独抗戦派の代表が周瑜で、同盟抗戦派の代表が魯粛である。二人ともこの窮地をしのぎ、天下を二分して孫曹の決戦へもっていくことは同じであったが、まずは目前の曹軍を挫かねば先の構想も何もない。魯粛の立場は、人手を借りてでも、とにかく曹操に勝つことを優先したから、劉備との怪しい同盟を容認することになった。いずれ、どちらを取るかは孫権にかかっている。

『三国志演義』の魯粛はちょっと間抜けなお人好しに描かれている。だが実際にはそんなことはなく、戦略眼のはっきりした筋の通った策士であったが、孔明はそこにつけこむことができたわけであり、中に入って魯粛、周瑜の構想を狂わせ、天下を三分にもってゆこうとする腹黒さがあった。が、孔明とて、孫呉と結ぶことにした以上は、孫呉が曹操に簡単に負けてしまっては困るのである。

この同盟案は、正味のところは劉備が孫権に救援を庶幾《こいねが》うという、期待混じり外交であることは本人たちが一番よく分かっている。『三國志』諸葛亮伝では孔明が、

「事態は切迫しておりますれば、それがしご命令をいただいて孫将軍（孫権）に救援を求めたいとぞんじます」

と正直な進言をしたことになっている。むろん孫権には劉備を救援する義理もいわれもないから、説きに説いて説得し倒す覚悟であろう。

曹操からの挑戦状が届かんとする時期にもかかわらず、なお煮え切らず、和戦を決めかねている呉連合に乗り込むとして、ここは魯粛の強い熱意といやらしいほどのバックアップがないと話にならない。たんなる使者というより賓客の扱いでなければ、呉の誰が落ちぶれ集団から派遣されてきた、しかもまだ二十代の使い走り小僧の話をまともに聞いてくれるだろう。魯粛は必要以上に丁重に、孔明を重んじる態度（演技）をとった（とらされた）に違いない。魯粛としては苦汁を飲む心地のするところである。

『三国志演義』では、しつこく仏頂面をさげて芝居を続ける劉備は、魯粛の要請になかなかうなずかない。孔明は、

「わが君は孫将軍とおつきあいがなく、無駄に言葉を費やすおそれがあります。それ以前に、呉へ派遣すべき腹心の者もおりません」

ウチには使者がつとまる人材がいないので、と脇から言い訳した。魯粛が縋《すが》るように、

「先生がおられるではありませんか。先生の兄上（諸葛瑾）は今、江東の参謀であり、先生との対面を心待ちにしております。身は不才ではありますが、ご同行いただいて孫

将軍に会見し、ともに大事を語り合いたいと思います」

と頼んでも、劉備は、

「孔明先生はわたしの軍師である。水魚は一刻たりとも離れ離れになることはできぬのでござる。先生を貴殿とともに呉へ遣ることはお断りする」

と気持ちの悪いだだをこねる。孔明の同行に反対し、しつこく魯粛をじらすのであった。そこで熟慮した様子の孔明が、

「わかりました。やむをえぬことです。わたしが参らねばなりません」

と言えば、劉備もようやく、

「先生がそう言うのなら、わしは反対だが、仕方がなかろう」

と渋々ながら許した。すべて演技である。魯粛は、既に騙されていると分かりつつも、

「有難し」

と感涙にむせぶのであった。

いずれにしろ孔明の名が天下に浮上することになる最初の活躍こそが呉入りなのである。何しろ劉備軍団入りして半年以上、何も目立ったことをしていない、見かけ上は役立たずである。ここではじめて孔明の名は歴史に刻まれることになるのだ。呉で何をするつもりか知らないが、一見して難しい任務なのであって、孔明がその困難さをどれくらいのものだと認識していたのかは、おいおい明らかになろう。

一方、曹操陣営は休む間もなく動いていた。江陵を占拠後はすぐさま戦闘態勢の構築

にはいり、素早く前線基地にしてしまった。そして荊州水軍の再編制である。三日とかけない急ぎようである。曹操は荊州奪取の勢いのまま、一気呵成、電光石火の早業で江南、江東を片付け、南征を完了させる腹づもりであった。

建安十三年（二〇八年）七月に号令して出陣し、九月には荊州に入り、劉琮を降伏させ、逃亡する劉備軍団を叩きのめした。その二ヶ月後には早くも孫呉との水戦が開始されるわけであり、赤壁の戦いが起きるのは十一月である。わずか五ヶ月で広大な南方主要地域を平らげようという、勢いよく転がる巨岩をもって轢き、また激流をぶつけるような急速さであり、やや無理筋もあろう作戦であった。これでは曹操はもとより誰一人休む暇もないというものだ。曹操には荊州経営を腰を据えてやり、時間をかけて呉を絞め殺していくという策もあったが、気長ではおれないのか急襲策を採用した。

曹操の嫡男、曹丕《そうひ》が鄴《ぎょう》の玄武池にて訓練を終えた曹操水軍の将兵を引き連れて江陵入りした。曹丕はこのとき二十二ほどの年齢である。

『建安の十三年、荊楚《けいそ》傲《おご》りて臣たらず』

と曹丕は詠んでの従軍であった。荊楚（湖南、湖北）の者どもは、傲りたかぶり、漢室の臣下であることを心得ていない。故に討伐するのである。

「父上、荊楚はすでに陥ちました。次はどうなさるおつもりですか」

と曹丕は冷めた口調で訊いた。

「知れたことだ」

と曹操は言った。

「荊州を押さえられ、長江の険を半ば無効にされた孫呉は今あわてふためいておろう。われらがここにおるだけで脅しとなる。向こうがどう出るかだが、戦わずして収まる気配もある」

曹操の諜報員は、孫呉には抗戦論より帰順論のほうが優勢だと伝えてきている。孫権本人は口をつぐんでおり、心の内がはっきりしない。

孫権は今、前荊州牧の劉琮と似たような立場にいる。張昭《ちょうしょう》、張紘《ちょうこう》、顧雍《こよう》ら、和平派の重臣に囲まれて、

「曹操に弓引くことは漢室に弓引くも同然である。若い者にそそのかされ、敢えて戦ったなら殿は逆臣の誹《そし》りを免れませぬ」

しかも兵力の差は如何ともしがたく必ず負ける、と、やいやい言われているところである。若い者とは周瑜、魯粛をはじめとするイキのよすぎる武闘派たちである。孫権も、建前なのかどうかはっきりせぬが、劉備と同じく漢室を扶《たす》け、尊重するポーズをとっており、逆臣と言われるとなかなか辛い。劉琮はそういう諫めに逆らえず曹操に降ったわけだが、孫権はなお口を濁していた。

「孫権はいささか小骨があり、劉琮のようにはいかないでしょう。それに左右に周瑜、魯粛の過激派がいて、たきつけておりますゆえ」

と曹丕は言った。建安七年（二〇二年）のとき、曹操は孫権に息子を人質に差し出すように要求したことがあった。そのさい孫権は周瑜の清々しい強硬意見を容れて、結局、貢ぎ物はたくさん贈ったが人質は出さなかった。曹操はその時点で呉とは近いうちに干《かん》

戈《か》を交えることになろうと心に決していた。

呉の不動の国主などというには程遠い孫権の立場はよく分かっていた。地元豪族の意向を無視して開戦の決断などしても、どれだけの者が従うか。孫権は窮していることであろう。

「やるとなれば速戦にしかずだ。そこで仲謀の尻に火をつけてやろうと思ってな」

と曹操は笑って言った。

『近くは（天子の）辞を奉じ、罪あるものを伐《う》つ。旌旗《せいき》は南を指すに、劉琮、手を束《つか》ねたり。今、水軍八十万の衆を治め、方《まさ》に将軍と呉に会猟せん』

会猟というのは、舐めた言い方で、一緒に巻狩りでもしようということだが、要するに、

「腰抜け劉琮は軍門に降ったぞ。お前らはおれと戦《や》る気はあるのか？」

という挑戦状である。降伏勧告をすっとばした、小僧相手に喧嘩をそそのかすような書状なのだ。

「これを呉に送りつける。仲謀はかんかんになって怒るだろうが、子布《しふ》（張昭の字）はどうかな。背筋を寒くするに違いないぞ」

曹操は上機嫌であった。

「うふふ。呉なら、是非にも周瑜公瑾《こうきん》を手に入れたいものだ。頑固者らしいがな」

と人材マニア心も健在である。

曹操はこの長江という壮大な舞台でひと戦さしたい気分であったが、孫権が降伏して

くるのならそれはそれでかまわない。江東の地にあと一歩を進める。それで終わりである。ここまで戦略を詰めているのであり、あとの一歩はじつに楽なものとなるはずだ。

準備万端の曹操の頭の中には敗北のことなどまるで浮かばなかった。

荊州水軍が改めて曹操水軍に編制される時をもって、呉への侵攻が開始されるであろう。

「ところで父上、劉備を取り逃がしたと聞きましたが」

「小賢しいサルよ。だがほとんど身ひとつのありさまだろう。何もできやせん」

「ふっ、父上は劉備にかぎってよくお取り逃がしになります」

「悪運のつよいやつなのだ。やつが雇った諸葛亮とかいう青軍師がみみっちい詐術を用いたようだ。次に会ったら今度こそひねり潰す」

曹操は思い出して腹立たしげであった。

「諸葛亮……臥竜ですか」

曹丕の目が冷たく光った。

「最低の変質者だという評判ですね」

のちに劉備の言うところによれば、曹丕の才能（変質性）は孔明の十分の一しかない、ということである。

「それがどうかしたか」

「劉備であれば、今更、孫権に頭を下げるようなことはいたしますまいが、恥知らずの異能であれば、孫呉と手を結ぶことを考えるのでは」

「ないとは言えんが、尾羽打ち枯らした劉備を孫呉が相手にするかな。それに孫呉の衆は意見不統一でもめており、劉備らのはいるスキマはなかろう」

「いえ、少し気になったまでのことです」

曹丕は口の端を歪めて笑った。性格の暗さを常に演出しているようなタイプであった。


ともあれ孔明の呉潜入が決まった。

それも単独潜入である。

誰も指摘しないところが不思議だが、孔明一人を派遣するというのはかなり酷いというか不可解なことである。孔明一人を野獣の群れる檻の中に放り出すようなものである。正使孔明に副使の一人も付けてばちは当たらないと思われる。このとき、劉備軍団はひまだったわけであるし。張飛を付けるのは呉に喧嘩を吹っかけるも同然であるから、それはまずいとしても、おそらく真面目な武将である趙雲を副使にしてもよかった。またどんな恐ろしい相手も下ネタで和ませて仲良くできる簡雍《かんよう》であるとか、幹部でなくとも、名もない従者でもいいから、一人の付き添いもいないというのはどういうことか。

呉は万が一のことがいつ何時にも起こりうる土地である。劉備は命懸けの使者が万が一の目に遭った場合に捨て殺しで仕方がないと思っていたのか。

いやここは劉備が用心棒をつけようと提案しても孔明が断り、一人乗り込むと主張したのであったろう。

「先生、江東はがらの悪い土地ですぞ。もし先生の身に何かあったら、わしは生きてはおれない。関羽、張飛、趙雲と誰でもいいから好きな者を連れて行ってくださらんか。三人全員連れて行ってもいい」

　そんなことをしたら特殊部隊を侵入させ、しぶといゲリラ戦を挑むようなことと変わらなくなりかねないが、心配した劉備は勧めた。しかし孔明は、

「わたし一人でじゅうぶんです。ご案じめさるな」

　と何の根拠があるのか、爽やかに言った。

「先生、無理なことを無理と言っても、この玄徳、先生を臆病者だなどと決めつけたりしませんぞ」

「殿、お言葉は有難いのですが、わたし以外に誰か来ても、邪魔になるだけです」

　劉備は、

（うぬー、わしにはまったく分からんが、先生にはこたびのこと、何やら自信があるらしい。さすがに宇宙である）

　と思わずにはいられなかった。

　孔明、依怙地《いこじ》に単独行をつらぬく。

　その心は、劉備軍団の身内に知られたくないことをしようとしているからに決まっていよう。

　孔明送別の宴会が軽めに行われたが、この任務の重要さと困難さを理解している軍団幹部はほとんどいない。張飛などは、

「孫権小僧なんかに頭を下げに行ってどうなるというんだ。情けないぜ」

と言う始末である。劉備のみ任務の苛酷さが分かっていたから、

「先生、どうか生きて帰ってくだされよ」

と手を握って、キラリと光る男の優しさあふれる涙を見せた。

孔明は黄氏ら家族には詳しい説明をせず、

「喬《きょう》を養子にもらいうける話が、こたびの騒動のせいでのびのびになってしまっている。行って兄上と相談せねばなるまい」

と言った。喬というのは諸葛瑾の次男であり、だいぶ前に孔明が養子にするという話が決まっていた。このとき五歳になっているだろうか。諸葛喬、字は伯松《はくしよう》は、『三国志演義』では無視されているので影が薄いが、のちに蜀漢政権の駙馬都尉《ふばとい》となり、孔明の第一次北伐にも参加している。孔明は喬に期待していたようだが、漢中駐留中に死去することになる。諸葛喬の息子は攀《はん》といい、行護軍翊武《よくぶ》将軍となった。まあずいぶん先の話である。


かくて孔明は呉地に向かうことになった。奇跡を起こすべく。

魯粛の提案で劉備軍団は夏口から百五十里下流にある樊口《はんこう》に拠点を移すことになった。樊口のほうが柴桑《さいそう》との連絡がよいからである。

船はのんびりと長江を下っていた。商用の中型船である。水流の穏やかな場所を選んで進んだ。岸辺には剝き出しの岩石が多く見える。

魯粛はやっと劉備軍団から離れられて、やれやれといった顔つきである。しかし、孔

明が隣にいるのでまだ油断ならない。遠い向こう岸を眺めていたかと思えば、唐突に、

「刻《とき》が、見える」

だとか、

「江の水は濁れり。宇宙が……」

とか呟くからである。魯粛が、

「孔明どの、なにか変なものが見えるんですかい」

と訊いても、白羽扇をあげてうっすらと微笑むだけであった。

「向こうに着いたら、大仕事が待っとりますんで。うるさいのがごろごろおり、わしらの同盟のことなぞ聞いておらんのですから」

「ええ、まあ」

「わしがまずカシラ（孫権）に因果を含めますけえ、そのあと会うてもらいたい」

「孫討虜《とうりよ》は和平、抗戦、どちらの腹づもりなのですか。仲謀どのにその気がなければ、今度のことも何の意味もなくなりましょう」

魯粛は、

「わしが荊州に乗り込んだのも、カシラの意に沿うてのことじゃ。きっと心に固めておられるわい。わしの気持ちは通じとる。わしらが説いてさらに固めてもらわにゃあの」

と言った。

「子敬どの、おカシラよりも、問題は多数の反対派のことでしょう」

呉連合の過半数が和平派であることは動かしがたい事実であった。

「それは頭が痛いが、なんとか、勢いで押し切るしかないのう」

するど孔明、ふっと笑った。

「何かの」

「簡単なことでしょう。ひっくり返すならば……」

「何か策でもあるんかいの」

「二張」

と孔明は言った。二張とは張昭と張紘のことである。孫呉の内政官の二本柱であり、その名は天下に轟いている。曹操との宥和《ゆうわ》、和平派の首魁《しゅかい》と言えた。

「とくに子布どのです。この方が頑張っておいでなのでしょう」

「まあの。張オジキは頑固でみな手を焼いちょる」

「ならば子布どのに死んでもらえばよいではないですか」

と孔明は爽やかに言った。

「げえっ」

「合い言葉、邪魔者は消したれや！　が呉の常識のはず。血気盛んな若い衆を使って、暗殺してしまいましょう」

簡単なことですと言いたげだ。

「そ、そんなことができるかいや！」

「呉では内輪もめに切った張ったが当たり前、流れ矢がいつでも飛んでくる。男度胸の殺し屋が腐るほどおり、日々何人もの人間が命を失っていると聞いていますよ。子敬どのがお身内の死士一人を送ればすみます」

呉は内紛テロ国家でしょう、と、決めつける孔明であった。

「なんちゅうことばいいよんなら。そげな外道ができるはずがなかろうが。ウチは合議制で物事を決めるまっとうな国じゃがい（半分ほんとう）」

「できないんですか」

「でけるかい！」

「ふっ。噂とは違いますね。江東の健児は勇猛強悍《きょうかん》、わが志を通すためなら互いに命を懸け、気に入らない相手とは抗争を重ねるのが掟とか」

「それは大昔の話じゃ。今の呉では話し合いが優先で、筋目の通らんことはせんのよ」

とはいえ、呉には先代孫策以来、暴力と暗殺で血の雨を毎日のように降らせてきたドキュメンタリーがある。

孫策は袁術《えんじゅつ》から離れてわずか数年で江東一帯を切り取り、強権支配したイケイケであり、ためにずいぶん無理をしている。反抗する豪族の討伐に走り回り、反乱分子の粛清を繰り返した。その領土拡張戦があまりに性急だったことが孫策の命取りとなり、諸豪族の恨みを買いすぎ、〝小覇王〟の異名も空しく暗殺されるに至ったのであった（もしくは于吉《うきつ》に呪い殺された）。しかしそれぐらい強行乱暴にやらねば治まらないのが呉の地だったのであり、一種の伝統となっている。孫権は孫策のやり過ぎを反省し、配下に気を遣ってもっと穏やかにやってきたわけだが、そのせいで未だに独裁権など持ちえていない。

「張昭のオジキはのう、伯符《はくふ》（孫策の字）どのが、辞を尽くし、何度も頭を下げて、師友の礼をもって手厚く迎えたお人じゃ。伯符どのとカシラの母君が定めた、わがカシラの後見人筆頭でもあり、オジキなくして孫呉は立ちゆかんちゅうて、大事なお人じゃで。言ってみればカシラの義理の父上にあたるようなお人なんじゃ。それを殺《あや》めようなんち……」

ほんらいヤクザ的慣用表現なら、頭領の孫権は「オヤジ」とか「おやっさん」と呼ばれねばならないところだが、「カシラ」でとどまっているのは、孫権の立場と力が孫堅・孫策のレベルになかったからであり、オジキである張昭の方が衆目に孫権より重く見えたからである。孫権は年齢からしてまだ若頭級の重みしかないということである。孫権が名実ともに「オヤジさん」となるのは、まだまだ先のことである。

確かに呉における重鎮参謀の張昭の存在は巨大である。劉備における孔明、曹操における荀彧《じゅんいく》よりも、あるいは格上であったろう。

張昭は徐州彭城《ほうじょう》の出身であり、地元豪族ではない。若年より中央に学識を知られた名士であった。乱を避けて江東に疎開したところを孫策に懇《ねんご》ろに招かれた。孫策は張昭を長史・撫《ぶ》軍中郎将とした。文官と武官の束ね役であり、張昭は内政のみならず軍事にも大いに口を出すことが出来る。多大な信任であると言える。

張昭はおもに内政万事を取り仕切り、おかげで孫策は領土切り取りに没頭することができた。孫家の大恩人でありかつ呉最大の政治家なのである。孫策の死後、張昭が支えなかったら孫権などは今頃はたんなる諸豪族の一人に違いなかろう。周瑜とともに大功労者と言える。しかも孫権より二十六も年上、嫌になるほど貫禄があり、頭の上がらないこと甚だしく、張昭と話をするときには誰もが緊張して軽口もたたけなかったほどである。

孫策が急逝したとき、まだ若い孫権は虚脱してしまい、部屋に籠もってしくしく泣いて、酒びたりになっていた。その間、張昭は代替わりの手続きを素早く完璧にやり遂げ、他家につけいる隙を与えなかった。そして、孫権のところにゆき、いきなり叱りとばした。

「いつまでねむたいことをしよんなら！」

孫権の襟首摑んでビンタを入れる勢いで、

「伯符さまの跡目を継がないかんちゅう大事なときに、家の中に引き籠もり、匹夫《ひっぷ》の情に溺れるがごとき様、とても見てはおられませんで」

さらに蹴りを入れる勢いで、喪服を脱がせて服装を整えさせ、外に連れ出し無理矢理馬に乗せた。

「胆を据えてぱりっとしとくんじゃ」

そして町を巡視させ、兵を陣立てして閲兵させた。このデモンストレーションで、兵士、町人らは、孫権こそが頭に戴くべき次の呉連合のトップらしいと取り敢えず納得したのであった。とにかく張昭は豪腕な男であった。

そもそも江東の名家といえば、顧家、朱家、陸家、張家の四姓であって、比べれば孫家は新興の成り上がりであった。『孫子』の作者、孫武が先祖だという疑わしい伝説しかない。孫堅、孫策の二代が実力で家名をのしあがらせたのだった。たとえば周瑜の周家などは後漢の最高位の太尉を輩出した家柄であり、その筋目と実力から、孫策後の江東の頭目となっても不思議はなかったのである。それを不十分ながら孫家の政権としたのは張昭の力であった。

「軍事のことは周瑜に兄事して聞き、内治のことは張昭の教えを受けよ」

という孫策の遺言を孫権は守らざるを得なかった。

ただし孫権と張昭は何かと意見が合わず、しばしば冷戦、小さな喧嘩をするのはしょっちゅうのことであった。赤壁《せきへき》の戦いの後、孫権の権力基盤がぐんと強固になると、いがみ合いはヒートアップしてゆき、しまいには張昭の家に放火して燻《いぶ》り出そうとする暴挙に出るまでになる。さすが呉らしい殺伐さであり、しかし殺されかかっても張昭は正論を突きつけることをやめなかった。それほど仲が悪いのに孫権は結局張昭を殺すことはなかった。殺せなかったのであろう。また張昭の死後に家を潰したりもしなかった。孫権にとり、張昭はおそろしく生意気で手強い、でもやはり頭が上がらないところが多々ある家臣だったのである。

孫呉の大重鎮、張昭の意見は、

「江南安泰のため、曹操と手を結ぶべし。人質も出したほうがよい」

「今、軍を曹操に向けるのは、薪を背負って火に飛び込むようなものだ」

というもので、これが張昭の口から出ている以上、孫権も重く受け取るよりほかなかった。張昭は周瑜や魯粛が跳ね返った主戦論を唱えていることは知っているが、断固として譲るつもりはない。

張昭は曹軍に絶対に勝てないと確信していた。負け戦さは無駄というより、戦後に孫家の大不利となろう。恭順して曹操を迎え、その上で如何にして孫家を生かすかを考えているのであり、その意味では孫呉に反するつもりはまったくない。他の日和見豪族らと違い、無私の奉公から出る意見であるから困りものなのであった。

孔明が教唆したとおり、張昭さえ除けば、和平恭順論はあっという間に小さくなるはずだが、反目に立って論争している魯粛ですら、暗殺のあの字も考えられない存在のようだ。

「子敬どの、そんな調子であるなら、主戦論など立ち消えも同然ではありませんか」

「それをなんとかしようと、わしや周郎《しゅうろう》が動き回っとるんじゃ。やる気満々の連中もようけおるわい」

主戦派は血気盛んな若い連中に多いわけだが、若いだけにその意見に重みが足りない。

「ウチに八分、いや六分でも勝ち目があると説得できれば、なんとでもなるんじゃ。劉皇叔と組むのも、そのためですで。とにかくカシラに燃え上がってもらい、腰抜けどもを吹っ切ってもらうしかないんじゃ」

「すると仲謀どのにはなおかすかに迷いがあるということですか」

「……そりゃ、まったく勝ち目がないちゅうんやったら、二の足を踏むじゃろ」

「仲謀どのが迷っているのでは、会議の席で見透かされましょう」

「そうじゃ。だから次々にエエ材料をカシラに差し出さんといけんのよ」

和平論を潰すのも大事だが、孫権に必勝の自信を植え付けることも重要のようだ。孫権はやや優柔不断、ともすれば弱気になりがちなところがある性格だった。

曹軍が荊州を押さえて、今にも長江に出陣しようとしているときに小田原評定をしているようでは話にならない。既に迎撃作戦が出来上がり、各部署に指令が徹底しているくらいでなくては勝ち目があっても間に合わないというものである。

（さて）

と孔明は思う。

（こちらとしては負けると分かっていても戦ってもらわねばならないところである。根拠がなくても自信を持っていただかねば）

そこで思うに最大の主戦派の周瑜公瑾である。噂はかねがね聞いているが、周瑜とはどれほどの器量の男であろうか。

（公瑾どのは、たとえ国論が降伏に傾いたとしても、なお頷かず決戦するほどの男であって欲しいものだ）

周瑜に会う時も近いであろう。

「孔明どのよ、カシラに会うた時、くれぐれも曹軍は兵も大将も多くて強いとか、まあ、ほんとうのことを言わんようにしんさいよ」

と魯粛が気の弱いことを言った。

「ふっ。子敬どのに言われるまでもなく、わたしは説くべき言葉を用意しております」

と孔明は答えた。つまりそれは宇宙の話をするか、大ウソをつくということか。

船は潯陽江《じんようこう》に入り、船着き場に着いた。ここから柴桑城まで陸路、馬車を雇った。

ほんらい孫権の根拠地は呉郡であるが、現在はずっと西進して柴桑が本陣ならびに前線基地のようになっており、呉の主要な人員は柴桑と廬江《ろこう》に参集している。柴桑は漁猟と交易の中心地の一つで、城も立派な構えがある。

道をゆくに柄の悪そうな軍兵どもが、ここかしこに見られ、荒くれた雰囲気である。今、柴桑は時ならぬ西部劇の開拓地のように騒然としていた。兵たちは、

「やるのかやらんのかはっきりしろ」

どころではなく、

「早く曹操を血祭りにあげさせせぇ」

という殺気を際立たせており、殺《や》ることしか考えていない。

「上の者はなんで会議などする必要があるんじゃ」

戦意盛んというより、駐留が長引き、待たされすぎて気がささくれだっている。兵たちは道端でバクチに興じたり、恐ろしい言葉で怒鳴り合いをしたりしている。

魯粛が、

「兵とは目を合わさんようにしんさいよ。気が立っとるけえの」

と孔明を脅すように言ったが、孔明は爽やかなそよ風をうけるような微笑を浮かべるだけであった。

やがて柴桑城の門に着いた。魯粛は孔明を駅舎に案内して、

「ここで休んでおってください。ええですか、絶対に一人で外に出ちゃいけませんで。身の保証ができません」

と、やくざの顔でにやりと笑った。

「ふっ。活きのよいゴンタクレには慣れておりますから」

と言った。

「脅しじゃないんですで」

「ご心配には及びませんよ。なにしろわたしは子敬どののマブダチです」

と孔明は変わらず涼しい顔である。

魯粛は城の正堂に向かった。入り口の警護の兵に、

「カシラはおってか」

と訊くと、文武諸官が集まり、会議中とのことであった。

（また会議中かいや）

魯粛が帰着の知らせを伝えさせると、すぐに呼び入れられた。

孫権が上座にいて、文官武官が二十人ばかり凵の字形に席を並べていた。次の座には張昭が謹厳な顔つきで坐している。

この頃、孫権は毎日のように協議ばかりしていて、しかも議論は堂々巡り、主に文官たちの帰順論を繰り返し聞かされており、口を閉じて何かを待つばかりであった。そこに、荊州工作のために出張していた魯粛が戻ったのである。

「子敬が荊州の様子を実地に見てきた。報告を聞くことにしよう」

魯粛は身を小さくして、孫権の前に進み出た。

「子敬、ワレよう無事で戻ったのう。よかった」

孫権は、碧眼紫髯《へきがんしぜん》、角張ったアゴが大きく、胴長短足の男であった。怒ると虎のようになる異相が、苦り切った顔つきであった。孫権は孔明より一つ年下の二十七歳である。わずか十九で孫呉の頭領になってからまだ八年、群臣の意見を聞くばかりで、自己主張らしきこともなかなか出来ぬ立場である。

孫権の内心は、魯粛、周瑜らに力を得て、主戦論に傾いているのだが、それはまだ口に出してはいなかった。決め手がないのである。ここで主戦を主張して、会議で潰されてしまったら、二度は口に出しづらくなる。よって、ひたすら長々と皆の議論を聞いているだけなのである。その議論も煮詰まり気味であった。

「子敬、荊州はどげな様子だった？」

と孫権が訊いた。が、魯粛は、

「エー、その件はちょっと長ごうなりますけん、あとで詳しくお耳に入れたいと存じます」

と言った。さきに夏口から手紙を送っておいたが、劉備軍団との同盟のことはほんの少し書いた程度である。この場で皆に聞かれるのはまずかった。

「そうか、わかった。子敬、きのう曹操から使者が来て、こんな檄文が届いたんじゃ。それで話し合うとるんよ」

魯粛が書面を受け取り披《ひら》いて見ると、例の、

『近くは辞を奉じ、罪あるものを伐つ。旌旗は南を指すに、劉琮、手を束ねたり。今、水軍八十万の衆を治め、方に将軍と呉に会猟せん』

の書状であった。これに加えて、

「ともに劉備を討ち殺して土地を分け、盟を結びたいと思っている。つまらぬ思案はよして、さっさと回答するように」

ということような見下したことが書いてあった。盟を結びたいというが、事実上の降伏勧告であることは言うまでもない。

魯粛の顔色が変わり、孫権も目をぎらつかせた。

「会猟とは、舐めくさって……老曹賊が」

「で、カシラ、舐められて黙っておるんですか」

「それを今、話し合うとるんじゃ」

孫権は溜め息をつきかけた。水軍八十万は誇張だろうが、荊州軍を傘下におさめた曹操の軍勢は水軍だけでも二十万はくだるまい。それに熟練の陸戦隊が加えられるであろう。

そこで張昭が発言した。

「先にも繰り返したとおり、これはやむをえぬ。曹操に降伏すれば呉の住民は安泰であり、江南六郡を保つことはできましょう」

議論の結論は、張昭ならびに諸官らの一致した見解であった。

「曹操の本性が豺虎《さいこ》であることは明らかであるが、漢の丞相であるという名分をふりかざし、天子を擁して事あるごとに朝廷の意向と称して四方を征伐している。ただいま曹操をむげにしりぞければ事は面倒になる。それに加えて孫権にとって絶対の有利な条件であり、曹操を阻むものとして、長江の険が存在したが、曹操は荊州をそっくり手に入れてしまった。荊州水軍には艨艟《もうしょう》や闘艦が数千も備えられていたのであり、それを手中にした曹操がすべてを発進させて長江を進み、また陸にも兵を動かして、水陸双方から攻め下って来れば、そのときには長江の険は敵味方ともに有することになる。しかも彼我の戦力の差は歴然としており、比較にもならない。愚考するに、このたびは曹操の中し入れてきた条件を飲み、和議をはかるのが万全の策であろう」

勝ち負けを言う以前の話で、もはや状況は呉に絶対的に不利となっている。抗戦など考えるまでもなく不可であり、ここは曹操に頭を下げておき、一緒に劉備を殺す。その後に政治的交渉をうまくやり、孫呉の立場をあらしめるしかないということであった。

「徹底抗戦あるのみ」

などと言ったら即つまみ出されてしまうような雰囲気が出来上がっていた。

江東は孫策が勢いよく切り取り、勝手に郡太守となっていたもので、その死後に孫権に譲られたかたちである。朝廷、というか、曹操からすれば臨時の非合法政権でしかなかった。それを分け直すという、曹操の行動はいちおう筋が通っているのである。戦さではなく政治交渉によって合法と認めてもらうよう運動するのが穏当ということだろう。そういうことがとくとくと議論されている。

「張オジキの言うとおりじゃ。他に手のうちようがなかですけん」

と参謀たちも賛成していた。苦い顔をしているのは少数の武官だけである。

「まあ、それしかないかのう。いや、のう」

と孫権は呟いて面を伏せた。孫権さえ、そうしよう、と言ったなら、たちまち降伏は既定のものとなろう雲行きである。張昭らは、孫権をキャンと鳴かせるために、言葉を強くして説得につとめていた。今の呉では、誰にも独裁的決定権はなく、呉連合会長の孫権が、衆議をまとめ、決断を言葉にしたことが当面の方針となるといった政体である。

魯粛は、まず降伏ありきの論議に、孫権の意気がくじけることをおそれた。

（こりゃまずいで）

孫権に向かって目配せすると、孫権も気付いて、

「フゥ、一服しようかい。厠《かわや》じゃ」

と席を立った。魯粛はしばらくして後を追って出た。

二人は厠の横の軒端で落ち合った。

「論議はさっきからああじゃ。どがいもならん」

と孫権が言った。

「張オジキは別として、並んでおるんはヘタレばかりじゃないの。連中は臆病風に吹かれとるだけじゃ」

「そうはいうてもな」

「周郎は今どこにおるんかいの」

「鄱陽《はよう》に行っとる」

鄱陽では周瑜の監督する水軍が、日夜戦闘訓練を行っている。周瑜としては会議などという馬鹿馬鹿しいものに時間を費やすのが惜しいというところだろう。

「すぐに周郎を呼び戻しんさい。オジキに真正面から意見できるんは周郎だけですで」

「そうじゃの。さっそく周公瑾に使者を出して来てもらおう。じゃが、子敬、皆の意見にも一理あるどころか、言うとおりでもあるで。曹操の勢いに敵対するんはえろう難しかろう。こんままじゃわしらはどうしたって勝てんが。降伏するんも是非はなか」

「カシラ」

魯粛は孫権の目をじっと見つめた。

「なんじゃ、子敬」

「わしはいいんですで、わしはの。しかしカシラはいけんのじゃ」

「……」

「さっきから聞いておったが、ありゃカシラを誤らせる議論ばかりで、大事を図るには足らんですで。降伏したとして、わしはさして困らんのです。他の連中もおおかたそうじゃ。じゃが、カシラはいけんのです」

「何が言いたいんじゃ」

「ええですか。曹操が来てもわしにはいくらか名望もあるけえ、郷里に帰らされても官位を歴任して州や郡の太守になれるかもしらん。これは間違いないとこじゃ。しかしカシラはそうはいきませんで。カシラが曹操を迎え入れた場合、どんな身の落ちつき所が得られるとお思いですかい。これを考えてよく大計を定めんと、カシラは平穏無事にはすみませんで。連中の議論はカシラの身の上のことなんざ、何も考えておらんのです！」

むう、と孫権の面に朱がさした。

「子敬、よう言うてくれた。わしもあやつらの議論はまったく面白うなかったんじゃ。子敬が大計を言うてくれた。ほんにありがたいで。わしもそう考えとったんじゃ。子敬よ、ワレは天がわしに授けてくれた男じゃあ」

感激した孫権は魯粛の手を取り、目尻に光るものを見せた。

「わしを案じてくれるんは、お前だけじゃ。頼む、頼むぞ、子敬。わしを男にしてくんない」

「カシラ、言わんでください。ようわかっとりますけん」

「頼む、頼んだで、子敬」

「とにかくカシラ、あんなくだらん会議は話だけ聞いて、訊かれればちゃぼちゃぼ言うて誤魔化しときんさいや。わしらがなんとか手をうちますけん」

「じゃが子布の言はきついぞ」

「こっちにも勝ち目があると分からせりゃ、ええんですわ。なんでもええから戦さに有利だということをの」

「子敬は戦さをして分があると思うとるんか」

「むろん思うとりますわ」

「おお、心強いで」

「それでですな、江夏から客が来ておるんですわ」

「誰じゃい」

「劉備軍の軍師、臥竜先生こと諸葛孔明どのです」

「おお、子瑜《しゆ》（諸葛瑾）の弟じゃな。じゃが、聞いたとこじゃ、劉備一党は曹軍にボロ負けして逃げ隠れしとるんじゃなかったんかい。そいつらがわしに何の用なんじゃ」

「負けはしましたが、逃げ隠れはしとりませんで。傷付いた狼の如くに反撃の牙を磨いておるとこでして。わしは劉備と手を組むんも、エエ話になるんじゃないかと思うとります」

「劉備は当てになるんかい。兵はいかほど持っとるんか」

「わしが聞いたところ、三万くらいおるとかおらんとか……」

関羽、張飛、趙雲の虚飾的な計算上の合計兵数が二万八千四百なのだが、ここは目をつむって魯粛は言った。

「なに、負けたばかりじゃいうに、そげにおるんか」

「へえ。わしゃ現物は見ておりませんが、三で割ってもおるらしいんです」

と、魯粛はいくらか孔明の詐欺に加担した。が、騙すつもりというより、精神的に有利な条件を孫権の前に積んで見せねばならない。

「で、劉備は諦めんと曹操と戦《や》るつもりなんか」

「もちろんです」

「ふむ。それがほんとうなら、使えるかも知れんのう」

「いや、その話も含めて、孔明どのに、特使として来ていただいたわけなんですわ。カシラ、詳しいことは孔明どのが申し上げますけん、あとで会うてくださいや」

「よっしゃ、分かった。明日にでも席を設けい」

「そういたします。ただ、孔明という男、ちょいと変わったやつですんで、何かおかしなことをほざいても、すぐに手打ちにしたりせんでください」

孫権は妙な顔をしたが、

「いなげなことを言いよる。大事な客人じゃろが。いくらわしでもそがいなことするかいや」

「お願いしときますで」

便所の横であまり長話をするのも変なので、二人は別れ、孫権はまたいらだたしい会議の席へ戻って行った。

魯粛は孔明を待たせておいた駅舎に向かった。既に三時間近くほったらかしにしてしまっていた。

「孔明どの」

と呼ぶが、部屋にはいなかった。小者に尋ねると、ふらりと散歩に出ていったとか。

「お止めいたしましたんですけど」

「あちゃ！　がんぼどもがごろごろしとるんに、ボサッとしとりゃ、身ぐるみ剝がされるで」

魯粛は急いで孔明を捜しに外に出た。

吹き溜まりを探しながら、一町先に走ってみると、そこに驚くべき光景が展開していた。

孔明は例によって白羽扇をかざしながら立っている。その前に顔面を血みどろにした男二人がおり、一人は虫の息、三人目の男がおろおろした顔でなにやら止めに入っていた。

「孔明どの！　何があったんじゃ」

と魯粛が慌てて駆けつけた。

「ああ、子敬どの。ちょっとこのゴンタクレたちに意見をしました」

血臭がたちのぼるあからさまな暴力の現場にあっても、孔明は平然としており、薄い微笑を浮かべていた。

「な、何事ですかい」

「いえ、いきなり男比べが始まったようで、これも呉の異習かと、見物していたのですよ」

「男比べって、そんな風習があるかい」

おろおろしている男を捕まえて、

「コラァ、おどれら、大事な客人に何しよるんなら！」

すると男はばつが悪そうな、自分にもよく分からんという顔つきで、

「きゃ、客人ですかい。この（変な服装の）お人は」

と言う。

「シゴしようとしたんかい」

と魯粛が貫禄で睨み付けると、

「シゴやありゃせんで」

と小さな声で答えた。孔明は爽やかに、

「まあまあ。いいものを見せていただきました。さすが呉は男ざかりの土地」

と言った。

魯粛が三人にガミガミ言って事情を聴取した結果、だいたいのことが分かってきた。

要するにこうである。

孔明がふらふらとささくれた城市を歩いていると、まずチンピラじみた下っ端兵士が
絡んできた。

「あんちゃん。エエ格好しとるのう。このへんの者じゃないようやな。へへへ、あわれなわしにちょいと銭を恵んでもらえんかの」

孔明は爽やかに、

「お断りします」

と言った。孔明が脅えも怯《ひる》みもしていないのが気に入らない。

「ほんのちょいとでええんじゃ。わしに団子くらい食わせてもらえんかのう」

カモを捕まえたらしいと見た仲間がすっと近付いてきている。

「なあ、わしゃあ、腹が減って気が立っておるんじゃ。団子、食いたいのう」

しかし孔明、慌てず騒がず、

「団子はわたしも食べたいところですが、しかし、この臥竜には持ち合わせがない」

と言った。

こういうときによく効く芝居があり、連れの二人もすぐにそれと察して絡むことにした。目配せして、

「おい、お前、よその人に何たかっとんのや。恥ずかしい真似すなや」

と一人が孔明をカツアゲしようとしていた男に言った。兄貴分という感じである。

「アニキ、こんくらいええやないけ。わしは丁寧に頼んどるんど」

と言葉が終わらぬうちに、兄貴分の拳がカツアゲ兵士に飛んでいた。

「ぐわっ」

「おどれ、わしがやめえ言うとるんに、聞こえんかったんか」

そしてさらに二、三発、殴りつけ、襟を摑んで腹に膝蹴りを入れた。

「ぐええっ」

兄貴分は孔明を見てにやにや笑いながら、

「えろうすんませんな。行儀が悪うて。いまキッチリ教えときますけん」

地べたに転がったカツアゲ兵士に容赦のない（ように見える）トゥーキックを蹴りこんだ。

「うげえ。アニキ、やめてつかあさい。わしが悪かったっ」

「恥ずかしい真似さらしおって、こん人に死んで詫びい」

孔明には直接手は出していないが、目の前で突然のリンチが行われているのであり、普通ならそれを見てすくみ上がるというものだ。

「ひっ、ひっ、アニキ、許してくれぇ」

兄貴分は、ふう、と息をつくと、

「どや。こんくらいで許してくれんかいの。さっきの無礼は」

と、顔面が真っ青になっているはずの孔明を見ると、真っ青どころか、微笑を浮かべて嬉しそうに、

「甘い！」

と言った。

「もっと厳しくやってください。わたしだからよかったようなものの、普通の町人であったら、恐がって有り金ぜんぶ出しているところです」

と言って、ファイト、とけしかけるのであった。

先に絡んだカツアゲ兵士より数段冷酷で乱暴そうな兄貴分の暴力にいっそう脅え、恐怖のあまり思考停止に陥るのが普通の者の反応のはずだ。

「その顔は痛みが足りない。それに見ておりますと、さっきから蹴りが急所から外れておりますよ。もっときちんとシメてやってください」


(な、なんじゃ、こいつは)

といつもとは様子が違うことにまごつきつつ、

「まだお許しが出んぞ。オラオラ」

となってしまう。

「ふっ。下の者を厳しく正すのは、上官のつとめ。それでこそ軍紀は保たれるもの」

と白羽扇を水平に動かした。

三人目の男はこの状況を見守るしかなかった。ほんとうならこのあたりで、さらに大物ぶって割って入り、

「まあまあ、お前らそれくらいにしとけや。この兄さんのお目汚しになる」

と収めに出るのが筋立てのコツなのである。そこで、

「悪いのはコイツじゃけ、治療代はええ。じゃが、まあ、ここは、勘弁料でも払うてもらえんかの。右のは人を殺すことなどなんとも思わんヤツじゃけえ。このままじゃほんまに殺してしまいますで。そんなことになりゃ、あんたも寝覚めが悪かろうが」

とか言いながら、ごっそりと金を脅し取るわけである。相手を傷付けずに仲間芝居で脅し上げる、よくあるヤクザの取り立てチックなコントであった。

だが、孔明は無邪気に喜んで見物している（ように見えた）。殺せコールがその口から出かねなかった。

そのうち、

「げ、痛ぇ。おい、本気で蹴るなや」

兄貴分役の兵士の蹴りが、本気で急所に入ってしまった。

「おどりゃ、（芝居と）わかっとんのか」

「なにい」

地べたにいた最初のカツアゲ兵士が怒って起き上がり、殴り返した。

「こりゃ、違うじゃろ」

「うるせい」

「いけない。上官に歯向かっております」

軍隊、とくに張飛隊では「反抗」には死あるのみである。

カツアゲ兵と兄貴分役はとうとう本気の殴り合いを始めてしまった。いったん頭に血が上ったら見境なくなる連中であり、もう止まらなかった。三人目の男は出るに出られず、おろおろしながら、小さな声で、

「おい、もうやめえや。いい加減にしとけ」

と声をかけるしかない。

仲間割れの殴り合いを、孔明は温かい眼差しで見つめて、何度も頷くのであった。

そこに魯粛が駆けつけてきたという顚末である。

二人は駅舎に戻ることにした。魯粛は下級兵士らにも顔が知れているらしく、何人もが拱手《きょうしゅ》、会釈をした。

「孔明どの、外には出んようにと言うたじゃないの」

「ここ柴桑の空気を知らねばと。役目柄、必要です」

「あぶなくタカリに会うとこでしたで。気が立った連中じゃけえ、あんたも巻き込まれるとこじゃった」

「鉄拳制裁の目撃には（張飛の部隊で）慣れております。呉の衆の男ぶりを見せてもら

いましたよ」

「あんなもんを江東の男ぶりにせんでくれ。ただのチンピラじゃがい」

「団子が食いたいというだけで、血みどろの一芝居打つとは並々ならぬ男意気でしょう」

「最初から芝居と知っとったんか」

「ふっ」

「あんたも人が悪いで。エエ度胸と認めますが、じゃがの、度胸だけじゃ通らん手合いもようけおりますからな」

孔明が呉のチンピラに団子代くらいで殺されたとなれば、劉備との同盟などどうにもならなくなろう。

「あんたは大事な客人ということになっとるんやけんな。気をつけてもらわんと」

「本当に大事なんですか」

「マ、マブなんじゃからな」

「殺風景な駅舎に置き去りにされ、誰も遊んでくれず、寂しさが涙とともにこみあげていたのです。ですから外に」

「それはあやまりますけん」

「ふっ。それはいいとして、さっきのことも使えるかも知れません。いい具合に絡み役と止め役と仲立ち役が立ち回れば、仲謀どのも団子代以上のものを出すに違いない。名役者が揃えばなかなかの手となる」

と孔明は言った。

「そんなことせんでも、カシラの腹は決まっちょります」

「そうでもないのではありませんか。それで仲謀どのにわたしのことはご報告していただけましたか」

「明日にも会うと言うておられる」

「わたしに会いたくて会いたくてたまらない、というほどでしたか」

「まずは会ってみようというとこじゃ」

「子敬どの、宣伝と演出が足りませんね。それに明日ではまだ他の役者が足りぬ。が、仕方ないでしょう。それでご協議はやはり降伏派の独壇場だったのですね？」

「まあの。曹操から降伏勧告の書状が届いたちゅうてのう。けたくそのわるい」

「それはちょうどよい。やるかやらぬか、急いで返事をしろと、尻に火を点《つ》けられたわけですね」

「ああ、そうじゃ。もうギリギリんとこに来ておるで」

「短い間に張昭派の意見をひっくり返せますか」

「それは……。じゃが、なんちゅうてもカシラはやる気じゃ」

「ふっ。呉は面倒ですね。わたしたちなどは、劉皇叔がやる気であったら、やらなくてもいいことまでやらねばならなくなるんですから。わが君に反対する者は男扱いされなくなる」

「あんたとことはだいぶ事情が違いますけんな」

「いいえ、大筋は同じです。ここで仲謀どのが降伏論に従えば、呉はおしまいと申せましょう。自暴自棄であっても曹操に嚙みつけば、たとえボロボロになろうとも、仲謀どのはなお孤《と》を名乗れる。呉が立つか立たぬかの瀬戸際ですよ」

孤というのは、王侯の自称である。「わたし」という意味だ。

「まさしくそうなんじゃ」

孔明は面を伏せ、しばらく何か考えてから、言った。

「明日、仲謀どのと会見する前にお歴々とも会談せねばならぬようですね。宇宙の素晴らしさを説けば、分かる人には分かっていただけるはず」

「宇宙の話って、そんなもん」

「子敬どの、大事な話ですぞ」

「まあ、明日も会議じゃろうから、たいていの者はおるでしょう」

魯粛は不得要領な顔つきである。

孔明は話題を変えて、

「ところでわが兄も柴桑に来ておられるのですか」

「ああ、子瑜も来とるで」

「では今晩は久方ぶりに兄に拝顔いたすことにしましょうか」

諸葛瑾は孫権の秘書官のようなことをやっており、もちろん張昭派ではなかった。魯粛ともども重要会議に常に列席するような重臣ではない。

「なんぞ、折り入って話でも？」

「いえ、兄の子を養子にもらうという話が進んでいるのです」

魯粛の案内で、諸葛瑾のいる幕舎に向かった。

孔明の実兄諸葛瑾《しよかつきん》は、『三國志』に、

「弟の亮と公式の席で顔を合わすことはあったが、公の場を退いたあと、私的に面会することはなかった」

と記されており、血を分けた兄弟なのに孔明との交際にはつとめて厳格にしていた(孔明を嫌がっていた)とある。が、それは諸葛瑾が孫呉の中枢に入ってからのことで、現時点ではそんなことはなかった。のちのち孔明が孫呉に不利益を与えまくるようになってから、余計な疑惑を抱かれぬように慎むようになったに違いない。

諸葛瑾、字は子瑜はこのとき三十五歳、魯粛と同じく賓客の扱いである。長史となり、のちに中司馬へと出世してゆく。能吏であった。孫権は将来的には張昭のような立場を期待していたと思われる。

徐州瑯邪《ろうや》の諸葛家の諸葛珪《しよかつけい》の長男が諸葛瑾で次男が孔明、その次が諸葛均である。諸葛珪は泰山郡の丞(次官)をつとめており、重要性は中くらいの官職である。孔明たちの母は諸葛均を産んで間もなく死去した。諸葛珪は後妻を迎えた。その頃、諸葛瑾は将来を嘱望されて洛陽に留学中であり、学問に励んでいた。

徐州が戦乱に侵されたとき、すでに実父の諸葛珪は没していた。洛陽から急ぎ戻った諸葛瑾は諸葛家の家長として、家の前途を図らねばならなくなった。結局、孔明と諸葛均、孔明の姉たちを叔父の諸葛玄《しょかつげん》に託して荊州に避難させ、自らは継母を連れて江東に移住することにした。孔明が十四歳のころのことである。

孫策が非業の死を遂げ、孫権が立ったばかりのとき、孫権の姉の亭主である弘咨《こうし》が諸葛瑾を見つけて、その非凡さに感心し孫権に推挙した。ただ諸葛瑾は見事な馬面が特徴で、つい笑いを誘うほどである。心ない者からは、

「あのロバ野郎が」

などとそこはかとなくいじめられたりしたが、中身は誠実であり、すこぶる有能な男であった。孔明的な要素は諸葛瑾の息子の諸葛恪《しょかつかく》に遺伝したもののようだ。

とくに孫権の意中を察しながらの、まわりくどいが、適切な諫言の仕方が絶妙で、強い言葉を用いるでもなく、わずかに態度に表したり、物事にたとえたり、話題を転じたりしているうちに孫権はいつの間にか説得されてしまうといったやり方である。この説得術で何度も孫権の怒りを忘れさせ、何人かの命を救っている。孔明の怪しい理屈を駆使する弁舌とは異なるものの、諸葛瑾のそれも弁舌の達人クラスに近かった。孫権の信任はつとに厚くなり、諸葛瑾は孫権の口癖である「天がわしに授けてくれた男」の一人となっていった。

孔明とは文通をかわしていたが、半年ほど前に、劉備軍団に就職するという手紙を最後に音信は途絶えていた。

（弟はそんなところに入ってどうするつもりなのか）

とあやぶんだ。劉備はあくまで故劉表《りゅうひょう》の客将であり、土地も人もない流浪集団であ

ろうに。と、案じていたら、このたびの長坂坡《ちょうはんは》での大敗戦の報が聞こえてきた。いったい無事なのか、生きているのかと思っていたところ、盟友の魯粛とともにこちらに来ているというのである。

（ああ、十何年も前に別れたきり。どのような男に成長しておるのか）

時々手紙に理解不能な変なことを書いてきたりしていて不審だったが、荊州での孔明の悪評の方は諸葛瑾の耳には届いていなかった。まあ、兄弟再会を楽しみにしていたのであった。

孔明がうやうやしく入ってきたとき、まずはそのいでたちにびっくりした。綸巾《かんきん》、鶴《かく》氅《しょう》、白羽扇《はくうせん》と、どんなグレ方をしたらそんな異装になるのか分からないが、尋常な服装でないことは確かである。

「兄上、お久しゅうございます」

と深々と拝した孔明の両眼からは光るものがだらだらとこぼれ落ちていた。

「亮、亮なのだな」

手を取りたいところだが、常に握られた白羽扇が邪魔になって取れずじまいである。

軒先にいた魯粛が、

「つもる話もおありじゃろう。わしゃ遠慮しとこうか」

と言った。孔明は、泣きながら、

「いいえ、子敬どのもいてください。でなければこの孔明、懐かしさの情に溺れて、徹夜で無意味な言を吐くばかりとなりましょう」

と言う。魯粛は、

（こんな男でも身内の情には勝てんのだな）

と思った。

「お前は子供の時からよく泣いておったな」

と諸葛瑾がしんみりと言うと、

「兄上も、あの頃よりも、お顔が、長うございます」

と気にしていることを言った。

「均は無事だったのか。どうしておる？」

「大事ありません。均もいまや逞しさを増し、わが軍団にて男道を歩いておりまする」

「そうか」

「姉上のことも大丈夫かと存じます」

「それはよかった。しかし長く会わなかった。お前が、その、こんな男になっているとは思わなかったぞ」

「わたしも長い農家暮らしで苦労いたしました」

どう農業で苦労すると仙人かぶれな装いになるのか、諸葛瑾には分からなかった。荊州の近頃の流行りなのだろうか。

「お前、その格好は、仙人でも目指しておるのか」

「これはわたしの正装でございます」

決してコスプレではないのだと言った。

「それに、なぜそんな巨大な羽根の扇子を持ち歩いている？」

と訊いてみると、

「理由はありますが、秘密でございます」

と言われた。

怪しい成長をしていようが弟は弟である。見たままを受け入れるしかあるまい。諸葛瑾は机を片付けて酒と簡単なつまみを出した。

「養子、喬《きょう》のことですが、今のわたしは居場所もあやふやな身。ちゃんとした落ち着き先を得てから貰い受けることにしたく存じます」

「さもあろう」

とは言えるが、劉備軍団に落ち着き先ができるとは今のところ思われなかった。

（いつになるのやら）

だが赤壁戦後に劉備軍団の根拠地がちゃっかり荊州に出現することになろうとは、誰も、孔明以外は想像もしていなかった。

「子敬もこたびは走り回り、難儀をしたのであろう」

諸葛瑾は魯粛の盃に酒を注いだ。魯粛は思い出したくもないという顔で、

「ウチの諜報方はテコ入れせにゃならんで。出先では何も分からず、死ぬ目におうたわい」

「いや、しかしそのおかげでこうして子敬どのと深い親交を結ぶことができたのです。一蓮托生の交わりとでもいいますか」

と孔明がねっとりと言った。

「子敬どの。わたしの代わりに、今のわたしの立場を兄上に話してくださいませんか。なんのために命懸けで呉に参ったのか」

「立場ちゅうて、自分で話せばええやろ」

「いや、われわれの立場ですぞ。兄上、知ってください。わたしと子敬どのはなにしろ対等のマブの間柄になっているのですよ」

「子敬は愚弟と厚く交際なさってくれているのですな。嬉しい限りです」

そんなことはない、と強く言いたいところであったが、この場で言っても仕方がない。同盟話を持ちかけ、孔明を連行してきたのは魯粛である。

（それもこれも孫呉のためじゃい）

と心に思った。

「まあのう。劉皇叔には是非ともわしらの味方となってもらわにゃいけんと思うての。孔明どのにはその使者として来てもらいましたんよ。じゃが、うまくいくかどうかは、カシラを説得できるかどうかにかかっとる」

魯粛は劉備軍団との遭遇とその後のことを、やや詳しく語った。劉備軍団の実情のことは適当に誤魔化した。

「ふむ。劉琮《りゅうそう》が降り、荊州が曹操のものになってしまったからには、玄徳どのも頼りにすべきであるか」

魯粛と諸葛瑾の考えは同じである。魯粛の荊州視察の真意は承知していた。

「しかし、難しいぞ。殿(孫権)のご意志はあるとしても、今の状況はご承知であろう。他方の者、わが弟が口を挟んでどうにかなるというものではない」

和平帰順論が盛んなところへ、孔明が同盟の口上を述べても相手にされるものだろうか。孫権に同盟する気があるかどうかも分からない。

するとと孔明、

「平和な呉には後戻りの出来ぬ悲惨な戦争への道に突き進んでもらわねばならぬのです。子敬どのはそのためにあとさき考えぬ謀略を練り、わたしはその策の一環にて、そのために連れてこられてしまったのです」

と、こう言うと魯粛が暴走する陸軍首脳部の参謀のような感じとなるが、確かにそれが目的である。

「しかし、わたしに出来ることと言えば、ただ愛の一文字を説くのみ」

と白羽扇をびしっと振った。

「孔明どの、まえと言うとることが違うんじゃないの」

「ふっ、愛とは戦いでもありまする。宇宙は愛に満ちているのです」

変な顔をして孔明を見ている諸葛瑾に、

「兄上には、帰順論を覆す何かいい考えはおありなのでしょうか」

「難しい。曹公の展開が急すぎるのだ。帰順派の者たちを説得して切り崩す時間もない。いちばんの問題は曹軍にわが方の軍勢が十分に太刀打ちできるのかであろう。勝てるという見込みがあれば、わが君も強気の断を下すはずなのだが」

「勝てる見込みはなくとも断は下せますが」

「主としてそんな無責任が出来るものか。一同を納得させることが出来ねば空振りとなる。孫呉では各家の意を尊重せねばやってゆけぬ。故に毎日、会議、論議が続いておるのだ」

連合体制の孫呉では、劉備軍団のような、たとえ滅びても花を咲かせられればよいというような破滅の思想は無いのであった。

勝敗は度外視し、なんでもいいから孫呉と曹操を戦わせ、うまくいけば共倒れさせるというのが、孔明の奇策というか任務である。発火点があるとして、その火のつけ場所が難しいらしい。孫権の権威が弱いというのなら、用意すべきは燃えやすい実力者である。

「明日には呉のお歴々と対面がかなうことになりましょう。子敬どのが手こずっておる重臣がたの話を聞いてみるしかありません」

と孔明が言うと魯粛は、

「孔明どの、曹操から書状がきたことでもある。とにかく、曹軍が数が多くて強いということだけは、言わんようにしんさいよ」

と念を押すように言った。正確な情報を上にあげるのが、謀士の役目ではあるが、ここはウソをついてくれということだ。時がたてばどうせばれることになるというのに、既に何かに失格している魯粛である。悲観的な情報がひとつ入るだけで、会議が一気に降伏に傾き落ちてしまうおそれがあり、まことにギリギリなのであった。

「ふっ。わたしは言うべきことを言うだけです」

魯粛は苦い顔をしたが、諸葛瑾は、

「『四方に使いして、君命を辱《はずかし》めず。士と謂うべし』と孔子も云っておる。亮は理解しておるだろう」

と言った。孔明は謎の微笑を浮かべた。既にして天下に恥をかきまくっている劉備を辱めないというのは、それこそ難しいことであろう。

さて、和戦定かならぬなか、呉に乗り込んだ孔明。ついに孔明の変な実力が、呉の実力者たちに披露され、その精神を軽く混迷させることになるのか。

それは次回で。

美周郎《びしゅうろう》、孔明を睨む

孔明《こうめい》が孫呉の重臣たちと舌戦を展開し、ことごとく論破して恥をかかせたというのが『三国志演義』の一幕である。しかし『三國志』においてはそんなことはまったく書かれていない。孔明をひいきするあまりその湧き出ずる智恵と鋭い舌鋒を読者に知ってもらいたいという思いが「舌戦群儒」を大袈裟に描かせたということになっている。とはいえ、孔明が重臣たちと話もしなかったというのは不自然であろう。いらぬと感じたところは容赦なく削りまくる陳寿《ちんじゅ》の筆が、舌戦部分を省略させた可能性はある。とすれば孔明の弁舌が無意味な上、何の役にも立たなかったということか。

裴松之《はいしょうし》の注には、張昭《ちょうしょう》が孔明を只者ならずと思い、孫権《そんけん》に是非とも任用するよう進言したという話が記されている。孔明、張昭のオジキと話などをして気に入られたらしいのだが、素っ気なく断ってしまった。ある人にその理由を訊かれた孔明は、自惚れにも似た生意気な返答をする。

「孫将軍（孫権）は人主の器であるとは言えましょう。しかしその度量のほどを観察してみますと、わたしの才能を認めることはできましょうが、わたしの才能を十分発揮させることはできないと存じます。故にわたしは孫将軍に仕えようとは思わないのです」

孫権の器は小さいと暗に言っている。劉備《りゅうび》の方が孫権よりも操りやすいということもあろう。

しかし裴松之の悪い癖というか、娯《たの》しみなのか、自分で引用して載せたくせに書いているうちにまたもや憤激してきたらしく、

「諸葛亮《しよかつりよう》と劉備の君臣の間柄は世にも稀な出会いというべきで、誰も水をさすことはできないのである。孫権が諸葛亮の才能を十分に発揮させるならば、主を変えてもよいというようなことがあろうか。諸葛亮の生き方はいったいそんなものだろうか」

とキレて、曹操《そうそう》に誘われても固く拒んで劉備を選んだ関羽《かんう》の話を持ち出し、

「諸葛亮が関羽よりも劣っているとでもいうのか！」

と結ぶのである。まあ理屈は分からなくもないが、腹を立てるくらいなら載せねばいいのにといつもながら思う。

つまりは孔明と張昭らとの接触はあったに違いないということだ。

ということで、孔明の思考法を探るべく、舌戦の場に赴いてみよう。孔明の弁舌。だいたい「舌先三寸」などというと、不誠実な悪いイメージのほうが多いわけだが、『三国志演義』における孔明の舌先は黄金かプラチナの舌先扱いされており、呆れるほどに優れたもので、悪いイメージなど微塵もあってはならないことになっている。

翌朝、魯粛《ろしゆく》が駅舎に迎えに来た。

「朝ご飯がまずい」

と眉をひそめる孔明に、

「立てこんどるときじゃけえ。そんなことより、いよいよ本番ですで」

と支度をせかした。孔明は怒った顔のままである。正式な使者としての扱いをうけていないことが腹立たしいのだろうが、そのくらい我慢しろと言いたい。実際、孫権に呼ばれたわけでもない不正式な使者なのだから。

「本陣には文武の官が集まっとりますが、くれぐれも下手なことは言わんようにしんさいよ。剛情者ばかりじゃて、舐めたことを言うたら、シゴされますで」

と馬車に乗せて、本陣の会議場に連れて行った。

孔明が踏み込むと既に峨冠博帯《がかんはくたい》の文武の諸官二十人ばかりが、威儀を正して待ち受けるように坐していた。魯粛が、

「こちらは劉皇叔《こうしゅく》の正使、諸葛孔明先生じゃ」

と紹介した。孔明はいちおう諸官一人一人の前に行き、姓名を問うといちいち挨拶し、涼しい顔をして客の席に着いた。

一人のやけに貫禄のある目つきの恐い年寄りが孔明を睨み付けていた。張昭である。年は五十三、張昭からすれば孔明など小僧以下の存在であった。

（とぼけたつらをしおって。ウチに何しに来おったんじゃ）

さきに大敗したばかり、軍事力弱く、拠るべき地盤もない劉備から使者が来たというのなら、

（物乞いにでも来たんなら）

と思うのが当然であった。劉備軍団を孫呉の末席にでも加えてくれというのなら、

（おととい来やがれじゃ）

と思うのが当然であった。

張昭の意思はあくまで非戦である。曹操に憎まれている劉備と孫呉が接触したという噂すら飛ばしたくはない。

(子敬《しけい》の頭上がり者めが、こんな奴を連れてきおって)

何をしに来たか知らないが、孫権に面会させるまでもない、ここでへこまして叩き帰してしまおうという腹が見るからにあふれている。張昭は孔明の目的が、孫呉と曹操の戦さを煽ることだと見透かしていた。

(そがいな魂胆で来くさって)

まずは問うた。

「わしは江東の末席に暮らす者じゃが、おたずねするが、かねてより先生は隆中《りゅうちゅう》にて隠棲されながら、自らの才を管仲《かんちゅう》、楽毅《がっき》になぞらえておられたとか聞いちょる。そんなバカなことをほんまに言いふらしておったんですかのう」

孫呉の誰もが緊張してしどろもどろとなるという張昭の問いに、孔明は、

「これは張子布《しふ》どの。他に人も見当たらなかったので、言ってみたまで。軽い冗談とお受け取り下さい」

とすまして言った。張昭は傲慢《ごうまん》この上なさを感じた。

「劉豫州《よしゅう》(劉備をいんちき臭い肩書きで呼んでいる)どのはその先生の自負を信じて、枉《ま》げて先生の草廬《そうろ》を三度も訪れ、ようやく先生の出馬を得るや、魚が水を得たような心地となり、荊襄《けいじょう》を席巻できると思われたようじゃが、なんのことはない、一朝にして荊州《けいしゅう》

は曹操のものとなり、豫州どのは大敗して逃げ隠れしておる。これは先生、どうしたことかいのう」

管仲、楽毅の才を持つ男がついていて、あていたらくはどういうことか、という痛烈な皮肉である。言われても仕方がない。

（のわっ。いきなり痛いところをつくわい）

と魯粛ははらはらしていた。

孫呉の筆頭参謀、張昭の言葉は容赦がない。が、孔明、べつに青くもならず、

「ふっ。わたしからすれば、荊州を手に入れることなど、掌を返すが如き簡単なことです」

と白羽扇《はくうせん》をくるりと返しながら言った。張昭ともどもこの放言には目を剝いた。

（そんな喧嘩の買い方があるかい）

と魯粛のほうが青くなりそうであった。

「しからば、何故、さっさと手に入れなんだんじゃ」

「わが君、劉皇叔は仁義の人。劉表《りゅうひょう》親子の基盤を奪い取るに忍びないと言い、わざと辞退なさったのでした。しかし継いだ劉琮《りゅうそう》は思慮もなく、でたらめな進言に従い、われらが知らぬ間に降伏し、曹操に踏みにじられることになりました。今、わが君、劉皇叔は江夏《こうか》に軍を駐《とど》めておりますが、これは別に秘策があるからなのです。この策は並の人間に分かるようなものではありません」

（なにをたわけたことをぬかしおる！）

張昭は声高に言った。

「先生の言葉とも思えん。事実とかけ離れておる。先生は自らを管仲、楽毅に比しておられるんじゃろう。管仲は斉の桓公《かんこう》に仕えて諸侯に号令させ、天下を糾した人物。楽毅は弱小の燕《えん》国を支え、斉の七十余城を攻め降《くだ》した人物。まことに世を救う才の持ち主と言うてよい。ところが先生、アンタときたら全然駄目じゃないか。田舎で農耕暮らしをしていたときは、風月に笑いうそぶき、膝を抱えて長吟しておったのはええとして、いざ劉豫州どのに仕えたうえは当然のことながら天下万民のために害悪を除き、いそいで賊徒を殲滅《せんめつ》するちゅうんが筋でござろうが。名高き劉豫州どのが先生を軍師と迎えたと聞いたら、わしらをはじめとして、身の丈三尺の子供でさえ、虎が翼を得たと喜び、遠からず漢室が復興され、曹操がただちに滅亡するものと期待しておったんじゃがのう。ん？」

張昭がそんな期待を一度たりとも持ったことがないことは言うまでもない。ここは孔明の妄言と無能をさらしあげようという詰問である。重ねて責めた。

「宮廷の旧臣から山野の隠士まで、目を拭って期待せぬ者はなく、先生を得た劉豫州どのが、暗雲をふり払って、日月の輝きを取り戻し、天下の人々を災いから救い出して天下泰平を実現するのもこのときと思っておったもんじゃ（皮肉）。それがどうじゃ。先生が劉豫州どのに仕えてこのかた、曹操が一度来襲しただけで甲《よろい》を脱ぎ、戈《ほこ》を投げ出して、こそこそと逃げ出し、上は劉表の恩義に報いて住民を安堵することもならず、下は劉表の遺児を補佐して領土を守ることもならず、ほうほうのていで新野《しんや》を捨て、樊城《はんじょう》を逃げ、当陽《とうよう》でさんざんにうち破られ、夏口《かこう》に落ち延びたはいいが身の置き所もないありさまをさらしておる。これでは劉豫州どのが先生を軍師に迎えたせいで、以前よりもいっそう悲惨な境遇に落ちたと言われても、返す言葉もありゃあせんで。管仲、楽毅が果たしてこんな情けないことになるもんじゃろかい。のう、先生、このあたりはどがいですかい」

劉備は孔明を得た瞬間から、なにかとボロクソな目に遭っているんじゃないのかというみんなの疑問を代弁している。キツい糾弾に言い訳できるのか孔明！

が、こういう質問にまともに答える孔明ではない。いきなり、

「鵬《おおとり》は万里の彼方に飛翔しますが、燕雀にはその志は分からないものです」

と、自分のレベルはあなたと違って宇宙レベルですよ、と言いたいようなことをほざいた。突然何を言い出すのかと張昭は目を光らせた。

「たとえばここに重病人がいるとしましょう」

と言って、孔明は堂々と論点をずらしにかかった。ズレについて来られるものなら、ついて来いというものだ。

「重病人にはまず粥をとらせ、弱い薬を服《の》ませて臓腑の調和をはかるが大事なり。体調がやや回復してから、肉を食べさせ栄養を与え、それから強い薬を投薬すれば、病根は一挙に去って、ふたたび健康を取り戻すことが出来るでしょう。もし気脈が調和し体力がつくのを待たずに、いきなり劇薬や濃厚な食を与えたならば、いかに回復をはかろうとも、それは無理というものです」

得意の医学知識を枕にしてまた転じる。

「さてわが君、劉皇叔は、かつて汝南《じょなん》の戦いに敗れ、劉表に身を寄せたとき、兵は千に満たず、大将は関羽《かんう》、張飛《ちょうひ》、趙雲《ちょううん》のみでございました。この時こそまさしく病勢最悪の重病人であったと申せましょう。新野は辺鄙《へんぴ》な小城であり、住民も食糧も少なく、わが君は一時的に身を置かれただけで、末長く守ろうとの所存は毛頭ありませんでした。強い薬も濃厚な食事も用いることができぬときでした。そもそも軍勢もなく、城壁は整わず、兵士の調練も行きとどかずの三重苦でありながら、曹操の大軍勢が迫っても無傷での撤退を成功させたのです。わたし思うに、自慢ではありませんが管仲、楽毅の用兵に勝るとも劣らぬと存ずる。劉琮が曹操に降伏したのはわが君のまったくあずかり知らぬことでしたが、そこで混乱に乗じて襄陽《じょうよう》を奪わなかったのは、わが君の同族を虐げるに忍びないとの一言があったればこそ。これぞまことの大仁義であると断言いたします」

荊州奪取の献策を何度も却下されてふてくされたこともあった孔明だが、ここでは逆利用して劉備の仁義を強調した。

「当陽にて敗戦したと申すのも、わが君の仁慈の心がしからしめたもの。大義につこうとする十余万の領民が老人子供を助けながらついて来るのをとても見捨てるに忍びず、一日に十里しか進もうとせず、江陵《こうりょう》を奪《と》ることも思い切られ、敗軍の苦しみを甘んじて民と分け合ったものでございます。これを大仁大義と言わずして何と言うのでしょうか。寡は衆に敵せず、勝敗は兵家の常でございます」

いまさら詳しい説明はしないが、劉備軍団の逃避行は大仁でも大義でもなかったことは確かである。孔明はさらに言った。

「昔、高祖劉邦《りゆうほう》は韓信《かんしん》という軍師がついておりながら、項羽《こうう》に連戦連敗いたし、しかし、最後の最後に垓下《がいか》の一戦にて見事に勝利をかちとられたのは、やはり韓信の良謀によるものでした。そもそも国家の大計、社稷《しやしよく》の安危は核となる戦略の一事にかかっておりまする。真の軍師のことは、弁舌の徒が、虚名によって人を欺くのとはわけが違うのです。議論の場では巧妙に群を抜いておろうとも、いざ臨機応変の対応を求められた時、何の役にも立たぬようでは、天下の物笑いになりますぞ」

この弁論によって張昭は返す言葉もなく黙り込んだ、という。しかし、それは孔明が何を言いたいのかよく分からなかったからではないのか。戦術的に何度負けようが、戦略的に一度勝てばおつりがくるのだから細かいことを言うな。そして、どうも、張昭自身が孔明の立場に置かれた場合に、議論に強く言うほど上等な対応が果たしてできましたか？　と言っているらしい。分かりにくい理屈だが、張昭は天下の笑いものになるもののようだ。

管仲、楽毅を持ち出す孔明の軍師能力には深い疑問があるという詰問に対して、なんだか分からないたとえ話を交えながら長坂坡《ちようはんは》に至るいきさつを説明し、ついでに仁と義が理由だと強調し、何故か高祖劉邦の故事をもってきて、あなたは口だけの人だと決めつけているわけである。詭弁すれすれの弁論と言え、ちゃんとした答えにはなっていない。

張昭が黙ってしまったところへ、次の獲物が鋭い声をあげた。

「先生、お尋ねするが、今、曹操は百万の兵を蓄え、千人の大将を並べ、竜虎の勢いで江夏を呑み込まんとしておるんじゃが、あんたはどうするつもりなんかいの」

見れば虞翻《ぐほん》である。字《あざな》は仲翔《ちゅうしょう》、ひねくれた精神を持っているが、孔明も著作を読んでいる名にしおう大学者であった。しかし、魯粛が何度も、曹操には将兵が多いということを言わないでくれと孔明に頼んでいるわりには、皆すでに知っている。孔明は、笑って、

「曹軍など恐れるに足りません」

と言い放った。

「当陽の戦いに敗れ、夏口に進退窮まって、へらへらとウチに援《たす》けを求めに来たんじゃろうが。それを恐れるに足りんと言うとは、強がりもほどほどにしとかんかい。人をバカにするなよ。大法螺をふきおって」

と虞翻が詰め寄ると、孔明は爽やかに言った。

「曹操の軍は袁紹《えんしょう》の残党を集め、いま荊州の兵を合わせたもので、言わば烏合の衆でありります。とはいえ大軍には違いなく、いかに劉皇叔の仁義の軍勢でも、数が少なくては対抗できるはずもない。対抗できぬからこそ退却して夏口を守り、時機が至るのを待っておられるのです。それに比べて江東の方々はいったいどうしたことです。兵は精鋭、食糧は豊富、その上長江の険に守られているというのに、己の主君に曹操に膝を屈して降伏するように勧めておられる。これこそ天下に恥をさらすもの。両者を比べれば、わが君、劉皇叔こそまことに逆賊曹操を恐れぬ方と申せまする」

と孔明論じるが、これもまた虞翻の質問に答えたものではなく、「恐れ知らずが偉い」論にすりかえるものである。曹軍百万をどうするつもりなんだ孔明、はっきり言えよ。しかし虞翻はこんな屁理屈に何故か言いこめられてしまい、返す言葉もなかった、という。突っ込みどころ満載なのに、これでは天下の虞翻も大したことがないと言われよう。

続くように座上からまた一人が声を上げた。孔明が見やると歩騭《ほしつ》、字は子山《しざん》であった。学識高く、人物眼にすぐれた孫権の寵臣である。

「どうも先生は、蘇秦《そしん》、張儀《ちょうぎ》の弁舌にならって、わが東呉を欺きに来たようじゃのう。その手には乗りませんで」

孔明はアジテーターとして呉を騙しに来たに違いないと糾問した。孔明答えて、

「歩子山どのは蘇秦、張儀を弁舌の徒とのみ思っておられるようだが、そうではなく、両者は大した豪傑だったのですぞ。蘇秦は六国の宰相をつとめ、張儀は二度にわたって秦の宰相となりました。国家救命の計を持った人物だったのです。それを強者を恐れて弱者を踏みにじり、刀を恐れ、剣をはばかる卑怯者と同列に論じることが出来ましょうか。皆様は、曹操が詐《いつわ》って脅してきた檄文を送りつけられただけで、たちまち恐れおののき、降伏なさろうとしている。そんな方々に蘇秦、張儀を語る資格はない」

と孔明は歩騭を言いこめてしまった。これも答えになっていないし、蘇秦・張儀論が孫呉臆病説にスライドしている。この程度で言いこめられてしまう歩騭の学識が心配である。

次に孔明に嚙みついたのは薛綜《せっそう》、字は敬文《けいぶん》である。戦国時代の孟嘗君《もうしょうくん》の末裔といわれる人物で、弁舌に優れ、文章に巧みであった。孫和《そんか》の教育係でもある。

「孔明先生はどのつまり曹操をどう見ておるんかの」

孔明は即座に、

「漢朝の逆賊です」

ときっぱりと言った。

「それ以外の何でありましょうか」

すると薛綜は、ふんと冷笑して言った。

「これは先生のお言葉とも思われませんな。現実を見たらどうかの。漢朝の命数は既に尽きようとしておる。今や曹操は天下の三分の二を握り、人心も得ておるようじゃ。なのに劉豫州どのは天の時を弁《わきま》えず、無理にも争いを仕掛けるだけじゃ。卵をもって石を打つようなもんで、負けて当たり前じゃろうが」

その途端、孔明の白羽扇が跳ね上がった。

「理非を弁えぬそのお言葉、この孔明、あなたを蔑みますぞ」

つかつかと薛綜の前に歩いていった。

「薛敬文どの、父を知らず主君を知らざるようなお言葉は何事ですか。そもそも人が天地に生を享《う》けたからには、忠義と孝行をもってこそ身を立てる根本原理となすべきもの。あなたは呉にあっても漢朝の臣下である。そうである以上、逆賊がいれば、天に誓って他の人々とともに、これを誅することこそ、臣下の道でしょう。曹操の祖先は忝《かたじけ》なくも漢朝の禄を食《は》みながら、忠義をいたすことも考えず、逆に簒奪《さんだつ》の沙汰に及ぼうとしている。天下の人々の憤激、いかばかりや。それをあなたは天の与えた命数が漢室に尽きたと申されるとは、まことに父や君を侮辱する恥知らずの言い草であろう。あなたとは共に語るに足らぬ。二度と口を開かないでいただきたい！」

と孔明はキレた。漢室の命数が尽きかけていることは、うらない好きの孔明にはよく分かっていたはずである。孔明の怒りが真実か芝居かはおくとして、薛綜は二度と口を開かなくなってしまった。命数うんぬんの議論をしても答えは出ないからであろう。

孔明がきっと白羽扇を突き出していると、また声がかかった。陸績《りくせき》、字は公紀《こうき》であった。風貌も凛々《りり》しい、博学多才、孝行者として知られた人物である。のちに名将として名高くなる陸遜《りくそん》とは親戚である。陸績は言った。

「曹操は天子を盾にして諸侯に号令を発しとるとはいえ、漢の高祖が相国の曹参の末裔じゃろうが。失礼ながら、劉豫州どのは中山靖王《ちゅうざんせいおう》の末裔と称しておるが、証拠も無うて、うさんくさいことだらけじゃ。わかっとるのは蓆《むしろ》を織りワラジを売って日をしのぐ一匹《ひっ》夫《ぷ》だったということだけよ。そんなもんが曹操に対抗できるとはとても思われんで」

と、くわしく調べられたら痛くなる劉備の怪しい筋目を突いてきた。だがこれくらいで痛がっていては劉備に仕えることなど出来ない。孔明は憫笑《びんしょう》して言った。

「ふっ。これはこれは。むかし袁術《えんじゅつ》の前で蜜柑を懐に入れたという、手癖の悪い陸郎どのではないか」

どこで聞き調べているのか定かではないが、孔明は人の弱みを恐ろしくよく知っている。

陸績が六歳のとき、袁術に目通りしたことがあった。その時、袁術は陸績に蜜柑を出して食わせたのだが、陸績はそのうち三つを懐に隠し、持ち帰ろうとして、お辞儀をしたはずみにぽろりと落としてしまった。万引きが見つかったようなばつの悪さだが、袁術問うに、陸績は、母に食べさせてやりたい一心でしたと言い訳し、袁術はこれをほめて許した。陸績のこのエピソードは普通は親孝行系の美談なのだが、孔明は盗人扱いすることにした。蜜柑を盗《と》ったのは事実だし、陸績はそれをここで言うのかと嫌な顔をした。

「陸公紀どの、よく聞きなさい。なるほど曹操は相国曹参の末裔であるからには、漢室譜代の家臣に違いない。しかし今や、独裁権力を握ってやりたい放題、天子をないがしろにしているのは、漢室をけがすのみならず、遡ってはおのが祖先をも侮辱するものである。曹操は漢朝の逆臣のみならず、曹一族の賊子でもある。しかるに劉皇叔は堂々たる天子の後裔であり、今上皇帝（献帝）が宮中にあった系譜を一生懸命調査させて（少し怪しい）爵位を賜ったものであります。それをどうして証拠がないなどと言われるのか。またそれを言い出すなら、漢の高祖劉邦とてもと一亭長にすぎず、躍進して天下人とおなりになった。その子孫が蓆を織りワラジを売っていたからといってどこにも恥じるものはございません。陸公紀どの、あなたには小児なみの見識しかありませんな。幼稚な者はここに同席する資格はない」

とばっさり論破した、のか。陸績も黙ってしまった。

孔明に何をつきつけても、微妙にはぐらかされるのが腹立たしく、会場に列する臣たちの憤りはむらむらと上がっている。口喧嘩に勝っても火に油を注いでしまう按配である。魯粛はどうすることもできず、頭を抱えていた。

しかし、孔明、時には白羽扇を振り回し、時には爽やかに、なんの苦もなく舌先を舞わせていった。

次に孔明に牙を剝いたのは、厳畯《げんしゅん》、字は曼才《まんさい》である。政治手腕を認められ、尚書令に昇進する人物である。魯粛の死後に陸口《りくこう》の守備を命じられている。

「孔明先生の言うことはぜんぶこじつけじゃないかの。屁理屈ばっかりで、筋道立った話が聞こえて来ん。いったい先生はどんな経書を学ばれてきたんかいの」

といらいらして孔明の学歴を問うた。すると孔明、待ってましたと、

「古書の一字一句を抜き出して穿鑿《せんさく》するのは腐れ儒者のすることでしょう。経書などは国を興して大事を為すのにはくその役にも立たぬものである。むかし莘《しん》に耕していた伊《い》尹《いん》、渭水《いすい》に釣りしていた姜子牙《きょうしが》、高祖の王佐たる張良《ちょうりょう》、陳平《ちんぺい》、光武帝の功臣たる鄧禹《とうう》、耿弇《こうえん》など、いずれも天地を支える才幹の持ち主でありましたが、常々どんな経書典籍を学んでいたかは、とんと聞いたことがない。わたし孔明は、そこいらの書生の真似をして、ちまちまと筆や硯にしがみつき、黒を数え黄を論じるが如き詭弁をなし、筆を動かし墨を弄ぶようなことはいたしません」

と、みずからの日頃の学習態度を語った。立派な人物は受験勉強のような面倒臭いものはしないでいいのだと言っている。しかし厳畯も大したことはなく、これに一言の突

っ込みもなしに沈黙してしまった。

次に大声を上げたのは程秉《ていへい》、字は徳枢《とくすう》であった。太子孫登《そんとう》の教育係となる。のちに劉備が関羽の仇討ちに呉に攻め寄せてきたとき、和睦の使者となっている。

「孔明どの、その高言はいかん、大言壮語ばかりじゃ。あんたはちゃんとした真っ当な学問をしておらんから、儒者に笑いものにされることを恐れておるだけじゃろう」

孔明のは古典経書をナナメ読みして大意を摑むという、普通の学生なら絶対やってはいけない勉強法であったから、その学問が真っ当かと問われると困るところはある。しかし痛い点は即座にずらすのであった。

「孔子も云っております。儒には君子の儒と小人の儒があると。そもそも君子の儒とは、忠君愛国、正を守り、邪を憎み、当世に大いなる影響を及ぼし、後世に名を残すもの。それにひきかえ小人の儒は一字一句にこだわり、いたずらに巧みな文章をつくることに専念し、あたら青春を文章つくりに使い果たし、白髪になってからは経書を究め、ひとたび筆を下せばたちまち千言、万言の文章を書き上げはするものの、胸中はうつろで一つの計策すら持たぬものです。たとえば揚雄《ようゆう》の如きは文名をうたわれながらも、身を屈して王莽《おうもう》に仕え、ついには閣《たかどの》より身を投げるに至りました。これがいわゆる小人の儒であり、たとえ日に万言の文章を綴ったとしても、取るに足りぬことでございます」

王莽は前漢末の簒奪者であり、揚雄は当時の名文家である。この孔明の返答も、真面目に学問をしたのかという問いにまったく答えず、腐れ儒者論にスライドさせたものだ。

張昭、虞翻、歩騭、薛綜、陸績、厳畯、程秉をメッタ斬りにする！　誰も斬られたとは思っていないが。

孫呉の一流名士らは孔明の立て板に水、柳に風の詭弁で撫で斬りにされてしまった、ということになっている。とはいえ納得している者は一人としていない。怒らせるだけ無駄なことをした孔明であった。口喧嘩無敗は伊達ではなく、おそらく弁舌を楽しみたかったのであろう。「舌戦」というほどの論戦ではない。

会場はヒートアップしており、皆は憎々しげに孔明を睨んでいた。

「かばちたれがっ」

「誰に向かって気持ちようかばちをたれとるんなら」

確かに孔明、かばち（言い訳、屁理屈）ばかりと言われても仕方がない弁論なのだが、本人は清々しそうに勝ったような顔をしている。今度は張温《ちようおん》と駱統《らくとう》の二人が進み出て、孔明に襲いかからんばかりに喧嘩議論を吹っかけようとした。その時、

「やめんかい！　わりゃあ、恥ずかしゅうないんか」

と声を上げ、議場に入ってきた者がいる。

孫堅旗揚げ以来の宿将、黄蓋《こうがい》であった。黄蓋、字は公覆《こうふく》はこのとき糧官をつとめていた。年は五十四になろうか、年季の入った凄味をもった老将である。多発する山越《さんえつ》蛮族の反乱鎮圧、群盗の取り締まりにかけずりまわる半生を送ってきた。赤壁《せきへき》の戦いでも重要な役割を果たすことになる。

「よそからの客じゃろう。ええ加減にしとかんかい。のう、子敬よ」

会場の隅で頭を抱えていた魯粛をぎろりと睨んだ。

（おどれが連れてきたモンじゃろうが。しゃきしゃきさせんかい）

　ということだ。

「こん大事なときじゃちいうに、口先の争いに精を出しておる場合か。張子布どのもおとなげないで」

　黄蓋は張昭よりもずっと職歴が長い。言わば軍の重鎮である。

　黄蓋は孔明に目を向けた。

「孔明どの。しゃべって利益を獲《う》ることは黙って何も言わぬことに及ばない、というじゃないか。折角のご卓見をこんなところで垂れ流しにしとるんは、どういうことかいのう」

　孔明は、

「わたしは問われるままに、答えたまでです」

　とそっぽを向いて言った。

「わがあるじに会うが先じゃろ。子敬、カシラんとこに連れて行くで」

　黄蓋は先に立って奥に案内した。歩きながら魯粛が小声で、

「孔明どの、やりすぎじゃで。話すんはいいが、いらん恨みを買うてしまいましたで。今頃は、先生を殺《や》れ、という声があがっとりますで。わしゃもう知りませんで」

　と言うと、孔明は、

「うふふ」

　と微笑しただけであった。久しぶりに大言壮語して、一同を煙《けむ》に巻いたことで気分が

よく、愉快でならなかったに相違ない。今朝の朝食の不満も解消した。

中門まで来たとき、向こうから諸葛瑾《しよかつきん》が歩いてきた。正装して堂々たる押し出しだが、やはり顔が長い。孔明はお辞儀をした。

「弟よ、諸官にご挨拶はできたのかね」

挨拶どころか喧嘩を売ったようなものだが、

「はい。とどこおりなく」

と答えた。

「呉侯（孫権）にお目通りが済んだら、また四方山話でもしよう」

と議場の方へ去った。このあと諸葛瑾は、

「お前の弟はいったいどういうやつなんじゃ。無礼にもほどがあるで」

と張昭たちに囲まれて、孔明のことで不平不満をぶちまけられることになる。

初めて会う孫権とは如何なる人物か。孔明のことだから、やたらと詳しく知っているに違いない。魯粛が、最後の念押しにと、

「さきほどお願いしたことは、くれぐれも間違えんようにしてくださいよ」

と言った。

「ああ、曹操の軍のことですね。わかっております」

と白羽扇をぶらぶらさせながら答えた。

柴桑《さいそう》城は対荊州の仮本営なのだが、もとから大きな城市であり、堂のつくりも立派なものであった。黄蓋が、

「わしはここまでにしておこう。子敬よ、へたをうたすんやないで」

と去っていった。

「黄蓋どのは主戦を唱えているのですね」

と孔明が魯粛に聞くと、

「もちろんじゃ。黄蓋どの、程普《ていふ》どの、韓当《かんとう》どの、古参の方々はみなそうじゃ。江東三代、ここまでカシラを盛り立ててきて、いまさらはいはいと曹操に降れますかい。じゃが、会議となると腰抜けの文官どものほうが声が重いんよ」

「何故です」

「領地領民のことは、あやつらがしっかり握っとりますけん」

要するに孫権のご時世では、暴れるのが仕事の武闘派ヤクザよりも、財布の紐を握った経済ヤクザのほうが重宝され、威勢も大きいということだ。


正堂に至った。孫権がいる。左右に側近と書記官数人が並んで立っていた。

褐色の頭髪に六尺の骨格、碧眼紫髯《へきがんしぜん》の異相はさすがに孫呉の長の貫禄であった。字が仲謀《ちゅうぼう》だからといって決して厨房ではない。しかし碧眼紫髯とは珍しい容貌である。孫堅が胡人の女と浮気をして生《な》したというような噂はまったくないから不思議である。

孫権はわざわざ階《きざはし》を下りて孔明を迎えて、優礼をとった。人当たりは丁寧に鷹揚に構え、接するに気配りよくが、長となってからの孫権の習性となっている。呉連合内の和を保ち、賢者を招くためにはこのような態度が不可欠であった。それが人に優柔不断に見えるときも多いのだが、本性はそうではない。

孔明も丁寧に礼を返し、遠慮無く客席についた。お茶の用意ができており、孔明はゆっくりと味わった。

ここで問題なのは、孫権が劉備との同盟のことなどまだ考えていなかったことである。敗北直後で手勢なく、江夏に引き籠もっている劉備と普通に同盟するという考え自体が浮かんでくるものではない。しかも曹操に憎まれている劉備と手を結ぶなどしたら、それはもう旗幟《きし》鮮明な、反曹操勢力と見なされる。孔明と会っていることを知られただけでも危険なことで、故に帰順派たちは孔明を排撃しようとしたのである。

孫権は、魯粛が連れてきた孔明から、まずは曹操陣営の情報を聞き出すことだと思っていた。魯粛は味方は多いに越したことはないと考えているようだが、それは相手次第である。役立たずは必要ない。

お茶を飲み終わると孫権はやおら口を開いた。

「先生のことは魯子敬から聞いておる。大才にあられるとか。幸いにもご拝顔をたまわり、いろいろお教え願えんかと思うての」

孫権はあくまで腰低く言った。

「わたしは不才無学の身で、ご下問に沿えるかどうか心配です」

と孔明は言った。

「足下は先頃、新野におられ、劉豫州を補佐して曹操とどんぱちをやらかしたそうじゃが、正味の話、曹操の内情はどうなんですかいの。ようご存じのはずじゃ」

「さあ……。何しろ新野は小城にて、わが方は兵も食糧も乏しく、とても曹操と合戦をまじえるなどできませんでしたもので」

と言って、

「ですが、曹操の内情は手に取るように承知しておりますよ」

自分を白羽扇であおいだ。

「ほう、そうかの。では曹操の軍勢はぜんぶでどのくらいおるんじゃろうか？」

すると孔明、

「言いたくありません」

と言った。

「意地悪せんと、お教え願えんか」

「じつは子敬どのが、言ってはいけないと申しますので。なにしろわたしと子敬どのはマブダチの契りをかわした間柄。友の言葉に従っておる次第です」

左に坐していた魯粛が、ぎょっとした顔で孔明を見た。

「なんと、子敬が止めとるとかい。子敬、なんで言うたらいけんのじゃ」

「いや、わしゃ、その。あやふやなことは申し上げんようにと、言うたまでで」

と魯粛はいきなりの孔明の裏切りにしどろもどろとなった。すると孔明、

「子敬どのを責めないでください。本当のことを聞くと仲謀どのが意気消沈するのではないかと案じなさったのでしょう」

「これ、子敬、実際のところを把握せにゃ、仕方がなかろうもん。孔明先生にずばりと

話していただかんことには話にならんが」

「はっ。カシラのおおせの通りです」

と、孔明を横目で睨み、

（どういうつもりなんじゃ）

と目配せするが、孔明は微笑するのみ。

「どうか先生、遠慮のう言うてくださいや」

と孫権にせがまれた孔明は言った。

「では申し上げます。曹操の軍勢は歩兵、騎兵、水兵を合わせるとゆうに百万以上となりましょう」

「それは曹操が大袈裟に宣伝しとる数じゃ。そんなにおるんはおかしいで」

「そうではありません。曹操は兗州《えんしゅう》にいた時点ですでに二十万の青州兵を擁しておりました。袁紹勢力を倒したあとは五、六十万の兵を手に入れ、加えて中原で三、四十万の兵を召集しております。このたびの荊州占拠においては二、三十万ほどの兵を獲得したはず。ざっと数えても総勢百五十万はくだらないでしょう。子敬どのはこの数に度肝を抜かれることをおそれたのです」

魯粛はそれこそ度肝を抜かれて真っ青になり、しきりに孔明の袖を引くが、孔明は気にも留めなかった。

揚州北部から荊州にいる曹軍は二十数万。これに荊州兵が加わっての総数は多くて三十万ほどであろう。百五十万もいるはずがない。孔明は五を掛けたデタラメな数を真剣に言ってのけている。

孫権は疑わしそうに、しかし気を取り直して、

「で、曹操配下の部将はどれくらいなんか」

と訊いた。

「百戦錬磨、英智多謀の部将が千や二千ではききますまい」

と孔明は言った。孫権は思わず唸った。それが事実なら、開戦もへったくれもないではないか。孫呉にはかき集めに集めても十万足らずの兵しかいないのだ。

「その曹操の大軍は、わが孫呉に野心を持っておるんかい」

「まさしくそうです。いま曹軍は長江沿いに延々たる陣を布き、江陵では戦船《いくさぶね》数千艘を整えようとしております。江東に攻め寄せる以外になにがありましょう」

既に会猟の書を送りつけてきているのである。孫権としても、曹操がやる気だとは分かっていた。

「曹操が江南を併呑しようとしとる。そんならわしらは戦うべきなんか、それとも降伏すべきなんか？　先生でしたらどうお考えになられる」

「わたしの意見よりも、それはご自身で判断することではありませんか」

「先生の考えをお伺いしたいんじゃ」

するも孔明、

「ならば、わたしには一言申し上げたきことがございますが、果たしてお聞きいただけますかどうか。たぶんお怒りになられるかと」

「怒らんから。お考えをお聞かせねがいたいの」

孔明は白羽扇を縦にして言った。

「先に天下が大いに乱れたため、故孫策《そんさく》将軍は江東の一隅に兵を起こしました。わが君、劉皇叔も漢水の南に兵を集めて、大いに曹操と争いましたが、しかし天運は曹操にありました。近くは曹操は袁紹の一族を葬り去り、北方をおおむね平定し終えました。今や荊州をもその手に収め、威名を天下に轟かせており、いかな劉皇叔とても多勢に無勢、地の利に恵まれず、逃れ逃れて江夏に落ち延びるしかなかったのです。孫将軍におかれましても、よくよくお味方の力をご考慮なされますよう。もし呉越の軍勢にて曹操に対抗できるとお思いなら、早々に絶交状を送りつけるべきでしょう。それがお出来にならぬのなら、幕僚方の意見を聞き、潔く兜を脱いで、曹操に臣下の礼をとられるのがよろしいでしょう」

孫権はむすっとして答えなかった。孔明は重ねて言った。

「孫将軍は表向き服従すると見せかけておりますが、内心は疑い迷っておられる。しかし事は急を要します。躊躇したまま日を過ごすならば、禍《わざわい》は明日にもふりかかってくるでしょう」

「確かに先生の言うとおりかも知れん。ならば、何故、劉豫州どのは曹操に降伏せんのじゃ」

「劉皇叔は愛と仁義と負け戦さが好きでたまらないお方です。むかし斉の田横《でんおう》は一介の壮士の身にありながら、義を守って辱《はずかし》めを受けませんでした。まして劉皇叔は漢朝のご一族であり、その大仁義は天下に鳴り響き、大勢の民衆に仰ぎ慕われること、水が海にそそぐが如しです。何度も負けたというなら、それは天命であり、致し方なきこと。だからといって、どうして身を屈し、曹操の下に膝を折りましょうや」

孫権は尻尾を巻いて曹操に降伏すればよい。しかし劉備はたとえ勝ち目がまったくなくても死ぬまで戦い続けます、と言ってのけた。

孫権はこれを聞くや、かっとして我慢ならなくなった。顔色を朱色に変え、袖を払って立ち上がり、つかつかと奥座敷に入って行ってしまった。孔明は白羽扇で自らを扇ぎ、平然としている。

魯粛が孔明の袖を摑まえて、

「なんちゅうことば言いおるんじゃ。ぶちこわしにするつもりなんかい」

と怒鳴った。

「カシラは心が広いけん、さいわい我慢なされたが、本当なら即座にどつき回されとるとこですで。ここでカシラを侮辱してどうするんじゃ」

しかし孔明、爽やかに笑いながら、

「怒らないとおっしゃっていたのに。けっこう心が狭いお方ですね。だいたいまだ話は終わっておりません。わたしには曹操を打ち破る秘策がこの胸にありますが、孫将軍がお尋ねにならないから、申し上げなかっただけのことです」

「秘策ちゅうて、そんなもんがあるんかい。曹操の軍勢は百五十万なんじゃろ！」

「ふっ。わたしの見るところ、曹操の軍勢など蟻の群れのようなもの。わたしが手をあげればただの一手で木っ端微塵にしてしまえます」

と、居残っている側近や書記官らに聞こえるよう自信たっぷりに言った。魯粛を含め、誰も信じてはいないが、この過剰な妄想気味の自信はいったいどこから来るのか。

「策があるんじゃな。とにかく、とりなしてこにゃならんで」

「そうしてください」

魯粛は孫権を追って奥座敷に向かった。

孫権は顔を真っ赤にして唸っていた。ふりむいて魯粛を見て言った。

「孔明めが、わしをバカにするにも程があるで。負け犬軍団のチンピラ軍師のくせして、舐めた口をききおって！」

「いや、カシラ、さっきの無礼の言はわざとのようですで。わざと怒らせて様子を見とるんです。それに乗っては狭量だと笑われる」

「わしをわざと侮って、どういうつもりなんじゃい」

「わしもそう文句を言うたんですが、じつは胸中には曹操を打ち破る秘策があるとかほのめかしております。もうちょっと我慢して話を聞いてみたらどがいですか。なにやら自信ありげでしたで」

「秘策があるからというて、わしに無礼をはたらいてええんか。くそっ」

まだ怒りの収まらぬ孫権であるが、秘策ありと言われれば興味がある。

「だいたいやつは何をしに来たんじゃ。わしに助けを求めに来たんじゃろうが。曹操と開戦することになったら、わが陣の端に加えてやってもいいと思うとったんに、あのぬかしようはなんなら」

「わしが孔明に、カシラの前では曹軍の数が巨大だとは言わんでくれと念を押したんは本当ですが、それはカシラが曹軍の威勢を聞いて、皆の前で及び腰になるかも知れんと思うたけんです。なのに孔明が敢えて誇大な数を言上してきたんは、なんぞ腹に一物あるからに違いありませんわ。カシラ、ここは一つ孔明と腹を割って話してみてはどうじゃろう。その上でつまらんことをほざくようなら、袋叩きにして放り出せばよか」

「むう。確かに気になるわな。落ちぶれ劉備の使者が、なんであんなに偉そうにしとるのか。まさかほんまにエエ策があるんかのう」

「そうかも知れんですで。話だけでもさせましょう」

「よし、わかった。孔明をここに連れてこい。あやつの人間を見極めちゃる」

それで魯粛は本堂に戻り、

「孔明どの、カシラが今一度、話をしたいち言うとる」

「ふふ。そうでなくては。わたしも孫仲謀どのの本音をまだ聞いておりません」

孔明はこうなることを見越していたようだ。

孔明と魯粛が奥座敷に入ると孫権は虎の顔をしていた。部屋の中も虎の毛皮やら、虎の剝製やら、虎の置物やら、虎印のついた急須やら、虎グッズで一杯である。孫権は虎キチであり、大好きな趣味は虎狩りである。

「先ほどは短気を起こし、失礼した。じゃがのう、この部屋には虎がおる。これから喋る言葉には気をつけえよ」

虎づくしの私室での対面となり、孫権の態度が変化していた。

「先ほどはわたしも言い過ぎました。ご無礼つかまつりました」

と言いながら虎グッズをあれこれ見回した。

「先生、本音で語り合おうやないか。さっきのはわしの腹を探るつもりで言ったんじゃろ？」

「腹を探るなどめっそうもありません。腹を割って話すのは賛成です。ただ孫将軍はもうお心を決めておられると見ましたが、違いますか」

「わかったふうなことを。先生はわしの中に何を見たいんじゃ。狂気か！　狂気を見たいちゅうんか。わしの中に棲む狂暴な虎の狂気が見たいんか」

と孫権が歯を剝いて言うと、

「おお、孫将軍、虎の如き気を醸しておられまするな。かっこいいですぞ」

と、孔明、別段動じていない。

「この部屋には虎がおると言うとるんじゃ。わしというとても狂暴な虎がな。それをよう考えて口をきけや。いい加減なことば言うんなら、その虎が荒々しく目覚めるで」

「曹操の大軍にあたるには、虎の如き大きな狂気が必要であること疑いありません。分かりました。わたしも竜と呼ばれる男、なんなりとお訊きください」

「秘策を持っているそうじゃが、嘘じゃなかろうな。もし戦さとなれば劉豫州は曹操に敗れたばかりじゃ。そいがどうしてこん難局にぶつかることができるいうがかい」

「わが軍団は長坂坡に敗れたといえども、劉皇叔以下、部将は全員無事です。現在、逃げ帰った兵と関羽の水軍の精鋭が合わせて一万あり、江夏太守劉琦《りゅうき》の擁する兵がこれも一万、その他各地からわが君を慕い集まる者は少なくありません。その上わたしの策がありますから、陣容は九万はいると思し召してください」

「なるほど。しかし曹軍は百五十万なんじゃろ。かりに九万でも焼け石に水の小勢じゃ」

「失礼ながら孫将軍は、今が曹操を倒す絶好の機会であることを理解しておられませんね。ことに孫将軍、あなたは今ここで戦わなければ大いに損をすることになる。お分かりのはずです。勝ち負けに関係なく、戦わねばすべてを失いましょう。そうではないですか」

魯粛が先日耳打ちしたことである。曹操に降伏した場合、孫権は殺されるか、どことも知れぬ地方に追いやられ、二度と江東の主となることはなくなろう。

「今が曹賊を倒す絶好の機会というか……」

「その通りです。今を逃せば曹公を討つ好機は永久に失われましょう。この孔明には、曹公がうかうかと罠に入りに来た獣と見えておりまする。この呉の地自体が、曹公を絞め殺す必殺の罠となっている。わが君劉皇叔はこの機会を待っていたと申し上げたい」

「自信ありげやの」

「事実でございますから。わたくしたちだけで片付けてしまいたいところですが、それでは呉の皆様方、孫将軍は阿呆面さげて曹軍が滅び、荊州が奪回されるところをぼーっと見ていたと、恥をかかせてしまいましょう。そこで孫呉も一枚嚙みませんかというのが、わが君玄徳《げんとく》のお気持ちにございます」

もう既に勝敗はついているかのように語る孔明に、妄想の気配を感じないではないが、孫権の周囲にここまで言ってのける者はいない。

「そりゃ、ほんまのことかいや。どうして曹操の大軍を倒せるいうんか」

「わが胸中には荊州奪回の秘策あり。これにのらないというのでは、もったいないかと存じます」

「その秘策というのを言うてみい」

「それはお断りします。われらと孫将軍はまだ同じ船に乗ってはおりませんから」

「それは同盟せいちゅう意味かいや」

「飾りけなく言えばそうです」

「ウチは腐っても孫呉やぞ。大負けしたばかりのチンピラどもと同盟など結べるものかい。子敬にも言うたが、玄徳どのを孫呉の軍の陣の端に置いて欲しいちゅうんなら別じゃで」

孔明はふっと笑った。

「陣の端……。しかし、呉の多くの方々は戦さに乗り気ではなさそうですな。それはそれで仕方がないこととお見受けつかまつります。ですが曹公に脅えて和平を探るなど、甘いというほかありません。そんなところの陣に迎えられるほどわが軍は落ちぶれてはおりませんぞ」

「ふふふ。結局、やるかやらないかでございます。そしてそれをお決めになるのは仲謀どの、あなたご自身です」

「むう」

孫権は落ち着きなく部屋の中を虎のように歩き回った。剝製の虎の頭を撫でる。

「ふん」

「先生は子敬と話して、わが本心は知っておられるんじゃろう？　その上でわしをコケにするんか」

「そんなつもりはありません。では秘策とは別に一つお話しいたしましょう。曹公に百万の大軍がいるといえども、まず、兵というものは一地に長く止めていられるものではありません。兵は物を食べますし、馬も飼い葉を食べまする。ここが曹軍の第一の弱点。兵陣は長く置くべからず、と申すものです。第二に、曹公の率いる兵は、北方から何千里の道を通ってようやく荊州に至ったのです。威容はあっても遠征には疲れ切っております。さらにはわれらを追って襄陽から一日一夜、三百里を馳せ、続いて江陵まで強行軍をいたしました。これを、いわゆる『強弩《きょうど》の末は、勢い魯縞《ろこう》も穿つ能わず』と申します」

魯縞というのは魯の絹布のことで、強い矢を放っても、それが遠く飛んで勢いが落ちるころになれば、魯の薄い絹さえ貫けないということである。つまりは、曹軍は遠征、強行軍を重ねたため、疲労はその極みに達しており、とても正常な戦いは不可能だということだ。曹軍は攻勢終末点にある。また曹軍の補給線も延びきっており、今は荊州の蓄えをどんどん消費しているところであろう。曹操としては矢の勢い衰えているとしても、このままでは軍の維持が難しく、呉に早仕掛けをするほかない。故に挑戦状まで出したのだ。

「兵法では、これを必ず上将軍は倒されると嫌っております。焦っておるのはむしろ曹公のほうだと思えませんか。その上、北方の者は水戦に不慣れであり、長江のことが分かっておりません。確かに曹公は荊州水軍を手に収めましたが、曹軍に圧迫されたせいであり、心から従っているのではありません。曹公の兵は上陸してこそ力を発揮するものですが、水上では隙だらけと申せます。何も数が兵の勝敗を決するとはかぎりませぬ。いま仲謀どのが真に勇猛な大将に命じて兵数万を率《ひき》いさせ、わが劉皇叔の軍と連携して戦いますれば、曹公の軍勢を撃破することなど容易《たやす》いことかと存じます。これが成れば曹公はやむなく北へ引き揚げ、そうなればわれら荊州と孫呉の力は強大となり、三者鼎立のかたちをつくれましょうぞ。これが成るか成らぬかのきっかけは今日にあります」

孔明はちゃっかりと荊州は劉備がとると言っているのだが、軍団には劉表の嫡男劉琦がいるわけだから、筋論としては荊州の主は劉琦ということになる。

「なるほど、曹操は見た目ほどではないんゆうわけやな……。じゃが、先生、今の話をカマしても会議では弱腰どもは説得できませんで。そこに困っとるんよ」

孔明は白羽扇をあおぎ、

「毎日毎日議論を繰り返しても、恭順派をひっくり返すことなど出来ません。時間の無駄ではないですか」

と言った。それについては独裁権のない孫権自身がいちばんうんざりしている。

「和平を言うものどもにも一理も二理もあるから頭が痛いんじゃ」

孔明は白羽扇を振った。

「国主がその意を通すことに遠慮はいらぬことと存じますが。別な話をしましょう。仲謀どのには最強最良の家臣がおられます。その方は会議など無視して戦さに備えている。何故なら会議で和平と決まろうが、抗戦と決まろうが、関係なく出陣すると心に決めておられるからだと思います」

「そりゃあ、周瑜《しゅうゆ》のことを言うておるんか」

「さよう。そうではありませんか。呉の重臣会議を一人欠席し続けるのは強い思いがあるからでしょう」

「そうかもしれんが、公瑾《こうきん》もわが臣下、評定で決まったことに反対はできん」

「いや、そこでございます。抗戦派が一番喜び、恭順派が一番恐れているお人であるとも存じます。どうか最後の評定を開く折には周公瑾どのを呼び、わたしも加えてくだされよ。その場ですべてが決することでしょう」

孫権は虎のように笑って、

「見透かされておるんか。じつは子敬に言われて公瑾に使者を出したところじゃ。じゃが、公瑾が来たからといって、会議がうまくまとまるとはかぎらんで」

と言った。

「まとめてご覧に入れましょう。その時は同盟結成のこと、成ったとしてよろしいか」

「わかった、としておくかい」

「有難く存じ上げます」

　孔明は拝礼した。

　周瑜、字は公瑾は、ある意味、孫呉の爆弾であった。これを投げ込めば会議が意味を失って吹き飛ぶほどの威力があるかも知れない。先年、曹操に人質を差し出せと要求されたときも、会議では仕方がない派が多かったが、周瑜の骨のある一説諭にて、要求拒否が決まったことがあった。

「最後の頼みは周瑜」

　と孫権も望んでいたが、何しろ爆弾である。へたをするとこれまで一生懸命調整して維持してきた呉連合がばらばらになるかも知れないのだ。

（じゃが、こんどの会議でけりをつけちゃらんと、すべてが手遅れじゃ）

　場合によっては呉連合が割れるおそれすらあるが、周瑜に賭けるほかないのか。

「先生のお言葉によっていくらか展望が開けた気分じゃ。わしゃ決めたで。異議があろうが、やっちゃるわい。わしは虎じゃ。虎になるんじゃ。狩られはせんで」

　と孫権は顔を上気させた。それを見て取ると孔明は、

「それでは今日は駅舎にひきさがらせていただきます」

　と言った。

「もう帰りなさるか。先生、ワガはわしの心に妙に力をくれましたで。子敬、おくったらんかい。それに先生を駅舎やのうてもっとよい館に移したれや」

「はっ、そうしときます」

孔明は爽やかな笑顔を浮かべながら奥の部屋を出た。追ってきた魯粛に、

「まずはあれでよかったでしょう」

「よかったちゅうか。なんちゅうか。カシラがちょっとおかしくなっとったで」

「もっとなってもらうことになるでしょう」

と孔明は謎の笑みを浮かべた。

『三国志平話』によれば恭順派に業を煮やした孔明は、書状を持ってきた曹操の使者を、いきなり自ら剣を抜いて叩き斬るというバイオレンスを演じている。

「孔明の奸智なることが知れましたな！　これで呉が使者を殺したのだと思われてしまう」

と張昭がうめいた。孔明だってその気になれば人の一人や二人斬り殺せるのだという、果断なところを描いたのだろうが、残念ながら『三国志演義』はこの話の採用を見送っている。孔明が人を殺すのなら、智恵をもって殺すほうが陰湿でよいと思ったのかも知れない。

議場で控えていた張昭らは孔明が白羽扇をぶらぶらさせながら、微笑んで帰るのを横目で見ていた。孫権がいったん孔明に対して激怒のふうを示したと聞いて頷いていたが、どうもそうではないようだ。

「こりゃおかしいで」

と、張昭、顧雍《こよう》らは孫権のもとに駆けつけた。

「おのれ孔明め、あの邪悪な詭弁をふるって殿を誑《たぶら》かしおったに違いない」

強引に入ってきた張昭に孫権は、

「なんじゃ、オジキ、こわい顔をしてどうしたんない」

と言ったが、ずいと迫られるとどうしても腰が引けてしまう。

「まさかあの青下郎の言葉を耳に喜んだんじゃなかでしょうな。何を言われたか、言うてみんさい」

実の親より威迫感のある張昭である。

「何を言うとるんじゃ」

「おそれながら、おうかがいするが、カシラは河北に滅亡した袁紹をじぶんと比べて、どう思っておるんかいの」

「なんで袁紹如きと比べられにゃならんのじゃ」

「曹操と袁紹が争ったとき、曹操は兵も少なく、部将も足りませなんだのに、一度の戦いで袁紹を地獄に叩き落としましたんで。その曹操がいまや百万の兵を擁して江南征伐を企もうとしとるんです。それをどうして禦《ふせ》ぐことができましょうかい。まさかカシラ、あの諸葛孔明なる変質奸悪のかばちたれの虚言を本気にして、戦さに踏み切ろうとか、考えておられはせんじゃろうな」

「そ、そげんことは」

「ええですか、何度も言いますが、曹操に対して兵を興すことは薪を背負って火に飛び込むような無謀なことなんですで。先代より譲られた今の地位を保ちたかったら、ご深慮していただかんといけんで」

「う、む」

孫権も張昭にかかっては叱られる若年のようであった。

続いて顧雍が言った。

「孔明の狙いは明らかじゃなかですかい。劉備は曹操にこてんぱんにやられ、いまやその運命は風前の灯火になっとる。そこでわが孫呉の兵を借りて、命拾いしようと、孔明を派遣して来て、背徳の舌をふるわせとるんに違いなかですじゃろ。そんな奴に利用されてどうするんじゃ。カシラ、ここは是非にも子布どのの意見をお聞き入れたまわるよう」

とガミガミ諫言される孫権には、君主の面目まるでなし。

（くそう。ほんまの君主になりたいで）

と思いながらもしぶしぶ、

「オジキたちの意見はようわかった。安心しときやい」

と受け入れるふうを示した。

「カシラ、ほんまに、もう、たのんますで」

と張昭たちは退出して行った。

わが立場の弱さよ、と孫権が自虐していると、魯粛が戻ってきた。

「子敬、またオジキたちにやりこめられてしもうたぞ。本当にわしらが曹操に対抗できるのか、わしゃ自信がのうなった」

「カシラ、張のオジキは別にしても、ほとんどの連中は我が身可愛さに降伏に賛成しとるヘタレです。やつらは降伏すれば家は無事、妻子も安んじ、富貴を保つことができると思っちょる甘ちゃんですわ。そんな言に迷わされてはいけませんで」

「子敬、そうはいうがのう。わしゃ、わからんようになった」

「カシラ、躊躇《ためろ》うてはなりませんで。あやつらのせいで国を誤り、民を惑わせるようなことになってはいけん」

　と魯粛は熱弁した。しかし、孫権は、

「今日はもうわしゃ疲れたわい。家に帰って酒を飲んで寝る」

　と言って、内宅への通路をゆらゆらと歩み去った。

（カシラは参っちょるわい。なんとかせにゃあ）

　と魯粛は見送りつつ思った。

　孫権はめしも喉を通らず、酒だけ飲んで寝たが、それでも眠れずに、輾転反側《てんてんはんそく》して朝を迎えた。寝室から出て来た孫権は鬱状態にあった。そんな孫権をみかねた呉国太《ごこくたい》が、孫権に対面を申し入れてきた。

「権や、なんか心配事でもあるんね」

　と聞いてみた。呉国太は孫権の亡き母の呉夫人の妹であり、孫堅の第二夫人であって、孫家の奥の実力者である。孫朗《そんろう》と孫仁《そんじん》を生んでいる。呉夫人は臨終の時に孫権に、

「わたしの妹は、母も同然、よく孝養を尽くすように」

と遺言しており、孫権はそのように仕えてきた。

孫権はいきさつを語り、

「いま孫呉は国論二分し、どうにもなりゃあせんのです。ああ、わしに亡きアニキ（孫策）の決断力があれば……」

と言った。

「あんたはわたしの姉がご臨終のときに言うたことを忘れたんね」

それは、

「内治にあたっては張昭に問い、外事にあたっては周瑜に問え」

というものである。孫策も言ったことである。

国母臨終の語を追思して
周郎立戦の功を引き得たり

というところ。

「べとべと悩んどらんと、ここは周郎《しゅうろう》に頼りんさいや。戦さのことは周郎に問えと言われたんじゃけん」

「ははっ。確かにそうじゃった」

（やはり頼みは周瑜ということかい）

孫権はあらためて周瑜の顔を胸に浮かべていた。

周瑜公瑾、三十四歳。今最も待望され、スパークしている男であった。

その実力と人望、智略雄略、容姿のよさは『三國志』の全武将中常にナンバー1か2に置かれているといっても過言ではない。ことに孫呉では男の中の男とあがめ奉られ、人気はぶっちぎりのトップである。

周瑜は盧江《ろこう》郡舒《じょ》県の名家に生まれた。祖父の兄弟の周景《しゅうけい》とその子周忠《しゅうちゅう》は後漢の太尉（三公のひとつ）に任じられ、周瑜の父の周異《しゅうい》は洛陽の令であった。後漢末の動乱がなければ周瑜もその列に入っていたことだろう。また幼少の頃よりその美少年ぶりは人々に感動を与え、

「美周郎」

と呼んで親しんできた。『三國志』周瑜伝にも、

――姿貌有り

とわざわざ外見のことを記されているほどだから、歴史上歴代ベストな美男子であったに違いない。その上、勇気、才略、腕力、侠気、優しさといった男子が持つべき美点をすべて具《そな》えているのだから、嫉妬のしようもない相手であった。しかも音楽を愛好する知的で典雅な美丈夫でもある。

『三国志』の歴史的人気者といえば、のちに廟までつくられた関羽、孔明ということになるが（ついでに張飛）、周瑜の歴史的人気はこれらとはまた異質なものである。関羽や孔明が非人間的なレベルでの人気なら、周瑜はまことに人間的人気者ということにな

る。

男と生まれたからには「美周郎」になってみたい。

女と生まれたからには「美周郎」の妻になりたい。

そういうレベルでの人気なのである。『三国志』の故地ツアーにゆけば、どこにでも周瑜のかっこいい（へんなかっこうをした）錦絵が売られており、その他周瑜グッズの売り上げは関羽や孔明のそれに匹敵する。まだ『三国志演義』が成立していない頃は、赤壁の戦いは周瑜とイコールで結ばれており、蘇軾《そしょく》、杜牧《とぼく》のような詩人たちは赤壁懐古の詩に「周郎」を詠み込んでいる。孔明なぞはどこにも出てこない。

そんな周瑜が孫家と交わったのは十六のときである。一九〇年に孫堅が董卓《とうたく》討伐の兵を挙げたとき、家族を舒県に移住させた。このとき周家は孫堅の家族のために家を貸し与え、家族ぐるみの付き合いをした。周瑜は同い年ながら二ヶ月早生まれの孫策と知り合い、意気投合して深い友情を抱き、アニキと呼んで断金の交わりを結ぶことになった。男同士が互いに惚れ合うといった交わりであり、周瑜は孫策に生まれながらの大将の器を感じ取ったのか、一歩引いた位置に立つことになる。

数年後、孫策が袁術《えんじゅつ》から独立して暴れ始めたとき、周瑜は兵を引き連れて駆けつけ、合流する。友として副将として荒々しく活躍したのである。

「君が来てくれたことで、わが思いはかなった」

と孫策は喜んで言った。張昭、張紘《ちょうこう》ら在野の名士をひきたて、陣営に加えることを進言したのも周瑜であり、周瑜は孫策集団の前途をたんなる暴力集団以上のものにする、大きなビジョンを描いていたのである。

二人の友情は嫁取りにまで及び、皖城《かんじょう》を落としたときに名花として知られた大喬《だいきょう》、小喬《しょう》の美人姉妹を略奪的に娶ったこともある。二喬はどう思ったかは知らないが、

「喬公《きょうこう》（二喬の父）の二人の娘は、美貌であるとはいえ、われわれほどの婿を得たのだから、姉妹は幸福だといってよいぞ」

と勝手なことを言った。孫策と周瑜は義理の兄弟のようになったわけだ。ちなみに周瑜が娶ったのは小喬のほうである。

二〇〇年に野望なかばで孫策が暗殺され、その後を孫権が継いだ。この時から周瑜は、亡き孫策との友情のため、孫権を守り立て、孫策の野望を引き継ぐことを胸に誓ったのである。軍事全般の目付となり、山越と戦い、反孫権豪族を鎮圧し、曹操に対しては毅然とした態度を取り、黄祖《こうそ》を襲撃したときには先鋒部隊の指揮官をつとめた。孫権が最も頼りにする兄代わりの武将である。

その周瑜はいま鄱陽《はよう》にいて、水軍の訓練に余念がなかった。

蔣幹《しょうかん》、字は子翼《しよく》は鄱陽の役所を目指して歩いていた。蔣幹は揚州九江《きゅうこう》の生まれである。立居振る舞いが堂々としており、才気があって、長江・淮水《わいすい》一帯では並ぶ者がない弁舌達者として知られており、誰もかれの弁舌の前では受け答えに窮するほどであったという。今は曹操に仕えていた。麻衣に葛巾《かっきん》という無官の旅人に変装している。

こたび蔣幹は密命を帯びていた。

「周瑜を口説いて、わが方に心を動かすようにせよ」

という曹操の命令である。蔣幹は周瑜と旧知の顔見知りであった。

「公瑾はそう簡単に引っこ抜けるような男ではありません」

と蔣幹が言うと、

「だからこそ、おぬしに行ってもらうのだ。得意の舌で落としてこい。金もいくら使ってもよいぞ」

と曹操は言った。

この件は、周瑜を寝返らせ、孫呉を攪乱するという政略的な目的ではまったくなく、曹操の少年の日の曇りのないマニア心が疼いてのことである。

「美男の上にずば抜けた才略の持ち主というではないか。そんな素敵な男は孫権にはもったいない。戦場で傷つけたりしたら、とりかえしがつかん」

と周瑜のことを思うとオタク少女のように胸がときめくのであった。

蔣幹は、

(さて困ったな。周公瑾という男は金や女や役職で転ぶような奴ではない。しかしご下命があったからにはいくしかあるまい)

と案じながらとぼとぼ歩いている。

鄱陽湖は長江につながる広大な湖であり、今や水戦の訓練場となっており、日々実戦さながらの特訓が行われていた。蔣幹は日焼けに日焼けを重ねたような剝き出した肌が艶やかに黒い半裸の男たちと何度もすれ違った。

役所に着いた。蔣幹が、

「御免」

と声をかけて役所の中に入ると、いるのは四、五人、しかもせわしく動いていた。殺気立っているとも見える。

「周公瑾どのにお会いしたいが、いずこにおられる」

と蔣幹は挨拶してから言った。すると、これも真っ黒に日焼けした男に、

「何者じゃい」

と怒鳴られた。

「いや、公瑾どのの旧友にござる。旅の途中ここまで来たから、顔を見たくなってのう」

「ふん。暇人かい。周郎は今訓練指揮中じゃ。終わるまで待っとれい！」

柄の悪い男はそう言い捨てると、自分の仕事に戻った。何やら三人がかりで図面を制作中らしい。船の形をした図形にいくつもの矢印がついており、それが数十も並んでいた。

「間違えるな、先頭は五艘じゃぞ」

船隊隊形フォーメーションAとかフォーメーションBとか、ゾーンプレス17とか、そういうものを描いているのであろう。男に睨まれたので見るのをやめた。

やむなく蔣幹は部屋の隅っこで待つことにした。

（まずいときに来たものだ。戦さ支度どころか、本戦中のようではないか）

杖に顎をのせて部屋の中を見渡すと、一人だけ机の前に坐って、しかも酒を飲みながら書き物をしている男がいる。鄱陽の下っ端役人龐統士元《ほうとうしげん》であった。龐統は周瑜には尊重されていたが、同僚からは事務ができる奴くらいにしか思われていなかった。事務屋など大した男ではないというのがこの役所の見方である。

龐統はやぶにらみの目で一度蔣幹を見たが、興味なさそうに目を落とした。蔣幹の方から近寄って声をかけた。

「あなたもここの役人か。のんびりしておるようだが」

「わたしはあの連中に付いていけないんでね」

「いや、申し遅れました。わたしは蔣幹子翼と申す旅人でござる」

龐統は、

「そうですか」

と言ったきり何も言わない。仕方がないので、

「そちらのお名前は」

と訊くと、

「龐統士元と申す」

と言った。

(龐統、士元……どこかで聞いた名だな)

龐統はちびりとやりながら、

「あんた、都督《ととく》に面会したいといっても、いつのことになるやらわかりませんよ」

周瑜の官職は都督である。

「ここひと月、都督は水軍に猛訓練を施しておる。払暁から日が暮れるまで。ときには夜戦の訓練までやっておりますからな。ここに顔を見せないこともある」

「ほう。それはなんとも困りました」

「みな臨戦態勢でせわしく、役所の仕事はほったらかしです。やってられませんな。わたしには」

またちびりと一口。

「都督にご用事ですか」

「旧友なのです。まあ、懐かしさのあまり」

「是非にも会わねばならん用事があるのなら、お邸《やしき》を訪ねて待つのがよろしい。拙者もそのつもりでいるのです」

「あなたは何の用なのです」

「いやこれですよ」

龐統は書いていた書面をつまんで持ち上げた。

「辞表を書いていたところです」

「辞表？」

「戦さですよ。どうやらやるらしい。わたしは軍船になぞ乗るがらではありませんからな」

「戦さといえば、曹公と孫討虜《そんとうりょ》の戦さですか。わたしはやらないと聞いておりますが」

すると龐統は、

「必ずやります」

と断言した。

「ははあ、あなたはそう見るのか。しかし曹公の大軍勢に孫呉があたれるとは思いません。勝敗は既に決まったようなもの。孫呉の重臣がたは降るという噂ですぞ」

龐統は瓢箪から最後の一滴を口に落とし、

「ここの連中を見れば分かるでしょう。蔣子翼どのは知らないのだ。周都督がやると言ったら、誰が止めようが、孫呉の水軍数百隻は、心を躍らせながら長江を修羅場に変えるでしょう。これは誰にも止められない」

そしてにやりと笑い、

「それでも都督に会いますかな」

と訊いた。蔣幹は自分の目的が見透かされているのかと思いどきりとした。

「古馴染みの挨拶ですよ」

龐統は役所にいて図面描きや備品調達の仕事をしている若い衆の怒鳴り声の会話を聞いて、

「今日は早めに切り上げるようですぞ。ちょうどよかった」

と言った。この時、孫権から周瑜へ柴桑の会議出席の要請の使者が到着していた。それが周瑜に伝えられたようだ。

龐統は立ち上がった。

「どれ。では周都督の邸に行って待つことにしますか」

「それならわたしも」

蔣幹も腰を上げた。二人はこわい怒鳴り声のやまぬ組事務所のような役所から出た。


夕刻、水を浴びて訓練の汗をさっぱり洗い流した美しい男は、麗服に帯をきりりと締め、柴桑からの使者に面していた。優雅な手つきで書状を受け取り、口上を聞いた。口上は、周瑜に急ぎ柴桑に来てくれ、という内容であった。周瑜は、

「どうしてもまとめ切れぬか。子敬は」

と呟いた。魯粛が会議で悪戦苦闘している様が目に見えるようであった。

まことに美しい男であった。目は澄み、鼻梁はたかく、薄く髭をはいた口元には何とも言えぬ気品が漂う。そのスマートな物腰からは一声にして兵を喜んで死地に赴かせる鬼将軍の片鱗もうかがえなかった。

周瑜、字は公瑾、人呼んで美周郎。

男の中の男の中の色男として知らぬ者はいない。

美周郎の「郎」という呼称には若くてイケメンの上、すごくかっこよくて威勢がいいという意味がこめられている。若年者への呼称ではあるものの、周瑜にはそれがよく似合う。永遠の美青年である。美周郎にはしかも名門出身たるものの威厳と気品が匂い立つようである。

周瑜は目を閉じ、またゆっくりと開いた。それだけで花が開いたかのようである。

「この周瑜が柴桑に参るときは、全水軍を率いてゆくことになると思うておったのにな。仕方があるまい……」

使者に向かって言った。

「承知したとお伝えせよ」

男ながら周瑜に見とれていた使者は慌てて、

「ははっ」

とこたえた。

「はやく復命し主公《との》を安心させてくれ」

「はっ」

使者は何かにおそれるが如き動作で部屋を出て行った。

「さて、客が来ていると言っておったな。通すがよい」

と下男に言った。

しばらくして案内されてきたのは蔣幹と龐統である。

「そちは、蔣子翼ではないか。それに士元先生も。まあ、坐られよ」

龐統は、お先にどうぞという感じで蔣幹に譲り、離れた席に坐った。

「子翼、元気にしておるようだな」

「まことにしばらくぶりだ。覚えてくれていたか、公瑾。久しぶりに顔を見たくなってな。近くに寄ったついでに訪ねたのだ」

と蔣幹が言うと、

「ふっ。あのときは世話になった」

あのときとは周瑜がやむを得ず袁術に身を寄せていたときのことであろう。

「だが、このようなときに至るとは、おぬし」

「なんだ」

「言わぬが花で、帰ったらどうだ」

周瑜の目がきらりと光り、蔣幹を射た。

「公瑾、はて、なんのことだね。私用の旅行で寄ったまでだが」

「子翼、まことにご苦労なことだ。はるか江湖を越えて、曹公のために遊説家となって来られるとはな」

周瑜は自明のことのように言った。蔣幹は耐えて顔色を変えずに言った。

「自分は足下と同州の生まれで、ながらく顔を合わせることもなかった。近頃の評判と勲功を聞いて、久闊《きゅうかつ》を叙し、あわせて様子はどうかと、わざわざやって来たのだ。それを遊説家などと言うのはひどい邪推ではないか」

「わたしは夔《き》や師曠《しこう》におよばぬまでも、弦を聞き音楽を賞味すれば、それがよい音楽であるかどうか識別できる能力を持っておる」

とやや冷たい声で言った。夔とは舜《しゅん》に仕えた楽師であり、師曠は春秋時代の晋の楽師のことである。両人とも鋭い耳をもって音楽を聞き分けたとされる。

周瑜は音楽には格別の見識と感覚があり、宴会がたけなわになり、酔ったときでも、演奏にわずかでも狂いや間違いがあると必ず聞き分け、演奏者を振り返り睨んだという。

それをして人は、

「曲に誤りあれば周郎顧みる」

とはやし言葉にして言い伝えた。絶対音感を持った男であった。

周瑜は旅行の途中と言って現れた蔣幹を見て、音の狂いを聞き分け、真の目的があると直感したのであった。

「よい音ではないな」

「誤解だぞ、公瑾」

「まあ、それはおいておこう。ゆるりと逗留してゆけ。そうだな明日にでもおぬしの見たいものを見せてやろう」

と確信を持った者のように言った。蔣幹は複雑な表情で押し黙った。

周瑜はこんどは龐統に顔を向けた。

「先生は何用ですかな」

龐統は今の会話を聞いていて、

(さすがだな。蔣幹の目論見《もくろみ》をすぐに見透かしたか)

と思っていた。

「いやさ、少々、飽きの虫が鳴きましてな、この足が旅に出たいと申しておるのです」

と、辞職願いを周瑜に渡した。

「先生、それは困ります。いま先生に去られては、役所の仕事が止まってしまう」

「一つ所に長居できぬのはわが性分でしてな」

「この周瑜、先生のお力を高く買っております。先生が郡役所の下僚では役不足であることは承知しておりました。先生のお力に見合った職を与えられぬこと、いささか甘え、反省しておったのです。なんとかおとどまり願えぬか」

「わたしはあの程度の仕事をするのが合っておりましたよ。気楽ですからな。呉には人材が多い。わたしがいなくなっても困ることはないでしょう」

「ご謙遜を。大事が終わればわたしは先生を主公（孫権）に推挙しようと思っております」

大事とは曹操との戦さのことであろう。周瑜は孫策に孫権を託されて以来、臣下の分を越えず、主公と呼ぶことを忘れなかった。

「それは買いかぶりと申すものですな。わたしはそれほどの者ではありませんよ」

そうは言うが周瑜に見込まれていたことに嬉しさがある。

「思えばいま役所の者どもは戦さ支度で落ち着きがない。先生がうんざりしてしまうのも無理からぬことです。どうしても辞めるとおっしゃるか。そうであれば次の目当てはおありなのか」

「足任せ、気任せですよ。旅に飽いたらまたどこかに落ち着くだけです」

「うむ、それは。先生」

周瑜は龐統がもし曹操の陣営にでも入ることになるなら、ひどくもったいないことだと思った。

「先生、わが耳には、先生も天下に志をのべる人だと聞こえ入っております。いや、ご否定なさらずともよい。その先生ならば曹公と孫呉のこれからのいきさつには興味がおありであろうと思う。旅は先延ばしにして、わがほうで見物でもなされればよいかと思うのだが、いかがであろう。この周瑜の賓客としてしばし落ち着いていただけぬか」

と透き通った声で言われると、龐統もますます悪い気はしない。

「都督がそうまで言ってくださるのなら、もう少しだけ居らせてもらいましょう」

と言ってしまっていた。周瑜は輝く白い歯を見せた。

そして周瑜は蔣幹と龐統に酒食をふるまい、周瑜が選び抜いた楽師たちの演奏を聴かせたのであった。

翌朝、周瑜は蔣幹と龐統を招いて、

「今日は兵の休養日とした。軍営を案内しよう。子翼はとくに見たかろう」

と言った。蔣幹は何も言えず笑っただけである。

馬に乗り幕舎が点在する場所に向かった。周瑜の騎乗ぶりも典雅なものであった。鄱陽湖には数百の船がつなぎ止められ、十数隻は湖上に浮かんで警戒の練習をしている。

「わたしはこれら軍船を手足のように動かすことが出来る。果たして曹公はどうかな」

周瑜が近付くと水兵たちは「美周郎」に憧れに似た表情で拝礼した。

「かれらはわたしが死ねと言えば、即刻、死んでくれるはずである。われらには強い絆があるのだ」

さも当然、といった声で言った。

龐統が、

「陸の戦いと水上の戦いでは、どこが異なりますか」

と訊くと、周瑜は、

「さして変わらぬ。敵軍に軍団を当て、叩き沈めるのみである。ただし、それは熟練したものにのみ容易なことであり、上流にあろうが、下流にあろうが、魚のように自在に動けてのことになる。そうであれば船の数はそれほど問題ではない」

とこたえた。

軍営をくまなく巡察し終えた周瑜は二人を倉庫に案内した。倉庫の中には水戦用の兵器、軍事物資がうずたかく積まれている。

「あえて陸戦との違いをいえばこれらの兵器である。小さな城同士が戦うという感じかな」

鉤《かぎ》のついた縄や、渡し梯子、船上用の強弩が見られる。

蔣幹は冷や汗を掻いていた。

（どうして手の内のすべてをわしに見せようとするのか）

蔣幹には気が気ではない。

「まあ、こんなところだ。では邸にもどろうか」

と周瑜は先に馬を歩かせる。

戻ると宴席の支度がしてあった。そこは豪華な部屋で、珍宝に囲まれ、あでやかな服がかざられている。周瑜はくつろいだ声で、珍宝服飾を指さし、

「これみな主公に賜ったものだ。どうかな」

と蔣幹に訊いた。

「まことに、素晴らしいものばかりだ」

と言うしかなかった。

「なあ、子翼よ、男子たるもの、おのれをよく知ってくださる主君に巡り合い、表面的には君臣の関係であろうと、実際は肉親と変わらぬ恩義を結ぶことこそ最上のこととは思わぬか」

「そ、そうさな」

「その主君はわたしの申し述べる意見や計りごとを信頼して受け入れてくださり、実行していただける。幸いも禍《わざわい》も主君と一体となって受けるという関係なのだ。まさに男子の本懐と申してよい」

「うむ」

「たとえ蘇秦《そしん》、張儀《ちょうぎ》がもう一度生まれ、酈食其《れきいき》が再び世に出て、わたしのところに来て呉を捨てるようにと舌を舞わせたとしても、わたしはかれらの背を撫でて、好意に感謝しつつも、御免と言うであろう」

と周瑜はしびれるような言葉を語った。天才的な弁舌達者が蘇り、何を言って口説こうとも、寸分たりも心が動くことはないと言う。

蔣幹は小さくなっている。

「それが、子翼よ、おぬし如きにどうしてわたしの心を動かすことができよう。おぬし、帰ったら曹公にそう申し伝えるのだな」

蔣幹はただ苦笑いして、もう何も言えなかった。得意の弁舌も使いようがない。

「つまらぬことを言ったかな。さあ酒肴をとられよ」

蔣幹は参ったという表情を浮かべ、

「公瑾、わしをただの説客や間諜とは思わんでくれよ」

と言った。

「ふっ。思っておらぬから、軍営から倉庫まで隠さず見せたではないか」

「そうか。ありがたい」

龐統はやりとりを横目で見ながら、酒を飲み、
と思っている。蔣幹が曹操のところへ戻り、報告するにしても、ほとんど何も言えないであろうと思う。

(見事なものだ)

蔣幹はいたたまれなくなったのか、急用を思い出したと言って席を立ち、すぐに立ち去ってしまった。

この後、蔣幹は事の次第を曹操に報告したが、ただ周瑜の大度量と精神的な気高さを言うのみで、

「周瑜の心を変える楽を奏でられる者はこの世にはおりますまい。言葉によって周瑜と孫権の間を割くのは不可能にございます」

と感服したように言った。曹操は、

「周瑜はすばらしく出来た男のようだな。残念だが引き抜きは諦めよう」

と言い、人士たちはますます周瑜を重んじるようになった。

蔣幹がいなくなってから、龐統は言った。

「軍営の様子や倉庫の中まで見せたのは、都督も給仕のし過ぎではありませんか」

すると周瑜は、明るく笑った。

「隠す必要もない。手の内が分かったくらいで、わが艦隊には勝てぬ」

と自信をみなぎらせている。

「呉の水兵の闘志も伝わるであろう。それよりも、先生、問題なのはわが本営のほうの闘志である。わたしは明日にでも柴桑に行かねばならないのだが、先生も同行なさりませんか」

「わたしが行っても仕方がないと思うが」

「たぶん先生と知り合いの者が参っておる」

「誰ですか」

「劉玄徳の使者、諸葛孔明と申す男がたった一人で乗り込んできている」

「孔明のやつが、柴桑にいるのですか」

「そう聞いておる」

周瑜は鄱陽で水軍訓練ばかりをやっていたのではない。部下を柴桑との間に行き来させ、会議の情報その他を収集していた。盟友の魯粛が連れてきた孔明のことも情報が入っている。

（とうとう孔明が動いたか）

と龐統は思ったが、

（果たして役に立つものなのか）

「それで孔明はもう何かしでかしたのですか」

「重臣たちの前で一説ぶったという。ときに先生、孔明なる男はどのような男なのですか」

龐統は、

「変質者です。ただ自然と植物を愛好しており、悪い奴ではありません」

とこたえた。

「変質者か。しかし魯子敬がただの変質者を連れてくるとは思われない」

呉の軍勢だけで曹軍を打倒できると考えている周瑜には、劉備軍団の使者などどちらかというと邪魔な存在である。

「子敬も、子敬なりに考えてのことだろうが」

周瑜は盃を傾けた。

曹操陣営も馬鹿ではあるまい。孔明潜入のことはじきに知るであろうし、劉備軍団と孫呉が手を握る可能性に思いを致すはずだ。いや、すでに露見しているかもしれない。

（しかし使えるかも知れん）

孫呉の陣営に劉備の使者がいる。これだけでスキャンダルである。恭順派の説通り曹操に降伏するのなら、ただちに孔明を斬って捨て、劉備とは無関係だとひろく示さねばなるまい。劉備との共同作戦を疑われれば、曹軍はますます孫呉を敵視するであろう。恭順派からすれば、そもそも孔明は呉にいてはいけない男と化している。

(首をつながせておるなら、それが子敬の策か)

孔明が存在することをもって、曹操陣営を疑い怒らせ、なし崩し的に戦争に引きずり込むということだ。

龐統は周瑜が何を考えているのか、薄々覚《さと》っている。

「そうですか。孔明が来て居るというのなら、わたしもちょいと柴桑にお邪魔させていただきますかな」

「おお、そうか。孫呉にはあなたを知って評価する者も何人かいる。顔を見せておくのも悪くはあるまい」

そう言いながら周瑜は、呉の抗戦派と恭順派をどう切り盛りするかを考えていた。戦さが決まったとして、恭順派がボイコットなどすれば、これは戦さにならない。挙党一致の体制をつくるにはどうすればよいか。

(孔明なる男を利用できるかも知れん)

周瑜の頭脳に孔明というピースがはじめて刻まれた。

翌朝まだ暗いうちに周瑜と龐統を乗せた走舸《そうか》(快速艇)三艘が鄱陽から九江に向けて

出発した。九江で長江に合流し、そのまま柴桑までのぼる。季節柄肌寒かったが、周瑜は端然として舳先《へさき》に立っている。走舸の漕ぎ手たちは櫂《かい》さばきも熟練しており、ふっ、ふっ、と小さな息を吐きながら、信じられないような速さで水上を進んだ。日が昇る頃には鄱陽湖の半ばまで来ていた。

居眠りをしていた龐統は、明るくなると目を覚ました。舳先を見ると朝焼けに映えた周瑜の美しい立像が目に入り、思わず溜息をついた。絵になる男とは周瑜のような者のことを言うのだと思う。

日が中天に上った頃には長江に入っていた。

長江の広大さというのは、これはげんに見た者にしか分からないところがある。反対側の岸辺が霞んで見えるような場所もあり、日本の川とはとうていスケールが違う。大袈裟に言えば瀬戸内海に近い。船が何百、何千隻も浮かんでも、轟々《ごうごう》と動き回れる広さがある。長江が陸の会戦と変わらぬような決戦場となるのもむべなるかなである。

周瑜らが柴桑に着いたとき、もはや日暮れであった。道にいる者からは、

「おお、周郎じゃあ」

「美周郎が来たぞ」

と喚声があがった。ここでも周瑜の男人気は不動のものであった。周瑜が来たからには、抗戦和平と紛糾した状態が、一挙に定まるに違いない。龐統は周瑜の後ろをのこのこついて歩いたから、人夫か何かと思われていたろう。

周瑜が柴桑に着いたという報はすぐに城内中に知れ渡った。

周瑜がひとまず柴桑の自宅に入ると、真っ先にやってきたのは魯粛であった。

「周郎、よう来てくれた」

「うむ、子敬、待たせた」

後ろにいた龐統を紹介して、

「これなるは龐士元先生だ。上才の持ち主である」

龐統は、どうも、と頭を下げた。

「貴殿が鳳雛《ほうすう》と呼ばれとる、名高い龐統どのかい」

龐統を〝鳳雛〟と言いふらして定着させたのは孔明である。

「名高くなぞはありません」

「そんなことはええ。周郎、事はギリギリの所にきちょる。話を聞いてくれんか」

「子敬、案ずるな。状況はだいたい分かっておる。わたしのすべきことはもう定まっている。それより諸葛孔明を連れてきてくれないか。どのような男か見ておきたい。いい手札となるかも知れんのでな」

「わかったで。孔明を連れて来ちゃるけんの」

と魯粛は馬に跨ると走り去った。

周瑜来るの報は家臣団にも衝撃を走らせていた。鄱陽を動かなかった周瑜が来たということは、次の会議が最大の山場になると誰にも分かることである。

孫呉の二本柱は張昭と周瑜であることは一致した見解である。二人は恭順と抗戦の対立の象徴のようなものでもある。恭順派は周瑜さえ説得すれば戦さはなくなると思うし、抗戦派は周瑜が一歩も引かず抗戦を叫ぶなら、張昭の意見がどうであれ現在の状況が電撃的にひっくり返ると期待する。

次に周瑜の館に駆けつけたのは張昭、顧雍、張紘、歩騭《ほしつ》であった。周瑜は年長者の張昭に拱手《きょうしゅ》して拝した。

「これはオジキどの、急に何用ですかな」

すると張昭は、

「公瑾、今のゴタゴタは分かっとろうの。是非なしはいけんで」

と高圧的に言った。

「今のゴタゴタとはなんでしょう」

と周瑜はとぼけてみせた。

「曹操が百万の兵を率いて江陵に駐屯しとる。しかも檄文を寄越し、殿に一緒に猟をしようなどと言うてきたんじゃ。曹操が江東を狙うておることは明らかじゃが、今のところはまだ攻めては来んじゃろ。しかし戦さとなればこちらには万に一つの勝ち目もない。わしらは議して殿にここはひとつ涙を飲んで降伏のかたちをとり、禍を避けて前途を案じようと申し上げておるんじゃ。ところが魯子敬の馬鹿たれめが、江夏から劉備の軍師、諸葛孔明を連れてきおったんじゃ。孔明は大敗して死にかけとる劉備を助けんとする邪悪の策を隠し、言葉巧みに殿の心を掻き乱しておる。子敬も子敬で、孔明に誑かされており、妄想をもって、孔明に加担して殿にものを言うておる。おかげで評定は混乱し、われらの正論が通らぬ有様じゃ。そこで公瑾に評定を決してもらわんとどうにもならん」

「公らの意見もみな同じなのですか」

「そうじゃ。子布どのが言はわしらの言なんで」

と顧雍が言った。

「確かに百万の軍勢が襲って参ったなら、勝ち目はござらぬ。ならば戦うべきではない……。わたしも降伏やむなしと久しく思っておりました」

と周瑜が言うと張昭らは大きく頷いた。

「オジキ、安心なされい。明朝、主公に拝謁し、結論を出すことにいたしましょう。ご一同、安心してお帰り下さい」

「おう、周郎がその意ならばほんまに安心やで」

と、釘を刺すまでもなかったと、張昭たちは帰って行った。

（やれやれ）

と周瑜がくつろごうとしていると、今度は程普《ていふ》、黄蓋《こうがい》、韓当《かんとう》の、軍の三重鎮がやって来たとの知らせがあった。周瑜は客間に迎え入れ、先輩三人に丁寧に挨拶した。

程普が、

「周郎よ、お前は江東が早晩他人のものになることを知っておるんか」

と言った。言葉つきにやや棘《とげ》があるのは、周瑜と程普はあまり仲が良くなかったからである。

「それはどういうことでござろう」

「わしらが孫将軍（孫堅）に従って創業の基をつくり、また小覇王（孫策）とともに大小数百の戦さを闘い抜いて、ようやく六郡の領土を勝ち取ったことは知っとろうな。しかるにカシラは張昭をはじめとする文官参謀どもの意見に気圧《けお》されて、曹操に降伏せんかと迷うとるんじゃ。こんな恥はまたとないで。なんたる無念じゃ。わしらは死んでもそんな辱めを受けとうはない。周郎、どうかお前には、決断して徹底抗戦をしなさるよう、カシラに勧めてもらいたいんじゃ。カシラはお前の言葉には心動かすはず。そしたらわしらは死に物狂いで戦っちゃるけんの」

「将軍がたはみな同じ意見ですか」

と周瑜が訊くと、黄蓋が憤然として立ち上がり、

「この首が落ちるとも、曹操なんぞに降伏でけるかいや！」

と自分の首をちょうと叩きながら怒鳴った。

周瑜は、

「わたしの気持ちも同じである。降伏は非であり、曹操とは決戦するのみ。わたしが明朝、主公に拝謁して、結論を出しましょう。明日をお待ちあれ」

とさっきとは正反対なことを言って、一同を安心させた。程普らは納得して帰って行った。

周瑜が正反対の答えをして見せたのは考えがあってのことである。開戦の決断は周瑜がするものではない。孫権自身に出来るだけドラマチックにやってもらわねばならないものなのである。君主の今後の権威に関わることであり、如何に孫権に強い決意を持た

せるかが重要なのである。一臣下の自分が、和平ないし戦争を決めて叫ぶわけにはいかない。

と思っていたところ、また客が来た。諸葛瑾《しょかつきん》、呂範《りょはん》ら中堅の文官たちである。諸葛瑾が言った。

「わが弟の諸葛亮が漢水のほとりから至り、劉玄徳どのにはわが呉と手を結び、ともに曹操を討とうと望んでおられると言うのですが、弟の言葉は重臣がたの怒りを買ったのみで、結局、混乱しております。わが弟が使者であるゆえ、自分は多言を弄せませず、ここは周都督の決断が大きいと思っておるのです」

「子瑜《しゆ》どののご意見はどうなのです」

「降伏すれば、ひとまずは安泰でしょう。戦えば江東を保つことは難しい」

と諸葛瑾はどちらかというと消極論を語った。周瑜は、

「わたしには考えがある。明日、役所に行って結論を出しましょう」

と言い、適当に答えて帰したところ、次は呂蒙《りょもう》、甘寧《かんねい》らの血気盛んな将校どもが訪ねてきた。皆が皆、会議が抗戦と降伏で言い争い、空転していることに嫌気がさし、最大のキーマンが周瑜であると思っているのである。周瑜は、

「あれこれここで言っても始まらぬ。明日の会議で議論すべきではないか」

と言って追い返した。

奥の部屋で手酌していた龐統が、

「千客万来で、都督も次から次にたいへんですな」

と言った。周瑜は冷笑して、

「予想以上にバラバラだ。今となってもこれでは勝てるものも勝てぬ」

と言った。もともとまとまりがないのが呉連合、といってはおしまいか。

そして今宵最後の客が訪れた。

周瑜は中門まで出て出迎えた。

魯粛の後ろにひっそりと立っているのは、諸葛亮孔明。周瑜との初見はいったいどうなるのか。周瑜が最も信頼する盟友魯粛が連れてきた男とは果たして使い物になるのだろうか。薄明かりの中、周瑜は孔明の発する音を聞き分けようとした。


少し前、周瑜の館に向かいながら孔明は、魯粛《ろしゅく》に訊いた。

「周公瑾は燃えていますでしょうか」

「周郎は孫呉一の燃える男じゃ。かっかと燃え上がっとるに決まっとろう」

「あんまり燃えていないかも知れませんよ」

「そげなこつはなか。なんでそんなことを言うんじゃ」

「燃えていなかったら火を点けねばなりませんので。火を点けていいですか」

と孔明は笑顔でいう。

「そんなことせんでも、真の男の燃えっぷりがすぐにも見られるわい」

と魯粛は言った。

そんな話をしていると中門に着いた。わざわざ周瑜が迎えに出ていた。

「よくぞ参られた。わたしが周瑜、字は公瑾である」

「お初にお目にかかります。わたくしが宇宙から来た軍師、臥竜こと諸葛亮、孔明です」

となんでいつもそんなものを持っているのか、たびたび人を疑わせる白羽扇を大きく振って見せた。意味はない。

（！）

薄明かりの下、二人は目を合わせた。周瑜三十四歳、孔明二十八歳。その互いの双眸に火花が散ったりはしなかったが、周瑜の心の中には孔明を見た途端に何か得体の知れない感情が発生した。内心を戸惑わせた。

（なんだ、この男は）

周瑜の心の一部が少し燃えた。それは何か気持ちの悪い虫に手が触れたかのような嫌な感触をともなっていた。

（こやつ、殺す）

と、短絡的にそんな思いが浮かんだ。周瑜は初対面の孔明に強い殺意を抱いた。それは理屈ではない。一目惚れの反対で、一目殺意というものか。ボーイズ・キルであった。

周瑜は先に孔明だけ部屋に案内させ、魯粛をつかまえた。

「あれが荊州は龐徳公《ほうとくこう》門下でも随一と言われた諸葛亮か」

「そうじゃが」

「いったいどういう男なんだ？」

すると魯粛は困ったように、

「それがさっぱりわからんのじゃ」

　と言った。

「子敬《しけい》、おぬしほどの者がそう言うか。すでにいろいろ話をしたのだろう。まさか妖怪変化の類ではあるまいに」

「しかしな、来た途端にオジキたちが絡んできたのを、次々に怪しい理屈でへこますわ、カシラに意見を問われれば、曹軍の数を無茶苦茶に言って降伏を促して怒らせるわ、再度取り次ぐと、わが胸に秘策があると大見得を切るわ、いったい何を狙うておるのか、わしにはさっぱりわからんのよ。稀代の詐欺師か、じつは本当に智謀の者なのか、あるいはまったく何も考えていないのか、わしには判断がつかん」

「それはこれから確かめるしかないか」

　龐統によれば自然を愛する変質者であるらしいが、人に優しいかどうかは別である。

「孔明とてこの地に一人乗り込んできたということは、最悪、命を懸けているということだ。どういう命の懸け方をしているか見てくれよう」

　二人は応接の部屋に向かった。

　孔明はちゃっかり主賓の席についており、白羽扇をあおいでいる。かくて夜更けの三者会談が始まった。

　劉備軍団の手助けなどまったく期待していない周瑜としては、孔明など放っておいてもよいのだが、魯粛が連れてきてしまっている以上、人を見極め、下手なことをさせな

いようにしておきたい。しかし、

（そんなことよりわたしはこの男を殺したがっておる。こんな気分ははじめてだ）

と殺意が去らない。

まず魯粛が言った。

「今、曹操が大軍を率いて来ちょって、カシラに脅しの書状まで送りつけてきとる。和議を結ぶか決戦するか、カシラの気持ちは主戦にあるが、どうにも揺れちょるんがいかん」

周瑜の冷たい視線が孔明に注がれているが、魯粛は気がつかない。

「そいで会議に周郎を呼んで、意見を聞くことになったわけじゃ。そこで周郎はカシラを決断させるため、どう考えておるんかの」

そこで周瑜の口から炎の言葉が迸《ほとばし》るかと思われたが、意外にも、

「曹操は天子の勅を得て攻め寄せんとしている。その軍隊に歯向かうことはこちらが賊となることだ」

と言った。さらに、

「曹軍は数、勢いともに強大であり、これと戦えば必ず負ける。降伏するのが妥当なところであろう。わたしは明日、主公にお目通りし、会議で降伏を説こうと思っている」

と孔明と比べて二倍くらい爽やかに言ったので、魯粛が驚き、

「本気なんかい！」

と思わず言った。周瑜は頷いた。

（周郎が燃えとらん。消えとる）

周瑜と魯粛は結盟の間柄であり、ここでいきなり周瑜が降伏論を述べるのはおかしな話なのであるが、魯粛はそのおかしさに気付かず、言葉を並べた。

「周郎よ、どげんしたんじゃ。いつから恭順派に鞍替えしたんか。孫呉はのう、既に江東の地盤を三代経ておるんじゃ。それを一朝にして他人にくれてやれるかいや。二代目（孫策）は外政は周郎に任せると遺言したんで！　今こそ周郎の言葉で国を保つときで、周郎はその拠り所じゃないの。そいがどうして急に臆病者どもの意見に流れようとするんじゃ」

「江東の六郡には大勢の住民がいる。もし戦禍が及んだなら、恨まれるのはこのわたしだ。だから降伏を決意した」

「そりゃあ、違うじゃろ。周郎の水軍と呉の攻め難い地勢によれば、曹操とてそうやすやすと思い通りにはできんはずじゃろが」

聞きながら周瑜の目はちらちらと孔明の表情を観察していた。孔明がいるからわざと降伏論を話したのである。それに気付いていないらしい魯粛はよほど疲れているに違いなかった。

孔明は二人の口論を聞きながら、袖に手を入れて薄笑いを浮かべていた。周瑜が言った。

「孔明先生、何かおかしいですかな」

「いやなに、魯子敬どのが時勢を弁えておらぬのを笑っているのです」

「何を言うんじゃ。孔明どの、わしが時勢を知らんとは、どういうこんない」

「公瑾どのが曹操に降伏しようとするのは時に当たって正しいとしか言いようがありません。孫呉のとる道はそれしかない」

魯粛が激怒した。

「ようもぬけぬけとそんなことを言いよって。柴桑《さいそう》まで来る道すがら、わしに言ったことはぜんぶウソやったんかい。先日、オジキらを煙に巻いて、わがカシラに大言したんはなんだったんじゃ」

周瑜が、

「孔明先生の意見を伺ってみよう」

と言ったので、孔明は、

「曹操は用兵に長けており、天下に対抗できる者はおりません。以前には呂布、袁紹、袁術、劉表などがおりましたが、いまや曹操に亡ぼされてしまいました。ただわが君、劉玄徳のみが時勢に逆らい、何があっても戦う所存でございますが、今のところ江夏で孤立無援、生存か滅亡かと楽しく暮らしております。それにひきかえ孫呉には国と呼べる体制が整っており、憂国の士も多々あり、これを無理に壊される必要がありましょうか。曹操に降伏されたなら、妻子を保ち、富貴を全うできることでしょう。これすなわち天命であり、国家の命運もそれに委ねるしかないのですよ」

としらじらと言った。

「孔明、話が違うとるど、われ」

と魯粛は愕然として言った。先日、張昭《ちょうしょう》たちに詰め寄られたことと同じようなことを言う孔明。魯粛はもう誰も信じられないという顔になった。

孔明も同じく周瑜を観察しながら言葉をついでいるのであって、本音なんか一言も言っていない。魯粛の憤激は空回りなことである。

『三国志演義』では、ここで孔明が周瑜を無理矢理にでも燃え上がらせるために、凄まじいまでの作り話を披露する段にはいる。「孔明、弁を用いて周瑜を燃やす」というところである。

「戦争にならねばいいわけでありますが、わたしには曹操を退散させる秘策があります」

と孔明が突然大言壮語した。

「至極簡単なことでございます。江東にいるただ二人の人間を差し出すだけで、曹操は満足して帰って行くでしょう。江東から人がたった二人いなくなったからといって、ただ大木から木の葉が一枚落ち、国の米倉から米粒が一つ減ったくらいのもので、痛くも痒くもないことですよ」

と人権を無視した邪悪な策をほのめかした。周瑜は、

「どんな二人を使えば曹操が撤退するというのか」

と気品のあるややこわい顔で訊いた。腐った冗談だと思っている。

「御家中の要人などではなく、二人の女性です」

「その二人の女とは何者か」

孔明はその名を言わず、白羽扇をあおいだ。

「わたしが隆中《りゆうちゆう》におりましたとき、曹操は漳河《しようが》のほとりに高台を建造しはじめました。その名を銅雀台《どうじやくだい》と申す。地を掘ると一個の銅の雀がみつかり、大いに吉兆あるべしとして巨大壮麗なる楼台を築くことにしたわけです。もう天下を手中にしたも同然との傲りが見えまするな。曹操は銅雀台が落成した折りには、天下より選りすぐった美女を集めて、酒池肉林をほしいままにしようと企んでおると聞いております。ですが、まず二人の佳人がいなければならぬと嘯《うそぶ》いているのです」

「銅雀台がどうしたというんじゃ。孔明どの、わしらが話し合わねばならんのは、そんなことじゃなかろうが」

と魯粛が言うのを、周瑜がおさえて、

「先生、続けてください」

と言った。孔明はふっと笑って、話を続けた。

「さよう、もともと色好みの曹操はかねてより江東の喬公（喬国老《きようこくろう》）のむすめに二人の絶世の美女があり、上を大喬、下を小喬といい、〝沈魚落雁《ちんぎよらくがん》〟〝閉月羞花《へいげつしゆうか》〟の美しさであると聞いて誓いをたてたのです」

魚が水中に沈み、飛ぶ雁が落ちるほど（殺傷能力がある?）、月が隠れて花さえ羞《は》じらわせるほどの美貌というが、いっぺん見てみたいものである。

「曹操の誓いとは、ひとつは天下を平定して皇帝になること。もうひとつはすなわち、江東の二喬を手に入れて銅雀台に住まわせ、晩年は二喬を愛でて過ごすことだ、と。これがかなえば死んでも思い残すことはない、というものです。曹操がいま百万の軍勢を率いて孫呉を狙っているのは、じつはこの二人の女性、二喬を得んがためなのです」

もうこのへんから言っていることが妄想じみていて怪しく、周瑜ほどの者が信用するとは思えないのだが、まだ続く。

「公瑾どのはすぐにでも喬公のもとにゆき、千金をもって二人の娘を買い求め、使者を派遣して曹操に送り届けるべきでしょう。二喬を得れば曹操は喜んで兵を返すに違いありません。これぞそのむかし越の臣范蠡《はんれい》が西施《せいし》を呉王夫差《ふさ》に献上して溺れさせた策と同様でありましょう。速やかにこの策を行うべきかと存じます」

周瑜は内心のムカムカを隠しつつ、

「先生はそう言うが、にわかには信じられない。何か証拠でもあるのか」

「曹操の下の息子、曹植《そうしょく》、字は子建《しけん》は若年ながら筆を下せば文を成すという天才的な詩人でありますが、曹操はかれに命じて『銅雀台の賦』という一篇の賦を作らせました。それはひとえに曹操が天子となり、二喬をわがものにするという内容でございます。とても素敵な文章なので、わたしはひそかに暗記しております」

周瑜が、

「ひとつ暗唱していただきたい」

とリクエストすると、孔明は立ち上がり、朗々と暗唱してみせた。

明后に従って嬉遊し

層台に登って以って情を娯しましむ……………

から始まるこの『銅雀台の賦』は馬鹿に長いので引用は省くが、しかも、これも孔明の嘘っぱちであり、じっはこの時点では存在していない賦である。曹植が『銅雀台の賦』を作ったのは建安十七年（二一二年）のこととされているからだ。

この賦のキモは、

二喬を東南に攬《と》り
朝夕、之と与《と》共《も》にあるを楽しまん

の二行にある。二喬を東南の地から連れてきて、朝夕、楽しみを共にしたい、ということである。ところが、この二行は『三國志』陳思《ちんし》王植伝（曹植伝）に引く『銅雀台の賦』にはないばかりか、『曹植集』のなかの『登台の賦』とも違っている。要するに『三国志演義』の書き手が粉飾しているということであり、つまりは孔明が作って曲解しているということだ。

元ネタとしては唐の杜牧が、ずばり『赤壁《せきへき》』という詩を書いており、

折戟《せつげき》、沙に沈んで、鐵《てつ》いまだ銷《と》けず

自ら磨洗を将《も》って前朝を認む
東風、周郎のために便ぜずんば
銅雀、春深くして二喬を鎖《とざ》さん

とうたっている。

「東風が吹いて周瑜の火攻めを成功させていなかったら、二喬は曹操に捕らえられ、銅雀台に置かれることになったろう」

という。この二節で二喬関連のストーリーが後世あざやかに出来上がった。曹操の目的が二喬であったという半ロマンチックな説が唐代にあったもののようだ。

孔明の暗唱が終わると、周瑜は顔を真っ赤にして曹操を罵ったというが、果たしてどうか。

「おのれ、よくもこの周瑜をバカにしおって！」

と美しい顔が気色ばんだ。

「むかし匈奴《きょうど》の単于《ぜんう》がしばしば北辺を侵したときには、漢の天子すら皇女をつかわされて和平を結んだのです。領民の二人の娘ごときを惜しまれる必要はありますまい」

と孔明はしらじらと言うのみ。

そこで魯粛が青ざめた顔で孔明の袖を引いた。

「なんちゅうことば言いよんなら。おどれは知らんのかい。大喬いうんは故孫伯符《そんはくふ》将軍の奥方じゃ。小喬いうんは、周郎が細君なんで！　戯れ言でもゆるされん」

するとこう明、わざとらしく、

「ええーっ」

とのけぞって後ろに頭が着くほど反り返っておどろいて見せた。しかし白羽扇は離さない。坐り直すと、

「それは存じ上げませんでした。ああ、この孔明、なんたる失言をしてしまったのか。とんでもないことを申し上げてしまった……」

としおらしく反省の弁を述べた。だが、二喬が孫策、周瑜の妻であるというそんな重要なことを孔明が知らないはずがない。

周瑜にしても、いま荊州に盤踞《ばんきょ》している曹操の大軍団の狙いが、自分の妻と亡き親友の未亡人であるなど、そんな馬鹿な話はなく、言われて信じるようでは、真にバカにされても仕方があるまい。

「おのれ、よくもこの周瑜をバカにしおって！」

という憤怒の言葉は孔明に投げつけられたものであったとするのが正しかろう。

（この初の会見でくだらん作り話をおれにするとは、どういう了見だ。やはり殺す）

と言いたい。周瑜の孔明への殺意が完全に固まったのはこのときだったかも知れない。孔明、周瑜を激することには成功したが、殺意も燃え上がらせてしまった。

『三国志演義』では、曹操に対して怒り狂った周瑜は、赤壁決戦の決意をつよく固めることになり、それは孔明の目論見通りという流れとなって分かり易いが、周瑜という武将がどこか一本抜けていることがはっきりするのである。

しかし周瑜公瑾はそんなおっちょこちょいな男ではない。この際、相手が孔明でなかったら、周瑜は、

「曹操はわが妻が目当てというか。ふっ、光栄なことだ」

とクールに聞き流したに違いない。

思わず怒鳴ってしまった周瑜は、

(何の魂胆かは知らぬが、孔明はわざと痴言を弄して、わたしを計ろうとしているのかも知れん)

と思い直して、怒りを抑えた。一方の孔明は、

「まことにすみませんでした」

と爽やかに謝り続けている。しかし、

「曹操はむかしから人妻も大好きですから。困った老いぼれですよ」

と嫌な口調で呟くのも忘れない。

周瑜は、冷静さを取り戻して、虫が好かないというか、殺したい男、孔明に目を据えた。

「孔明先生、『銅雀台の賦』はわかりましたが、先生自身はそんないかがわしい卑策が成ると信じておるのですか。二喬を犠牲にすれば曹操は退くなどと」

信じているとすれば三流以下の詐欺師であるに違いあるまい。すると孔明、

「戦さが起きないのは確実です」

と答えた。周瑜の目がきらりと光った。魯粛は肩をすくめた。

「もはや先生と話すことは何もないようですな」

周瑜はもう孔明の人間性から能力まで聞き分けた、といった表情で言った。こんなクズを連れてきおって、と魯粛を睨み付ける。

だが、孔明はあわてず、

「お待ち下さい。こういうことです。この段になって二喬をほいほいと差し出すなら、孫呉の恭順派も主戦派も、公瑾どのに呆れてしまい、やる気を無くすということです。周将軍もさっき戦さは不可だとおっしゃったじゃありませんか。意思を示し主戦派を脱力させるのにまたとない方法です」

と言った。二喬を東南に攫られるのは、孫呉の戦意を挫くというのである。

「公瑾どのはやる気はないんでしょう。しかし、愛する妻女を敵に送るなどと言うのでは男が思いきり下がりますから、この策は無理なことです。いやあいすみません」

これでまたカッとした周瑜は、

「わたしの意は主戦にある！」

と言った。

「どうして曹賊なぞに降伏できよう。わたしは伯符どのに遺託されているのだ。わたしは鄱陽《はよう》を出たときから、戦争の決意を固めていた。たとえ刀斧《とうふ》で頭を切り落とされても決心は変わらん。さっき敢えて子敬に答えて和平を言ったのは、孔明先生がなんと言うか試みたかったからである」

試してみたら、とんでもないことを言った孔明であった。

「ああ、やっと公瑾どのが胸襟を開いてくれた。この孔明、そのお言葉を聞きたかったのです。敢えて無礼を言ったことをお許し下さい」

「むむ」

「これからは主戦を前提に話をしていただけますな」

周瑜は孔明を小憎らしそうに睨みながら、坐り直した。座の空気は険悪だ。

このままでは孔明のペースである。

（いかん。この男の舌先に転がされておる。しかしわが妻を持ち出すとは憎きやつ）

周瑜の袖の中では拳が握り締められていた。

「先生に言っておきたい！」

「なんでしょう」

「我が意は主戦にあるとしても、そちらの、劉豫州《よしゅう》どのとは関係ないことと思われよ。これは孫呉の戦さである」

するとと孔明、

「公瑾どののほどのお方がまだそんなことを言うのですか」

「どういう意味か」

「水戦は公瑾どのを始めとする呉の将士に任せ、陸戦はわが軍団に任されること、何も悪いことではありませぬ。曹操はやりにくくなったと思うはず」

「劉豫州の陸兵などいらん。そもそもわが主公ははっきりと貴君に同盟を約束したのか」

すると孔明はふふと笑って、

「わたしがここにいるということは、もはや同盟は成ったようなもの。曹操の諜者はわたしの呉入りを摑んで報告しておりましょう。言い訳は出来ません。わが君と孫仲謀《ちゅうぼう》どのが組んだということは、曹操に徹底抗戦を知らせるものです」

「まだわからぬぞ。いまあなたの首を刎《は》ねて、水に流してしまえば疑われまい」

と周瑜は半ば本気で言った。

「やりますか」

と孔明はこたえた。周瑜は剣に手をかけようとした。

そこで魯粛が間に入り、

「待たんかい。周郎よ、そのくらいにしとかんかい。いざ抗戦となれば、劉玄徳の遊撃軍が少しは役に立つということはわかっておろう。カシラだってそう思うちょる。今話し合わねばならんのは、明日の会議をどうまとめるかということとじゃろうが」

と言った。

「子敬どのの言うとおりです。公瑾どのも恐い顔をなさらず、お考えになってください。わが軍団が邪魔だというのであれば、無視してもらって結構です。われらはどこかで勝手に戦いますから」

周瑜は、

（やっぱり殺す）

と思いながら、

「明日の会議においては、わが意見を堂々と主張するだけのこと。それについて来ない者は必要ない」

と強く言った。孔明は、

「ですがそれだけでは足りません」

と言った。

「会議の主役は孫仲謀どのでなくてはなりません。公瑾どのの獅子吼《ししく》が会議を決するのでは、張昭どのの一派が収まらず、離脱するかも知れません。君主の言葉を重くすることがなによりの薬となる」

「そ、それはそうだが」

(腹が立つ)

「会議の主演は孫仲謀どの、助演が公瑾どの。これを皆に示すことが策となる。孫仲謀どのにはかっこよくやってもらわねばならぬということです。虎になっていただく」

「それが策なのか」

「孫呉の方々はそもそもがバラバラなんですから、バラバラのままでよいのです。孫仲謀どのにそのバラバラを形だけでもまとめるカツを入れてもらわねば。これは今後にかかわる大問題かと存じます」

孫呉がバラバラだということは周瑜も分かっているのであって、既に個人的に曹操に寝返っている者もいると思わねばならない。

曹操と袁紹が戦ったとき、曹操側には袁紹に寝返り約束の書状を送っていた者も多数おり、戦後曹操はその手紙を読むことなくすべて焼き捨てたという。今、孫呉の人士の何人かは、曹操に寝返りの手紙を送っているであろう。カリスマ性に欠けた孫権にはそれを止める力はないのだが、少なくともカリスマを演じてもらう必要はあった。

「恭順派だってバラバラなんですから、張昭どのだけでも納得させればよいと思います」

周瑜は黙って盃を傾けた。孔明がめずらしくまともなことを言っているから、反論することもない。

「ともかく明日だな」

「周郎、その通りじゃ。カシラにはっきりとご決断をいただき、それに従わんやつらはほっとけばいいんじゃ」

「勝てる戦さだとわたしは思っている」

「公瑾どの、その意気です」

周瑜は憎らしげに孔明を睨んでいるのだが、孔明は涼しい顔である。周瑜の胸の内では、孔明抹殺が決定しているのだが、孔明はそれに気付いているのかいないのか、得意の宇宙の話をし始めるのであった。

周瑜はふと思い出したように言った。

「そうだ。先生のご友人を招いているのを忘れるところであった」

奥の部屋に呼びに行かせると、龐統士元《しげん》が現れた。すっかり酔っぱらっている。

「ご相談はお済みになりましたか」

と龐統は言った。

「ああ士元ではないか。その節は世話になった。しかしさすがだな、こんな大事な場にひょっこりと現れるとは、やはり〝鳳雛〟の名は伊達ではない。士元は公瑾どのの軍師にでもなったのか」

と孔明が喜んで言うと、

「いや。ただ酒を飲ましてもらっておるだけだ。おぬしこそ、命拾いをしたのは聞いていたが、柴桑に来ているとはな」

まあ飲め、と盃に酒を注いだ。

その後は大事な話もなく、孔明は宇宙の話を続け、龐統はべろべろに酔って植物の話をした。

（かの司馬水鏡《しばすいきょう》が鳳雛と臥竜の二人を得れば、天下を取ることが出来るちゅう話をしたとは聞いたことがあるが、とてもそうは思われん。ホラじゃろう）

と魯粛は思った。

夜も更けて、従者をつけて孔明を宿舎に送り出した。龐統は眠ってしまったので寝室に運んでおいた。

周瑜は居残っていた魯粛に言った。

「孔明……あやつは殺す」

「なんじゃ、いきなり」

「子敬よ、あんな男を世間に野放しにしていいのか」

「いや、確かにおかしいところのある男じゃが、べつに殺さいでもええじゃないか。いちおう劉玄徳の使者なんで」

「会った瞬間に分かった。わたしの耳にはやつは悪としか聞こえぬ。わたしは決めたぞ。開戦が決まったら、即……」

魯粛がおどろいて周瑜を見ると、その目は燃え上がるかのように光っていた。周瑜の決意を変えるのは何人にも困難である。孔明の変態っぽさが、周瑜の美意識からしてとうてい許し難いのであろうか。

（かわいそうじゃが、孔明は殺《や》られることになったわい）

と魯粛は思ったが、とくに同情はしなかった。


翌早朝、孔明は魯粛とともに孫権に面会していた。孔明が思っていたとおり、孫権の面貌にはまだ迷いの色が見て取れた。孔明は白羽扇をひらひらさせながら、

「昨夜、周公瑾どのと面会し、胸襟を開いて今日のことを話し合いましてございます」

と言った。

「周郎に会うたんか」

「並々ならぬ人物とお見受けいたしました。今日の会議のことは公瑾どのにお任せあれば、うまくいきましょう」

「ほ、ほうかの」

「ただ孫将軍、議決はあなたがするのですよ。そんなおどおどした顔色ではいけませ

ん」

「おどおどしとらん――仲謀どのには初代孫文台《ぶんだい》どの、二代孫伯符どのと同じ狂暴な血が流れておられるはずです。群臣はそれを見たいのですよ。四の五の言わず、後先も考えない殺《と》ったらぁーっという迫力が、お足りにならぬのです」

確かに調整タイプの孫権は、これまでそんな姿を見せたことはなかった。低姿勢に出て反孫権派を懐柔することが第一で、見せたくとも見せられなかったというのが事実である。

「みなは孫将軍の中に棲む悪魔が見たいのです」

と孔明に言われるとそんな気もしてきた。

「それを本日、初公開していただきたい」

「急に言われても、ガラじゃないのう」

「孫呉をまとめるのは理屈ではありません。強烈な血と暴力の匂いをぷんぷんに漂わせた猛獣のごとき態度以外にないのです」

横で見ていた魯粛が、

と言った。

「たしかにそれは言えとるかも知れませんで。カシラ、強い態度におなりんさいや」

「そんな地味な衣服はやめて虎の品々にお替えなさいませ。それに化粧をしていつもとは違う悪鬼の雰囲気を漂わせるのです。それで芝居でもいいから、暴走していただければばっちりです」

「わかった。そうしてみよう」

「猛虎の気分になれるお薬もありますが」

と孔明は興奮作用のあるアッパードラッグを懐から出したが、それは断られた。

「今日の会議は結局、仲謀どのの気合一発とおぼしめされよ。それではのちほど」

孔明と魯粛は、孫権の虎の間から立ち去った。

しばらくして周瑜が拝謁しにくると、孫権は虎皮の衣服に改め、冠も虎模様、沓《くつ》は先端が反り上がった虎の口彫りの凶器シューズに替わっていた。目には薄くアイラインが引かれ全体に吊り上がったような印象である。手には持っている中で一番大きい剣を持ち、杖のようにしていた。いきなり傾奇者《かぶきもの》じみた風体になった孫権に周瑜が驚くと、

「孔明先生の助言じゃ」

と恥ずかしそうに言った。

今日の会議では心の揺れを気取られてはならぬ。周瑜も進言しようとしていたことを孔明が先にやったようだ。

「もうお心はお決まりなんでしょうな」

「うむ」

「では会議はわたしめにお任せ下さい。きっと孫呉の意地、兵をあげることを認めさせてみせます」

永遠の美青年、周郎が言うと、孫権は涙ながらに、

「ああ、有難い。おぬしのような萌える家臣を持って、わしゃあしあわせじゃ」

と周瑜の肩に手を当てた。

「この格好をしただけで、なにやら気が強か《したた》になってくるわい。孔明という男、なかなかわかっちょる。出来ればわが陣営に欲しいものじゃ」

周瑜は孔明は殺すことに決めましたとも言えず、

「それは諸葛瑾にでも相談することです」

「そうじゃ、そうじゃ。何しろ兄弟じゃからな」

そうしているうちに本会議の時間が近付いてきた。

「わしは今日は虎になっちゃるけんのう」

「御意にございます」

周瑜も退出した。


そして、頃合い、孫権は会議場に向かった。

今日の会議がすべてを決することになるということが、群臣にも伝わっているのであろう。柴桑城の堂内は人が溢れ、異様な緊張感に包まれていた。左側には張昭、顧雍《こよう》ら文官が三十人ばかり居並び、右側には程普、黄蓋ら武官が身構えるように居並んでいる。熱気が立ちこめている。孔明は発言権のないオブザーバーとして一番隅っこにいる。

孫権が正堂に姿を現した。虎の衣装をつけ、眦《まなじり》をあげた孫権を見て、群臣は呆気にとられた。見るからにいつもの孫権ではない。狂気と威厳がへんにマッチしていた。

その中、周瑜が進み出た。威儀を正して衣服や冠を身につけている様子はおしゃれな文官のように見えるが、腰にはかちゃかちゃと鳴る剣を帯びている。周瑜は拝礼して孫権の言葉を待った。

「周郎、よう来てくれた。慰労したいところなれど、大事が起こっておるんじゃ」

「曹操が襄陽《じょうよう》、江陵《こうりょう》に駐屯し、挑戦状を送りつけてきた件でございますな」

孫権は会猟の書状を取りだし、周瑜に見せた。周瑜はさっと目を通すと、

「孫呉も舐められたものですな」

と言った。

「周郎の考えはどうなんかの」

「主公は文武の官と十分に協議をなさいましたか」

「連日、飽きるほどした。じゃが降伏を勧める者と戦いを主張する者が論争し、わしも態度を決めかねておるんよ。それ故、亡きアニキが外事を託した周郎の意見を聞かせてもらいたいんじゃ」

「降伏を主張しているのはどのお方ですか」

「張子布《しふ》たちがそうじゃ」

周瑜は張昭の方を向いて、

「子布どの、その意を聞かせてもらいたい」

と言った。

張昭は昨日の会見で周瑜が恭順派だと思っていた。これまで何度も言ってきたことを

また繰り返した。曹操は漢の丞相《じょうしょう》として天子を擁して向かってきていること。曹操が荊州を取り、水軍が充実したため、長江の険を盾にすることが出来なくなっていること。また百万は大袈裟にしても、曹操は大軍団を率いており、とても孫呉の兵数では敵しがたいこと。以上を以って戦いを避けて曹操を迎え入れるしかないということを理路整然と述べた。

「なるほど。さても道理なことではあるが、それは情勢をよく知らぬ者の理屈である」

「何を言うんじゃ、公瑾」

と張昭が顔を恐くして言うと、周瑜は、

「張オジキの面目を潰すものではありません。まずは聞いていただけませぬか」

「おう、言うてみい」

「では、わが意見を披露しますれば、とくとお考えいただきたい」

と力強く言った。

かくて歴史に残る、周瑜の、開戦を決定させた懸命の弁が開始された。孔明と同じような論もあるが、周瑜が語るや、その説得力は孔明の百倍はゆうにある。

「曹操は漢の丞相の名を盾にしておりますが、その実は漢に敵をなす賊徒以外の何物でもありません」

と言い切った。

「一方、わが孫将軍は、優れた武略と大きな才能をそなえられ、加えて父上さま（孫堅）、兄上さま（孫策）の武勲を基に、江東の地に割拠されましたが、その土地は数千里に及び、兵士は精鋭で十分にお役にたち、英俊の士たちはなすことあらんと心に願っておるのでございますから、主公は天下を思いのままに闊歩して、漢の王室のために害をなす者どもを除き去られるべきなのでございます。ましてや曹操はみずから死地に飛び込んでまいったのでございますのに、それを迎え入れるなどということがあってよいものでしょうか」

力強い言葉を切り、周瑜は会堂を見渡して、続けた。

「わたしが孫将軍のために今後の方略を立てさせていただきますれば、たとえ北方の地がすでに安定し、曹操に内憂がなく、このまま久しく平穏を保ち、戦場に出て敵と交戦する余力があったとしても、曹操はわれらが誇る水軍によって勝負を争うなどできるはずがないのでございます。ましてや、ただいま北方の地はいまだに安定しておりませぬうえに、馬超《ばちょう》、韓遂《かんすい》とがなお関西にあって曹操の後患となっております。さらに加えて騎馬軍が主体の曹操が、馬を船に代えて、呉や越の者に勝負を挑むのは、もともと中原の者たちの得意とするところではございません。さらに現在は寒さが厳しく、馬には秣《まぐさ》もなく、そのような状態で軍勢を駆り立てて遠く水郷地帯を跋渉《ばっしょう》させておるのでございますから、土地の風土に慣れず、必ずや疫病が生じましょう。これらいくつもの点はみな兵を用いる際に忌むべきところでございます。しかるに曹操はそのすべてを犯して事を推し進めております」

曹操には四つの弱点があるという。周瑜は間者を用いて情報を集めひそかに分析していたのであった。

「であるならば、孫将軍が曹操を捕虜にされるのは今日明日のことになるに違いありません。願わくはこの周瑜に精鋭兵三万をおあずけくださり、夏口《かこう》まで兵を進めさせてくださいますように。必ずや曹操を打ち破ってご覧に入れます！」

周瑜の戦闘宣言が火を噴いた。孫呉が誇る周瑜公瑾の炎の言葉に文官は静まりかえり、武官どもも息を呑んだ。みなこれほどストレートな言葉が出るとは思いも寄らなかったのである。

堂内は静まりかえっている。

ここがチャンスである。孔明は孫権に見えるように白羽扇を振り回した。

虎と化した（はんぶん演技）孫権が、ぬうと立ち上がった。

（わしゃ虎じゃ。暴走するで）

そして、牙を剝いて、

「公瑾の言や善し！」

と吼《ほ》えた。

「老いぼれ曹操が、漢帝を廃してみずから帝位にのぼろうとしておることは以前から分かっとったことじゃ。ただ袁氏の二人と、呂布、劉表、それにわしをはばかって手をつけなんだ。しかし今、実力者は亡ぼされ、わしだけが残っちょる。わしと老賊とは並び立たん趨勢《すうせい》にあるけんのう。公瑾はやつに戦さで血を舐めさせちゃれと言うたが、それはわしの思いとぴったり一致しとるわい。この意見を言う周郎は、天がわしに授けてくれた男に違いなかっ」

カシラ、おカシラと声があがる。孫権はまだ凶暴さが足りないと思ったのか、いきなり大剣を抜き放ち、前に置かれた上奏文を載せるための机に叩きつけた。何度も斬りつけると机はぼろぼろになり折れ倒れてしまった。

「ええか。武将や文官のなかに、これ以上曹操を迎え入れるべきだとほざくモンがおれば、この机と同じ目に遭わせちゃるで！」

ついに孫権が開戦決定を叫んだのであった。堂内はどどっと沸き上がり、主戦派は、

「戦さじゃ」

「戦さに決まったあ」

「殺《や》ったるでえ」

と喚声をあげ、一方、張昭らは真っ赤になって恨みがましい目つきで周瑜と孫権を睨んでいた。

孫権は肩で息をしながら、いまさっき机を叩き切った剣を差し出し、

「周郎、この剣をおどれにつかわす」

と渡した。

「周郎を大都督《だいとく》、程普を副都督《ふくとく》、魯粛を賛軍校尉《さんぐんこうい》（参謀長）に任命する。誰であろうと都督の命に従わんやつはこの剣で切り刻んだらんかい」

周瑜はすっくと立ち上がると言った。

「たった今、わたしは主公のご命令を奉じ、軍勢を率いて曹操を打ち破る役をおおせつかった。諸君はみな明日、長江のほとりの陣営に集まって命令に従うのだ。遅れた者に

は七禁令（大将の守るべき七つの禁止令）、五十四斬（斬首の刑に相当する五十四の違反）をもって仕置きする！」

　これをもって孫呉は総員戦時体制に突入したのであった。

　文官、武官は表情をめいめいにして解散していった。そんな中、孫権は張昭のところへゆき、

「オジキ、ちょいと来てくれんかの」

と小声で言った。張昭はむすっとした顔で頷いた。会場を出て孫権の私的執務室、虎の間に入った。

「いまさらなんなら！　わしの言うーとったことばいっちょん聞きもせんで、周郎にケツを掻かれよってから。こいで孫呉はお終《しま》いじゃ！」

と張昭が普通に言っても脅迫感あふれる言い方で吐いた。

　孫権は虎の衣服その他を外し、普通の服装に替えると、今にも泣きそうな顔で言った。

「オジキ、聞いちょくれ。わしゃあ、オジキに逆らうつもりはこれっぽっちもなかったんよ。降伏是非なしとはわしだってそう思うとったんじゃ。じゃが、じゃがな、周郎があぁ言うんじゃ仕方なかろうもん。つい気が大きくなり、机を斬ってしまったんじゃあ。オジキよう」

「いなげなことを言いよる。わしの言うことば聞き分けとったら、周郎が何を言おうが、首を横に振ればよかったんじゃ。カシラ、周郎のせいにしちゃいけんで」

「オジキの言う通りじゃ。じゃがのう、うん」

ここで孫権の碧眼から涙があふれ落ちた。

「わしにだって立場があるんよ。わしが反対したら周郎と反目に回り、コミ合うことになったじゃろう。周郎のことじゃ、どげなことをしてくるかわからんで。呉は真っ二つどころか、四つにも五つにもなったかもしれんのじゃ。そいでわしはここはオジキにこらえてもらうしかないと思い、ああ言うたのよ。どうかオジキ、ここはこらえてつかあさいや。わしを見捨ててどこかへ行くなどということは無しにしてくんない」

もう孫権は張昭の袖に縋《すが》っており、

「頼む、オジキ。さっきハネたんは反省するけ、一度だけ、一度だけでいいからわしに格好つけさせてくれんか」

「わしの格好はどうなるんじゃ」

孫権は涙を袖で拭い、言った。

「亡きアニキが臨終前にオジキを父とも師ともあおいで、よう言うことば聞けちゅうたことは片時も忘れんので。あれから八年、わしゃあ遺言を守り、オジキを立てて言うことば聞いてきた。それは分かってくれるじゃろ」

「むうう」

「いま、こんだけ、一度だけでいいからわしを男にしてくんない。頼むわ、わしを男にしちゃんない」

「ええい、めそめそすんじゃなか。カシラのお守りはわしと周郎が亡き伯符将軍に頼まれた事じゃ。わしはこんなが道を誤らんように尽くしてきたんじゃ」

「オジキ、わしをほんまの呉の主にしてくれい。今、オジキに去られては、立ちゆかん」

オジキ、と声をかけ手を握り締めた。

張昭は羽目を外した若僧が怒られて泣きついてくるような孫権を見て、

(このガキがっ)

と思った。そして、孫策との約束の場面を思い浮かべた。

(伯符どのとのことを思えば、見捨てられん)

「いつまで泣いとるんじゃ。一度決まったことはもうひっくり返らん。これから曹操と戦争になるんで。しゃきっとせいやっ」

「オジキ、力を貸してくれるんやな。ありがたい、有難いでえええ。ああオジキこそ天がわしに授けてくれたお人に違いないで。一生恩に着るわい」

と、孫権は腹を立てて離脱しかねなかった張昭を涙で説得、成功した。真の涙かどうかは分からない。

一方、周瑜は館に戻ると、孔明と魯粛を呼んだ。二人がやってくると周瑜は言った。

「開戦は決定した。あとは力を尽くして戦うのみです。孔明先生の秘策とやらをお伺いしたいのだが」

しかし孔明、

「まだ言えません」

という。何故なら、

「孫仲謀どののお気持ちはまだぐらついていると思いますよ」

「どうしてだ。会議での勇猛果敢な決断は皆の者が見たことだ」

「あれは半分お芝居だからです。内心では開戦に脅え、不安を抱いているはず。ここは公瑾どのがじかにお目通りして、必勝の説明をしてあげるべきだと思います」

決断を下したとはいえ、孫権には気が小さいところがある。

既に周瑜は大都督という軍事の独裁権を与えられている。しかし孫権がまだ迷っているならまずいことである。

「カシラを安心させてやれるのは周郎だけじゃ」

と魯粛も言った。周瑜は、

「わかった。主公に面会を願い、疑念を晴らさねばなるまい」

そして周瑜は夜更けながら、孫権に面会することにした。

周瑜は孫権のもとに向かい、目通りを許されて部屋に通された。

「なんよ、周郎、こんな夜更けに」

「昼間のことではまだ説明が足りぬと思いました。主公にはなお気がかりがおありですか」

「それはよ、何しろ曹操の軍勢は多く、寡は衆に敵せず、ちゅう不安はある。ほんまのとこ、わしらは勝てるんじゃろうかのう」

孔明の指摘通り、孫権はまだ迷っていた。

「案ずることはありません。人々は曹操が寄越した書状に水軍と歩兵が八十万あるといっていることだけを見て、恐怖に駆られてしまい、よく考えもしないで、すぐ降伏すべきだと言っておったのですから、そうした意見にはまったく意味がありません。百万とか百五十万とか、そんな数も嘘っぱちでございます。わたしが調べ上げた事実をお話ししましょう。まず曹操が率いる中原の人数は多くて十五、六万にすぎません。しかもその兵らは行軍が長く続いたため、疲れ果てております。荊州で手に入れた劉表の軍勢も最大で七、八万どまり、それにまだ曹操に完全に心服しておりません。疲れ切った兵に、心服していない兵をまとめてゆこうとしておるのですから、その人数が多いとはいっても、まったく恐れるに足りません。精鋭兵五万が手中にあれば、十分に防ぎ止められるどころか、快勝できるとぞんじます。どうか主公には、ご懸念くださいませぬように」

周瑜の見込みはかなり正確なものであった。ただ精鋭兵は五万に足りなかった。

「周郎、そう言うてくれるか。わしもそうだと思っておったんじゃ。恭順派の連中はそれぞれ妻子に心引かれ、自分のことばかり考えとるだけで、わしの期待にこたえてくれんもんじゃけん。ただ周郎と魯子敬だけが、わしと心を一つにしてくれとる。これぞ天がわしを助けるためにおどれら二人を授けてくだすったんじゃ。わしはもうつまらぬ心配は捨て、大船に乗った気持ちでおることにするわい」

「そうお願いいたします」

とにかく孫権のもとには天が授けた者がたくさんいるのであり、これが孫権のレトリックというものだ。

ちなみに裴松之《はいしょうし》は、抗戦支持と開戦について、周瑜の功ばかりが強調されているが、魯粛も意欲的に動いたのであり、それを書かないのは魯粛の手柄を盗んだに等しいと批判している。

さて曹操対孫権の開戦も決まったことでもあるし、『三國志』では孔明の役目はここで終わりとなる。

　一葉、軽く棹さして
　三寸の舌、呉に説けば

ということろである。孔明は使命を成功させた。孫権を怪しい理屈で説き伏せたことが手柄であり、これが孫権の開戦決意の決め手の一つとなったのである。

『三國志』では孔明が周瑜と会って話したかどうか、書かれていないので分からない。孔明の用事は終わったので、もう劉備軍団に帰ってもいいのであるが、しかし、その程度の活躍では全然物足りないと思った黒い勢力は、なおも孔明を柴桑に留まらせ続けるのである。だいたい赤壁の戦いの主人公は周瑜なのであって、孔明側から書くのは難しいわけだが、そこは周瑜を操ってうまくやるのである。『三国志演義』では、

周瑜は、

「孔明はとっくに呉侯の本心を見抜いており、計略もわたしよりも一枚上手だ。そのうち江東の禍の種になるに決まっているから、殺してしまったほうがよい」

と言い出す始末である。魯粛があわてて、

「曹操めを打ち破る前に賢士を殺すのは、自分で自分の首を絞めるようなものです」

とかばうが、

「やつは劉備を助け、必ず江東の禍の種となるに違いない」

とゆずらない。そこで魯粛が、

「ならば孔明を呉に取り込んでしまいましょう。諸葛瑾は孔明の実兄なのですから、諸葛瑾に命じてともに呉に仕えるよう誘いを掛けさせればよろしい」

と言うと、

「孔明がこちらに仕えるのなら、命だけは助けてやろう」

と承知した。諸葛瑾が孔明説得のために訪れると、孔明は泣きながら、しかし、反対に軽く諸葛瑾を説得してしまった。周瑜の殺人計画は定まった。

しかし『三國志』では、孔明取り込みの発案者は孫権であったとする。

「子瑜《しゆ》どのは孔明どのと同じ両親から生まれた兄弟であり、それに弟が兄に従うのは道理からいっても当然のことである。なぜ孔明どのを呉に引き止めようとなされぬのか。孔明どのがもし留まるのであれば、わたしは手紙を書いて玄徳どのの了解を求めてやろう。思うに玄徳どのも反対はできぬであろう」

と孫権が諸葛瑾に持ちかけたが、諸葛瑾は孔明説得に動くこともせず、

「弟諸葛亮はひとたびその身をひとにあずけ、礼式にのっとって君臣の固めをいたしました以上、二心をいだく道理がありません。弟が呉に留まりませんのは、ちょうどわたしめが蜀に行ってしまわぬのと同様なのでございます」

と即座に言っている。この言葉に孫権は大いに感動した。

呉内部では意外と孔明の評価が高かったらしいのだが、孔明と劉備が組んだら何をするかわからないという不気味さもあったのであろう。

翌日早朝、周瑜は長江ほとりの陣営に到着し、本陣の上座についた。見渡すと程普がいなかった。代わりに出席している息子の程咨《ていし》が言うには、程普は病気であるという。程普は周瑜より二十五も年長であり、軍歴は長い。司令官となるのは自分だと考えていたのに、周瑜が上位に立った。それが内心不愉快でならず、病気を口実に欠席していたのである。

集合している兵士は二万ほど。これに今鄱陽からこちらに向かっている周瑜の精錬した水軍が加わる勘定である。周瑜は大都督旗のひるがえる楼台にのぼるや、断固たる調子で命じ始めた。

「王法に親なし！　諸君はそれぞれ己の職分を尽くすべし。いま、曹操は権力を壟断《ろうだん》すること、董卓《とうたく》より甚だしく、天子を許昌《きょしょう》に囚え、狂暴な軍勢をわれらの国境に駐屯させている。わたしは命令を奉じて必ずこれを討伐する！」

長壮にして姿貌有りの永遠の美青年周瑜の声に兵士たちは酔ったようになっていた。

「任務は重く、勝利を得ずんば死あるのみである。敵軍が国境を侵し来たるも、決して住民に迷惑を掛けてはならぬ。信賞必罰にして、親疎のへだてをするべからず」

将士はどよめいてこれにこたえた。

そして周瑜は各将の部署を決めた。昨日今日決めたのではなく、ずっと考えており、腹に蔵していたものであろう。

韓当《かんとう》と黄蓋を先鋒とし、本部の戦船を率いて、三江口《さんこうこう》に行って布陣すること。蔣欽《しょうきん》と周泰《しゅうたい》は第二陣。凌統《りょうとう》と潘璋《はんしょう》は第三陣。甘寧《かんねい》と呂蒙《りょもう》は第四陣。陸遜《りくそん》と董襲《とうしゅう》は第五陣。呂範《りょはん》と朱治《しゅち》は四方巡警使となり、六郡の陣兵の働きを見張ること。陸戦と水戦が同時に起きることが考慮されていた。以上は攻撃部隊だが、他にも将兵はいる。孫呉には山越の叛乱や反孫権派の挙兵に備えての守備兵が必要で、全軍を戦争に投入することが出来ないという事情があった。

命じ終わるや周瑜は、

「わが命に違背する者はたとえ将といえども容赦せず、即刻死罪に処する！」

と軍令の厳しさを示し、

「では、かかれ」

と言った。諸隊はそれぞれ動き始めた。

程咨は家に戻って、程普に周瑜の手配りや振る舞いがぬかりなく、態度は惚れ惚れするようであったことを報告した。将の部署も現時点で最良のものであったことも話した。

程普は、

「わしゃあもともと周郎は格好だけのちゃらちゃらした男で、大将なぞつとまらんと思っておった。そこまでやれるちゅうんは大将の器じゃのう」

と自分が誤っていたと悔いた。程普はいそいで陣営にゆき、周瑜に罪をわびて頭を下

げた。周瑜は、

「あなたを頼りにしております。どうか力を貸してください」

といささかも咎めず、感謝したのであった。

のちに程普は、

「周郎とつきおうちょると、まるで芳醇な美酒を含んだようになり、自分が酔ってしまっちょることに気がつかんようになる」

と人に語った。仲が極めて悪くとも、周瑜の男惚れの影響力はどんな男をも心服させるということで、当時の人は囁き合ったのであった。

さていよいよ、赤壁の戦い……。

この戦いが『三国志』中最大の決戦であることは、サンゴクシシャンでなくとも知っているのが常識というところである。さぞかしウルトラバイオレンスの炸裂する、手に汗握る超スペクタクルで、周瑜《しゅうゆ》と曹操のぎりぎりの死闘が随所に行われたに違いないと誰しも思うに違いないが、思うのは個人の勝手であると陳寿《ちんじゅ》の筆はなにやらモザイクをかけたかのように何も書いていないといってもいいくらいに、この戦いについての記述が少ない。

『三國志』を見る限り、この戦いを再現するのは不可能に近い思いがする。いつ、どこで、だれが何をしたのか、断片的記録しかない。羅貫中《らかんちゅう》もきっと困ったはずである。まずどこで始まったかが分からない。柴桑《さいそう》の上流から江陵の下流、もっと狭めれば夏《か》口《こう》になるが、その数百キロの間に「ここが赤壁の古戦場」と言われる場所が四つも五つもあって、信用ある地理書が奪い合いをしているのである。

流れからすると決定的な勝敗がついたのは赤壁ではなく曹軍が水上基地とした烏林《うりん》であろう。北岸の烏林が呉軍の攻撃により炎上し、対岸にある岸壁が赤々と燃え上がるように火焔を映したことをもって赤壁と呼ぶようになったという説がまあ納得がいく。赤壁以前その岸壁は石頭関《せきとうかん》と呼ばれていたとか。しかし烏林も石頭関も赤壁ではないと論ずる書を無視するわけにもいくまい。

参戦したのは曹操軍が二十万近く、呉軍が三万、ついでに劉備軍が二万弱とするが、劉備が最もあてにならず、どこで何をしていたのか具体的には分からない。

周瑜と程普《ていふ》が総指揮にあたったことは書いてある。しかし曹操が大敗したというわりには、曹軍の有名武将、軍師がただの一人も戦死（病死）していないし、それは孫権軍も同じである。劉備軍に至ってはどこで遊んでいたんだと孫権に怒られそうな気配すらある。

陳寿が赤壁の戦いに筆を進めたとき、それほどまでに資料がなかったのか、と言いたくもなろう。こういう大事の時には史官が一生懸命に記述を残すのが普通で、かろうじて呉の史官は文字を遺し、周瑜伝をはじめとする呉の将校の列伝にわずかながら記述がある。劉備軍団には史官などというしゃれた存在は皆無なので、何も遺っていなかったことはわかり、陳寿は劉備軍の活躍ないしはサボタージュについて書くことができなかった。

最も資料豊富だったのは魏であったろう。記録官を戦場近くにつれてくるほどの熱心さがあった。ただし負け戦さであるからあまり詳しく書くことが出来なかったのだと推測される。武帝紀にひく赤壁の戦いは以下の通り。

「十二月、孫権は劉備のために合肥《がっぴ》を攻めた。公（曹操）は江陵から劉備を討つべく出撃し、巴丘《はきゅう》まで赴き、張憙《ちょうき》を遣わし合肥を救助させた。孫権は張憙が至ると聞き、逃走した。公は赤壁に至り、劉備と戦い不利となった。是に於いて大いに疫疾が流行し、吏士の死すもの多く、軍を率いて還った」

これだけである。孫権軍との対戦は無かったかのような記述であり、内容がおかしく、どうして陳寿がこんなことを書いたのか、誰にも分からない。古来、問題とされている箇所で、そもそも孫権が劉備のために合肥を攻めるというのが不可解であり、この時期に合肥を攻める意味がどこからも見つからない。孫権が合肥を攻撃するようになるのはもっと後の話であり、劉備が合肥を襲う意味はさらにない。それで曹操は赤壁に来て劉備軍と戦ったわけだが、何故か負け戦さとなる。周囲を見れば病人ばかりだったので、引き揚げることにしたわけだ。

ここは裴松之《はいしょうし》も深い疑念に襲われたものと思われるが、この一節を大事にし、

「公は軍船を劉備のために焼かれ、軍を率いて華容道《かようどう》を通り、徒歩で引き揚げたのである」

という劉備寄りな注をしている。いずれにしても孫権軍との戦いはまったく書かれていず、赤壁の戦いは曹操対劉備の戦闘だったとなっている。魏にはまともな記録があっ

たろうとは思えるのであるが、ひどく偏った省略をしている。

一方劉備軍団に記録を大切にする心が有れば、ひょっとすると赤壁戦中の劉備軍団の活動についての詳細が知れるかも知れなかった。

先主伝ではこうなる。

「孫権は周瑜、程普ら水軍数万を送って、先主（劉備）と力を合わせ、曹公と赤壁において戦い、大いにこれをうち破って、その軍船を燃やした。先主と呉軍は水陸平行して進み、追撃して南郡に到着した。このときまた疫疾が広がり北軍（曹軍）に多数の死者が出たため、曹公は撤退して還った」

諸葛亮伝でも似たようなものである。『三國志』のなかでは蜀書が最も量が少なく、劉備軍団がぼつぼつ史官を置き始めるのは益州入りのあとなのである。

「周瑜、程普、魯粛ら水軍三万を派遣し、諸葛亮について先主のもとにゆかせ、力を合わせて曹公を防がせた。曹公は赤壁で敗北し、軍勢を引き揚げて鄴《ぎょう》に帰った」

劉備軍団らしく、勝った勝ったと手を打って喜ぶだけで、どう力を合わせたのか、具体的な戦闘の役割がまるで分からない。力を合わせたか、については裴松之が興味深い注をつけている。

「劉備は恥じ入り、周瑜を傑物だと考えたけれども、内心では周瑜が必ず北軍を撃破できるものとはまだ信じていなかった。だからちぐはぐな感じで後方におり、二千の兵を率いて関羽、張飛とともに動かず、思い切って周瑜に関わろうとはしなかった。つまりは進退どちらにも対応できる態度をとったのである」

いけいけで曹操を追っ払ったわりには、同盟に不熱心な思案がほの見える。

呉に赤壁の戦いの記録があくまで比較的にだが詳しく残っているのは、真の戦勝国として当然なのであるが、それにしても記述が寂しいのは、呉連合がまだ呉国意識というものを持っていなかったせいであろうか。手柄は伝説として語り継がれて遺ったようだ。呉主伝、周瑜伝、呂蒙伝、程普伝、黄蓋伝、周泰伝、甘寧伝、凌統伝等に記述があり、曹軍との水戦の模様はこれらから知るしかない。分かるのは赤壁で曹軍を破り、烏林で火攻を試みたということだけである。

最近の研究によれば赤壁の戦いはさらに地味になる。曹軍に疫病者が出たことは各所に書かれているが、これがじつはかなり深刻で、大流行していたというのである。ことによると曹操も感染していた。長江沿岸の風土病であった住血吸虫《じゅうけつきゅうちゅう》病がその正体ではないかと考えられている。住血吸虫は巻き貝に寄生しており、これを食すると一、二ヶ月で発病し、肝臓や腸粘膜をやられてしまう。長江沿岸の住民には免疫があり、大したことはないが、北から来た曹軍兵士は覿面《てきめん》にこれにやられてしまう。曹軍の半分近くが腹を下し、嘔吐し、無気力になり、とても戦闘には従事できなかったことになる。

曹操の船団は赤壁で周瑜に阻まれ、北岸の烏林に水寨《すいさい》を築いて戦形を構えるも、周瑜の陽動攻撃や黄蓋の火攻め（効果はあった）を受け、膠着状態となる。自軍の疫病流行と周瑜の巧みな戦闘指揮を見て、このまま持久戦となれば負けると思った曹操は、自らも船団に火を放ち、混乱に乗じて逃走したという説である。逃走中に劉備軍と遭遇してしまい、一戦交えてまたのがれた。逃げたとはいえ曹操は十分に余力を遺しており、江陵に曹仁《そうじん》と徐晃《じょこう》、襄陽《じょうよう》に楽進《がくしん》を残して守備させている。

『三國志』を見る限り、赤壁の戦いとはこんなものではなかったかというところである。

そんなわけで孔明と関係がない赤壁の戦いはすっ飛ばしても別段困ることはないわけだが、『三国志』的には孔明と周瑜の緊張関係がどうなるのか書かれねばならない。果たして孔明は周瑜の策に殺される運命なのか。それは次回で。

周郎、忙しい身に孔明と戯れる

開戦が決まり、各将の配備を決めた翌日、周瑜《しゅうゆ》は孫権《そんけん》に面会し、これから夏口《かこう》を目指して進発することを言上した。

「わかった。先に行ってくれ。わしはいつでも兵を動かせるようにしておく」

「この柴桑《さいそう》に曹操《そうそう》の船を決して近付けさせることはいたしませぬ」

柴桑はこたびの本営であり、ここが敵に陥れられるならほぼ敗北ということだ。

周瑜は魯粛《ろしゆく》に、

「諸葛亮《しよかつりよう》を呼んでくるのだ。一緒に来てもらう」

と言った。

「船の上で殺《や》るつもりなんか」

「そんなことはしない。わが軍のためになって死んでもらう」

周瑜は爽やかに言った。

魯粛が孔明《こうめい》の客舎をたずねると、暇そうにしていた。劉備《りゆうび》に同盟成立の書状をしたため、使者に託したところであった。魯粛が周瑜の言葉として、同行するように言うと、

「いいですよ。一緒に行きましょう」

と喜んで言った。魯粛は周瑜が孔明の命を狙っていることを教えてやろうかと思ったが、楽しそうに支度をしている孔明を見て、言いづらかった。

（危なくなったら、わしが守ってやらんといけんかのう）

と悩む。いろいろいかがわしいことはあれど、マブダチの間柄である。それに、今、孔明を殺すことには反対であった。劉備との同盟が成立した矢先に孔明が死んだ、では都合が悪すぎる。しかし周瑜を止めることは難しかろう。

孔明を乗せた周瑜の艦隊は柴桑を出発し、夏口方面に向かった。

長江には船の拠点というものがある。崖や切り立った岩のない湾状の地点である。岸とつながり、そこに陣営を張るのである。この場合、三江口《さんこうこう》であった。夏口に遡ること五十里ばかりの江上には先発した黄蓋《こうがい》らの兵船が無数に停泊していた。周瑜の艦隊も順番に投錨していった。南岸の西山山麓に陣営を構え、軍勢を駐屯させる。周瑜は中央に本陣を構えた。

（曹操に対して先手先手と打っていかねばならぬ）

だが、孔明も殺さねばならぬ。周瑜は本陣に孔明を招いた。挨拶がすむと、

「孔明先生」

と周瑜がくそまじめな顔で言った。

「先生にお頼みしたきことがある」

「なんでしょう」

「以前のことになるが、曹操が寡兵にて袁紹《えんしょう》の大軍を官渡《かんと》に破ったことがありましたな。そのとき曹操は許攸《きょゆう》の策を用いて、袁紹軍の糧秣《りょうまつ》基地の烏巣《うそう》に奇襲を仕掛け、糧道を断ったことが大きかったと聞いております。今、曹操軍は水陸に八十万と号し、くらべて

こちらは三万である。これでどうして戦えましょうか。ここはわが方も曹操の故事にならい糧秣を焼くしかありません」

「良計とぞんじます」

「これを先生にやっていただきたいのです。諜報によれば糧秣は聚鉄山《しゅてつざん》に貯蔵されておる。先生はながらく漢水のほとりに住まわれ、地理を熟知しておられよう。われらの精鋭千騎をお貸しいたす。お手数を掛けて申し訳ないが、曹軍を飢えさせて来てくださらぬか」

孔明は考えるまでもないというふうに、

「わかりました。やりましょう」

と二つ返事に言った。

「ありがたし。これが曹軍壊滅の第一歩となりましょう」

周瑜はとても喜んでいるという身振りで、孔明の手をとった。

孔明が辞去したあと魯粛が訊いた。

「孔明に糧秣を襲わせるとはどういうつもりなんじゃ。あれに出来るわけがなかろう」

「出来なくてよいのだ。いま孔明を抹殺するのは簡単だが、それではいろいろと傷がつく。わたしの代わりに曹操に孔明を殺してもらおうということだ。これなら同盟にも影響すまい」

と周瑜は冷え冷えと言った。

辞去した魯粛は孔明の様子を見に行くことにした。

（簡単にひっかかっとるじゃないの）

聚鉄山の糧秣基地の件は魯粛も聞いて知っていた。曹軍は馬鹿ではない。わずか千騎で奇襲できるような場所ではなく、二重三重の防備が築かれ多くの兵士が守っている。やるなら城を攻めるような規模の戦いとなろう。

孔明に与えられた陣営に着いた。孔明がふてくされて寝ているかと思えばそうではなく、精鋭千騎とやらに張り切って夜襲の支度をさせていた。精鋭とは名ばかりで、孔明と一緒に死ぬことになる兵であるから、あちこちから集められたクズばかりである。孔明の命令をちゃんと聞くかもあやしい千騎であった。

魯粛が、

「先生、こんなもんで成功する策がおありなんで？　わしゃ先生に死んで欲しくはないんじゃが」

と言うと、孔明は至って快活に、

「この孔明、水戦、野戦、山戦、馬戦、車戦といかなる戦いにも通暁しております。心配はご無用です」

と言った。未だ一度も兵を指揮した経験もないくせに、誇大な自信を持っている。だいたい聚鉄山がどこにあるのか、後漢・三国時代にはこの地名はないと注がついている。

「はあ」

「わたしは子敬《しけい》どのや周郎《しゅうろう》のように一芸しか得意なものがない者とは違うのですよ」

「わしと公瑾《こうきん》に一芸しかないというのはどういう意味じゃ」

「聞くところによれば江南の童児たちは、『路に伏せて関を守るは子敬にゆるし、江に臨みての水戦には周郎有り』と唄っているという。これは逆に言えば子敬どのは陸地に伏兵を置いて関所を守るしか能がなく、公瑾どのは水戦はうまいが、陸戦はからっきしであるということでしょう」

と孔明は失礼なことを言い放った。

少しむかっとした魯粛はただちに本営に戻り、周瑜に孔明が言ったことを伝えた。周瑜は常は冷静沈着な男であるが、いったん侮辱を受けるとすぐにキレてしまう悪い癖がある。相手が殺したい男、孔明ではなおさらだ。孔明の放言を伝え聞くや、

「わたしが陸戦に能なしだと侮ったか！　こうなったら聚鉄山の焼き討ちは孔明などに任せておれん。わたし自ら一万騎を率いてゆき、見事、曹軍の糧道を断って、わが陸戦の腕を見せてやる。子敬、即刻、精鋭一万騎を用意するのだ！」

「周郎、落ちつかんかい。この大事なときにお前が出て行ってどうするんじゃ」

「ええい、止めるな」

と本営がどたばたしているときに孔明がぶらりと現れた。

「孔明先生！　聚鉄山の焼き討ちはわたしがみずから行くことにした。先生はそのへんで遊んでおられよ」

と周瑜が叫んだ。

「それはいけん。孔明どのも止めてくれ」

と魯粛が言った。すると孔明、他人事のように、

「そうですか。頑張ってください。期待しておりますぞ」

と言って帰って行った。

魯粛は孔明の後を追った。

「まだ戦さも始まらんというのに滅茶苦茶じゃが」

孔明はふふふと笑うと、

「公瑾どのはこの孔明に巨大な敵愾心《てきがいしん》を持っておられる。嬉しいことです」

「あんたが大口を叩いたせいじゃで」

「公瑾どのがわたしに糧秣基地を攻撃させようとしたのは、自分の手を汚さずに、曹操によってわたしを殺したかったからでしょう。才ある者は嫉妬されるものです。しかし、ちょっとからかっただけであの憤激ぶりでは、大将として心配ではありますな」

魯粛はぎくりとし、

「殺そうなんち、そげんこつはなか」

孔明は白羽扇《はくうせん》であおぎながら、

「今、味方同士で足の引っ張り合いをしても曹操を利するだけですぞ。まずわが君劉皇叔《こうしゅく》と連携を話し合い、気持ちを固めるときです。曹操は謀略に長けた男。糧秣の警備は万全のはずです。公瑾どのが一万騎で聚鉄山に向かっても、よくて生け捕りにされるに決まっております。ここはやはりお家芸の水戦で敵の出鼻を挫き、良計をもって敵を撃破するのが先でしょう。どうか子敬どのには、この旨お分かりいただきたい」

と言ってするする去っていった。

魯粛が本陣に戻ると周瑜はやや落ち着いていた。魯粛は暗殺のことは除いて、孔明の言葉を周瑜に伝えた。

「ぬうう——」

周瑜の白皙《はくせき》の面から赤みが引かない。

「やつの見識（変質性）は、この周瑜に十倍する！　いまはおくが、必ず血祭りに上げてくれる。やつはのちのちわが国の害となる男である」

と吐き出した。どうも周瑜は孔明のこととなると強い殺意のせいで、頭が混乱するらしい。

「それほどの男じゃないと思うがのう」

と魯粛が言うと、

「子敬には見えんのか、あのおぞましい変態性が。今に分かる。が、分かったときにはもう遅いのだ。わたしは必ず孔明を殺すからな！」

確かに変な奴ではあるが、急いで殺す必要があるとは思えない魯粛である。

『三国志』の優秀武将ベスト3に必ずあげられる周瑜が、いじましく孔明の命を狙う狭量な男に描かれてしまうのが『三国志演義』の見解なのだが、本当の周瑜は孔明になぞかまっている暇はなかったと思いたい。頭脳冷徹にして勇猛果敢、遠大なる戦略を持った周瑜だが、同時に孔明に踊らされるピエロ役を割り振られたことは、周瑜の一方的な不幸であったろう。羅貫中《らかんちゅう》の胸の内には（周瑜を貶める）迷いはない。

一方、劉備軍団はやっとのことで二万の兵をかき集め、夏口から樊口《はんこう》へ移動しようとしているところであった。

「ああ、先生は今頃何をしておられるのか。呉に行ったっきりで何の音沙汰もない」

と劉備が心配していると、同盟締結成ったとの書状が届き、

「さすが先生。孫権をうまく丸め込んでくれたらしいぞ」

と部下たちの前で小躍りした。しかし次には、

「先生は何故すぐに帰って来ないのか」

とまた心配し始めた。

「先生のことです。何も案じることはありませんよ」

と趙雲《ちょううん》が言ったが、

「いや、先生の身に何かあったのかもしれん。呉はゴロツキの土地だからな」

そんなことを言いながら進んでゆくと、はるか江の南岸に無数の旗指物が見え隠れし、戈戟《かげき》が林立して蠢《うごめ》いているのが見えてきた。

「呉はすでに兵を動かしているようですな」

と関羽《かんう》が髭をしごきながら言う。戦さの匂いを嗅いだ張飛《ちょうひ》は、

「げへへへ」

と薄笑いをした。

呉軍の様子と孔明の安否を探るべく使者を立てることにした。そこで手をあげたのは糜竺《びじく》である。

「陣中見舞いを口実にして、状況を見て参りましょう」

「うむ。行ってくれ」

明日をも知れぬ貧乏集団だが、奮発して酒と羊肉を土産に持たせた。糜竺は小舟に乗るとするすると江をくだり、呉軍の駐屯地に達した。大小数百艘の兵船が帆を下げて浮かんでいる。陸地に上がり、周瑜の本陣を訪ねた。糜竺は銀色に光る甲《よろい》に身を固めた周瑜に拝礼した。

（なんという色男なのだ）

糜竺は一瞬くらりとした。挨拶の言葉を交わし、礼物を渡した。周瑜は酒宴を開いて糜竺をもてなした。糜竺は、

「ところで、うちの孔明先生の姿が見えませぬが。一緒に連れ帰れというのがわが君の意向なのですが」

するると周瑜は、

「孔明先生は書き置きを残して宿舎から出て行き、行方不明で、わたしもここ二、三日見ておらぬのですよ。そのうち現れるのではないでしょうか」

と美しいが冷たい声で言った。糜竺は、

（さては孔明先生はもはやこの世にないか）

と不安になったが、孔明が行方不明なのはいつものことなので、どうなのか分からない。

糜竺は三日滞在したが、孔明は現れなかった。

（ひとまず帰るしかあるまい）

　糜竺は本陣にゆくと暇乞いをした。周瑜は、

「ところでわれら同盟軍、作戦の打ち合わせをいたさねばならないが、わたしは余人に委ねることの出来ぬ任務があり、部署を離れられません。劉皇叔のほうからご足労願えればありがたいのですが」

「わが君に伝えておきましょう」

　と糜竺は樊口に戻った。

　糜竺がその口上を述べると関羽が、

「無礼千万！」

　と憤激した。

「周瑜は都督《ととく》とはいえ一介の部将にすぎぬ。それがわが君を呼びつけようとは礼にもとる。周瑜を来させればよい」

　と関羽らしい筋の通ったことを言った。

「呉のやつらは礼を知らんとみえる。おれが教えてやるわい」

　と張飛は人殺しの顔になった。

「待て待て、ここでそんなことを言って臍を曲げても仕方があるまい」

　と劉備が言った。

「理屈はそうでも、周瑜はわれらを救援しに来たかたちだろう。有難いと思わねばならん。べつにわしのほうから出向いても、かまわんぞ」

「しかし兄上」

「どうせ一度は作戦会議はせねばならん。それにこちらは先生を人質にとられているかたちである。すでに戦さなのだ。ここは一屈辱にとやかく言うより、同盟軍の司令官に会っておくべきだろう」

これまで幾たびの屈辱に耐えてきた劉備であり、あまり気にしていなかった。呉の機嫌をとっておく方がましな話でもある。

「兄上がそう言うのなら、行きましょう。ただし周瑜が兄上に害意を抱いていないという保証がありません。警護の兵を率いて行くべき」

「周瑜がどうしてわしを害そうなどというのか。同盟しておるのだぞ。兵を引き連れるなどそれこそ失礼になる」

「孔明先生を隠して糜竺に会わせなかったこと、あやしいものでござる」

結局、関羽と二十ほどの兵を連れて行くことになった。

『三国志演義』では、確かに周瑜は劉備暗殺を企んでいた。

「玄徳《げんとく》は当代の英雄だから、生かしておけばわが国の禍《わざわい》となる。やつが手を組んできた天下の将軍たちは皆滅びているのがその証拠だ。この機に乗じておびき寄せ殺してしまうのだ」

という理屈である。周瑜がはなから同盟を無視するどころか、劉備軍団を敵と見ていたことが分かる。とくに孔明と劉備のコンビは抹殺せねばならぬ悪である。後になれば周瑜の考えはそれはそれで間違いではなかったことが分かるが、この書き方では周瑜はただの暗殺が大好きな美青年であるというしかない。

劉備玄徳またまた大ピンチの場面となるわけだが、ここは関羽の見せ場である。酒宴の最中に伏兵を斬り込ませようと企んでいた周瑜であるが、劉備の後ろに仁王立ちしている一万殺のマシーン関羽に恐れをなして暗殺実行の合図をすることが出来なかった。もしやっていたら呉の兵五千人ばかりが関羽の生贄にされていたに違いないと、脂汗を流す美青年の苦悩がよく表れている。

『三國志』には劉備暗殺計画はない。しかし、周瑜の素っ気なさはやはり劉備軍団をまともな同盟相手と見ていなかったことが明らかである。

劉備一行は船に乗り込み、真っ直ぐ周瑜の本陣に向かった。

「劉皇叔、わざわざのお出まし恐縮にござった。わたしが水軍大都督を孫将軍より拝命いたしております、周瑜、字《あざな》を公瑾ともうします。どうかお見知りおきを」

と周瑜が船着き場まで来て迎え、優雅に挨拶した。

「劉備玄徳である。呉に美周郎ありとはさいぜんから聞いております。お目にかかれてこんな嬉しいことはない」

劉備は優雅に拝礼する周瑜の美貌に目を奪われ、

(なんというかっこいい男なんだ)

と男の嫉妬をかきたてられていた。しかもまだ若い。この美男子が呉軍の最高司令官だということをいっとき忘れるほどであった。

「呉公はよき臣下をもっておられる」

「そんなことはありませんよ。さあ、こちらへ、慰労の席を設けてあります」

周瑜の本陣に案内された。

いいのは顔だけかも知れない。劉備は軍議のために来ているのである。酒を入れてしばらく歓談したあと、劉備が切り出した。

「公瑾どの、いま曹軍と対陣するにあたって、さだめし深い計略がおありのことでしょう。兵士はどれくらいおるのですかな」

「三万ほどでしょうか」

と周瑜が答えた。

「惜しいことに兵が少のうござらぬか」

すると周瑜はふっと微笑して、

「これでわが方は十分ですよ。川筋の者は筋金が通っておりますから。劉皇叔におかれましては、われらが曹操軍を殲滅《せんめつ》するのをただご覧になっていただければよい」

と言った。戦さはわたしがやるから、劉備は高みの見物でもしていてもらえばよいというう、不敵な自信が言葉の端々にあった。聞いた関羽が目を剝いて何か言おうとしたのを劉備は手で押さえた。

実際に周瑜は劉備軍団抜きの作戦を考えていた。劉備軍には手柄の一つもたてさせたくないといったこともある。手柄に応じて何かをくれてやらねばならなくなる。

(何一つわたすまいぞ)

と思っていた。劉備は、

「それは頼もしいことですな」

とやや怒りながら言った。

(周瑜は同盟を無視しようという魂胆か)

「ははは、しかし公瑾どの、わが軍には一騎当千の武者が多数おり、黙ってはおられません。陸上の曹軍は任せてもらいませんと、同盟の実がない」

周瑜は微笑したまま、

「それはお任せする。ご自由に」

と言うのみである。

ここで劉備は憤然として、周瑜に文句の一つもつけたいところであるが、何しろ敗残直後の放浪部隊であり、孫呉の力を借りねばどうしようもない。皮肉の一つも思い浮かばないのであった。

(ああ、情けない。だが、この男相手では軍議にもならん)

劉備は言った。

「こちらにお邪魔している孔明先生と魯子敬どのを加えて軍議を行いたい。呼んでもらえませぬか」

「子敬は任務中であり、勝手に持ち場を離れることは出来ません。もしも会いたければ別の機会にしてください。孔明先生は行方不明なのですが、二、三日もすれば両人ともやって来るかもしれません」

とりつく島がなかった。

（この素敵でかっこいい若僧が！）

と劉備は腹立たしく思ったが、話はこれ以上進みそうもなかった。

自信はたっぷりだが、周瑜が必勝するという保証はない。負けた場合のことも十分に考えておくべきであろう。

（こっちはこっちで勝手にやってやる）

蚊帳の外に置かれるわけにはいかず、曹・孫の戦いに嚙み込まねばならない。

軍議というより、周瑜の決意宣言を聞かされて、話し合いは終わった。本陣を辞去して船着き場に戻ると、なんと孔明がいた。河岸から釣り糸を垂れていた。

「せ、先生！　ご無事でござったか。呉のゴンタクレどもにいじめられていないかと心配で心配で」

劉備が泣きながら抱きつこうとしてくるのを白羽扇で払い、

「周瑜に会いましたか」

と訊いた。

「会った。会ったが、くそっ、何様だと思っているんだ、あの若僧は。わしらは何もせんでいいと言いおったのですぞ」

「よろしいではございませんか。何もしなくていいというのなら、何もせねば。どうせ水上の戦いはあの人任せになりまする」

「しかし口惜しいぞ」

「わが君、ご案じめさるな。策はちゃんとありますから。目先のことより、将来のことです」

と孔明は爽やかに言った。

「魯粛もあてにならんし、先生、一緒に樊口に帰りましょう」

すると孔明、面を振って、

「今わたしは周瑜に因縁をつけられ、虎口のような場所におりますが、なんの、この身は泰山のように安泰です。今少しここに残りたいと思います。殿は出来る限りの軍馬と船を用意して待っていてください。そしてこれを」

と懐から通称軍師袋を取りだして劉備に渡した。

「十一月の二十日頃に袋を開き、書いてあるようにしてください」

「どういう意味か」

「東南の風が吹き始めたら、わたしは必ず戻るでしょう」

今吹いている風は北からの風であった。

「先生、本当に大丈夫でしょうな？」

「ふっ。ご心配には及びません」

そして孔明は船に乗り込んで去る劉備を白羽扇を振って見送ったのであった。

江陵《こうりょう》の曹軍本営。孫権陣営が抗戦を決意したという報告が入った。曹操は、

「ものを知らぬ小僧めが、後悔させてやる」

と呟き、曹操水軍が江上に泛《う》かび、堂々前進する様を想像して胸を熱くした。十分な

物資を積み込んだ大水軍は江陵に整っていた。

ただし問題があった。将兵の士気が低いのである。七万の荊州兵《けいしゅう》の士気が低いのはまあ仕方がないとして、曹操が率いて来、また曹丕《そうひ》の率いて来た北方中原の兵の士気があがらぬのである。

原因は船酔いと正体不明の疫病であった。特に疫病はだんだんと広まりつつあった。倒れぬまでも、将兵の体力戦意の低下は隠せない。医官に問うても、原因は分からず、

「南方は瘴癘《しょうれい》の地にて、わたくしどもでは診断がつきません」

と言う。生水、生ものを避け、食事前の手洗いを行う、といった基本的な策しかなかった。もし華佗《かだ》がいれば見抜いてさっさと虫下しを処方するであろう。

荀攸《じゅんゆう》を呼んで相談するに、

「このまま大船団をもって長江を下るか、ゆくならば今しかないでしょう。孫呉の水軍は三万から五万、こちらは二十万、短期決戦にて踏み潰すしかございません。疫病がこれよりひどくならないうちにです」

「そうだ。おぬしの言うとおりである」

と曹操は頷いた。

曹操にとって生まれて初めての水上戦が待っている。過剰な主演男優英雄主義の曹操は、挑戦状まで出しているうえは、これはもう行くしかなかった。

「明日朝、出陣する」

そう命じた。

曹操側の作戦は、水上戦という未知の要素を除いては、完璧を期そうとしていた。水戦では孫呉側の迎撃が出てくるまで進む。おそらく夏口のあたりになるだろう。こちらは敵があってのものである。曹軍の主要を占めるのは陸戦兵である。歩兵と騎馬。これを長江北岸に沿って侵入させてゆく。ここで孫権の陸上部隊、あるいは劉備軍団との戦いが起きることになろうが、拠点を確保してゆけば問題ない。その頃には水上戦のけりもついているかも知れない。

荀攸、賈詡《かく》、程昱《ていいく》らは、長江の地図を前に、荊州水軍の指揮官から一つ一つの点について情報を得ていた。上流から下流に下るのであり、遮るものがなければただ進軍するのみである。しかし軍師らはあらゆる可能性を検討するのが仕事である。数百キロにわたる長江の流れの中での戦いは未知数としか言うことが出来ない。実際に長江に来ての感想は、鄴《ぎょう》のあの巨大な玄武池もやはり箱庭のつくりものでしかないと思わされる。

「問題は水軍の熟練度であろう」

曹操水軍はすでにやる気のない蔡瑁《さいぼう》と張允《ちょういん》をクビにして、毛玠《もうかい》と于禁《うきん》を水軍都督に任じてあった。

荊州水軍は長く実戦を行っておらず、ろくに訓練もやっていなかったから、そこは大きな不安材料である。いまさら再訓練を施す暇はなく、数で圧《お》すしかないであろう。五分だとなれば難しかろうが、こたびは三万対二十万の戦いである。これだけの戦力差があって負けるはずがないと誰しも思った。

「今宵は全軍酒を飲むぞ」

と曹操は触れを出した。

旗艦には「帥」と記した旗印が立てられ、両側には軍船がずらりと並び、船上には千張の弓や弩《いしゆみ》の射手が潜んでいる。篝火が焚かれ、江上に映った。

曹操は初めての水戦に遠足に行く子供のようにわくわくしていた。

（詩が湧いてきたわい。歌いたくなったぞ）

既に酔った曹操は周囲を見渡しながら、船の舳先にゆき、さらに三杯飲んだ。槊《さく》を横たえて諸将に言った。

「わしはこの槊を持って黄巾賊を破り、呂布《りよふ》を擒《とら》え、袁術《えんじゆつ》を亡ぼし、袁紹を片付け、長城の北に進撃し遼東まで行った。天下を縦横に駆け回り、大丈夫《だいじようぶ》の志にそむかぬ人生であった。そしていま南を征せんとしておる。この絶景を前にして、昂ぶって昂ぶって仕方がない。これからわしが歌をつくるから、汝らは唱和せよ」

そして曹操の最高傑作といわれる『短歌行』を即興でつくって歌った。横槊《おうさく》詩人と呼ばれる曹操の真骨頂である。

酒に対《むか》えば当《まさ》に歌うべし
人生幾何《いくばく》ぞ
譬《たと》えば朝露の如し
去りし日は苦《はなは》だ多し
慨して当に以って慷《こう》すべし

憂思忘れ難し
何を以ってか憂いを解かん
唯だ杜康有るのみ

青青たる子が衿
悠悠たる我が心
但だ君の為の故に
沈吟《しんぎん》して今に至る

呦呦《ゆうゆう》として鹿鳴き
野の苹《よもぎ》を食らう
我に嘉賓有らば
瑟《しつ》を鼓し笙を吹かん

皎皎《こうこう》として月の如き
何れの時に掇《と》る可けんや
憂いは中《うち》より来たり
断絶す可からず

陌《はく》を越え阡《せん》を渡り
枉《ま》げて用《も》って相い存《と》わば
契闊談宴《けいかつだんえん》して
心に旧恩を念《おも》わん

月明らかに星稀なり
烏鵲《うじゃく》南に飛ぶ
樹を繞《めぐ》ること三匝《さんそう》
何れの枝にか依る可き

山は高きを厭わず
水は深きを厭わず
周公哺《ほ》を吐きて
天下心を帰せり

曹操も五十四歳である。

「酒を前にしたら、歌うべきだ。人生など短いのだから。それは例えば朝露のようなものので、日々はどんどん過ぎてゆく。ならば気持ちを昂ぶらせて、心を奮い立たせよう。憂愁の思いは忘れることが難しい。何によって憂いを払おうか、ただ酒があるのみなのだ」

という歌い出しではじまる『短歌行』は、ただ酒での憂さ晴らしを歌ったものではなく、よき人材をたくさん集めて登用し、かの周公旦のように衆望が自分に帰するのだという内容であるが、ところどころに素敵なフレーズがあってよい。

蘇軾《そしょく》の『赤壁《せきへき》の賦』は、この詩をひいて、

「酒を釃《そそ》ぎて江に臨み、槊を横たえて詩を賦す。固《まこと》に一世の雄なり。而るに今、安《いず》くにか在る哉」

と曹操の文武両道のかっこよさを称揚している。

曹操がいい気分で歌っているとこれにケチを付けた者が一人いた。劉馥《りゅうふく》である。

「大軍が出動し、興亡の一戦を明日にひかえて、丞相《じょうしょう》はどうしてそんな不吉の言葉を吟じるのでしょうか」

劉馥は曹操陣営きっての名行政官であり、曹操に揚州刺史に任じられ、荒れ果てていた合肥《がっぴ》を一大拠点とした男である。州役所を創設し、戦乱で逃げていた流民を集め、学校を作り、屯田を行い、合肥城を修理改築し、恩恵教化を広く及ぼした。孫権が幾たびも合肥を襲って、結局失敗したのは、劉馥の手柄もあってのことである。劉馥は曹操の大好きなデキる男である。

曹操は急に不機嫌になり、

「わしの言葉のどこが不吉だというのか」

と訊いた。

「『月明らかに星稀なり、烏鵲南に飛ぶ、樹を繞ること三匝、何れの枝にか依る可き』のくだりでございます」

と劉馥が答えると、それがどうしていけないのか分からないが、曹操は、

「そこが一番好きなのだ。よくもわしの気分を壊してくれたな！」

といきなり槊を飛ばして劉馥を殺してしまった。騒いでいた一同はしんとなり、宴は終わりとなった。

と書いてあるが、これは羅貫中の創作で、ちょうど劉馥の死亡年が二〇八年だからここに持ってきたようである。これも曹操の悪を際立たせるための演出なのだが、翌日になると曹操は酔った勢いで取り返しのつかぬことをしたと後悔し、涙を流しながら劉馥の息子に謝っている。酒乱が混じった微妙な悪となった。

ともあれ曹操の大船団は闘艦、楼船、艨艟《もうしょう》、走舸《そうか》を引き連れ江陵から出発した。ここで分からないと断っておくのは、船の実数である。何隻だったのかどこにも記載がない。漕ぎ手を含めて二十万近くを収容するとなると、一隻に何人乗れるのかといった肝腎なことが分からない。これはどうしようもないことらしく、どの『三国志』を見ても、船については分からないことの方が多いのである。とにかく千隻くらいの大軍と言うよりほかない船の数だったのである。長江はそんな集団が動き回れるほど巨大なのであった。

その日は朝から霧が濃く、長江の水が濛々と湯気を立てているかのようであった。曹操は牙旗をかかげた楼船の甲板におり、濃霧に目を細めていた。衝突が起きないように

船と船の間の距離をあけねばならなかった。

荀攸たちが先制すべき拠点と定めたのは陸口《りくこう》である。長江南岸の陸口はそこに上陸して東に直進すれば、柴桑を押さえることができる。呉にとっては曹操の陸戦隊を上陸させてはならぬ地点であった。

ところが事故が起きた。水上に迷ってしまったのである。先頭をゆく闘艦の一部が洞《どう》庭湖《ていこ》に入り込んでしまった。それに続いて前軍も洞庭湖に迷い込むことになり、一時混乱した。長江に慣れていない曹操の水兵のミスであった。異変に気付いた毛玠と于禁が、蔡瑁、張允を呼び出して訊くと、

「ここは洞庭湖でございます」

と言った。こんな濃霧の日に岸伝いにゆくと、たまに入り込んでしまうことがあるという。

洞庭湖に入ってしまった船団を一時停止させ、整頓し、方向に注意させて洞庭湖の出口に向かわせることとなり、時間をロスしてしまった。

「この霧では仕方があるまい」

と曹操は苦い顔で言った。長江の熟練者は水流の加減によって航路を定めることが出来るが、目視に頼る者には、微妙な水の具合は分からない。

(訓練が足りぬか)

と曹操は思った。

決戦を前にして最も苦悩していたのは当然のことながら周瑜であった。大都督のプレッシャーは只事ではない。議場では強気に曹操の弱点を指摘して、勝機あり、と理論武装した周瑜であるが、三万の兵で二十万にあたるというのは、やはり重すぎる課題である。しかもこの戦いに必勝せねばならないというのだから、並の人間ならあっという間に潰れていよう。本当は孔明にかまっているような暇はないのであった。

この兵力差ではまともな作戦も立てようがない。呉の水軍の熟練度は曹操水軍に数倍勝っているというのは信念であるが、それでも約七倍の敵を覆滅してしまえるかといえば、それは不可能に近い。

(曹操は巨軍を率いて流れ下ってくるであろうか)

それを三万でせき止めねばならぬ。返り討ちにせねばならぬのである。この時点で周瑜に必勝の策があったとは思いがたい。

江陵の曹操水軍が動いたという知らせを受けた周瑜は、すぐさま呉水軍に出動を命じた。

「急ぎ陸口を制する」

周瑜もここが最初の争奪戦の場になると思っていた。それに近い場所で曹軍と遭遇することになるだろう。樊口から夏口をぐるりと回った呉水軍は船足をあげて陸口に向かう。少々の霧など呉水軍にとってはなんのことはない。陸口に到着したときにはまだ敵影は見えなかった。周瑜は陸口を取り巻くように布陣させた。

霧も晴れようとする頃、曹操の船団が遠くに現れた。周瑜はその動きをじっと見てい

たが、

「思った通り、足腰がなっておらん。こちらから先制攻撃をかける」

と号令した。曹軍は船間距離が長く、一律の動きではなかった。

甘寧《かんねい》を先鋒となし、黄蓋、韓当《かんとう》、蔣欽《しょうきん》を左右に展開させ、周瑜自らは呂蒙とともに後詰めとなった。銅鑼が鳴った。

曹操側もこちらに気付いたらしく、船形を整え始める。両軍とも前進し、指呼の間となった。この南岸には巨大な切り立った岸壁があり、これが戦後に赤壁と呼ばれることになる。

洞庭湖で迷ったため、長々と進んでいた曹軍は、命令系統もつながっておらず、すぐには戦闘態勢がとれなかった。前軍にあった個々の闘艦がそれぞれの判断で進んでくる。

水戦の主な攻撃方法は矢と投石である。さらに敵船の横っ腹に頑強な舳先をぶつける。接舷して斬り込む、などである。兵数が同じならこれをより巧みに行った方が勝つわけである。

今、曹操の艦隊はばらけており、船と船との間が広い。甘寧軍はそこをめがけて艨艟を走らせる。

「わしゃあ甘寧じゃ。わしと勝負する者はおらんか」

弩の射程距離に入るやいなや、無数の矢が放たれる。徐州、青州の兵が多い曹軍は反撃の用意をするまでもなく射殺されていった。慣れていない上に、例の疫病に弱らされ、さらには船酔いしている者もいる。甘寧の急襲に対応できなかった。蔡瑁の弟の蔡勲《さいくん》は甘寧に狙いすまして射殺された。黄蓋、韓当、蒋欽の船団も、敵の間を縫うようにして矢を撃ち込んでゆく。呉の水軍の操舵は、まるでミズスマシが走るようで、敵船の横に回り、背後に回り、矢と石を雨霰《あられ》のように注ぎ込んでいった。曹軍の闘艦の甲板上に屍体が折り重なっていった。漕ぎ手を失った闘艦がふらふらと流されていった。

曹操水軍の先頭にいた数艦は四時間もせぬうちに廃船同様の有様となっていた。しかし、新手の闘艦が次々に到着してくる。周瑜は、曹操の大軍がまとまる前に、

「撤収」

の命令を出した。勝ち鬨《どき》の声をあげさせた。用意不十分の敵を叩くだけ叩いて、急いで引き揚げることにしたのである。

かくして緒戦は呉水軍がほぼ一方的に勝利した。しかし勝ったとはいえ倒した曹操の水軍は百のうち五もあるまい。相手の油断をつけたからこその勝ちであった。

曹操が戦闘水域に到着したのは周瑜が退いていったあとである。血の匂いが立ちこめ、味方の船がかしいで止まっている。

(呉水軍の戦いぶり、恐るべし)

水上にぷかぷか浮かんでいる兵の屍体を眺めながら、猛烈な怒りが湧いてきた。

「この借りは五倍十倍にして返してくれるぞ」

じきに夕暮れとなり、このまま進むのは躊躇《ためら》われた。次々に集まってくる曹操の船団を、赤壁の対岸、大きな湾状となっている烏林《うりん》に停泊させることにした。烏林は現在、湖北省洪湖の烏林鎮に属しており、長江の船つき場となっている。曹操がここに陣を構

えたことから、曹操湾と呼ばれたりもする。

周瑜は陸口から赤壁の間に陣を構えている。

「出鼻を挫いてやったが、これから曹操はどうでるか」

対岸の烏林には無数の篝火が見え始めた。当然の如く、呉の艦隊よりも遥かに数が多い。煌《きら》めく要塞のような陣容であった。衆寡敵せずの寡はあくまで呉軍のほうである。

問題は明日あさってにも、曹操が兵船を整え、江上を埋め尽くして強行前進してきたらどうなるかである。死力を尽くして戦うにしても、突破されるであろう。すると最後は柴桑に後置してある虎の子の孫権艦隊とのぶつかり合いになる。曹軍に上陸されれば万事は休する。それはなんとしても防がねばならない。周瑜はその晩、眠らなかった。

次の日、曹操は思ったよりも慎重であることが分かった。烏林では兵船の並べ替えが行われていた。長江に沿って二十四門の水門を立て、その寨柵《さいさく》は十余里に及び、大きな船を外側に配置して城郭の如くにした。小型の艦船は内側に配置して、相互に往来出来るようにしてある。曹軍は水上に船を使った要塞をつくることにしたのである。湿地である烏林に多くの幕舎を立て、騎馬隊を集めているようである。烏林は戦略基地と化そうとしていた。それは頭を長期戦もやむなしと切り替えたことを示している。

孔明と魯粛がやって来た。

「あれは曹操得意の陸戦のやり方ですね」

と孔明が言った。周瑜は無視した。魯粛が、

「これは吉と出るか、凶と出るか。公瑾」

と訊くと、

「まずは吉だ。曹操が全軍を以って特攻してきたとすれば、危ないところだった」

と答えた。烏林の湾は船によってびっしりと埋まり、陸の要塞のようである。曹操は烏林に基地を置いてじっくりと陸口を奪い取ろうとするつもりだろう。

「孔明先生、劉皇叔の軍を陸口に駐屯させてくださらんか」

と魯粛が言うと、孔明は爽やかに、

「すでに陸口から四里の地点に集まっております」

「おお、手際がええ」

「周都督には勝手に戦えと言われておりますが、共同作戦ですから」

劉備軍団は樊口に留守兵を残して、陸口に移動していた。今のところ暇である。周瑜はいらいらしたように、

「いちおう、礼を言っておく」

と言った。

周瑜は部下に命じて楼船を仕立てさせた。楼船は屋形がついた戦船《いくさぶね》である。自ら曹軍基地の偵察に行こうというのである。皆に止められたが、

「案ずることはない」

と、精兵数人に加え鼓楽隊も乗り込ませた。ゆるゆると船を走らせた。やがて曹操の本陣が観望できるところまで来た。周瑜は碇を降ろさせ、楼船の甲板で鼓楽隊にいっせいに演奏させた。曹軍兵士はそのおかしな船に気付いたが、音楽を鳴らしているので物

売りか何かと思った。その間、周瑜は水寨《すいさい》をじっくりと観察することが出来た。

（陸しか知らぬ奴らかと思っていたら、そうではない。じつによく出来ている。敵の軍師は水軍をよく学んでおる）

不用意な攻撃はあっさり撃退されるであろう基地である。荀攸、程昱らが熱心に研究して成したものであった。

そのうち、

「あれは周瑜の船だ」

と叫び声が上がった。孫呉の艦船は、呉連合が各自勝手に作ったもので、船の規格はばらばらであり、各家によって特徴がある。知っている者が見れば、誰に属する船か判別できるのである。鉦《かね》が鳴り響いて、数隻の船が捕獲に動き出した。周瑜は急いで碇をあげさせ、船を反転させ、五十挺の櫓を漕がせて急速に離脱した。曹軍の船はとても追いつけなかった。この件の報告を聞いた曹操は、

「周瑜に偵察されたか。昨日の戦いで負け、今日はわが水寨を覗き込まれてしまった。どうしてくれよう」

と言った。荀攸は、

「こちらの有利は動きませぬ。周瑜も必死で工夫しておるのでしょう」

「こちらの工夫はないのか」

「わが水寨の威容を見せつけることが策ではありきます。きっと敵から投降者が出るに違いありませんよ」

と落ち着いている。

「陸口を落とすために、念には念を入れて敵を減らしてゆくのです」

「わかった。しばらく睨み合いになるな」

と曹操は言った。


滞陣となった。

双方とも偵察船を出し、それがときどき交戦したりしたが、呉の優秀な操艦術が勝り、曹軍は被害を受けた。しかし下流に陣を張る呉は曹操の水寨が巨大すぎて攻撃を仕掛けられない。比べると上流に陣を張る曹操側は悠然としたもので、呉軍の攻撃を待っているかのようにもとれた。

(長期戦となれば不利である)

と周瑜は思った。曹操は潤沢な糧秣を華容道《かようどう》を使って烏林に運び込んでいる。呉軍は補給基地を持たないため、兵糧は十分とは言えない。

(なんとかこの局面を打開する妙手はないものか)

と司令官の苦悩を味わっていた。だが、急に、

「よし。孔明を殺そう」

ということに決めた。すると気分が楽になり、孔明抹殺の計画が次々に湧いてくるのであった。怪しい心の動きなのだが、周瑜は疑いを感じなかった。

翌日、周瑜は魯粛を呼んで言った。

「わたしは孔明を殺すことばかり考えている」

魯粛は苦い顔になって、

「それは先延ばしにしたんじゃろ。いまは孔明のことを考えとる場合じゃなかろうが」

と言った。

「違う。もしわたしがそこの若い衆に孔明を殺せと命じたなら、十刻もせぬうちに首を持ってくるだろう。しかしただ暗殺したのでは世間の嘲笑を買うことになり、劉備も黙っておるまい。そこでやつに失敗をさせて辱《はずかし》めてから斬るのだ。軍法によって斬る。これなら筋が通る」

「どうしてそこまで孔明を嫌うんじゃ」

「やつに会った瞬間に決まったことである」

周瑜の熱い瞳に曇りはない。

翌日、諸将を本陣に集め、孔明も呼んで軍議することになった。周瑜が孔明に言った。

「曹軍との決戦の日も近付こうとしている。日ならずして火蓋がきられることに相成るが、孔明先生、水上の戦いにおいてまずもって必要な武器はなんでありましょうか」

「広い江上ですから、弓矢でしょうね」

と孔明は眠そうに言った。

「その通りです。しかし、困ったことに、わが軍には今、矢が不足している。そこで先生にお願いしたい儀があります。お手数をおかけするが、先生監督の下で、矢を十万本つくって欲しいのです。これは共同作戦のひとつであり、よもや先生はお断りにはなられぬでしょうな」

その場にいた誰もが無理だと思う十万本である。周瑜は何を考えているのかと不思議がる。呉の職人に総動員をかけても作れまい数である。孔明が断ると思いきや、

「いいですよ」

と白羽扇をぶらぶらさせながら言った。

「その言、信じてよいのですか。あとで出来なかったと言われても通りませんぞ」

「それで、いつまでに作ればよいのですか」

「十日のうちに」

「それでは決戦に間に合いませんよ。三日もあれば十分です」

と爽やかに言った。周瑜は興奮しながら、

「先生、いまは軍議の最中。これは冗談話ではないのですぞ。三日で作れるはずがない」

はじめからやる気がないと疑われる孔明であった。

「周都督に冗談など言いません。三日で調達できねば罪を問うていただいてもよい」

「ではこのことを軍令状として公布いたしますが、よろしいか」

「はいはい」

周瑜はすぐに軍令司を呼んで起誓文を書かせたのであった。孔明が矢を調達できなかった場合、どんな重罪も受けるという内容である。

(孔明めが罠にかかりおった)

と思ったが、孔明は涼しい顔をしているから、

(変だな。脱走するつもりかも知れん)

その時はその時で、逃亡罪で死刑にするからいい。

「今日はもう日暮れですから、明日を第一日目として三日目に、長江の岸に兵五百を差し向けて、十万本の矢を運ばせてくださるよう」

魯粛は呆れて、先生、と間に入って止めそうになった。

やがて軍議も終わり、酒宴となったが、孔明は数杯飲むと辞去した。諸将も去り、周瑜と魯粛だけになった。

「見たか子敬、これでやつは終わりだ」

「いや孔明はいつも発狂したかのようなことを言う男じゃで、しかもなんとかしてしまうんじゃ」

「今度ばかりは無理だ。やつは自ら死の道を選んだのだ。わたしが無理強いしたわけではない。孔明は特殊な矢の作り方でも知っているのかも知れんが、材料を揃えず、職人にも手を遅らせるよう密命を出すことにする。孔明は自ら墓穴を掘ったのだ。子敬は孔明について、やつが苦しむ様を見物し、報告してくれ」

『三国志演義』の周瑜はかように孔明憎しのあまり策を弄するのだが、真の周瑜はそんな人ではないと思ってもらいたい。逆に孔明の罠によって狭量な人物にされてしまっているのだとしてもおかしくはない。

翌朝、魯粛は、嫌な役目だと思いながら孔明の船に行った。はったりをかましすぎて

今頃は泣いているかも知れない。

孔明は榻《とう》に横たわり眠っていた。寝ているときにも白羽扇は手放さない。

「孔明先生」

と声をかけると、

「ああ、子敬どの」

と起きてきた。顔を洗って身支度すると、魯粛に言った。

「周郎は意地悪な方だ。この孔明を何度も試そうとする。はんぶんは子敬どのの責任ですぞ」

「そりゃあいいが、ほんまに十万本の矢を作れるんかい。できん時は確実に殺されますで」

「三日で十万本なんて、作れるわけないじゃないですか」

「やっぱり、ハッタリなんか。どうするつもりじゃ」

「ここは子敬どの、マブダチの力を発揮するときです。子敬どのの船と兵を借りたいのですが、これは周郎には秘密ですよ」

「どれくらいいるんじゃ」

「船二十艘にそれぞれ兵士三十人もあればいいです」

「簡単なことじゃが、それでどうやって矢を作る？」

「それはおいおい」

孔明は白羽扇を振った。

とまあ、誤魔化されたような気分で魯粛は周瑜の本陣に入っていった。周瑜が、

「孔明はどうしておった」

と訊くので正直に言ったが、船と兵を貸す話だけはしなかった。

「孔明は新しい矢の作り方をするちゅうて、矢竹も羽毛も漆も膠《にかわ》も矢尻もいらん方法があるんじゃと、言うとりました」

「ばかな」

「無限の宇宙から作るとかほざいとりました」

「わたしは忙しいので、子敬はよく孔明を監視しておいてくれ。まずは三日後、やつがどう申し開きをするのか見てやろう」

対曹操戦のことで本当に忙しい周瑜は仕事に戻った。

孔明は魯粛に借りた兵士たちに船の擬装を命じていた。快速艇二十隻に青布の幔幕《まんまく》をはりめぐらし、それぞれ千束の乾し草を船の両側に敷きならべさせた。その準備に一日かかった。二日目は何もせずに長江を観察していた。そして三日目である。午前一時頃、兵が魯粛を呼びに来た。

「孔明どのが待っておられます」

というので支度をしてでかけると、船着き場には青い幔幕の船が連なっていた。

「この夜中になんの用じゃ」

「一緒に矢を取りにゆきましょう。なあに、すぐ終わる用事ですよ。われわれは船室で酒でも飲んでおればよろしい」

魯粛が乗り込むと岸に結んだ縄を外し、二十隻は長江に滑り出した。船は舳先と艫《ろ》をロープで繋いで離れないようにしてある。おりしも濃霧が立ちこめており、松明《たいまつ》をかかげても、二隻前の船はもう見えない。

「孔明どの、まさかこの船で逃げるつもりじゃなかろうな」

「そんなことしませんよ」

夜間に濃霧の江上に繰り出すというのは、呉の水軍が巧みだからこそ可能なわざである。急を避けて上流に進み、北岸を目指した。二時間後には烏林の曹軍基地に近付いていた。

水寨には夜でも見張りが立ち、篝火も焚いているが、まだ船の接近には気付かないようである。

「こ、孔明、まさかわしらを土産に曹操に投降するんじゃあるまいな」

すると孔明は琴を取りだし、

「一曲欲しいところです。子敬どのはまあ飲みなさい」

と、音を合わせはじめて、船長には、

「横一列で水寨にぎりぎりまで接近してください」

と言った。

そして孔明が琴をつま弾き始めると、外にいた兵士らが、鉦、太鼓を鳴らしながら吶《とっ》喊《かん》の声を上げた。これにはさすがの曹軍歩哨兵も仰天したようで、

「敵襲！」

の声が上がった。

「うおっ。先生、曹軍の船が出動してきたらどうするつもりなんじゃ」

水寨上からは慌ただしい動きが伝わってくる。孔明は兵士らにさらに騒がせた。

「心配ありません。敵の将に目があれば、われらの船はオトリと見るでしょう。つまりは大勢の伏兵があると。それに敵にはこの夜霧の中で突進できるような技倆はないと存ずる」

孔明の船二十隻は数珠つなぎのまま水寨の前をゆっくり蛇行して行った。すぐに、ぶす、ぶすという音とともに矢が降り注いできた。

于禁と毛玠はすぐさま曹操に通報していた。

「敵襲にございます。いかがいたしましょう」

「いかほどの敵か」

「夜霧が濃くてわかりかねます」

孫子の兵法に通じている曹操は、

「出撃はするな。夜霧に乗じて攻めて参ったからには、かならず下流に大船団が潜みおり、埋伏させておるに違いない。その手には引っかからぬ。水寨から、全弩弓手に射撃させせよ。陸からも張遼《ちょうりょう》、徐晃《じょこう》に命じて弓手軍三千を援護させせよ。敵船を矢で撃ち潰すのだ」

と常識的に命じた。

水寨上の兵数千は白い闇の中に矢を放ち続けた。張遼、徐晃の弓兵は江辺に殺到すると、これもまた夜霧の中を進む船団に向かって矢を降らせ続ける。およそ一万五千の弩弓手が孔明の船に矢を雨霰のように注ぎ続けた。

矢はそのほとんどが幔幕と藁束に突き刺さっており、その重さで船が右にかしいできた。船室の中は斜めに傾き、机の上の酒が滑り落ちる。魯粛は転がって壁にしがみついた。孔明は笑いながら机を摑んで坐っている。

孔明が、

「回頭せよ」

と命じると、船団は旋回し、まだ矢を受けていない左面をさらす。さらに兵士らに鉦や太鼓を鳴らし、叫び続けさせる。左面にも矢は無数に降り注ぎ続けた。その重みでしばらくすると傾きが直ってきた。

「子敬どの、酒」

と孔明は魯粛の杯に酒をついでやった。

そんなこんなで日が昇り、濃霧も薄くなり始めた頃、曹軍も孔明の船のカラクリが分かってきた。

「ではさっさと帰りましょうか」

針鼠のようになった二十の軍船は水寨を全速で離れていった。孔明は、兵士らに、

「丞相、矢をありがとうございます」

と叫ばせた。怒った曹操が軍船を出して追わせたが、既に遅く、追いつけなかった。

孔明は船端に出て、舷側に積んだ藁束と青い幔幕に、隙間がないほど突き刺さった矢

を見て頷いた。

「子敬どの。一隻に五、六千本はあるでしょう。二十隻でざっと十万。約束は守れたようですな」

魯粛は呆気にとられていたが、

「なんちゅう詐欺じゃ。あんたがまともに働いたのを初めて見たで」

とうめいた。

これが孔明の借矢の術！

こんなにうまくいくとは孔明も驚きだ。たぶん。

火矢を撃ち込まれたらどうするつもりだったのか。ちゃんと考えていたのか。

魯粛が、

「どうして今日、濃霧が発生することがわかったんですかい」

と訊くと、孔明は、

「将たる身で天文に通ぜず、地の利を識らず、奇門を知らず、陰陽を暁《さと》らず、陣の構えを見抜けず、兵の備えに明るくなければただの凡才です。真の軍師はそうではない。わたしは三日前に今日濃霧が発生することを予測していた。だから周郎の前で期限を三日に切ったのです」

ともっともらしいことを言った。

「周郎は十万の矢ではなく、わが命がご所望だったはず。わが命は天に繫がっております。どうして周郎にわたしを殺すことができましょうか」

魯粛は、

「お見それしました」

と言った。

(別に殺さんでも、こうして役にたっとるじゃないの)

と思った。


さて草船借箭《そうせんしゃくせん》の計であるが、当然だが『三国志演義』の嘘っぱちである。何が嘘かと言えば、たとえば当時の快速船の規模からして、とても二十隻で十万の矢は無理ということである。一万くらいにしておけばよかったのだ。曹軍が無意味に十万の矢を乱射するとしてどのくらい時間がかかるのか分からない。しかしこの話は孔明の神算鬼謀を示すものとして昔から民衆に好まれてきたから、半事実となっているのもしようがない。実は『三國志』呉主伝に裴松之《はいしょうし》が注を付けていて、この話が草船借箭のモトダネではないかと言われている。

建安十八年(二一三年)孫権と曹操が濡須《じゅしゅ》で戦っていたときのことである。孫権が大船に乗って敵情視察にゆくと、曹操は弩、弓をむやみやたらに浴びせかけてきた。そのため、突き刺さった矢の重みで船が傾いてしまいひっくり返りそうになった。そこで船を廻らせて反対側に矢を受け、矢が平均に撃ち込まれて、船が安定したところで自軍に引き揚げた。孫権が矢を借りに行ったかどうかは別として、話は無理なくできており、裴松之も文句を付けていない。

ちなみに『三国志平話』では矢を借りたのは周瑜ということになっている。みんながやりたい策なのである。

船が岸に着いたとき、すでに周瑜の派遣した兵五百が待っていた。孔明は、刺さった矢を抜いて束にするよう命じた。周瑜が検分に来たときには、十万本の矢がきれいに揃って積まれていた。孔明は周瑜をみつけて拝した。孔明に無理難題を押しつけて殺そうとしたのが、きっちりやられてしまったのである。

「孔明の奇智はこの世のものではない。わたしなぞのとうてい及ぶところではない」

と唸らされた。その記念の詩。

一天の濃霧　長江に満ち
遠近分かち難く　水渺茫《びょうぼう》
驟雨飛蝗のごとく　戦艦に来たり
孔明　今日　周郎を伏せしむ

この詩のなかで驟雨とは矢の雨のことだ。

(おのれ、孔明)

とは思ったが、今、十万本の矢は貴重であるため、

「有り難うございました」

と素直に一礼した。孔明は笑って頷いた。

魯粛と三人で本陣に向かった。周瑜が、

「孔明先生の妙計にはかないません。敬服いたしました」

と言うと、孔明は、

「小細工をしたら当たったまでです。奇とするにも足りません」

と白羽扇であおいだ。

周瑜は酒を出しながら切り出した。本陣にはいつも酒の用意が出来ているらしい。

「昨日、主公《との》（孫権）より使いがあり、早く進軍しろとの命がありました。先生に何か妙案がありましたら、ご教示ください」

と、ここは謙虚に訊ねた。

「わたしは愚かな凡才であり、妙案などあるはずもない。公瑾どのこそ秘めたる計がおありになるのではありませんか」

と孔明は答えた。いちいち気に障る答え方である。周瑜はこの場だけは孔明の智恵を借りようと、衷心から言った。

「わたしは先日、曹軍の水寨に接近し、偵察を行ってまいった。その陣形を覗き込んだところ、厳正にして、兵法にかない、これを攻めて陥落せしむることは、わが方の船数ではまず不可能と思いました。ただ一つ、これならばと思いついた一計があるのですが、果たして成算のありやいなやに自信がなく、誰にも話しておりません……それは」

「公瑾どの、語るのをお待ち下さい」

と孔明が遮った。

「実はわたしにも一計があるのです。その計が公瑾どのの計と同じかどうか、おのおの掌に記して同時に比べてみようと思いますが、どうでしょう」

「それは面白い趣向だ」

周瑜は筆と硯を持ってこさせた。まず周瑜が筆をとって掌に何かの文字を書き、筆を孔明に渡した。孔明も掌にさらりと文字をしたためた。

そこで二人は椅子を近付け、閉じていた手をゆっくりと開き、掌の文字を見せ合った。どちらの掌にも一字〝火〟の文字があった。周瑜は哄笑し、孔明は微笑した。

さる『三国志』では〝愛〟の一字があったとするが、それはどうでもよい。二人の意見が一致したというより、孔明にはいつも火しかないのであり、周瑜はしつこいまでの孔明の頭脳に驚いていた。

「やはりこれしかありませんな」

「そうですね。あの曹操の水寨が燃え上がればすごいことになりますよ」

と孔明はうっとりとした顔をした。

「しかし、火計を用いるにはいくつかの条件が必要となる。当然、先生は気付いておられようが」

「そうですね。大きく分けて三つ。うち一つはわたしが引き受けましょう」

三つの条件とは、まず、火をつけるには水寨にかなり接近せねばならぬことである。次に、数ヵ所に火をつけることができたとしても、残りの船に逃げ散られては戦果はあがらないということ。最後は風向きである。秋から冬の今、風は長江の上流から下流に向かって吹いている。北西の風である。火攻めを成功させるには、風が火もとから曹軍に向かって吹いていなければならない。北西の風は呉軍にとって逆風であり、へたに火をつければ味方が燃えてしまう。曹軍も警戒していようから、さらに上流に回ろうとすれば発見されよう。

「一つの策には適役がおりますよ。都督の居候の龐統士《ほうとうし》元《げん》。かれに敵陣に行ってもらいます」

「やってくれますかな」

「公瑾どのが頼めば引き受けるでしょう」

ということで龐統の出番となった。

龐統も周瑜の館で酒を飲んで寝て暮らしているのに飽きたのであろう。周瑜が美しい顔で頼み込むと、

「これだけ世話になってしまったのだ。ひと働きしようか」

と言った。

「それで何をやるんです」

周瑜は、

「連環の計である」

と言った。そこで孔明もすいと出て、言った。

「友よ、連環の計なのだ」

「連環の計……。ならば絶世の美女が必要となる。周郎、どうしますか」

龐統はやぶにらみの目で訊いた。

「何故、船を繋ぐ連環の計に美女が必要なのだ？」

と周瑜が言うと、孔明と龐統は顔を見合わせて大笑いした。アメリカンジョークの分からない奴め、といった笑いである。

周瑜がむっとした顔になると、龐統が言った。

「いや、都督どの、世間では連環の計には美女がつきものなのですよ。むかし董卓《とうたく》と呂布の仲が良かったとき、王允《おういん》が使った秘策が連環の計と呼ばれておりまして。貂蟬《ちょうせん》という美女を使い董卓と呂布を三角関係に落としてから、呂布に董卓を殺させたことがあった。それが先なので、冗談にしたまで」

『三国志演義』には連環の計が二つ登場している。一つは王允が貂蟬を使って董卓と呂布の仲を裂いた「王司徒、巧みに連環の計を使い」の連環の計であり、何を連環しているのかがよく分からない。一つは「龐統、巧みに連環の計を授く」の連環の計である。こちらはそのままなので分かりやすい。なんかまぎらわしいのだが、ベテランのサンゴクシシャンはどんな状況で、

「連環の計」

と言われても瞬時に判別するであろう。

龐統が、

「連環の計は分かったが、けっこう大事《おおごと》であるし、そもそも曹操がわたしを相手にして

くれるかね。向こうで捕まって殺されるでは洒落にならんよ」

と言うと、孔明が、

「心配要らない。こんな日も来ようかと、君の評判は天下にばらまいてある。鳳雛《ほうすう》先生だぞ。人材狂の曹操が放っておくものか」

と言った。確かに孔明は臥竜《がりよう》、鳳雛揃って飛車角だ（臥竜のほうがやや上）と世間に宣伝してきた過去がある。また周瑜が七度招いて断られたとか、あることないことばらまいてある。知らないのは本人くらいなものであった。

「ならば行ってみるが、失敗しても知らんからな」

まあ、龐統としても自分の才を試せる機会であるから、けっこう乗り気なのであった。

（殺されはすまい）

小舟を借りて北岸に渡っていった。


曹操のもとへ龐統士元と名乗る変な男が陣に来ているという報告が入った。

「なに、龐統士元だと」

龐統の名は曹操の荊州人材リストに大きく載っていた。龐徳公《ほうとくこう》の甥であり、司馬水鏡《しばすいきよう》の門下生の中でも抜群の才能を持った男であるという。襄陽《じようよう》占拠後に捜させた人材の一人だが、江東に行ったらしいと風聞があり、見つからなかった。

「会うぞ、会うぞ。粗略に扱うな」

と命じて立ち上がった。珍しいことに自ら陣幕の外に出て迎え入れた。

龐統は頭巾を被り、酒入り瓢箪のぶらさがった杖を持って立っていた。見映えがしないというのが龐統の欠点なのだが、曹操はそんなものには頓着しない男である。目をきらきらさせて龐統に拝した。

「あなたがご高名なる龐統士元どのか。よくおいでいただいた。大賓客である」

挨拶もそこそこに主客座を定めて向かい合った。

（これが曹操か）

龐統はいきなりの丁重なもてなしにびっくりしていたが、面に出さず、深沈とした表情をつくっていた。

「いきなりのご来訪はなにか訳でもあったのですか」

「いやいやわたしは旅を好む身。ついふらふらと近くを歩いておったら、丞相の兵に誰《すい》何《か》され、捕まってしまったのでござるよ。連れてこられる間に身を明かしたらここへ」

「それはご無礼を致しました」

「しばし江東に庵を構えておったのですが、周瑜《しゅうゆ》の誘いがうるさく、旅に出たのでござる」

「ほう。先生の目から見て周瑜はどういう男でしょうか」

「若くて色男で戦機の妙を心得ており、度胸があることにはけちをつけられない。しかし残念ながら器が小さい。自らの才を誇って人を馬鹿にし、他人に良策があっても採用しない。言ってみれば頑愚な男ですよ。わたしを招いたといっても、きっとわが策など用いもしないでしょう」

「司令官としては狭量に過ぎるということですな」

「さよう」

　天下を統べんとしている丞相曹操と対座して、丁寧に言葉をかけてもらっていると奇妙な感慨がある。自分がとうとう歴史の表舞台に登場したという感慨か。

（悪い気はせんな）

　と龐統は思った。

　曹操は龐統が噂通りの逸材かどうか確認したかった。

「襄陽ではこんな噂がありましたな。臥竜、鳳雛を得る者は天下を制すると。臥竜というのは劉備の下についた諸葛孔明とかいう変質者でありますが、鳳雛とは士元先生のことである。ひとつ先生にわが陣を閲《けみ》していただき、感想などが欲しいものです」

「おやすいご用です」

　曹操と龐統は外に出て馬に跨った。

　烏林はいま曹軍の一大基地と化している。湾岸には大小無数の船を整理して停泊させ、陸には曹軍の陸上部隊、騎馬戦隊の陣営がある。曹操は丘の上に案内した。龐統はしばらく陸陣を眺めていたが、感嘆したように言った。

「わたしはかねて丞相が用兵の法にすぐれておいでと聞き及んでおりましたが、この陣立ては完璧です」

　指さしながら続けた。

「旌旗《せいき》は山に沿い、林に依り、前後に備えあって呼応し、各陣地にすべて出入りの門が設けられ、軍の進退曲折の見事さは、たとえ孫子、呉子が再生し、司馬穰苴《じょうしょ》（春秋期の斉の兵家）が現れたといえども、これ以上の布陣は出来ますまい」

「それは誉めすぎと存ずる。何でもいいから足らざる所があればお教えいただきたい」

「いや、陸の上は文句を付けようがありませぬ」

「陸の陣はわしの得意とするところである。こんどは水寨を見ていただこう」

曹操と龐統は馬を並べて丘を下った。

水寨は南に向かって二十四座の水門を構え、水門ごとに艨艟《もうしょう》（突撃艦）と戦艦がずらりと並んで外郭を築き、内側には単舸《たんか》が往来し、整然と秩序だっている。これほどの水上の要塞は史上初めてのものであった。

「丞相の用兵術は水の上にも及んでおる！」

と龐統は言って、周瑜艦隊のいる南岸を指さし、

「周郎よ、周郎よ、可哀想だが、お前の破滅はまぬがれないぞ」

と冷たく言い放った。

「ありがたし」

と曹操は言って、大笑いした。陸上も水上も鳳雛のお墨付きとなったのだ。

本営に戻ると、龐統のために酒宴が催された。上機嫌の曹操は、酌み交わしながら用兵の機微について語り合った。龐統の高い見識と雄弁流れるが如き応答に、曹操はますます感じ入り、鄭重にもてなした。

そのうち龐統は酔っぱらったふりをして、曹操に言った。

「率直にお尋ねするが、軍中に良医はおりますか」

「医者はおるが、何故か」

「つらつら見まするに水軍の兵に半病人が少なからずおりました。これはよろしくない」

「お分かりですか」

この時点で疫病による被害は、死者二千余人、倒れ伏す者一万人に及んでおり、曹操を悩ませていた。発病者は曹操が連れてきた河北、中原の兵がほとんどで、新たに加わった荊州兵には被害がなかった。

この地の風土病である住血吸虫《じゅうけつきゅうちゅう》病の症状は嘔吐、発熱、下痢、無力感であり、急性の場合、四十日から二ヶ月の潜伏期間ののち発病する。この原因である住血吸虫は巻き貝のなかに寄生しており、曹軍は現地調達の食事でその巻き貝をけっこう食べていた。現地人は免疫があってそう発病しないが、北方人にとっては恐ろしい威力を発揮している。水軍の調練中、最初は船酔いかと思っていたら、急速に悪化する者が少なくなかった。兵士たちは原因不明の水病と呼んでおそれていた。

住血吸虫が発見されたのは二十世紀になってからであり、龐統にも曹操にもそんな知識はなかった。

「丞相が水軍を訓練する法ははなはだ優れておると思いますが、水病を防ぐ手段をお忘れのようです」

「そこが痛いところなのです。先生は忌々しい水病をなんとかする手段をお知りではありませんか」

「さよう。この長江は河というより海に近きもの。常に潮を生じ、波浪はたかく、河北の兵は船の暮らしに慣れぬため、昼夜を揺られ続けております。そのため水病を患ってしまうのでしょう。これを防ぐ手段は一つしかありません。大小の船を集め、それぞれ組み合わせて、戦艦ならば三十隻を一組にし、艨艟ならば五十隻を一組とし、舳先と船尾に鉄鎖をつけ、鉄の環で数珠つなぎにするのです。船から船への往来は、上に幅の広い板を置いたならば、兵士はむろんのこと、馬さえ駆けることができましょう。すなわち全船をもって水上に平地をつくるがごとし。こういたせば、風浪や潮の流れで大きく揺れることもなくなり、船中はおのずから平穏となる。水病患者も減ってゆくに違いありません」

この意見を聞いた曹操は、わざわざ席を下りて、

「まことに良策と存ずる。先生のおかげで呉を打ち破れますぞ」

と大いに喜んだ。

「いやいや。これはあくまで浅学なわたしの愚見である。丞相ご自身でなおよくご判断くだされ」

酔っていた曹操はこれ以上の名案はないと思い、すぐさま命令を伝えた。軍中の鉄匠を集めて至急に連環の鎖と大釘をつくらせることにした。

突貫工事の甲斐あって、三日後には船は数珠つなぎとなっており、板もかけられた。船の勤務が嫌で嫌で仕方がなかった曹軍兵士らは、足下がしっかりしたことを喜んだ。

かくして曹軍の船は連環されたのであった。その記念の詩。

赤壁の鏖兵《おうへい》は火計を用い
籌《ちゅう》を運《めぐ》らせ策を決するは尽《ことごと》く皆同じ
若し龐統の連環の計に非ずんば
公瑾《こうきん》、安くんぞ能く大功を立てんや

兵を鏖《みなごろし》にしたというのは大袈裟だが、確かに船が連環されていなかったら、周瑜の火計の効果は半減したであろう。その手柄は龐統にもある。

丘の上から、いくつかの巨大な筏《いかだ》のようになっている水寨を見つめながら、龐統は、

(これでよし。そろそろおれも逃げねばならん)

と思った。幸い曹操は龐統を厚く信用している。出るなら今のうちである。

龐統は曹操の本陣へ行き、面会を申し入れた。

「おお、先生。感謝しておる。これでいつでも周瑜めを叩き潰せます」

すると龐統は、

「念には念を入れ、ですぞ。もっと敵陣を攪乱してからの方がいいのではないですか」

と言った。

「ふむ」

「わたしの見るところ、江東の力をもっと弱める隙があります。周瑜が己の才に傲《おご》り、

人を人とも思わず、良策を斥け、独断専行をしていることに激しい怨恨を抱く者が諸将の中に少なからずおります。ことに年若いくせに大都督に任じられ、軍の重鎮を蔑《ないがし》ろにしていること、これは皆の恨みに思うところです」

「そうらしいですな」

　曹操の間諜は呉陣中に何人も入っていた。その報告がある。

「そこでこの龐統が三寸の舌を働かせ、その不平不満の者どもに説けば、かれらを降《くだ》らしめることは、そう難しいことではござらぬ。周瑜は孤立し、敗北することになるでしょう。さすれば劉備のことなど気にすることもありません」

「先生自ら工作してくれるといわれるか。先生にはここにいてもらいたいのだが」

「丞相のお力になりたいのです」

「わかった。先生にお任せしよう。先生が大功を立てられたあかつきには天子に奏上して三公の列に加えよう」

　龐統は首を振り、

「それには及びませぬ。わたしは富貴のためではなく、天下万民を救いたいと思ってしていることです。それよりも丞相が呉を倒したあと、くれぐれも住民たちを殺さないでいただきたいのです」

「わしは天に替わって道理を行うべく、師を起こしておるのだ。意味もなく呉の民を殺《さつ》戮《りく》するようなことをしようか」

「では丞相が手ずから筆を執り、榜文《ぼうぶん》を草していただけませぬか。それがあれば百万の北兵が呉土を踏んでも民は安んじて農耕を続けることが出来ます」

「よかろう」

曹操は筆と硯を取り寄せるとすらすらと榜文をしたためた。それには、

「曹軍が呉地に入ったとき、一家も侵さず、一人も殺してはならぬ。これに違背する者は斬刑に処する」

といったことが書いてあった。

龐統は榜文を有難そうに押し頂いた。

「これで民も丞相に懐くでありましょう。ではわたしはひとまず南岸に渡り、工作して参ります。好日を選んで兵を進めたまわらんことを」

曹操は腰の佩剣《はいけん》をはずして龐統に贈ろうとしたが、龐統は固辞して、

「榜文のみで十分であります」

と言って帳外に出た。

龐統が江辺の船着き場に至ったとき、背後から声がかかった。

「待て龐士元。丞相は騙せても、なお騙されぬ者が陣中にいたと知らなかったか」

さすがの龐統もギクリとして、その男を振り返った。道袍《どうほう》に竹冠をかぶったその男は、久々に登場の徐庶元直《じよしよげんちよく》であった。龐統はややほっとしながら、辺りを見回した。

龐統と徐庶は司馬水鏡先生の塾の同窓生である。が、昔なじみの友誼《ゆうぎ》を懐かしんでいる場合ではない。徐庶は連環の計を看破していた、ということになっている。

「なんだ、元直。お前さんまで来ていたのか」

「嫌だったのだが、連れてこられたのだ」

徐庶は長坂坡《ちょうはんは》の戦いの前に劉備のところへ使いに来ていたりしている。

「連環の計のことを曹操に話すつもりかね。そうなると江東八十一州の呉民は兵禍に遭うことになる。せっかく書いてもらった榜文も無駄になるかもしれん」

「それはおぬしの言い分である。話さなかったら故郷を遠く出て来た曹軍二十万が、命を落とすことになる」

「元直、本気でわが計を阻むつもりかね」

徐庶は首を振った。

「わたしは劉皇叔に大きな恩を感じている。また曹操には老母を誘拐され、そのために死なせてしまった。故に曹操には一計一策も献じないと心に決めているのだ。よって話すまい」

「それなら何故わたしに声をかけたのだ」

「懐かしかったからだが、もう一つ理由がある。この戦さ、どちらが勝ちを得るかまだ分からない。しかし孔明やきみがいるなら、こちらの敗戦の可能性が高くなっていよう。その時もわたしはこの陣地にいるわけだから、一緒くたに殺されるかも知れない。その災難を逃れる方法を教えてくれれば、わたしは堅く口を閉ざして引き下がろうと思うのだが」

と徐庶は身の安全を立てる方法を問うた。それくらい自分で考えろと言いたいところだが、

「簡単なことだろう。今すぐ逃げればよいではないか」

「敵前逃亡だ。そんなことをすれば処刑される。もしこちらが勝ったときでも、消えていたら怪しまれるではないか」

と二流策士のようなことを言う。

「しょうがないな。お前は今、曹操に逸材だと思われ、信頼はされているのだろう」

「わたしに積極的な働きを求めていることは間違いない」

「ではこういうのはどうだ」

龐統は耳に口を寄せて策を吹き込んだ。

「なるほど、そうか」

と徐庶は頷いた。

「では元気にしておれよ」

「ああ、孔明にもよろしく言っておいてくれ」

と、徐庶は素早く去ったのであった。

それから数日後、曹操の陣営に不穏な噂が流れ始めた。それは、

「西涼の韓遂《かんすい》、馬騰《ばとう》が叛乱を起こし、許都《きよと》に攻め寄せてくる」

というものであった。聞き捨てならない話である。曹操の遠大な計画によれば、南方平定ののちは涼州平定に向かうことになっていた。曹操は軍師たちを集めて言った。

「噂が本当なら、手当をしておかねばなるまい」

許都には荀彧《じゆんいく》と夏《か》侯惇《こうとん》が留守部隊を率いて守っているが、曹軍のほとんどが荊州に釘

付けになっている今は留守部隊だけでは心許ない。

「叛乱の報告は届いておりませんが」

と荀攸《じゅんゆう》が言ったが、

「馬騰はともかく、韓遂には用心するに越したことはない」

韓遂というのはプロの叛乱者のような男で、その半生を、何かあれば叛乱に費やしていた。軍中の噂の出所は韓遂の間諜かも知れないのだ。

「それに軍中に心配事があると兵の士気に影響するものだ。防備の手だては講じておかねばなるまい」

その時、徐庶が手を挙げた。進み出て言った。

「わたしは丞相にお仕えしながら、何の仕事もしておりません。このことわたしにお任せいただきたく存じます。噂が本当ならば散関《さんかん》にて防備を固めるべきでしょう。緊急事態が起きたときにはすぐにお知らせすることにいたします」

徐庶の言葉に、珍しいこともあるものだと皆は思ったが、この場に徐庶がいなくても作戦がどうこうなるわけでもないので黙っていた。おれは役立たず宣言をしている徐庶に曹操は、

「よく言ってくれた。ならば行ってもらおう。先鋒に臧覇《ぞうは》の部隊三千を加えてやるから、急行してくれ」

「はっ。忝《かたじけ》なく」

そして徐庶は臧覇とともに出発したのであった。

これが龐統が徐庶に授けた危機脱出の策であった。

曹操は南を征し日日に憂う
馬騰、韓遂の戈矛《かぼう》を起こさんかと
鳳雛の一語、徐庶に教えしは
正に似たり、游魚の釣鉤を脱するに

というところ。徐庶が安全に赤壁を離れるべく、羅貫中が工夫してくれたのである。

曹操は艦隊を湾から出し、動かしてみることにした。連環され板を渡された三十の戦艦は水上の戦車か航空母艦のような威容であった。揺れもほとんどない。そんな連環船が十も二十もあるのである。偵察に出ていた周瑜の艦は度肝を抜くような巨大船を見て逃げ出した。

「速度は出ないかも知れませんが、上々ですな」

と于禁《うきん》が言った。曹操は、

「ゆっくりで構わん。これで押し出してゆけば、呉の艦隊など蝿か蚊のようなものだ」

と言って、しばらく演習してから烏林湾に帰っていった。総攻撃の日まで、兵士たちの熟練度を上げなければならない。

さて、敵味方分かたず、策の応酬定かならず。鳳雛も登場して赤壁の戦いが近付いておりますれば、果たして周瑜は孔明を殺すことが出来るのか。それは次回で。

周郎、烏林《うりん》に曹操を焼く

さて一方、陸口《りくこう》から蒲圻《ほき》にかけて陣を張る呉軍である。烏林《うりん》の方から工事音が響いてきたので、偵察させると、船と船とを鎖でつなぎ合わせる工事を行っていた。

「おお、士元《しげん》どのがうまくやってくれた」

と大いに喜んだ。しかし、周瑜《しゅうゆ》は策に悩んでいた。曹操《そうそう》の水寨《すいさい》に火をつけるには呉の者、それも高位の者の犠牲が必要なのである。それを誰にするか決めかねていた。

そこに現れたのは黄蓋《こうがい》であった。黄蓋、字《あざな》は公覆《こうふく》、零陵《れいりょう》郡泉陵県の人、孫堅《そんけん》に付き従って戦場で活躍し、孫策《そんさく》、孫権《そんけん》の三代に仕えている。治民にも有能であった。このとき五十を過ぎていた。程普《ていふ》、韓当《かんとう》と並んで軍の重鎮であった。

『三國志』によれば、黄蓋が火攻の計を進言している。

「いま、敵は多数で味方は少数じゃ。これで持久戦に入るんは不利じゃろうが。ただ見ちょったら曹軍の艦船は船首と船尾がひっついてるじゃないの。これは焼き討ちをかければ敗走させることが出来るで」

「公覆どの、火計のこと、誰かが将軍に教えたことですか」

「わしの考えじゃ」

「火攻の計はわたしも考えておりました。しかし、実施が困難である。水寨のすぐそばまで行かねば火をつけることが出来ない……。わが方から擬装の投降者を送り込んで、曹操を騙す必要がある」

「その役目、この老いぼれに任せてはもらえんか。わしのところへも来ちょるでな」

　曹操は隠密に呉の有力者に寝返りを勧める手紙を送りつけていた。呉連合が一本化していない隙を狙ったものであろう。このような戦争の場合、寝返りを誘う策は当然の措置である。旧和平恭順派だった者のなかには、心を揺らしている者もいるようだ。

　黄蓋は恭順派の頭目であった張昭《ちょうしょう》のオジキと仲が良かった。

「わしが佯降《ようこう》するとなれば、曹操も信じるんじゃなかろうか」

　周瑜はしばし考えてから言った。

「そう簡単ではないでしょう。曹操を騙すとなれば、相当なことをせねばならぬと思います。公覆どのが呉において白い目で見られ、死にも勝る恥辱を被り、この周瑜に対して恨み骨髄に達するほどの怨恨を抱かねばならぬとすると、ご老体には厳しい任務と存ずる」

「いや、わしのような老体だからええんじゃ。この年になって味方に辱《はずかし》めを受けるなど、たまらんことじゃけん、曹操に助けを求めるんじゃで。わしは孫家に厚恩を受けてきた者じゃ。たとえ肝脳を地に塗《まみ》れさせても恨んだり、悔やんだりしやせんけえのう」

　周瑜は黄蓋の目の光をじっと見つめた。

「公覆どのが苦肉の計を引き受けてくだされば、必ずや曹操を騙せましょう。だが、わたしはあなたに酷いことをせねばならない」

「もとより命をかけとるわい。もし死んでも恨まん」

周瑜は平伏して言った。

「有り難うございます。この密計は二人の間の秘密ですぞ」

「おう。では喧嘩を始めるかな」

その日から黄蓋軍の兵士の態度が目に見えて悪くなった。周瑜に対する反発が、黄蓋軍のカラーとなったのだ。

黄蓋自身もあちこちで周瑜の無能、弱腰を罵り始めた。

「周瑜はいつまで睨み合うとるつもりじゃ。江東の男に弱虫はおらんはずじゃろ。これじゃ勝てる戦さも勝てんわい」

周瑜とすれ違っても、ぷいと顔をそむける。皆は周瑜と黄蓋の間で何があったのかと疑った。

そして周瑜は軍鼓を鳴らして諸将を本陣に集めた。孔明《こうめい》も同席していた。周瑜は言った。

「わが軍は北岸の曹軍に向かって、乾坤一擲《けんこんいってき》の勝負を挑まねばならない。ではあるが曹操は二十万余の軍勢を率い、三百里にわたる陣営を連ねており、とても一日では打ち破れぬところである。これから諸将に三ヶ月分の食糧と秣《まぐさ》を支給するから、おのおの合戦に備えていただきたい」

その時、黄蓋が憤然と進み出た。

「何を悠長なことを言うとるんなら！　そんなことでは三ヶ月はおろか、三十ヶ月分の兵糧をもらったところで、何の役にも立ちはせんで。今月中に敵を撃破せねばならんのじゃ。それができん弱腰ならば、張昭どのが言うておった通り、鎧を脱いで矛を倒し、曹操に降伏すればいいんじゃ！」

「何！」

「曹操との戦いは疾風のごとく即戦して即決するんが肝要じゃろうが。そんなことも分からんのかい」

周瑜の顔色がみるみる赤く染まった。

「黙れ。三代にわたる宿将の意見とて、許されまいぞ。わたしは主公《との》のご命令によって出陣するにあたり、再び降参を口にする者は斬って捨ててよいと言われて参った。軍の全権はわれにある。今、両軍が睨み合っている時に、そのようなことを言い出して、士気を乱すようなことをするのは断じて許せぬ。お前の首を斬らねば皆に示しがつかぬ！」

周瑜は左右の者に、黄蓋の首を刎《は》ねよと命じた。

「わしの首を刎ねるじゃと。やってみせんかい。わしは破虜《はりよ》将軍（孫堅）にお仕えしてより、東南を馳せめぐり、三代の主に仕えてきたんじゃ。お前のような小僧と一緒にしてもらっては恥じゃわい。わしがお前を誅殺《ちゆうさつ》しちゃろうか」

と剣の柄《つか》に手を掛けた。

周瑜の冷たい炎のような怒りに場内はしんとした。さらに叱咤した。

「早くその老いぼれを斬ってしまえ。わが軍の恥である」

そこで甘寧《かんねい》が進み出て、言った。

「斬るんは待ってつかあさいや。公覆どのは呉の譜代の臣ですけえ、こんなところで殺すんはげんが悪い。かえって皆の士気が落ちますけん、なんとか見逃してやってつかあさい」

「甘寧、貴様まで余計な口出しをして軍法を乱そうというのか」

と、一喝するや、甘寧を場外に追い出してしまった。

魯粛《ろしゅく》が周瑜の隣にゆき、囁いた。

「周郎《しゅうろう》、どうしたんなら。確かに公覆どのの申し条は罪に当たるかも知れんが、今すぐ斬る必要はなかじゃろ」

黄蓋を斬ることは黄蓋の軍を失うことを意味する。呉連合の兵隊はそれぞれの部将の私兵のようなものだからである。

「わたしは孫将軍にこの剣を与えられたのだ。軍紀を乱す者は誰であろうと許さない」

佩剣《はいけん》にふれた。

「それは分かるが、ここは特別に取りはからって、しばらく見逃すべきじゃ。死罪にするんなら、戦さの後でも遅くはないで」

それでも周瑜の決意は変わらず、斬ることを命じたが、誰もそうしようとせず、口々に取りなしの言葉を発した。

「周郎、なにとぞ男の中の男のご容赦をいただきたい」

と全員が跪《ひざまず》いて言った。

「そんなにこの老いぼれの命が大事か。ならばここはおぬしらの顔に免じて許してやろう。ただしただでは済まさんぞ。罪一等を減じる代わりに、罰杖百回とする」

黄蓋の老体に杖打ち百回の刑は重すぎるどころか、死んでしまいかねない。一同はそれもやり過ぎだと必死に取りなそうとしたが、周瑜は、

「軍法は厳正でなくてはならんのだ」

と机を蹴倒し、懇願する者たちを一喝した。

黄蓋は上半身を裸にされ、地面に引き据えられた。地面に這いつくばった黄蓋は、

「やるんなら、やらんかい」

と呻いた。

二人の兵卒が杖を持って黄蓋を打ち始めた。

「手加減するな」

黄蓋の背中はたちまち真っ赤になり、歯を食いしばっている。杖が打つたびに皮膚が裂け、血が滲み、黄蓋の背中が反り返った。五十を数えたとき、黄蓋は意識朦朧としていた。

「やめるな。まだ五十回残っておるぞ」

という周瑜の非情な言葉に、一同がまた跪いて口々に許しを乞うた。

「どうだ黄蓋、これで少しは思い知ったか。あとの五十回は預けておこう。今後また軍紀を乱すようなことをすれば、その罪も加えて厳罰に処する」

周瑜はなおも黄蓋を罵りながら奥に入っていった。

一同が黄蓋を助け起こしたときには、皮肉の張り裂けた背中は血塗れで、陣所に担ぎ込む間にも何度か失神するというありさまであった。

「男の厳しさを教えるにしても、これは酷すぎる」

と皆は思わず涙を流したのであった。黄蓋はすぐに手当を受けたが、虫の息のような状態となっていた。

ところで、この一場を孔明は爽やかな顔つきで見物しており、黄蓋が運び出されると、白羽扇《はくうせん》をあおぎながらゆっくりと帰って行った。

しばらくして魯粛が孔明の船を訪ねてきた。

「周郎は気でも狂うたんか。公覆どのはもう少しで死ぬところでしたで。なんぼなんでも酷い仕打ちじゃ。大都督《だいととく》の命ゆえ、わしらは止められなかったが、客人であるあんたなら止めに入れたじゃろうが。笑って見ておったろう」

すると孔明、

「命を懸けたよい芝居を見せてもらいました。わたしが止めに入っていたら、周公瑾《こうきん》どのにそれこそ斬られたでしょうね」

「芝居じゃと」

孔明は笑って、

「子敬《しけい》どのはわたしをたばかろうとするおつもりですか」

「わしゃあ、あんたをこっちに連れてきて以来、一度もたばかったことはないで」

「さっきの騒動は、あなたとて周郎が公覆どのを打たせたのが、本意でないことはご承知のはずです。わたしの出る幕ではありませんでした」

「まさか、ほんまに芝居なんですかいの。老いた公覆どのに瀕死の苦痛を与えたんが」

「敵を欺くには味方からと申します。あれくらいやらないと曹操は欺けません。わたしは張飛《ちょうひ》将軍の軍営であういうことを何度も見ましたから慣れております」

孔明は白羽扇をゆらし、

「あれこそ周郎の苦肉の計。擬装投降をする人物が定まった。つまりは公覆どのを火付け役にするために、男の狂気を発して見せたのですよ」

「しかし下手をすりゃ、公覆どのは死んでおったで」

「虚実の策は非情なのですよ。おそらく公覆どのは覚悟していたはず。これで陣中に紛れ込んでいる曹操の間者は、周郎が満座の前で黄蓋を辱め、罰杖を加えて殺しかけたと報告するでしょうね。甘寧を叩き出したのもよかった」

「それがほんとうなら、周郎はわしに何故言ってくれなかったんじゃ」

「皆、そう思っているはず。しかし曹操を欺くにはあれでもまだ足りぬかも知れないと思っていますよ。周郎はそれも考えているはず。それよりも子敬どの、この孔明が苦肉の計を見抜いていたこと、周郎には隠して言わないでくださいよ。また周郎の殺意が燃え上がってしまいますから」

そう言うと、孔明は悠々と榻《とう》に寝そべった。

魯粛は本陣に行き、周瑜と面会した。中に迎え入れられると、魯粛は訊ねた。

「今日はどうして黄公覆どのをあそこまできつく責めたんじゃ」

「子敬は不満か」

「……」

「諸将はどう思っているだろう」

「いかに大都督とはいえやり過ぎじゃち、洩らしておったわい」

「孔明はなんと言った？」

「孔明は、周郎の嗜虐性が痺れるほどかっこいいと言っとったで」

「ふふふ、そうか、孔明にも気付かれなかったのだな。かなりうまくいったということだ。しかし殺す」

魯粛はやはりと思いつつ、

「芝居じゃったんか」

「そうだ。黄将軍を無理矢理罪に落として叩かせたのは、実はわが策なのだ。曹操に詐《いつわ》って降《くだ》る策が、黄将軍と一致し、それで欺くために苦肉の計をやったのだ。投降と見せかけて黄将軍に焼き討ちをかけてもらうというわけだ」

魯粛は内心、

(孔明という男はどこまで見通しているのか)

と思ったが、約束通り周瑜には話さなかった。

呉陣営で苦肉の計を見抜いたのは孔明だけではなかった。闞沢《かんたく》、字は徳潤《とくじゅん》である。家世農夫の単家の貧乏きわまりない家柄の出身ながら、学問を行い、学者として知られるようになった人物である。のちに呉の尚書令、都郷侯にまで出世することになる。稀に見る大出世を遂げた人物であった。

黄蓋はおのが陣屋の牀《しょう》に横たわっていたが、誰が見舞いに来ても、うう、と呻くのみであった。芝居とはいえ周瑜と黄蓋しか知らないところ、本気で叩かれたわけだから、まことに参っていた。闞沢はそこへ見舞いにやってきた。闞沢は黄蓋と仲が良かった。黄蓋は闞沢が弁がたち、度胸のあることを知っていた。

闞沢は黄蓋に訊いた。

「黄将軍は周都督に何か恨みでもあるんじゃろうか」

「う、う」

「わたしはさきの仕打ちを苦肉の計と見申したで」

黄蓋は、顔をしかめながら闞沢の方を向いた。

「ど、どうしてわかったんじゃ」

「公瑾どののご様子から、八、九分はそれと察しておりました」

「そうか。あんたになら、わしは腹を割って話せる」

そして黄蓋は密計を漏らした。

「わしは孫氏三代にわたって厚い恩義を蒙ってきたちゅうに、何のご恩返しもしとらん。そいけん、この計略を捧げて、曹操を打ち破ろうとしておるんじゃ。わしゃあ、苦しい目に遭うても、何の恨みもないで。わしが曹操の船に火をつけちゃる」

「わたしに密計を打ち明けたということは、わたしに曹操の所へ行って降伏文書を届けさせようとお考えになったのではありませんか」

「じつはそうなんじゃ。徳潤を見込んで頼むんじゃ。承知してくれんかい」

闞沢は喜んで承諾した。

「大丈夫《だいじょうふ》たる者、功名一つ立てられぬほどなら草木とともに朽ち果てるも同じことです。黄将軍ですら身を捨てて国家のために尽くされんとしておるのに、わたし如きが命を惜しむことがございましょうか」

黄蓋は、痛む身体をおして牀から下りると、

「忝《かたじけ》ない」

と頭を下げた。

闞沢は、

「この計略は、時機を逸してはなりますまい」

「曹操あての書状は既にできとる」

黄蓋は枕の下から書状を取り出すと闞沢に渡した。この書状は周瑜とともに書いたものである。

闞沢は漁師姿に変装して早速出発した。

勇将は身を軽んじて、主に報いんと思い
謀臣は国の為に心を同じくするもの有り

というところ。

夜中には闞沢の舟は曹軍水寨に到着し、見回りの兵に捕まり、曹操に報告がいった。

「間者ではないのか」

「呉の参謀闞沢だと名乗り、内々に伝えたいことがあってお目にかかりに来たと申しております」

曹操はすぐに連行するように命じた。

闞沢が兵士に引っ立てて来られると、灯をあかあかとともして、曹操が机にもたれて坐していた。曹操は訊ねて言った。

「呉の参謀とやらが、何をしに参ったのだ」

「曹丞相《じようしよう》は賢士を求めること渇する者が水を求むるが如しとか聞いて参ったが、そんな質問をされるところを見ると、噂とは全然違いますな。……黄公覆よ、なんじはまたもや人を見損なったぞ」

「公覆とは黄蓋のことか」

「いかにも」

「わしは今日明日にでも呉と合戦しようとしているのだぞ。お前に何用か訊ねるのが当然であろうが」

「黄公覆どのは呉の三代に仕えた譜代の重臣にほかなりません。それがこのほど諸大将の前で周瑜に恥をかかされ、あまつさえ杖で打たれて半死半生の目に遭わされ申した。

憤懣やるかたならず、よって丞相の膝下《しっか》に馳せ参じ、周瑜に復讐して恥をそそがんと、とくにわたしを遣わされたのです。わたしと黄公覆は身内同然の間柄ですので、密書を預かってお届けに参った次第です。ご覧いただけますでしょうか」

「見せてみろ」

闞沢が密書を差し出すと曹操は読み始めた。その密書は『三國志』周瑜伝の注にあげられている。

「私黄蓋は、孫氏の厚いご恩を受け、つねに軍の指揮をまかせられて、被っている礼遇はまことに厚いものがございます。しかし顧みますれば、天下の成り行きには、大きな勢いと申しますものがあって、江東の六郡と山越の者たちによって、中原百万の軍勢に対抗しようといたしましても、衆寡敵せぬことは、天下の誰もが見て取るところでございます。東方（呉）の部将たちも役人たちも、賢愚を問わず、その不可なることを承知しておりますが、ただ周瑜と魯粛とだけが、かたくなな見解と浅はかな思慮とから、いっかな承知しないのでございます。ここに、あなたさまのもとに身を寄せようといたしますのも、こうした事実を見定めたうえでのことでございます。周瑜が率いておりますところは、もともと容易に打ち破れるものでございます。両軍が刃を交えます際には、私は先鋒となりますが、情勢を見つつ適当なときに寝返りを打って、命をかけてあなたさまのために働かせていただくことも、遠い先のことではございません」

曹操は密書を十度以上も読み返していたが、いきなり机を叩き、目を怒らせて、

「が、騙されん。黄蓋は苦肉の計を用いて、貴様に詐りの投降状を届けさせ、内通を計

ろうとしたものだな。これしきのことに惑わされるわしと思ってか」

と怒鳴った。左右の者を呼び、闞沢を打ち首にせよと命じた。左右の者たちが闞沢を引っ立てて行こうとすると、闞沢が顔色一つ変えず、天を仰いでからからと笑ったので、

「奸計《かんけい》を見破られたのに、どうして笑うのか」

「貴様を笑ったのではない。人を見る目がない黄公覆を笑ったのだ」

「人を見る目がないと？」

「殺すならさっさとしろ。訊くことなどないだろう」

「わしは幼少の頃より兵書を熟読しておるゆえ、偽計については熟知しておる。お前の計略では他の者は騙せても、わしを騙すことはできん」

「では訊くが、この書面のどこに不審なところがある」

「聞け。心から投降すると言いながら、何故、投降の期日を明らかにせぬ。どうだ。何か言い分があるか」

「やれやれ。兵書を熟読したとか、ようもぬけぬけと言えたものだ。そんなことでは、合戦ともなれば周瑜に手捕りにされるのが落ちだ。早々に兵をまとめて帰ったがよいぞ。貴様のような無学な者の手にかかって死ぬかと思えば、浮かばれぬわ」

「わしが無学と申すか」

「いかにも」

「詳しく聞こう。わしのどこが悪いのか」

「礼儀も知らぬ者に教えたところで仕方がない。さっさと殺せ」

「申すことが理にかなっていればわしとて礼を尽くそうぞ」

「『主を裏切るに、日限は定むべからず』ということを知らずや。黄公覆は呉王に背いてまで周瑜に復讐しようとしているのだ。絶対に失敗することは許されぬ。日限を切っておき、その時におり悪しく手を下せなくなったときに、一方が知らずに手を出せば、事が露見してしまうではないか。また失敗を恐れて日限を延ばしたなら、こんどは約した丞相より疑惑を抱かれる恐れがある。こういうことは機を見て敏に行うべきもので、どうしてあらかじめ日時を約束することが出来ようか。これくらいのことを知らずに味方を殺そうというのだから、あきれた無学者というのだ」

筋は通っていると思った曹操は、闞沢に謝った。

「確かにその通りだ。わが不明であった。日限は切れるものではない」

摑まえていた兵士は闞沢を放した。

「お前たちが詐りを働くのではないかということだけが心配なのだ。黄蓋がもし本当にいうとおりにしたならば、これまでに例もないほどの爵位と恩賞を授けよう」

と曹操が言うと、

「わたしと黄公覆は、あたかも赤子が父母を慕うかの如く、心より降参いたしたく存じておりました。詐りなど決してございません。われわれは官位が望みで参ったのではなく、天意に従ったまででござる」

曹操はそれでも半信半疑であった。

そこに周瑜陣営に潜り込ませていた間者からの報告が入った。一人の者が曹操の耳元でなにやら囁くと曹操は笑顔となった。それは黄蓋が周瑜に辱められ、杖刑に処せられたというものであった。将兵らは周瑜の仕打ちに不快感を抱いているという。

（これはどうやら本当のことかも知れん。それに龐統《ほうとう》の工作が成功しているのかも知れんしな）

「闞沢先生、お手数だが今一度、江東にお帰りいただき、黄公覆と内通の策を打ち合わせてきてもらいたい」

「わたしはいったん江東を捨てた身であり、二度と戻ることは出来かねます。誰ぞ内密に別の者を遣わしてはいただけませんか」

と闞沢は戻ることを嫌がったが、

「他の者を遣《や》れば大事が漏れるおそれがある」

と曹操に説得され、

「行くとなれば長居はできません。すぐに参りましょう」

そして闞沢は乗ってきた小舟に乗って、江東の陣に帰って行った。

闞沢が黄蓋の陣屋に入ると、周瑜と魯粛、それに孔明がいた。闞沢は曹操との会見のことをつぶさに語った。

「曹操は信じたか」

と周瑜が訊くと、

「わたしの感じでは七、八割がたは信じたものと思われます」

と言った。牀の上の黄蓋が、

「闞徳潤の弁舌のおかげで、わしが痛い目に遭ったことが無駄にならんで済んだという
ものじゃ」

とまだ苦しそうに言った。

連環の計、苦肉の計と二つの条件が揃ったが、もう一つの条件、難問が残っていた。
むこうからこちらに吹いてくる西北の風である。逆風の中で敵の水寨に火をつけるのは
不可能である。曹操が安心して船を連結しているのも、火攻めに対する用心に気を配ら
なくてもすむからであった。

「曹操の大艦隊が発進する前にこちらから仕掛けねばならん。しかし……火の粉が降り
かかってくるのはこちらだ」

と周瑜が言った。風をどうにかせねば、積み重ねた謀略も意味を無くしてしまう。こ
ればかりは致し方ないと一同暗い顔になった。

すると孔明、

「ご心配には及びません。そのためにわたしがいるのではありませんか」

と白羽扇を振りながら言った。

「東南の風をちょっとの間吹かせればよろしいのでしょう」

と簡単なことだと言いたげであった。魯粛が、

「真剣な話をしとるのにいらん茶々をいれんでくれんかのう」

と文句を言った。

「さきに申し上げたとおり、最後の条件はこの孔明にお任せあれ」

と意に介さない。

「その自信、何か策でもおありなんか」

「策とは少々ちがいます。言ってみればこの宇宙が、孔明のために変化をしてくれるということです」

「それはどういうことか」

と目を血走らせた周瑜が訊いた。

「わたしは非才の身ではありますが、むかし異人と出会い、いろいろ宇宙の話をして、奇門遁甲《とんこう》の神秘な天書を伝授されました。この天書によってわたしは風を呼び雨を喚《よ》ぶことができるのです。都督が望むのならお好きな時に風でも雨でも吹きさらしてご覧に入れる」

「先生がみずから東南の風を吹かせると、正気で言っておられるのか」

「正気です。それには南屛山《なんへいざん》の山頂に台を築いていただきとう存ずる。これは七星壇《しちせいだん》と申すものです。高さ九尺、三層に構え、旗を持った兵士百二十人を周囲に立たせることにします。そこでわたしは台上で術を行いまして、二昼夜もあれば必ず東南風を吹かせてご覧にいれるでしょう」

周瑜も魯粛も半信半疑というか、いきなりオカルトなことを言い出した孔明を怪しい目で見ている。

東南の風問題は周瑜とてただ悩んでいたのではない。付近のベテラン漁師によると、この季節には変わり風の日があり、今日の北風が急に明日には逆風になるときがあるという。ただそれがいつかはベテラン漁師にも特定できない。総攻撃の日に変わり風が吹いていなければ意味がないのであった。

「事は急を要します。曹軍が進発する前にやらねば時機を逃しますぞ」

と孔明に言われても、総司令官として怪しい呪術頼みの決定など出来るものではない。戦さとはリアルなものなのだ。

「十一月二十日甲子に風を起こし、二十二日丙寅の日に風を止めるのが陰陽により、適しております。ご判断は周都督にお任せいたします」

と孔明は言うと、外に出て行った。

周瑜は悩ましげに部屋の中を歩き始めた。

「子敬よ、孔明は東南の風が吹く日を知っていると言うことか。それとも本当に風を呼ぶということなのか」

「わしにゃああの男の言うことは、よくわからんのじゃが、今までウソをつかれたことはないで」

「いつ風が変わるかなど、天神でもなければ分かるはずがあろうか」

そのとき周瑜はがくりと膝を折った。急いで口元を押さえている。

「ど、どうしたんじゃ、周郎」

「なんでもない。すぐにおさまる」

と言ったが、口を押さえた手の間から吐血の血が漏れているのが見えた。魯粛は慌てて周瑜を寝かせ、医者を呼んだ。

「大袈裟にするのではない。敵の間者に知られぬようにな」

周瑜に重くのしかかる総司令の責任が、周瑜を病ませていた。

医者の診察のあと、薬を処方された周瑜は、口惜しそうに言った。

「七星壇とやらをつくってやろう。術か知識かはわからぬが、孔明には風の変わる日が分かっておるに違いない。風が吹いたら、その時は用無しだ。孔明を血祭りに上げる」

「わかったから、休むんじゃ」

と魯粛は言った。


孔明は魯粛とともに南屛山にやって来た。三千の兵が駆り出されていた。孔明は詳しく地勢を観察し、東南の赤土を掘り出して、壇を築くよう命令した。孔明はこまかく監督し、壇を作り上げてゆき、夕暮れには壇は完成していた。

壇は周囲が二十四丈、一壇の高さは三尺、それが三層で九尺となり、最下層には二十八宿の星を描いた旗を立てた。

東方七本の青旗は、角、亢《こう》、氐《てい》、房、心、尾、箕《き》の星をあらわしている。これは蒼竜の形を表している。

北方七本の黒旗は、斗、牛、女、虚、危、室、壁の星をあらわしている。これは玄武の勢を為している。

西方七本の白旗は、奎《けい》、婁《ろう》、胃、昴《ぼう》、畢《ひつ》、觜《し》、参の星をあらわしている。これは白虎の威を示している。南方七本の紅旗は、井、鬼、柳、星、張、翼、軫《しん》の星をあらわしている。これは朱雀の状を成している。

第二層めには易の六十四卦をあらわす六十四本の黄旗を八方に分けて立たせた。

そして第三層の最上層には四人の兵を立たせた。四人にはそれぞれ束髪の冠をつけ、黒の薄絹の袍《ほう》をまとい、鳳を描いた着物に広帯、朱の履《くつ》に方形の裾といういでたちをさせた。

前方左に立つ者には、鶏の羽を挟んだ長い竿を持たせた。これは季節風を招かせるものである。

前方右に立つ者には、北斗七星を描いた旗をつないだ長い竿を持たせた。これは風向きを示すものである。

後方左に立つ者には、宝剣を捧げ持たせ、後方右に立つ者には、香炉をおしいただかせた。

壇の下には二十四人の兵が四方を囲んで護衛についた。手には旌旗《せいき》、宝蓋、大戟、長槍、白旄《はくぼう》、黄鉞《こうえつ》、朱旛《しゆばん》、黒纛《こくとう》などを持っている。

まことに孔明が本気であるということが伝わってくる、ものものしい祭壇が出来上がった。

(なんちゅうか、気色悪いで。ほんまに風でも雨でも来そうじゃが)

と魯粛は思った。孔明は、

「斎戒沐浴して明日、朝より風を祭ります」

「本気で東南の風を吹かせる気なんかい。周郎は孔明どのが、風の吹く日を知っているに違いないと思っておるで」

孔明はふっと笑い、

「もしそうなら、こんな大袈裟なことをするものですか」

「神様、仙人様のわざやど。吹かんかったらどうするつもりなんじゃ」

「その時はそれまで。呉軍は壊滅し、わたしの命も失われるでしょう。これでも命懸けでやっているのです」

「わしにゃあわからん」

「そんなことより子敬どのは、本陣にて出撃準備をおさおさ怠りなくやってくだされよ。一日の風を逃せば勝機はないのですから」

と孔明は爽やかに言った。そして、

「この地に来ていろいろ親切にしてくれたこと、この孔明は忘れませんぞ」

と言うと、魯粛は妙な顔をした。別れの挨拶のようであったからだ。

翌朝、二十日の朝。孔明は斎戒沐浴して純白の道衣を身につけ、足は裸足で、頭は髷《まげ》を解いてざんばら髪で壇の前に現れた。守備する兵士らに命じた。

「今から風招きの祭りを行う。勝手に持ち場を離れてはならない。またこそこそ私語を交わすことを禁じる。いかなる事態が起ころうとも驚き騒いではならぬ。以上、命令に背く者は直ちに斬る」

孔明はゆっくりと壇上にのぼり、方角を見定めてから、香を焚き、盆に水を注ぎ、腕を上げて天を仰ぐと、祈りをこめた。そして、立ち上がると変な舞を踊り始めた。見たこともない舞であったので、壇上を護る兵士はつい笑い出しそうになったが、笑ったら斬られるため必死で我慢した。

祈ること二時間。孔明は第一の祈りを終えて壇を下った。七星壇から離れてつくられている幕舎の中に入り休憩した。孔明は一日に三度、これを繰り返した。しかし西北の風はまったく変化がなかった。

二十一日、孔明は初日と同じく七星壇で三度祈り踊った。たなびく旗には今日も変化はなかった。

「七星壇に諸葛《しょかつ》風を祭り」のくだりは『三国志』作者にとって鬼っ子のようなものである。赤壁の戦いの大見せ場のひとつなのに現代作家は誰も信じてくれないからである。

多くの『三国志』は、孔明が七星壇に風を祭ったことを避けて書いている。『三国志演義』をもとに書いたものでさえ、合理的解釈をとり、孔明の呪術はなかったことにしているのである。その理由は、実際にそんなことは無かったからであろうし、孔明は智略縦横の人物だが、さすがに超能力者にはしたくないからであろう。たいていの『三国志』は、孔明は土地を研究したり、人に聞いたりして東南の風が吹いてくる時期を知っており、それを劇的にするために七星壇をつくって祈ったとする。つまり祭りはハッタリである。しかし孔明に分かることならば、長江を孔明よりよく知っている周瑜らも知ってておかしくはない。戦さはギリギリの所に来ていたのであり、なるべく早く東南の風に吹いてもらわねば呉軍の攻め手はなかった。東南の風が吹くことは呉軍にとっては祈りのようなものであった。孔明はそれを特定の日に吹かせてみせると豪語したのである。そうでなければ火攻作戦は採ることが出来ない。

孔明が吹かせたのでなければ、たまたま、都合のいい日に神風のように吹いたということになり、周瑜たちは天に任せて偶然勝ったことになるわけだが、それでいいのかと言いたい。羅貫中《らかんちゅう》は孫権・劉備《りゅうび》連合軍が運が良かったから勝ったとしたら面白くはなかったのだろう。そこで孔明の力を借りることにした。

古代の戦争における軍師の役割は、合理的な献策をするだけのものではなかった。どちらかというと天文を見、方角を見、日時を占い、吉凶を出し、鬼神の助力を得、祭祀を行う祭司のようなものが多かったとされている。これも軍師の仕事であり、呪術と軍事は密接に結びついていた。兵書にしても『孫子』『呉子』などの兵家の書とは別に、兵陰陽家の書が存在している。兵陰陽家とは軍事の際にオカルトをもって勝利を得ようとするものである。孔明については『諸葛亮《りょう》十二時風雲気候』などという逸書が存在した。

『後漢書』『三國志』には不思議な力を持った仙人の伝記があり、太平道、五斗米道《ごとべいどう》の道教集団の記述がある。こんな迷信を許容する時代に孔明が算命術や奇門遁甲のような呪術占術のわざをちょっとくらい使ってもいいじゃないかと思わぬでもない。昔から仙人やシャーマンの第一の仕事は雨乞いであり、気象操作である。それくらい出来なくて何が軍師か、と言われたこともあったかも知れない。そしてそれをやるのが兵陰陽家なのである。『三国志演義』での孔明は兵陰陽家に近い働きをする。

その大一番が、七星壇の祭りなのである。望むその時に都合の良い風を吹かせる。これも実力派軍師の真骨頂であると言ってよい。孔明が変なわざで風を起こさなかったという証拠もない。

「みんな、孔明を信じてあげようよ。孔明なんだよ。孔明ならきっと風くらい吹かせてくれるよ。信じてあげなきゃかわいそう」

といういたいけな少女の抗議の言葉が聞こえてきそうである。


一方、周瑜の本陣には諸将が集められ、先制攻撃の準備が着々と進められていた。東南の風が起こったならば即座に出撃するということだ。周瑜は柴桑《さいそう》の孫権に書状を出し、決戦に備えての救援を求めた。孫権の後詰めの艦隊はすぐに動き始めた。

また、とくに黄蓋は火付け専用の放火船二十艘を念入りに準備していた。この船には舳先にびっしりと大釘が打ち付けられている。船内にはよく乾燥した蘆、葦、柴を詰め込んで魚油をそそぎ、その上に硫黄や焔硝などの引火物を敷き詰め、それぞれを油を染み込ませた青い布で覆ってある。その上で黄蓋の青龍の牙旗を立て、それぞれに走舸《そうか》をつないである。周瑜の仕打ちが苦肉の計だったことは、すでに主要幹部には話してあった。

周瑜が本陣で作戦会議をしていると、斥候が来て、

「呉侯（孫権）の船団は本陣から八十五里の位置で停泊し、都督からの吉報をお待ちです」

と伝えた。孫権はやる気満々であった。

男の中の男、周瑜が、

「それぞれ準備万端に整え、号令一下、時刻どおりに出撃せよ。もし遅れた者がいれば即刻、軍法に照らして処罰する」

と命じると、呉の兵らは喚声をあげた。いよいよ周瑜の前で男の花を咲かせてみせるときがきたのである。

が、肝腎の東南の風はどこからも吹いてこない。二十一日の日は暮れてきた。

「孔明め、大口を叩きおったくせに、東風などそよとも吹いてこないではないか。そもそもこの冬の最中に東南の風など吹くものか！　われらはやつにたばかられているのではないのか」

と周瑜が緊張に耐えながら怒鳴った。魯粛が、

「周郎、落ち着け。まだ一日ある。孔明はウソは言わんやつじゃで」

「たとえ東南の風が吹かずとも、こちらから決戦を挑まねばならんのだ。曹操の大軍が動き出したら、われらには止められない」

日は二十二日と変わり、周瑜と魯粛は眠られぬまま夜明けを迎えようとした頃、ふわりと旗が翻り始めた。周瑜が陣幕の外に出ると、すべての旗が西北方向に翻っていた。

その風はだんだんと強くなってくる。

「風じゃあ、東南の風が吹いておるぞ」

と魯粛が興奮して叫んだ。

偶然か、たまたまか、何かの間違いか、羅貫中のスタイルなのか、やっぱり孔明の邪法なのか、風向きは変わった。じつのところこういうことは歴史上ときどきあり、歴史を面白くする要因になっている。

が、周瑜を見ると、目をぎらりと光らせている。

「孔明を殺す！」

と呻いた。

「やつは人間ではない。変質魔人だ。天地生成の方法と鬼神も及ばぬ妖術を会得している。やつを野放しにしておけば、呉国の禍根となるばかりか、天下を滅茶苦茶にしてしまうに違いない。天下のためにやつを抹殺せねばならん！」

黄巾賊の首謀者、太平道の張角《ちようかく》も病気治しのほか、風雨を呼んだりしたそうだから、危険な妖人扱いも仕方があるまい。

「風は吹いたじゃろうが。孔明を殺しては卑怯になるで」

と魯粛が止めたが、周瑜は聞かなかった。

そして本陣に詰めていた護軍校尉の丁奉《ていほう》と徐盛《じよせい》を呼びつけ、

「おのおの兵士百名を率い、孔明を襲撃するのだ。徐盛は水路、丁奉は陸路をとって南屏山の七星壇に向かい、有無を言わさず孔明を引っ捕らえて、首を打ち落とし、首級を持ち帰って手柄とせよ」

命令を受けるや、丁奉と徐盛は手勢を率いて、急ぎ南屛山に向かった。東南の風はますます激しさを増してくる。ここで孔明が風を呼んだ記念の詩。

七星壇上に臥竜《がりよう》登り
一夜の東風に江水騰《あが》る
是れ孔明妙計を施さざれば
周郎、安《いず》くんぞ才能を逞しくするを得んや

孔明の魔術なかりせば、周郎の活躍なかりけり、というところ。

丁奉の騎馬隊が先に到着した。丁奉は剣を抜いて、七星壇に駆け上がっていった。しかし壇上に孔明の姿はない。護衛の兵士に、

「孔明はどこじゃい」

と怒鳴ると、

「ついさっき壇をお降りになりました。帳中で休んでおられるのかと」

と答えた。丁奉は幕舎に向かい、中に躍り込んだが、そこにも孔明はいなかった。

「孔明を捜すんじゃ」

と丁奉は部下に命じて自らも走り回った。徐盛も船着き場から駆けつけてきた。

「孔明めが逃げやがった」

「逃げたとするなら船じゃろう。こっちじゃ」

丁奉と徐盛は岸辺に行き、守備していた兵士らを訊問した。

「昨夜から一隻の快速船がその前方に停泊しておりましたが、つい今しがたザンバラ髪の男がこれに乗り込んだかと思うと、下流に向かってさっさと出航してしまいました」

「そやつが孔明だ」

「何故止めなかったんじゃ」

徐盛は船に乗り、孔明らしき男が乗った船を追跡し始めた。

徐盛の船はさすがに速く、前方を行く船が見えてきた。徐盛は舳先に立って大声を張り上げた。

「その船に孔明先生はおられるか!」

船の中にザンバラ髪で白い道衣の孔明が現れた。

「孔明先生、お止まりくだされ。周都督が御礼申し上げたいと言うとるんじゃ。戻ってくだされい」

孔明は船尾に立ち、爽やかに笑った。

「攻撃の機会は一度です。失敗なきよう努めるべしと周都督にお伝え下さい。わたしはいったん夏口に帰ります。いずれ改めて見参いたすこともあるでしょう」

徐盛は声を振り絞って、

「しばらくお待ち下さらんかい。緊急の話があるんじゃがのう」

と懇願するが、孔明、

「わたしの首を斬るという話なら、もう遅いですよ。わたしは周都督が危害を加えようとすること、とっくに見抜いており、そのためにあらかじめこうして趙子竜《ちようしりゆう》どのに迎えに来てもらったのです」

と計画通りである。

徐盛の船が帆を立てて追いすがってくる。まだ帆を上げていない孔明の船に至近距離に近付いた。徐盛が孔明の船を攻撃しようとしたとき、船尾に鬼武者趙雲《ちよううん》が弓を手にして立ちはだかった。

「われこそは常山の趙子竜なり。命令を奉じて先生を迎えに参った。このゴンタクレどもめが。先生がもういいと言っておるのに何故追ってくる！　この弓で貴様を射殺すのは簡単だが、それでは孫家とわが君の同盟にひびが入るゆえ、この子竜が手並みを見せてやろう」

趙雲は大弓をキリリと引き絞ると、ひょうと放った。矢は違《たが》わず徐盛の船の帆綱を切断した。帆が水に落下し、徐盛の船は傾いた。

孔明の船は帆をいっぱいに上げると、風に乗ってたちまち遠のいていった。岸辺で見ていた丁奉は、徐盛に呼びかけ着岸させて言った。

「あきらめるんじゃ。追ったとしても趙雲子竜がおる。あの殺人鬼の槍の生贄になるだけじゃ。おぬしも趙雲の当陽長坂坡《ちようはんは》での鬼神の働きぶりは聞いておろう。周都督には正直に報告するしかないで」

丁奉、徐盛は本陣に戻り、孔明が暗殺計画を予知しており、あらかじめ趙雲に迎えに来させていたという事の次第を報告した。

丁奉、徐盛ともここでは孔明を取り逃がして間抜けな感じだが、じつは有能武将であった。丁奉は幾多の戦役に参戦し、張遼《ちょうりょう》と戦ったときには、張遼の腰を射撃し、その傷がもとで張遼は死んだという。徐盛もまた知勇兼備の将であり、曹丕《そうひ》が長江を南下して攻め来たったときの総大将をつとめ、圧倒的な兵力差があった曹丕軍を撤退させたりしている。

周瑜は顔を赤くして、

「これほどまでにコケにされたのは初めてだ。くそっ。孔明め、必ず殺してやる。やつが生きている限り、おちおち眠ることも出来ない」

と吐き出した。魯粛は内心孔明が殺されなかったことにほっとしつつ言った。

「周郎よ、今の敵は曹操じゃで。曹操を破らんことにはわしらの先はないんぞ。孔明のことは後回しじゃろうが」

「確かにそうだ。無念だが致し方あるまい」

急いで曹操壊滅作戦にとりかからねばならない。

周瑜の作戦はこうであった。すなわち将兵を水軍と陸戦隊に分ける。水軍が首尾良く曹操の水寨を炎上させたなら、陸戦隊も各自曹軍攻撃に移り、曹操の本陣も焼き払う。

陸戦を任されたのは甘寧、呂蒙《りょもう》、凌統《りょうとう》、潘璋《はんしょう》、董襲《とうしゅう》である。水戦に赴くのは黄蓋、韓当、周泰《しゅうたい》、蒋欽《しょうきん》、陳武《ちんぶ》である。重要な発火船を率いる黄蓋は曹操陣営に今晩降伏するとの手紙を投げ込んであった。

そして周瑜は大都督としてみずから水軍の総指揮にあたるべく、副都督の程普とともに大艨艟《だいもうしょう》に乗り込んだ。夕刻を期して戦闘開始とする。孫権は既に陸遜《りくそん》を先鋒として出し、周瑜の合図を待っている。

孔明は樊口《はんこう》の劉備陣営に無事に帰還した。船から孔明と趙雲が降りてくるのを見た劉備が、

「先生！　ご無事でなによりです」

と泣きながら抱きつこうとするのをさらりとよけた。

「先生、首尾はいかがでござったか」

「それより、軍馬と戦船はそろっておりますか」

「それは準備万端だ」

「いよいよわが軍の働きどころですぞ。呉水軍の攻撃が始まり、曹軍に大打撃を与えることになるでしょう。そのへんは全部周瑜に任せておけばよろしい。わが軍は撤退する曹軍に食らいつき、致命的な打撃を与えるのです。よって将軍たちは急ぎ移動し、持ち場についていただきたい」

孔明は曹操が逃げるルートを一つか二つに予測していた。烏林《うりん》の北の道をとり華容道を通って南郡、江陵《こうりょう》に逃げるルートである。孔明は地図を用意させると皆の前で開いた。

「趙将軍は三千の軍馬をもって北岸に渡り、烏林の北街道の両側に埋伏して待つべし。曹軍が通ったら半数をやりすごしておいて、火を放って攻めかかるのだ。ただし全員を討つ必要はない。半数を斃《たお》せばよい」

孔明を信じている趙雲は素直に言った。

「はっ。分かりました」

「おれはどうすりゃいいんだ」

と張飛が言った。

「翼徳《よくとく》どのは五千の兵を率いて華容の手前の葫蘆口《ころこう》で待ってください。江陵から救援に来る曹軍を防ぎ、逃げてきた曹操を叩きます。ここは最も激戦地となるでしょう。頑張ってくださいね」

「げへへ、わかった。腕が鳴るわい」

そして糜竺《びじく》、糜芳《びほう》、劉封《りゅうほう》にはそれぞれ千五百の兵を与えて、船に乗り込んで長江に出て、残敵を掃討し、または生け捕りにして武器を奪うよう命じた。

次に劉琦《りゅうき》には、

「公子には武昌に入り岸辺に陣を布かれよ。曹軍の残兵は逃れてそちらにも行きます故、残らず捕虜にしてください。ただし軽率に城を離れてはなりません」

と頼んだ。一応、建前では荊州《けいしゅう》の真の主は劉琦であり、劉備軍団はそれを担いでいるということになっている。

命を受けた部隊はすぐさま出発して行った。孔明は劉備に言った。

「周瑜には勝手に戦えと言われたのですから、これにて堂々の勝利が得られるでしょう。今夜、わが君とわたしはここ樊口にいて、高みの見物をいたすことにいたしましょう。周郎が歴史に残る大勝利を得られるさまをご観覧ください」

もう勝ったも同然の孔明の言いざまであった。そこに関羽《かんう》が赤い顔で現れた。

「軍師は何故この関羽に任務を与えてくれぬのか」

と怒りの籠もった声で言った。

「関将軍はここを守備してわが君を護ってください」

「それは承服しかねる！」

劉備に従って二十数年、大戦場でも小戦場でも必ず先陣を切って突撃してきた関羽である。それがこの重要な戦さに用いられぬとは納得がいかない。長坂坡の戦いでも戦場に出られなかった鬱憤が溜まっていた。

孔明は、爽やかに、

「関将軍にも行ってもらいたい要地はありますが、いささか問題がありますから、控えておいたのです」

と地図の上を見やりながら言った。

「いささか問題とは何でござろう」

「関将軍が曹操に恩義を感じていることです。これは戦場では不都合なことと存ずる」

「それがしが曹操の下にあったのは、夫人を護るためやむなくのことである。確かに曹操に多くの親切を受けたが、それは顔良《がんりょう》、文醜《ぶんしゅう》を斬ったことで義理を返しておる。その上、兄上のもとに戻る際に、関を護る六人の将を斬り倒してきている。その後も曹軍とは刃を交えてきておるに、何故、そんな疑いを持たれるのか」

「普通の敵将ではなく、曹操本人が現れても斬れますか」

「もとよりのこと」

聞いていた劉備が、

「先生、雲長の言葉に偽りはない。働き場所を与えてやってくれ」

と言った。

孔明はしばし考えるふりをしてから、

「万が一にも曹操を取り逃がしたらどうするおつもりです」

「軍法に照らして処罰するがいい」

「わかりました。関将軍はここ、華容道にて曹操を待ち伏せしていただこう。決して情けをかけてはなりませんよ」

と地図を指しながら言った。

関羽は拝礼すると関平《かんぺい》らを連れて急ぎ出発した。

見送りながら劉備が言った。

「関羽は義気の男ゆえ、曹操が華容道に遁《のが》れ来たら、やはり殺せないに違いない」

すると孔明は白羽扇をかざしながら、

「そう、殺さないでしょう。承知の上で出陣させました。わたしが天文と算命で計りましたところ、まだ曹操の命脈は尽きておりません。このさい関羽にはすべての義理を果たす機会を与えてやるのがよろしい」

と言う。

「どういうことですか先生」

「曹操にこの戦さで死んでもらってはいろいろと困るということです。もしいま曹操がいなくなれば、天下は董卓《とうたく》が死んだときのように大混乱に陥るでしょう。呉は当然のように荊州を取り、中原に攻め込むでしょう。そうなるとわが軍団は呉の下について、またもやどこにも居場所がなくなろうというものです。周瑜は甘くありませんぞ」

「そういう考えも出来るのか」

「この戦いの真の目的は、わが軍団の拠点を荊州に確保することにあります。それでこそ天下三分の計が成り立ちます。そのためには呉側に、劉備軍団はよく働いたと見せなければなりません」

「うぬう。先生は先を見ておられる」

「まあ、それはおいておいて、丘の上から周瑜の一世一代の戦いを見物させてもらいましょう」

　そう言って孔明は歩き出し、劉備は後を追った。

　赤壁の戦いは曹軍の船が放火された時点で勝敗が決まったと言ってよい。東南の風よりも、何故、曹操ともあろう者が黄蓋の佯降を見破れなかったかが、不思議な点として残る。おそらく心の深いところに焦りがあった。水軍はまだ手足のように動かせるほど熟練していない。また船を連環したのに、兵士は日々水病に倒れてゆく。士気は下がる一方であった。

　ここで黄蓋ほどの宿将が投降してくれれば、味方も心強くなり、一気に決戦へと持ち込めるであろう。曹操は黄蓋の投降を今か今かと待っていた。

程昱《ていいく》がやって来て、

「わが君、風向きが東南に変わりました。これは火攻めを用心せねばなりますまい」

と言った。曹操は、

「風だってたまには変わることもあろう。そう気にするな」

と言った。そのとき、見張りの兵士からの一報で一隻の船が、矢文を撃ち込んで去ったと報告があった。そしてその矢文は曹操に届けられた。

「おお、黄蓋からの乞降の手紙だ。これを待っておった」

それによれば、

……周瑜の警戒が厳しく、容易に脱出することがかなわなかったが、今回、先陣を申しつけられ、二十隻の艨艟により突撃を命じられた。これぞ好機である。船には「先鋒黄蓋」の旗指物を立て、武器食糧を満載してそちらに向かう。よろしく迎えられたし。

というようなことが書いてあった。曹操は喜んで、

「黄蓋が寝返ったなら、周瑜らは大いに狼狽するに違いない。この戦さ勝ったぞ」

とはしゃいだ。

「櫓の上から黄蓋がやって来るのを見物するとしよう」

と諸将を連れて水寨に向かった。

日もとっぷりと暮れかかる頃、東南の風はなお強くなっていたが、曹操は櫓の上で諸将を相手に酒を飲んでいた。勝利を確信している男の余裕ととれたが、荀攸《じゅんゆう》らは気を揉

んでいた。

(わが君は気が大きくなっておられ、戦場での用心と俊敏さを失っておる)

とはいうものの上機嫌の曹操に言い出しにくかった。癇《かん》に障ると斬り殺されてしまいかねないからである。酔っているときはとくに危ない。そこへ見張りの兵がやってきて、

「黄蓋のものらしき船隊が向かってきております」

と報告した。

「よっしゃ、来おったか」

と曹操は言うと、櫓を降りて水軍の旗艦に向かった。

曹操が南岸を見渡していると、頭上には月が皎皎としており、その光が長江の波間に映え、一万匹もの金蛇が入り交じるかのようであった。

やがて船団のくろぐろとした影が見えた。黄蓋のものに間違いはあるまい。より近くで見張っている兵には「先鋒黄蓋」の旗が翻って見えていた。兵士たちは歓迎の声を上げた。

「黄蓋が降伏してきた。これぞ天佑だ」

と曹操は満足げに言ったが、様子を見ていた程昱が、

「殿、あの船団は怪しゅうございます。これ以上近寄らせてはなりません」

と警告した。

「なんだと」

「積み荷と人員を積んでいるにしては、船が軽く、浮きすぎております」

曹操もようやく酔い気をさまし、船団を見直した。

「罠かも知れぬ。いや、罠だ。誰ぞあの船団を止めにゆかぬか！」

すると文聘《ぶんぺい》が、

「わたしが参ります」

と走っていき、戦艦の間にある小舟に飛び乗り、指示を出した。十数隻の巡邏船が文聘の小舟に続いて動き出した。

巡邏船が警戒線に出たときには黄蓋の船らはもう眼前にまで来ている。文聘は舳先に立って、

「丞相のご命令だ。これ以上近付かず、停泊せよ」

と大声で叫んだ。次の瞬間、黄蓋の船から矢が一斉に発射された。文聘は肘に矢を受けて倒れた。続く巡邏船も混乱に陥った。黄蓋船団はそこを強引に割り入っていった。

もはや目的を隠さなくなった黄蓋は剣を引き抜き、

「今じゃ！　船に火を放って突っ込まんかい」

舳先に取り付けてあった大釘が曹操の船艦に突き刺さると同時に、幔幕《まんまく》の下から爆発するように火が燃え上がった。火は追い風に力づけられ船艦を舐めてゆく。二十隻の放火船はそれぞれ敵の船に食い込み、炎を吹き上げた。ついには敵艦に火が燃え移っていった。連環してある曹操軍の船は逃げることが出来ず、次々に火の餌食となっていく。

見届けるや、呉兵は曳航してきた小舸に乗り込むと、火焰の場から逃げ去った。

このとき黄蓋は流れ矢を受けてしまい、寒中の水中に落ちてしまった。普通なら助か

らないところであるが、呉軍の者が見つけて引き上げてくれた。が、がちがちと歯を鳴らして震えている年寄りを黄蓋と見抜く者はなく、黄蓋は便所の中に放置されてしまった。黄蓋は必死に声を振り絞って韓当を呼んだ。それが運良く韓当に届き、命拾いをすることになった。火計とはやはり禁術であり、やると酷い目に遭うということなのかも知れない。

曹操の判断は速かった。

「逃げる」

と叫んだ。

「騎馬軍を至急集めよ」

と命じ、自ら走り出して陸地の本陣に入った。振り向くと水寨は火焔地獄もかくやというほど燃え上がっていた。東南の強風が火に勢いと速さを与えていた。曹操は張遼ら前線指揮官に、

「退却する。陸陣にも火を放ち、敵の追撃を遅らせるのだ」

「どこに逃げますか」

「江陵だ。急ぎ準備せよ。周瑜が来るぞ」

曹操は甲をつけて立ち上がった。

その頃、猛火に包まれる水寨をめがけて周瑜艦隊が突進していた。左翼の韓当と蔣欽は烏林を西から攻撃し、右翼の周泰と陳武は東から攻撃をかけ、中央の周瑜は、程普、徐盛、丁奉の本隊をもって一斉に攻め寄せた。

水上勤務をしていたのはそのほとんどが荊州兵であった。火に攻められ、弓矢の猛攻を受けて次々に死んでいった。烏林湾で呉による虐殺が行われている。何百という船が燃え上がっているため、地獄の情景が続いた。

(まだだ。曹操の首を取らねばならん)

見ると陸上の陣も燃えているようであった。

水寨が燃え上がったのを見計らって甘寧ら陸上部隊が曹操の本陣を襲撃する手筈であるが、それにしては早すぎる。

(曹操の古狸め、自ら陣に火を放ち、脱兎の如く逃走に入ったな)

甘寧らは迷っているであろう。

紅蓮の炎は曹操艦隊を燃え上がらせており、周瑜らもおいそれと接近できないほどであった。

(わが軍に余力があれば、曹操を待ち伏せ、追撃できるものを!)

韓当船隊は火も煙ももののともせずに水寨に攻撃を仕掛けている。ベテランの韓当は曹操の意図を察しているのかも知れない。千載一遇のチャンスなのである。上陸して曹操を追いたい。

しかし三万の呉兵が、二十万の曹軍を懸命に攻めているのであり、手いっぱいとしか言いようがなかった。

『三國志』周瑜伝はこのときのことを簡略に述べている。

「蓋は諸船を放ち、同時に火を発した。時に風が盛猛で、悉く岸上の営落を延焼した。

ほどなく煙炎天に張り、人馬の焼溺して死ぬ者甚だ衆《おお》く、軍（曹軍）はかくて敗退し、還って南郡を保った。備と瑜らはまたともに追った」

黄蓋の火計で水上要塞と化していた曹操水軍は壊滅的打撃を受けたのは確かなのである。そして周瑜と劉備は逃走する曹操を追ったが、果たせなかった。

周瑜はもはや誰も反撃をしてこなくなったこの世の地獄のような戦場で、気を逸らせていた。

（劉備たちはどうしているのか？）

まったくあてにはしていないが、劉備軍団はただ見物しているだけなのか。そんなことはあるまい。周瑜艦隊が殲滅戦を展開しているうちに何かしているに違いない。

劉備軍団も当然のように出遅れていた。趙雲、張飛、関羽らは夏口艦隊によって北岸に運ばれたが、孔明が指定した伏兵場所に行くのが難しかったのだ。『三国志演義』に書いてある場所に行って埋伏するのはほぼ不可能と言ってよく、矛盾もあり、要するに孔明の指示は机上の空論になってしまっていた。よく考えなくても分かるが、烏林の曹操の陣をこっそり避けて先回りし、その北へゆくとか、華容道で待ち伏せするとか、そんな長距離の移動が間に合うはずがない。このあたり、羅貫中が地理関係を把握せずに見せ場を作ろうとした結果であろうかと思われるが、どうか。

劉備軍がそれでも苦労して行軍しているうちに、周瑜艦隊の攻撃が開始され、烏林の方角はあかあかと燃え上がっており、人馬の音が響いてくる。

「もう始まってやがる……」

張飛の目がぎらりと光った。

「先回りして埋伏なぞ、悠長なことをしていたら、曹操の方が先に駆け抜けちまうぜ」

「それならどうするというんだ翼徳《よくとく》」

と趙雲が訊くと、

「決まっている。ここから烏林のほうへ一直線だ。大暴れして曹操を手捕りにしてやる」

「先生の命令に逆らう気か！」

「ぐんしーの言うことを聞いていたら、曹操を取り逃がすだけだぜ」

もう張飛はその気である。

「雲長はどうなんだ」

と訊いても関羽は髭を擦《こす》っているだけである。趙雲だって孔明の指示に従うのは困難だと分かっていた。

(先生、どうしたらいいんですか)

と心の中で孔明に尋ねた。

と、ここで劉琦がおずおずと出て来て、懐から軍師袋を取りだし、

「孔明先生から預かっておりました」

と言った。書状を取りだして松明《たいまつ》の火で読むと、

「じつは諸将を合戦には参加させないつもりでわざと無茶な埋伏場所を指定していた。

戦力の温存は先を見据えてのことだが、それでは諸将も気が済むまいから、呉兵に劉備軍団ここにあり、というくらいの戦いは見せつけてもよかろう。劉琦どのはなるべく戦闘はせず、用心しながら進むこと。関将軍のみは華容道に向かうべし。そこに曹操の首がある」

と解読できる文章が書いてあった。

「へっへっへっ、さすがぐんしーだな。このあたりでおれの怒りが爆発することが分かっていたらしい。こうなったら好きにやらせてもらうぜ」

と張飛が吠えた。

「先生のご許可が出たならば」

と趙雲は、アチョッと気合いを入れた。

一人関羽はうっそりと立ち、嫌な顔をしていた。

「関兄、やつにも考えがあるんだろう。おれたちが殺しまくっている間に華容道とやらに行けばいい。一番殺せる場所かも知れん」

「あい分かった。そうしよう」

関羽は孔明がそれほど自分を信じていないのかと思い、怒りよりも暗然となったのであった。趙雲の兵が三千、張飛の兵が五千である。

「げへへ、子竜、烏林に突っ込むぞ」

「心得た」

趙雲隊と張飛隊は道を外れ、烏林の方角に向かったが、何しろ湿地帯が多く、馬に優しくないのがこのあたり一帯である。かっこよく突入したいところだが、ずぶずぶと足下を滑らしながら行くことになった。

その頃、甘寧、呂蒙、凌統、潘璋、董襲の各隊は曹軍の陸陣を攻めていたが、なにしろ二千、三千の数であり、対する敵は数倍である。苦戦していた。陸上部隊に数を割けなかったのは周瑜も辛いところであった。そのうち曹軍の陸陣も燃え上がり始めた。幕舎も燃え始め危険になってきた。曹操は火を障害物にして逃走の時間を稼ぐつもりなのだ。

その時敵陣から悲鳴が聞こえてきた。ぱちぱちと爆《は》ぜる火の間を通して見ると、張飛があの子供の頃の夏の日を思い出させるかのように一丈八尺の蛇矛《じゃぼう》をふるって敵兵の首を飛ばしていた。趙雲も駆け回りながら敵兵の頭を突き回っている。張飛と趙雲を見た敵兵は思わず背を向けて逃げ出し始めた。

甘寧が、

「ありゃあ誰じゃあっ」

と叫んだ。

「あれは劉備んとこのもんじゃ。たしか張飛と趙雲！」

極道で通った呉の諸将が、いくらか茫然としている。

趙雲はまだ生きて倒れている男を槍先でひっかけてぶらさげると男は失禁した。趙雲が、

「曹操はどこに行った」

と鋭く訊問すると、

「西へ向かいました」

確かに曹操は華容道を目指しているようだ。

「数は」

「馬を、騎馬の兵を大勢連れております」

「水軍は捨て殺しというわけだな」

「うおお、熱い」

趙雲は男を火の中に捨てた。

「ここまで仕上げた水軍を捨て殺すとは。曹操は非道い男だな」

と自分も非道いことをしながら言った。

「曹操は多数の騎馬軍とともに西に逃走中だ、いくぞ翼徳」

「げへへへ、曹操め、首を洗って待っておれよ」

と趙雲隊と張飛隊は兵八千とともに勢いよく走り始めた。

趙雲と張飛がいなくなった後、甘寧たちが入り込み、残る敵を殺していった。

「劉備はなんちゅう化け物を飼うてくさるんじゃ」

「二人で二万、三万は追っ払いよったで」

甘寧は松明の暗号をかかげて、陸陣を制圧したことを、水上の周瑜に知らせた。

「わしらも曹操を追うんじゃ」

「劉備の手柄にさせてなるもんか」

風は最大に吹き、雨を含ませていた。やがて大雨になった。

水寨はその半分が焼け沈み、残りがまだ燃えて浮かんでいた。

魏呉、争闘して雌雄を決し
赤壁の楼船、一掃して空し
烈火、初め張りて雲海を照らし
周郎、曾て此《ここ》に曹公を破る

というところ。

周瑜は二十万の水軍（そのうち約七万は荊州兵）を三万で壊滅させたことに、感動にうちふるえたかったが、それに耐えた。握り締めていた掌は汗でびっしょりであった。

「まだ勝ってはおらん。まだだ。曹操の首がまだ手に入っておらん」

烏林の曹軍基地を焼き払ったことを孫権に使いを出し、

「三江水戦、赤壁鏖兵《おうへい》」

と伝えた。

「曹操は北に向かって逃げているはずだ。船を降りて追撃する」

北上すれば曹操の根拠地、鄴《ぎょう》への最短距離である。ゆえに周瑜はそう考えた。周瑜は艦隊の半分を残し、上陸して、曹操を追うことを命じた。残念ながら呉軍には馬が少ない。それでも軽鋭の部隊を揃えた。

曹操は雨風に身体を冷やしながら馬にしがみついていた。今のところ逃げ足は順調だが、道路といえる道路がないため速度は出ない。

「周瑜も劉備も能なしだわい。もしわしがやつらだったら、この道に伏兵を置いておくだろう」

と皆をリラックスさせるために言った。そこで後ろから伝令が言うには、

「敵に追いつかれました」

最後尾に張飛が食らいつき、殺戮《さつりく》を開始しているという。

「なに！　張飛だと」

思わず顔色が変わった。今、曹軍は馬と騎兵三万あまりが一塊となって逃げている。

「後尾の一万をもって張飛を防ぐのだ」

殿軍《でんぐん》一万が張飛隊と乱戦になったが、喜んでいる張飛には殺人に一点の曇りもない。

張遼が殿軍を指揮して張飛と戦った。

道は険しくなりさらに逃走速度が落ちた。今度は甘寧、呂蒙、凌統たちに追いつかれ、混戦になっていると報告があった。

「張飛よりはましだ」

曹操は荷物を捨てながら馬に鞭打った。すると、

「趙雲が襲ってきました」

との叫び。曹操は、

「防げ、防げ」

と叫びながら徐晃《じょこう》に後詰めを命じ、さらに走りに走った。いちおう同盟軍による追撃ではあるが、劉備軍と呉軍がもっと連携がとれておれば、曹操は追いすがられていたに違いない。

ついこの間の、長坂坡の戦いでは逆の立場であった。人生とはわからぬものである。

気が遠くなるほど走った頃には曹操の回りには人馬が千くらいしかいなかった。残りの騎馬軍はちりぢりになってしまっている。華容道はまだ先である。

「殿、しばらく休憩いたしましょう。馬が潰れてはどうしようもありませんぞ」

と張遼が言った。曹操は、

「郭奉孝《かくほうこう》在らば、孤《われ》をしてここに至らしめざらん」

と嘆いた。郭奉孝とは郭嘉《かくか》のことであり、曹操の幕下でも天才軍師と呼ばれておかしくない男であったが、烏桓《うがん》討伐戦ののち三十八で病没した。郭嘉さえ生きていたならば、自分はこんな目に遭うことはなかったはずだという、曹操の愚痴であるが、郭嘉は確かに南征の作戦を完成させていたらしい。

曹操は粗末な食事を取り、突然笑い出した。

「丞相、どうしてお笑いになる」

と諸将が訊くと、

「周瑜も諸葛亮も兵法が分かっておらん。もしわしがやつらなら、この地に兵を潜ませておくだろう。わしは万事休すとなる」

と言って皆を和ませようとした。周瑜も劉備軍団も伏兵などを置く余裕がないことがわかっていたから言える冗談であるが、曹操の意見の半分は本心である。

曹操たちは身に鞭を打って行軍を再開した。

華容道は晴れた日にはなんとか道の役割を果たすのだが、雨となるともともとの湿地帯と化してしまう。道というより泥濘《でいねい》が続いていた。人はともかく、馬が進めなくなっていた。

「丞相、とても先には進めません」

「馬鹿者！　行軍中は山に出会えば山を開き、川に出会えば橋を架けるものぞ。この程度の泥濘で音をあげるとは何事か」

と曹操は激怒して、木の枝、柴、草を集めさせて道の窪みを埋めるよう命じた。

「急ぎ行え。命令違反者は斬る」

全員やむなく馬を下り、道端の竹や木を切り、道を埋めていった。張遼、徐晃、許褚《きょちょ》が監督し、ぐずぐずする者を斬っていった。

全軍兵士は飢え疲れており、病人もいる。道に倒れる者も多かったが、曹操は、

「身を以って埋め草となれ」

とその上を踏んで通って行き、悲鳴が上がった。

「同じく死ぬなら生きる者のために死ぬものだ。泣く者は斬れ」

曹操は冷酷極まりない、人間に舗装させた道を進んでいった。曹操の生涯でも一、二を争う難行軍であったろう。しかもまだ追跡の手を恐れねばならない。曹操も必死であ

った。

華容道の強行で三分の二は落伍したり、身を埋めて死んだ。曹操が振り返って見ると付き従っているのはおよそ三百騎ばかりとなっていた。

「じきに荊州だ。休息できるぞ」

地面も泥濘が終わり、確かになった。曹操は馬上で鞭を上げながら、笑った。

「人は周瑜と諸葛亮は智恵者だというが、なんのことはない、ただの無知なやつらよ。もしわしがやつらであったらここに軍勢を潜ませて、全員を虜《とりこ》にしてくれるわい」

と言って皆の荒《すさ》んだ心を癒そうとした。

その言葉が終わるや、前方からドーンという太鼓の音が響き渡った。曹操は慌てて馬を止めてよく見ると、こんな所で絶対に会ってはいけない恐ろしい男がいた。両側に五百の抜刀隊を引き連れた関羽が先頭に立っていた。赤兎馬《せきとば》に跨り、青龍偃月刀《せいりゅうえんげつとう》をひっさげ、真っ赤な顔で曹操たちを睨み付けていた。

曹操が苦難に苦難を重ねて逃走し、ようやく華容道を脱出したというのに、どんな方法をとったのか皆目見当もつかないが、先回りしていたのである。さすが関羽、マシーンと呼ばれるだけのことはある。

「関羽……」

曹操は、半ば観念した。

「この上は決戦して、死に花を咲かせる他はない」

疲れ切った三百騎が関羽に勝てるとは誰一人として思わなかった。

「丞相、はやまってはなりません」

と言ったのは程昱であった。

「相手が張飛、趙雲であったらおしまいだったでしょうが、関羽なればこそ、殿が助かる唯一の道がありましょう」

「どういうことだ」

「関羽は（首をかしげたくなるところもあるが）義の漢《おとこ》です。その性格は上の者には傲慢だが下の者には憐れみ深く、強きを挫き、弱きを助けるものであります。恩と怨みははっきりと区別して、信義の志の厚さに於いては当代無比と申せましょう。丞相は以前に関羽に大恩を施したことをお忘れですか。いまこのことを親しくお告げになれば、関羽は必ずや道を開いて見逃してくれるに相違ありません」

「いや、関羽は孔明にこのわしを容赦なく討ち取れと厳命されているはずだ。情の入り込むすきはない」

「大丈夫です。上の言うことは聞かず、己の義を通すのが関羽という漢。とにかく関羽に当たってみなされ。心が動くはずです」

曹操は、他に手はないと思い、ゆっくり馬を出し、関羽の正面に向かった。身をかがめてお辞儀した。

「関将軍、一別以来、つつがなきや」

関羽は頷きながら、同じく身をかがめてお辞儀をした。

「拙者は軍師諸葛亮孔明の命令を奉じて、ここに、丞相をお待ちしておりました。これだけ申し上げれば問答無用、戦場のしきたりにござる。丞相がおん首を頂戴いたす」

と関羽は巌《いわお》のような態度で言った。

曹操は身体を小さくし、慈悲を乞うような顔をしながら、かきくどく老人のようであった。

「このたびわしは戦いに敗れて危機に陥り、関将軍に出会ったからにはもはや逃れる道もない。しかし出会ったのが関将軍であればこそ、この曹操のみじめな姿を見て、感じていただけることがあると思う。どうか将軍にはむかし許都で暮らした日々のことを思い出してくだされ」

「いかにも、それがしは丞相に大恩を蒙りましたること、今も忘れてはおりません。しかし、そのことは白馬の戦場で顔良と文醜を討ち取り、おかえし申した。今日のことに私情を交えて公事をおろそかにするわけにはまいりません」

「将軍が五関の守将を殺戮したことも、わしは許したことをお忘れではあるまい。大丈夫たる者は信義を重んずるを以って、その面目といたさざるや！　将軍は『春秋』に明らかであるなら、庾公之斯《ゆこうしし》が子濯孺子《たくじゆし》を追った故事をまさかご存じないわけはあるまい」

『春秋』大好きの関羽は、庾公之斯の信義を問われて、思わず唸った。庾公之斯の故事というのは、こうである。春秋時代の鄭《てい》の国に子濯孺子という弓技に優れた士がおり、鄭王は子濯孺子に命じて衛国を攻めさせた。衛王はこれも弓術の名人庾公之斯を大将として迎撃させた。衛軍は侵してきた鄭軍をさんざんに破った。

庾公之斯は逃げる子濯孺子を追い詰め、数間に迫った。

「われは庾公之斯である。敵将よ、堂々と弓矢を取って立ち向かわれい！」

するとと子濯孺子が、

「わしは子濯孺子である。今日不運にして臂《ひじ》を傷めて弓を引くことがかなわぬ。ここは見逃してはくれぬか」

と乞うた。庾公之斯は衛国一の弓の達者であったが、その技は尹公之他《いんこうした》という名人から学んだものであった。その尹公之他は実は子濯孺子の弟子であった。つまり子濯孺子は自分の師の師であったのだ。中国ではこういうことは重大である。

「子濯孺子殿はわが師の師である。これを射殺すには忍びない。とは申せ、君命を受けて戦っているのであり、私情を差し挟むことはでき申さぬ……」

庾公之斯はそう言うと、鏃《やじり》を外した矢を四本射かけてから、去った。こうして子濯孺子は一命を取り留めて鄭の国に還るを得たのであった。

不死身の殺戮マシーンである関羽だが、ことが〝義〟となると、配線不良を起こすかの如く苦しみ出すことがある。確かに関羽は曹操に過大なまでの恩義を受けている。許都では下にも置かずもてなされ、たくさん貢ぎ物をもらい（返したが）、スーパーホース赤兎馬までもらっている。あくまで部下にならないと言う関羽を曹操は許し、無断で抜け出した関羽を平服で追ってきて黄金入りの革袋まで贈ってくれようとした。そして劉備のもとへ千里を駆ける間に五関を破り六将を斬り殺すという凶悪犯罪についても、曹操は快く許し、以後の関羽の無事を計ったのである。関羽は、その頭脳の中で殺戮と信義が葛藤を起こして、身体が動かず、各関節から気の煙があがっていそうに見えた。

さらに、戦う力もない濡れ犬野郎たちを斬り殺すのは関羽の趣味には合わない。

関羽はしばらく振動していたが、しゅーっと息を吐いた。

「道をあけて通してやれ。こやつらは曹操の一味ではない」

と背後の兵士らに言った。

「ああ、やはり関雲長は信義の男であった」

と曹操は深く頭を下げた。

曹操らは馬に乗り、関羽があけてくれた道を通り抜けていった。

張遼が打ちひしがれた将兵を引き連れて通った。関羽は張遼にも相当な恩義があった。

「こんなお粗末なやつらが曹軍であるはずがない」

と言って部下に手出しを禁じた。張遼は曹操が見逃されたことを知り、ふかく黙礼したのであった。

かくして関羽は曹操を見逃してしまったのであった。その記念の詩。

曹瞞、兵敗れて華容に走り
正に関公と狭き路に逢う
只だ当初の恩義重きが為に
金鎖を放ち開きて蛟龍《こうりゅう》を走らしむ

というところ。蛟龍とは曹操のことである。

危機一髪を脱した曹操はひたすらに前進した。谷の出口まで来て振り返ってみると、付き従う兵は二十七騎のみとなっていた。それでも前進を続け、日暮れになる頃、南郡付近まで来たとき、一斉に松明がともり、軍勢が前方を遮った。曹操が、

「もうおしまいだ」

とがくりときたところ、軍勢は曹操を迎えに来た曹仁《そうじん》のものであると分かった。

「殿、よくぞご無事で」

「曹仁か……わしはもう何度死んだか分からんぞ」

曹操は曹仁に守られ南郡（江陵）に入城し、ようやく心から身を休めることが出来た。やがて張遼の部隊も戻ってきた。

「江陵と襄陽を押さえておれば、わしが許都に帰っても荊州は我が物と言ってよい。ここは曹仁と徐晃が守れ。襄陽を守る者はおるか」

すぐに、

「拙者が守ります」

と楽進《がくしん》が言った。

孫呉は戦勝の勢いをもって荊州攻略にかかるであろうがそうはいかない。二十万も負けたはずなのに、曹軍はなぜかまだ人員豊富であった。曹軍の有名な武将も軍師もただの一人も死んでいないのが、とても不思議な、赤壁の大敗なのであり、ほんとうは大敗していないんじゃないかと疑われても仕方がないところである。

『三国志演義』のエピソードは、宿敵曹操をわざと逃がした関羽の物凄い信義のつよさを表しているわけだが、赤壁でボロ負けしたはずの曹操が何故死なずに済んだのかの説明にもなっている。

実際は『三國志』から推測するに、曹操の逃避行は相当苛酷なものであったろうが、最後に付き従う軍勢が二十七騎になるほどにひどくはなかった。かなり余裕を持って逃げることが出来たからである。曹操はかなりの数の騎馬軍を無事に江陵に逃がすことが出来たろう。曹操が逃げる準備をしていたからであり、いちはやくそうしたからである。決してボロ負けではなかった。

孫・劉連合軍の悩みの種はとにかく兵数が少なかったことであるし、陸上行動に兵を割けなかったことにある。魏の公式記録では、曹操はあくまで、

「曹公は赤壁に至り、劉備と戦い、不利であった。是《ここ》において大いに疫あり、吏士の死ぬ者多く、そこで軍を引いて還った」

となっている。孫権には負けていないと言いたいのか、劉備と戦ったことにしており、しかも不利ということはだいぶ苦しめられたらしいことは分かるのだが、これ以上詳しいことはまったく分からない。とにかく戦いよりも疫病が祟《たた》り、やむなく軍を引いたという体裁である。

劉備軍団も呉軍も逃走する曹軍になんとか食らいつき、少々の損害を負わせたろうが、ここで連合軍に十分な追撃部隊があれば、曹軍はなんの言い訳も出来ずに全壊していた

ろう。さらに劉備軍団二万が全力をあげて追撃しておれば曹軍を半壊させることが出来ていたに相違ない。劉備軍団はこのとき手を抜いていた形跡があり、それが関羽の姿となっている。

呉軍の華々しい活躍はみな、呉志の記述による。

「この歳には、さらに加えて、周瑜や程普らとともに軍を西に進めて曹公を烏林に破り、曹仁を南郡に包囲した」（呂蒙伝）

「程普は、周瑜とともに左右の督となって、曹公の軍を烏林で打ち破り、さらに進んで南郡を攻め、曹仁を逃亡させた」（程普伝）

「建安年間には、周瑜の配下として、曹公の軍の進出を赤壁でおし止め、火攻めの計略を進言した」（黄蓋伝）

「周瑜らとともに曹公の進出をおし止めて打ち破り、さらに呂蒙とともに南郡に攻撃をかけてこれを奪取した」（韓当伝）

「周瑜や程普とともに曹公を赤壁で撃退し、南郡に留まった曹仁を攻めた」（周泰伝）

「のちに、周瑜の指揮のもとで、曹公の軍を烏林でくいとめて打ち破った」（甘寧伝）

「孫権は、凌統を承烈校尉に任じ、周瑜らとともに曹公の軍を烏林でくい止めて打ち破ると、引き続いて曹仁を攻撃させた」（凌統伝）

呉軍は曹軍をおし止めて打ち破るのが精一杯だったという雰囲気である。また赤壁の戦いは、江陵を守備する曹仁を打倒するまでが連続している。

しかしこれも曹操によれば、

「周瑜が魏軍を破るや、曹公は『孤《わたし》は走るを羞じず(逃げるのを恥ずかしいとは思わない)』と言った。あとで曹操は孫権に手紙をやって『赤壁の役は、あいにく疾病があり、孤は船を焼いて自ら退き、むざむざ周瑜に名をあげさせてしまった』と書いた」

とあり、曹操軍は病気でやる気がなくなったので、船を自分で焼いて逃げただけで、負けたことになっているのが面白くないと言っている。

さて、曹軍を適当に追撃した劉備軍団は夏口に戻っていた。当然のように宴会を始めていた。張飛、趙雲はたくさんの捕虜や馬や銭や食糧を得て上機嫌である。

「おれの手で曹操を殺《や》れなかったのは残念だが、関兄がやってくれているに違いない」

とがばがば飲みながら言った。

そこに関羽が帰ってきた。暗い顔をして無言である。

「どうしたんだ、関兄。曹操を切り刻みすぎて、首の形がなくなってしまったのか」

と張飛が訊いても無言であった。

孔明と劉備は城の中の一室で黒い話をしていたが、そこに関羽がやって来たという知らせがあり、劉備は、席を立ち、盃を片手にして出迎えた。すると関羽は、巨体を投げ捨て、がばと手をついた。

「それがしは死を賜りに参りました」

「なんと」

孔明は白羽扇をひらひらさせながら、

「関将軍、曹操は華容道に来なかったのですか」

　と冷たい声で言った。

「来たが、わしが逃がした」

　関羽はあくまで正直であった。

「やはり過日の恩義に負けて、曹操を斬れませんでしたか。軍法に照らせば処断するしかありませぬな」

　と孔明は劉備に言い、首切り役人を呼ぶようにいった。

　劉備は孔明と関羽の間に入り、

「先生、雲長を許してくだされ」

　がばと抱きついた。

「むかしわれら三人、義兄弟の契りを結んだとき、生まれた日にちは違っても死ぬときはいっしょと誓ったのです。いま、雲長は軍法を破り、許されないこととはわかっておるが、雲長が死ねばわれらも死なねばならん。どうか先生、今日の所は死を許して、のちの働きにより罪を償わせてもらえんだろうか」

　と言われて孔明は、

「わが君はこれまでしばしば軍紀をみだされてきた。本日もまたみだされようとなさる。しかし、これが最後ですぞ。今後、軍紀をみだす者は許すことあいなりませんぞ」

　そして、

「分かったかな、関将軍。わが君の仁慈に感謝することだ」

関羽は、

「約束いたす」

と叫んで、双眸から涙を滂沱《ぼうだ》としたたらせた。

まあ、関羽を許すことは出陣のおりに決めていたことなので、これは半ば芝居である。今後、関羽が我儘を言ったら、この時のことを思い出させればよい。

さてなんだか不完全燃焼に終わったかのような劉備軍団の赤壁の戦いではありますが、そこには孔明の黒い策が存在しておりますればまた周瑜も怒るというもの。黒い策とはいったい何か。それは次回で。

孔明、荊州南部を勝手に取る

周瑜《しゅうゆ》は数日をかけて赤壁の戦いの後始末をした。軍勢を再編制し、万に及ぶ捕虜を南岸に送り、それぞれ部将を呼んで手柄を記録し、孫権《そんけん》に報告した。劉備《りゅうび》軍団の手柄などは無いも同然に書いておいた。呉からすれば劉備軍団は弱体であり、水上戦には何の役にも立たなかった。周瑜苦心の火計が成功して、曹軍が大混乱し、曹操《そうそう》が逃げ出してから動き始め、獲物をかっ攫《さら》っていった。火事場泥棒のような連中である。

周瑜は曹操を打ち洩らしたことは痛恨事であったが、勢いは圧倒的にこちらにある。このまま攻めて荊州《けいしゅう》南郡を奪取する計画を立てた。南郡を取ってこそ、孫呉にとりはっきりとした利益となろう。江陵《こうりょう》を守るのは曹仁《そうじん》と徐晃《じょこう》である。堅い城である。周瑜は艦隊を江陵の手前に進めるとともに孫権に兵の増派を頼み、作戦を練った。

そんなとき劉備から戦勝の祝いだと、孫乾《そんけん》が使いに来た。孫乾が祝辞を述べるのを聞いた周瑜は、

「それで今、劉皇叔《こうしゅく》はどうなされておるのか」

と訊いた。孫乾は、

「油江口《ゆこうこう》に軍を駐《とど》めることにいたしました。夏口《かこう》は劉琦《りゅうき》どのの城ですからな」

とにこにこと答えた。油江口は、油江という川が長江に合流する場所であり、やや離れているが江陵の対岸にある。のちに劉備は油江口を公安《こうあん》という地名に改めた。

周瑜の方は顔色が変わりかけているのを抑えていた。

「油江口なら、近いうちにわたしの方から返礼に参上いたす。劉皇叔にそう伝えていただこう」

孫乾は帰っていった。

「周郎《しゅうろう》、どうしたんじゃ」

と魯粛《ろしゅく》が訊いた。

「わからんのか。またしても孔明《こうめい》のやつが、たくらんでおるのが」

「何をたくらむというんじゃ」

「決まっておろう。やつらは南郡に手を出そうとしておるのだ。考えてもみよ、わが呉軍が夥《おびただ》しい犠牲を払って曹操を追い払ったのは、南郡を手に入れて、呉を安泰にするためである。それを劉備と孔明は何もしておらんくせにのこのこと出ばって来て、われらから南郡を攫おうという計画に違いない。そんなことはこの周瑜、絶対に許さぬ」

「どうやって劉備たちを追い払うつもりなんじゃ」

「これより急遽、劉備と直談判し、ふざけたことをぬかすようなら、直ちに斬る!」

魯粛は顔色を変え、

「わしも同行するぞ」

と言った。

周瑜は軽騎兵三千を引き連れると、すぐさま油江口に向かったのであった。

一方、劉備は孫乾から報告を聞いて、

「先生、周瑜がわざわざ来るそうですぞ。なにか怒っている感じですな。いったい何をしに来るんでしょうか」

孔明は、

「南郡のために来るのです」

と爽やかに言った。

「南郡のためとは。ここ油江口に陣を移すように言ったのは先生ではござらぬか。周瑜が軍勢を引き連れて参ったら、どう対応すればいいのか」

劉備は周瑜がちょっと苦手であった。

「わたしが適当に答えますから、うんうんと言っていてください」

と孔明は言った。

そのうち周瑜が来たというので、劉備と孔明は営門まで出迎えた。陣幕の中に案内すると酒宴の用意が調《ととの》っていた。

その後は双方挨拶をかわし、乾杯した。

「よくもあの曹操を撃退できたものだ。この劉備、周都督《ととく》のご活躍に天上の霊将の一喝を見ましたぞ。曹操は腰を抜かして泣きながら逃げたに違いなく、周都督がいる限り、二度とこの地に手出しはしてこないでござろう」

と劉備はとにかくなんでもいいから、周瑜と呉軍を褒めちぎった。周瑜も悪い気はせず、劉備軍団の活躍にほんの少しだけ言及しつつ、酒は数巡も回っていった。周瑜は酔ったふりをして本題をずばりと切り出した。

「劉皇叔が油江口に軍勢を移したのは、江陵城を得んがためではありませんか」

すると孔明が、

「そんなことはありません。都督が南郡を攻略しようとしていると知りまして、およばずながら助勢をしようと思って来たのです。われらは同盟軍ですぞ。しかしもしそちらが取らないというのなら、われらが取りますが」

「漢江一円（荊州）を呉国に併呑することは先代よりの宿願でござる。今、南郡は掌中にあるようなものなのに、どうして取らないわけがありましょう」

と周瑜は言うが、筋論では荊州は劉琦のものであり、それを取るというのなら呉の侵略ということになる。

しかし今筋論を出して論議すればたちまち同盟は瓦解するであろうから、棚上げにするほかない。

「当然のご存念でありましょう。しかし勝敗は予測し難きもの。南郡は決してカラではありません。曹操は北に帰るにあたり、江陵に曹仁を入れ、南郡の守備をさせております。曹仁は百戦錬磨の武将であり、侮りがたいかと存じますよ」

と孔明が言うと、周瑜は冷たく笑った。

「曹仁如きがなんであろう。わたしが曹仁を攻め落とせないときは、劉皇叔が攻め落とすがよかろう」

「言われましたな」

「言った」

「では魯子敬《しけい》どのも、わが君も、この孔明も聞き申した。今のお言葉を決してお忘れにならぬよう念をおしますぞ」

「二言はない」

「では都督が攻め、呉軍が退くようなことがあれば、わが君が攻める。これでよろしいな」

「大丈夫《だいじょうふ》たる者の言、いったん吐いたからには、後悔なぞするわけがない」

周瑜は南郡攻めに過剰なほどの自信を持っている。

新たな約束が定まって、周瑜は引き揚げていった。

劉備が、孔明に言った。

「自信満々であったが、周瑜は南郡を取ってしまうのであろうか」

孔明は、

「さあ」

と言った。

「つらつら考えてみるに、先生のお話はどうも理屈が通っていない。われらとて南郡は欲しい土地ではないか。戦いが終わっても結局われらはまだ流浪の軍団である。わしとしては江陵あたりを拠点にして、しばらく落ち着きたいものだというのに、先に周瑜に取られては南郡は呉のものとなってしまう。そうなったらまた日銭を稼ぐ暮らしではないか」

と劉備はしんみりといい顔で言った。

「わたしがわが君に荊州を取ってしまえと献策したとき、忍びないと言って取らなかったのに、今はどうして取りたいと思われるんです」

「かつては荊州は劉表《りゅうひょう》の領地だったから、取るに忍びなかったが、今は荊州は曹操の領地である。ならばいくらでも取ってよかろう」

と劉備理論を語った。

孔明は、

「心配せずとも、江陵はそう簡単には陥ちません。周瑜に五万の兵があっても、相当手こずるのは明白なこと。そういう苦労は周瑜に任せましょう。いずれ江陵はわが君のものとなりますゆえご案じめさるな」

と言った。孔明はいくつかの呉の弱点を見切っている。使える兵が少ない。呉軍はあくまで呉連合の私兵集団なのであり、国の興亡のかかった赤壁の戦いについては力を結集したが、その先の利権の取り合いということになると、各家の思惑は周瑜のように一本気ではないのである。勢いでここまで来たが、せっかく赤壁で勝って命拾いしたのに、こんどは城攻めで命を落とすのは馬鹿げている。全員が孫権命の兵にはまだなっていない。というわけで孫権は張昭《ちょうしょう》と一緒に、多少強くなった立場をもって連合の各家を恫喝したり懐柔しているところであろう。孫権帝国の実現はまだ遠いにしろ、赤壁の戦いは孫家支配の強化に役立つことになった。

「南郡は周瑜に任せて、わが軍団はいっちょう景気よくほかの領地を切り取ろうではありませんか」

「エッ、先生、どこを攻めるというんですか」

「ふふふ。湖南四郡ですよ。今ここを攻めても誰も怒りませんし、周瑜の邪魔も入りません」

周瑜が南郡で死闘を繰り広げている間に、ちょっぴり領地拡大を行おうという策である。

湖南四郡は荊州南部でもさらに南にある、長沙郡、武陵郡、桂陽郡、零陵《れいりよう》郡のことである。それぞれ故劉表が任命した太守が守っている。とはいえ曹操が荊州に侵攻した時も、僻地にあるのでほとんど波風が立たず、曹操のものになった。赤壁でどっちが勝とうと関係ないというやる気のない土地であった。

「楽勝です」

孔明は白羽扇《はくうせん》をびっと伸ばして言った。

孔明がそんなことを言っている間に、呉軍五万を率いる周瑜と、七万を率いる曹仁の戦いの火蓋が切って落とされた。

まず戦闘は夷陵《いりよう》で激戦となった。軍議の席で甘寧《かんねい》が、

「夷陵はおさえとかにゃいけん。曹仁の西への退路を断つんじゃ」

と発言し、認められたからである。夷陵は江陵から西に百キロの、このとき空き城であった。この地は三峡の入り口となっており、長江はここから険しい山岳地帯に入ってゆく。三峡が境界でその先にはもちろん益州があり、夷陵が益州との接触や連絡の地点

である。呉軍は東から攻めているから、曹軍は西には逃げることが出来なくなる。南には長江があり、逃走するとすれば北に限定される。

甘寧は小部隊を率いてなんなく夷陵を占領した。すると意外なことに曹仁は大部隊を率いて夷陵に向かい城を包囲してしまった。

「死にさらせーっ」

と甘寧は弓を引いて奮闘したが、なにしろ小部隊だったため、潰滅の危機に陥った。周瑜は救出部隊を出さねばならなくなった。

周瑜は呂蒙《りよもう》の策を採用した。

「凌統《りようとう》をもって江陵の押さえとし、徐晃軍を防がせましょう。こうしておいてわれらは夷陵に向かいます」

凌統を江陵に残して指揮させたのは、凌統と甘寧の仲が極めて悪く、一対一で会ったらすぐに殺し合いになるからである。これは甘寧がむかし黄祖《こうそ》の下にいたとき、凌統の父親を射殺したからである。呉軍では甘寧の陣と凌統の陣は必ず遠ざけて、同じ任務など与えないということは暗黙の決まりとなっていた。

周瑜、程普《ていふ》、魯粛、呂蒙らは主力を率いて夷陵に向かった。夷陵を包囲中の曹仁軍は呉の精鋭部隊の突撃を受けて大損害を受けたが、なんとか兵をまとめて江陵に戻った。周瑜はあらためて甘寧を夷陵に残して、江陵に帰った。曹仁は一万余の兵を失ったが、まだ参らなかった。このあとの戦いは、

「(呉軍は)長江を渡って北岸に軍営を定め、日にちを定めて両軍は正面からぶつかり

合った」

　というような消耗戦に入っていった。

　その間、劉備軍団は湖南四郡切り取りに出動していた。

　まず初めに零陵を攻めることにした。零陵郡の太守は劉度《りゅうたく》という者で、劉備軍団が押しかけてきたと聞くと、ぶるってしまった。すると息子の劉賢《りゅうけん》は強気に言った。

「劉備軍団とはいいますが、ただの乞食集団です。ご安心ください。向こうには関羽《かんう》、張飛《ちょうひ》、趙雲《ちょううん》という豪の者がおりますが、わが軍の上将邢道栄《けいどうえい》はやつらに勝るとも劣らぬ豪傑であります。迎え撃ってみせましょう」

　そこで劉度は劉賢、邢道栄に命じて、約一万の兵を城から三十里離れた地点に布陣させた。山を背にし、川を前にしており、兵法に則《のっと》っていた。斥候が、

「諸葛亮《しょかつりょう》が軍勢を率いてやって来ます」

　と報告した。邢道栄は兵を率いて出撃した。劉備軍団と対陣するや、邢道栄は馬を出し、大声で怒鳴り上げた。

「この野良犬軍団が！　どういうつもりで零陵を侵さんとするや」

　邢道栄の手には開山大斧《かいざんたいふ》という名のついた三日月形の大斧が握られていた。

　すると劉備軍から黄色い旗を持ったおごそかな一団があらわれ、その旗の群れがさっと二つに分かれた。そこには椅子に四輪をつけた通称軍師車があり、座っているのは綸《かん》巾鶴氅《きんかくしょう》を着こなし、白羽扇をぶらぶらさせた変な男であった。その戦場にそぐわない姿

は、言わずと知れた孔明であるが、思うにこれが初陣である（軍師車も）。

孔明、邢道栄と一騎打ちか！　白羽扇は開山大斧に通用するのか。それとも暇だったから劉備に頼んでわざわざ出て来たのか。孔明は、

「わたしは諸葛亮である。おぬしが哀れなので降伏を勧めに来たのだ」

いきなり変な男が登場したので邢道栄は気を削がれてしまった。

「おぬしは知っているか。曹軍八十万をちょっとした計略で全滅させたのはこの諸葛亮である。お前のかなう相手ではないから、さっさと武器を捨てて降《くだ》るがよい」

「ええい、嘘をつくな。曹軍を殲滅したのは呉の周郎である。貴様など知ったことか」

と邢道栄は吠え、軍師車に向かって突進した。しかし軍師車は凄い勢いでバックし始め、黄色い旗の一団の中に消えていった。前後に動き、逃げるときにも上々な軍師車であるが、曳《ひ》かされている人々の迷惑を考えてみろと言いたい。

邢道栄はたちまち劉備軍に包囲されるが、斬り殺しながら黄色い旗の一団を追いかけた。孔明に相当頭に来たらしい。大斧を頭上で振り回しながら追跡すると山の麓を曲がったところで黄色い旗の一団は停止していた。

「待て諸葛亮。脳天をこの開山大斧で叩き割ってやる」

するとさっきと同じように黄色い旗がバッと二手に割れた。しかしそこには軍師車はなく、待ち構えていたのは張飛であった。

「張飛見参。げへへへ、死ねいっ」

邢道栄は、

（張飛とて同じ人間。このわしが張飛伝説を打ち壊してやる）

と六十斤の大斧を張飛に叩きつけてきた。しかし張飛の蛇矛《じゃぼう》に簡単に弾かれ、二合、三合と打ち合ううちに、張飛の人間離れした戦闘力を知り、

（かなわじ）

とあっさり背を向けて逃げ出した。が、そこには趙雲がおり、鬼のような顔をして涯《がい》角槍《かくそう》を構えていた。邢道栄は、武器を捨てて馬から下り、跪《ひざまず》くしかなかった。だが、それくらいで殺しをやめるような張飛ではない。孔明が出て来て、

「邢道栄を殺してはならん」

と言わねばならなかった。

邢道栄は劉備と孔明の前にひったてられた。孔明は邪悪なまなざしで、

「ここで首を打たれるか。それとも劉賢を生け捕りにしてくるか。見事生け捕りにしたら、降伏を認めてやろう」

とささやいた。

「わかりました」

と邢道栄は言った。

「どのような方法で劉賢を捕まえるのか」

「今夜、夜襲を仕掛けられたい。それに呼応して、わしが劉賢を擒《とりこ》となし、引き渡すことにする。こうなれば太守劉度は降参するに違いありません」

「よかろう。忘れることのないようにな」

と孔明は、みんなの意見を無視して、邢道栄を解き放った。

邢道栄は陣営に戻ると劉賢に、いったん捕らえられたが、詐《いつわ》って釈放されたことを話した。

「どうするつもりか」

と劉賢が訊くと、

「敵に夜討ちを仕掛けさせるのはこちらの策です。すなわち敵の裏をかいて陣中には旗だけをたてておき、兵はすべて陣外に埋伏させておきます。諸葛亮が襲い来て、陣中に攻め入ったところを逆包囲して、生け捕りにするのです」

と幼稚な策を述べたが、劉賢にもいい考えがなかったので、これを実行することにした。

その夜、二更（午後九時〜午後十一時）の頃、孔明率いる軍勢が、手に手に松明《たいまつ》を持ち、陣営に接近するや、いっせいに火を点けた。火計の好きな孔明はとくに頼んで火を点けに来たのである。陣営が燃え始めると、孔明の部隊はすぐさま退却にかかった。陣外に二手に分かれて伏せていた邢道栄と劉賢は、

「今だ。諸葛亮を擒にするのだ」

と、逃げる孔明を追撃してきた。もちろん孔明は軍師車に乗っており、何人かの兵が引っ張っている。ところが邢道栄はなかなか追いつけない。十里余を追いかけたが、その前で突然、孔明とその手勢が消え失せてしまった。孔明得意のマジックであろう。邢道栄は、

「計られたのか？　急いで陣営に戻るのだ」

と馬首を返した。邢道栄らが孔明を追っている間に本営は燃え盛り、張飛が目をぎらぎらさせて立っていた。邢道栄の策などとっくに読まれており、なおかつ、別にほっとけばいい孔明を追いかけていたせいで、逆包囲作戦も何の意味もなくなってしまっている。

二人は血路を開いて逃げようとしたが、趙雲の引き具する一隊に捕捉され、邢道栄は趙雲の槍を食らって馬から炸裂するように落下した。劉賢は生かして捕まえ、劉備軍団は零陵城に向かった。劉賢に、

「父を説得してこい」

と言い渡して、城に送りつけた。

劉度は白旗をかかげて城門を開いた。かくして劉備軍団は零陵郡を得た。劉度にはそのまま太守を任せることにした。

意外なことなのが、零陵でも劉備人気は抜群であり、全兵士に酒や肴をふるまってくれた。新野《しんや》の良政の噂が伝わっていたようで、

「劉将軍に主となってもらえれば暮らしがよくなる」

と期待されている。劉備は零陵にしばらく腰を据えることにして、(宴会しながら)諸将に問うた。

「零陵郡の次は桂陽郡である。だれか、桂陽を攻め取る者はおらぬか」

と部下に任せることにした。一番最初に手を挙げたのは、趙雲であった。

「自分がいきます。兵三千もあれば十分です」

すると、張飛が、

「いくのはおれだ。貴様は邢道栄を殺《や》ったじゃねえか」

と割り込んできたので、またしても喧嘩となり、人を巻き込んで殺してしまうような殴り合いが始まったから、劉備も困った。どうしよう、と孔明を見た。

「桂陽は子竜《しりゅう》どのが先に手を挙げたのですから、どうしよう、子竜どのに行ってもらいましょう」

「なんだとう。おれはどうなるんだ」

すると孔明が、張飛の耳に何やら囁くと、張飛の怒り顔がにんまりとなった。

「よし。桂陽は貴様の手柄にしろ。行け行け」

とまた酒席に戻った。

劉備が、

「先生、張飛になんとおっしゃったのか」

と訊いたので、孔明は、

「翼徳《よくとく》どのは武陵に行っていただきたいと。武陵の方が桂陽より手強いですよ、と申したまでです」

と答えた。

孔明は趙雲に誓紙を入れさせると、精鋭三千を与えた。趙雲はただちに出発した。

桂陽太守は趙範《ちょうはん》という者で、気の弱い男であった。斥候から、趙雲隊が迫っていると

の報告を受け、

「聞くところでは、劉玄徳《げんとく》は漢朝の皇叔であり、また諸葛孔明は変質者との噂だが、なかなかやる軍師だというし、関羽、張飛の猛将が股肱《ここう》にいる。今またさらに兵を率いてくる趙雲は当陽長坂坡《ちょうはんは》にて曹軍百万の大軍の中をただ一騎にて無人の境をゆく如くに突破したという豪の者（というより化け物）である。趙雲に攻められては、わが桂陽城の少ない人馬をもってしてはとうてい防ぎきれぬ。ここは降伏するしかあるまい」

と、はなからやる気がなかった。しかし配下に強硬派がいた。陳応《ちんおう》と鮑隆《ほうりゅう》である。かれらはもとは山奥で猟師をしていた者で、桂陽の管軍校尉に出世していた。陳応は鎖の先にさすまたをつけた飛叉《ひさ》という必殺武器の使い手で、鮑隆は矢が得意で虎二頭を射殺したことを自慢していた。

「太守！　劉備玄徳など百姓上がりの偽皇叔、また関羽、張飛、趙雲にしても野武士からの成り上がりに過ぎませぬ。なんのおそれるところがありましょう。われらに一戦させてくだされば、必ずや趙雲を生け捕ってご覧に入れます」

と陳応に言いまくられた趙範は、嫌々ながら許すしかなかった。

陳応は二千の兵を率いて、寄せてくる趙雲隊に向かっていった。互いに陣形をとり、馬を前に出した。

「田舎武者が。この桂陽に手を出すとはどういうつもりか」

と飛叉をびゅんびゅん振り回しながら趙雲を責めた。趙雲は、

「わが君、劉玄徳は今、故劉景升《りゅうけいしょう》、公子劉琦どのを助けてともに荊州を治めておられ

る。わざわざ住民を安堵せんがために来られたのに、貴様は歯向かおうとするつもりか」

「荊州を治めておるなど嘘をつきおって。われらは曹丞相《じょうしょう》に従っておる。劉備の言うことなんか聞いてたまるか」

「その言、ゆるさんぞ」

と怒りが爆発した趙雲は槍を構えて突進した。

「来い、趙雲」

所詮は陳応の方が田舎武者であり、趙雲の実力など想像も出来ていなかった。距離をあけて三度飛叉を放ったが、簡単に打ち落とされた。趙雲は、

「ちぇ――――いっ」

と気合一発、鬼の突きを、もう逃げ腰の陳応に撃ち込んだ。陳応はそれをなんとか飛叉で防いだが、体勢を崩した。趙雲はそのまま槍を撥ね上げて陳応を地面に叩き落とした。陳応が捕まったので連れてきた兵らは逃げだして行った。

趙雲は陳応を本陣に連行すると、

「あたっ」

と叱りつけた。

「その程度の実力でこの趙雲と一騎打ちとは笑わせる。お前を殺さないでやるから、帰って趙範を説得して、さっさと降伏させよ」

陳応は趙雲に感謝しながら逃げていった。

陳応は桂陽城に泣きながら帰り着いた。太守趙範に事の次第を報告した。趙範は、

「わしは最初から降伏するつもりだったのに、お前がかっこつけて戦さを仕掛けるからこんなことになったのだ。馬鹿者め」

武闘派ではない趙範は、さっそく降伏するべく趙雲の本陣に向かい、投降を申し出た。張飛と違い、降参した者にはやさしい趙雲である。陣営を出て迎え、礼を尽くした。そして宴会が始まった。戦争にも酒を持っていくのが劉備軍団のしきたりである。趙範は桂陽太守の印綬を趙雲に渡し、これで桂陽郡は劉備軍団のものになった。

酒が回った頃、趙範は胡麻をするように、

「趙将軍の姓は趙、わたしの姓も趙です。きっと五百年前には一族だったに違いありません」

と怪しいことを言いながら、

「じつはわたしも将軍と同じく真定県の出身なのですよ。同郷とは嬉しいかぎり。将軍と義兄弟の契りを結ばせていただければこれに勝ることはありません」

と趙雲にぴたっとくっついてきた。男が男に義兄弟の盃を求められることは喜ぶべきことであって、酔っぱらっていた趙雲はくそまじめに、

「よし、趙範どのとわたしは今から義兄弟だ」

と叫んだ。両人の年は同じだが、趙雲の方が四ヶ月早く生まれていたので、趙雲が義兄となった。趙範が、趙雲の「子竜血涙の死闘十番勝負」を褒めちぎると、趙雲は大いに喜び義兄弟の絆は固くなった。単純だぞ、趙雲。

夜も更けて趙範は桂陽城に帰って行った。

翌日、趙範から使者が来て桂陽城に来てくれというので、趙雲は五十騎だけを従えて向かった。趙雲が桂陽城に入城すると邑人《むらびと》たちは香を焚いて道端で平伏しながら趙雲を迎えた。趙雲は、

「この城は劉皇叔の支配することとなった。皆の者の生活の安全はこのわたしが守るゆえ、安心してくれ」

と趙雲が宣言すると、邑人たちは喜んで安堵した。

趙範は趙雲を役所に連れ込んで大いに酒宴を開いた。趙範はにやにや笑いながら趙雲をもてなし、さらに奥座敷に連れて行き、洗った盃をもって、さらに酒を注いだ。趙雲が酔っぱらってきた頃、突然、喪服の女が部屋に入ってきた。その絶世の美女は趙雲の隣に座ると、お酌を始めた。

「こちらはどなたですかな」

と趙雲が訊くと、趙範は、

「兄嫁の樊《はん》氏でございます」

とこたえた。

「そのような方にどうして酒をすすめさせようとするのか」

趙雲が樊氏の酌を辞退したため、樊氏は奥に引き下がっていった。

「これにはわけがあるのです。わが兄が亡くなってから三年もたつのに、義姉は独り身

を通しており、わたしが何度勧めても再婚しないのです。そこで義姉が申しますには、『三つの条件を兼ね備えた方でなければ再婚するつもりはありません。その第一は文武両道にすぐれ、天下に名が響いている人、第二は人品卑しからず、風格堂々の人、第三には亡き夫と同姓であること』という次第なのです」

それはもう二度と結婚はしないと言っているのと同じだと思うが、

「しかるに義兄は義姉の条件にぴったりではございませんか。もし義姉の容貌がお嫌でなければ、嫁入り支度を整えますので、将軍の妻にしていただき、末長く誼《よしみ》を結んでいただきたいと思っておるのです」と言った。自分が欲しいほどの絶世の美女である。趙範は単細胞な趙雲ならすぐに引っかかると思った。

が、次の瞬間、趙雲は鬼の形相で立ち上がり、趙範を怒鳴りつけた。

「わたしはおぬしと義兄弟の契りを結んだのだ。お前の義姉はわたしの義姉でもある。そんな人でなしなことができるものか！」

趙範は顔を赤くして、

「わたしは好意から申し上げているのに、それはあまりなお言葉では」

と言いながら、左右の者に目配せして、

（趙雲を切り捨てろ）

と命じた。それを見て取った趙雲は、趙範の顔面に右ストレートを食らわせるなり、門まで突っ走って、馬に飛び乗り城を脱出した。

趙範が鼻血をたらしながら陳応と鮑隆を呼んで諮《はか》ると、陳応が、

「やつは怒って出て行きました。一合戦するしかないでしょう」

と言う。趙範は、

「そうは言うが、趙雲に勝てる見込みがない。何か策があるのか」

と訊くと、鮑隆が、

「われら二人が詐って趙雲に降伏します。太守は軍勢を率いて討って出てください。さすればわれらが寝返って趙雲を引っ捕らえてしまいます」

「降伏にあたっていくらか人馬を連れて行ったほうがよかろう」

と陳応が言うと、

「五百騎もあれば十分だ」

と鮑隆がこたえた。

その夜、二人は五百の兵を率いて趙雲の陣営に向かい、降服を申し出た。趙雲は二人に腹に一物あることが分かっていながら、素知らぬ顔でいた。陳応と鮑隆は趙雲に訴えた。

「趙範は色仕掛けで将軍をたらし込み、将軍を酔わせておいて奥座敷で首を取って、曹操に差し出して手柄にしようとしたのです。われら両人は将軍が激怒してお帰りになったのを見て、巻き添えを食ってはかなわぬと思い、こうして降参しに参りました」

「それはよい心がけだな」

と趙雲は信じたふりをして、喜び、早速宴会を開いて二人に酒をがばがば飲ませた。二人が酔いつぶれるとさっさとその場で縛り上げた。陳応たちの配下を訊問すれば、思った通り、擬装投降であった。

趙雲は、陳応、鮑隆が連れてきた五百騎を前にして、

「わたしを殺そうとしたのは陳応と鮑隆であり、お前たちは関係がない。わたしに従うと誓うなら、十分な褒美を取らせてやろう」

と宣告すると、五百の兵はみな拝謝した。そこで趙雲は陳応、鮑隆を血祭りに上げ、五百騎の兵を先頭にして、自らは千騎を率いて出発した。その夜の内に桂陽城に押しかけ、五百の兵に開門を叫ばせた。城壁上の門番が見ると、味方の兵である。

「趙雲の首を取ってきた。早く開いて太守に取り次いでくれ」

それを聞いた趙範が喜んで門の外まで出て来たところを、捕まえて縛り上げた。これで桂陽城は完全に鎮圧された。まともに戦っても皆殺しに出来るのに、敢えてこのように策を用いるところが趙雲が知将と呼ばれたりする所以《ゆえん》である。張飛には馬鹿にされるが。

趙雲は早馬を飛ばして、このことを劉備に報告した。

劉備と孔明は桂陽城にやって来た。趙雲は出迎え、城内に入り、階《きざはし》の下に趙範を引き据えた。孔明が問いただしたところ、趙範は事細かに兄嫁を使って趙雲をたぶらかし、こちらに引き入れようとしたことをしゃべった。孔明は、

「色仕掛けはべつにしても、悪い話じゃないではないですか。趙将軍ほどの漢《おとこ》ならば妻一人のみならず何人でも、いておかしくはありません。どうして承知なさらなかったのです」

と言った。

「先生、自分はそのような男ではありません」

と趙雲は言い切り、

「趙範とは、間違いでも義兄弟の契りを結んだ相手ゆえ、その義姉を娶ったりいたせば、世人の罵りを避けられません。それが理由の一つ。また、いちど人の妻となった者が再縁いたせば女としての節義を失うことになりまする。これが理由の二。趙範は降服したばかりにて、腹の底が分かりかねます。これが理由の三。ましてや、わが君は荊州平定のために奮闘中でございます。そんな折りにどうして自分だけが女といちゃいちゃして、戦いをなおざりに出来ましょうか」

と言った。すると劉備が好色そうな顔つきになり、

「よう分かったが、桂陽も取ったことだし、一段落して、わしがその女を取り持ってやろうと思うが、どうかな」

と趙雲に気さくなハッピーライフを勧めた。

「天下に女などくさるほどおります。それでは自分の名が汚れまする。この子竜、妻などいなくても平気でござる」

と、趙雲は一部の女性ファンから反発を食らうことになるせりふを言った。劉備は、

「子竜こそ男の中の男だ」

と、褒めちぎった。だが、趙雲の心の中に一人の女性が浮かんでいることを誰も気付かなかった(孔明は知っているかも)。

劉備は趙範を許してもとの桂陽太守に戻し、趙雲に厚く恩賞を与えたのであった。

趙雲の桂陽攻略中、むらむらしていた張飛が吠えた。

「今度はオレ様の番だ。武陵太守の金旋《きんせん》をぶっ殺しにゆくから、兵三千を寄越しやがれ！」

と趙雲にからんだ。

張飛は誓紙を書いてから（自分の名前くらいは書ける）、まともに休息も取らずに三千の軍勢を率いて馳せつけ、武陵の国境へ攻め寄せた。

さて武陵太守金旋は、張飛が攻め寄せたと聞くと、大将を集め、精兵を揃え、武器を用意して、やる気満々に城外決戦を挑むことにした。このとき従事をしていた鞏志《きょうし》という者が、

「劉玄徳どのは漢室の皇叔にして、その仁義の心は天下に鳴り響いております。しかも張飛は並外れた武力の持ち主であり、戦さとなったら狂虎と化すと聞いております。絶対に手向かったりしてはなりません。ここは降参した方が宜《よろ》しいのではないかと思います」

と意見した。金旋は激怒し、

「おのれは敵と内通して、謀反を起こすつもりか！　張飛如きがなんぼのもんじゃ」

と、鞏志の首を刎《は》ねよと左右の者に命令した。しかし他の者が、

「戦さの前に味方を斬るのは不吉でございます」

ととりなしたため、金旋は鞏志を怒鳴りつけて引き下がらせた。

かくして金旋は自ら軍勢を率いて出城した。城から二十里も行ったところで張飛軍に出くわした。張飛は蛇矛を振り回しながら殺人宣言をぶち上げた。

「貴様が金旋か。蛇矛の錆になりやがれ！」

と怒鳴りつけた。もうはなから一人で殺すつもりである。

初めて張飛を見た金旋はぶるってしまっている。金旋は左右の大将たちに、

「誰ぞあやつと戦う者はおらんか」

と訊くが、みな尻込みして脅え、後ろに回ろうとする始末である。仕方なく、金旋は自ら馬を躍らせ、薙刀《なぎなた》をかざして進み出た。しかし張飛の野獣のような咆吼に震え上がり、一合もあわさず背を向けて逃げ出してしまった。

「この玉なし野郎、逃がすものか」

金旋軍は張飛のど迫力に次々に背を向けて逃げ出した。張飛軍は逃げる金旋軍を追いかけ始め、張飛は逃げ遅れた犠牲者をばたばたと殺していった。

金旋が武陵城にたどりつき、開門を命じると、城壁から矢が降り注いできた。

「なんだ」

すると鞏志が立っており、

「お前は天の時に順《したが》わず、自ら滅亡を招いた愚か者だ。われらは邑人とともに降参することにしたのだ」

と言い放った。

「裏切り者……」

と金旋が言い終わらぬうちに、矢が顔面に突き刺さり、金旋はもんどりうって落馬した。その首を兵士が掻き斬って張飛に献上したので、張飛は暴れるのをやめなければならなくなった。鞏志が門を開いて城を出て張飛に降服の礼をした。

（ぬう、つまらんぞ。この城を皆殺しにするつもりだったのに）

と張飛は活躍が少なくて、仏頂面であった。簡単すぎる仕事だった。

張飛は鞏志に印綬を持たせて桂陽の劉備のもとに行かせると、劉備はいたく喜んで、鞏志に武陵太守を任せることにした。

劉備と孔明は領民を安堵するために武陵に向かった。

「がははは、先生、城が次々に取れますぞ。こんな簡単なことがこれまで出来なかったのは何故でござろう」

「このあたりの城が弱いからです。次は少々手強いかもしれませんよ」

劉備は油江口で留守番させられている関羽に手紙を書いて、張飛、趙雲がそれぞれ一郡を切り取ったことを知らせてやった。関羽からすぐに返事が来て、

「聞けば長沙がまだ残っておるとか。長沙は是非にもそれがしにお任せ下さり、過日の罪を贖《あがな》わせていただきたい。なにとぞそれがしに功名を立てさせていただきたいと存ずる」

とあった。

「まあ、いいでしょう」

と孔明が言うので、早速、張飛を油江口に向かわせ、関羽と交代させることにした。

関羽は五百騎の精鋭をつれて到着し、劉備と孔明に面会を求めた。そこで孔明は長沙について説明した。

「子竜どのが桂陽を攻め、翼徳どのが武陵を攻めたおりにはそれぞれ三千の兵を連れて行きました。次なる長沙太守の韓玄《かんげん》はとるに足りない無能の者ではありますが、一人、手強い大将がおります。姓は黄《こう》、名は忠《ちゅう》、字《あざな》は漢升《かんしょう》と申し、劉表配下の中郎将でした。劉表の甥の劉磐《りゅうばん》と長沙を守備していたところが、その後、韓玄に仕えるようになったのです。今年、六十に手の届くほどの年齢でありながら、その万夫不当の剛勇は四方に聞こえております」

黄忠、またしても一人で一万人を相手に出来る男が現れたのだった。

「そういうわけですから、雲長《うんちょう》どのも三千の兵を連れてゆくがよろしいかとぞんじます」

しかし関羽は口を真横に結び、

「先生は何故、敵の強さをたたえ、味方の勢いを削ぐようなことを言われるのか。左様な老いぼれ武者などそれがしの敵ではありませぬ。兵三千はおろか、手勢五百騎にて十分でございます。必ずや韓玄、黄忠の首を取ってご覧に入れ申す」

と言った。こうなると関羽は頑固で、劉備が、

「先生の言うとおりにしてはどうか」

と説得してもまるで聞かない。

「老武者一人を恐れて兵を増やすなど、この関羽の名が廃《すた》り申す」

と頑として聞かなかった。

だいたい長沙規模の城を五百騎で攻めること自体が難しいのだが、関羽にはプライド・マシーンの計算があったのだろう。劉備軍団のエースは勇んで出撃していった。

それを見やりながら孔明は劉備に言った。

「自信過剰で己を頼むことが大きすぎるのが雲長どのの欠点です。相手を舐めきっておりますから、あるいは危機におちいるやもしれません。殿は後詰めとなって後をこっそり追うがよかろうと思います」

「確かにそうだ。わしも行こう」

劉備と孔明は軍勢を率いて長沙に向かうことにした。

長沙太守の韓玄は、小人どころではなく、生来短気で、かっとするとすぐに家臣を手討ちにする悪趣味があった。それで人望もなく、黄忠らが支えていなかったら、とっくに放り出されているような男であった。関羽来るの報を受けると、顔色を失い、喚き始めた。

「殺人機械の関羽が来るとぞ！」

「殿、落ち着かれなさいまし」

と筋骨隆々のマッチョ爺の黄忠が言った。

「わしに四尺の大刀と二石の弓があるかぎり、一千の敵が来たならば、その一千の敵を皆殺しにしてご覧に入れ申す」

二石の弓というのは、二人張りの強弓のことで、黄忠は百発百中の狙撃の妙手であった。関羽と聞いてもまったく恐れることがない。

韓玄が、

「頼む、黄忠」

と言っているところ、階下にいた一人の男が、堂々と進み出た。

「老将軍の出馬を乞うまでもありません。それがしが関羽めを生け捕りにしてみせましょう」

と申し出たのは、楊齢《ようれい》、長沙の管軍校尉をつとめる者であった。どうしてこんなに自信があるのかは分からないが、関羽を知らないのだろう。とにかく喜んだ韓玄は、楊齢に一千の兵を与えて、関羽迎撃に向かわせた。

楊齢が城外五十里の地点まで来たとき、関羽が物凄い勢いで突進して来るのが見えた。楊齢は名乗りを上げながら関羽の前に立ち塞がった。手には槍があり、なかなかの使い手と見えたが、関羽は無言のまま馬を飛ばし、楊齢に接近するや、青龍偃月刀《せいりゅうえんげつとう》を一閃、

「一首」

と叫んで、楊齢を斬り殺してしまった。弱い、弱すぎる。関羽は勘違い野郎に何の感慨も持たなかった。

関羽隊は一千の兵を切り刻みながら、長沙城に殺到した。

長沙の城壁には深い濠があり、城門は吊り橋でつながれている。その橋を五百騎をつれた黄忠が守っていた。韓玄は城壁からその現場を見ていた。黄忠は馬を駆って一人だけ前進してきた。

関羽は出撃してきた白髪髭の老将を見て、

（あれが黄忠だな。このわしを誘っておる）

と察し、五百の手勢を横一列に並ばせて、自ら赤兎馬《せきとば》を進めた。

「そこにいるのは黄忠か」

と関羽が訊ねると、

「わしの名を知りながら、一騎打ちしようというのか。この洟垂《はなた》れが」

「いかにも。その白髪首を取りに参った」

かくて二人の壮絶な一騎打ちが始まった。

ただの年を忘れたはりきり爺と思っていた関羽は、黄忠の凄まじい突きをうけて、色をなした。偃月刀を叩きつけると受け止められ、横薙ぎに刀が伸びてくる。二合、三合と打ち合い、あたりにギンッ、ギンッという金属音が響き渡った。それはかりか、十合、二十合打ち合っても勝負がつかない。関羽と互角に戦えるとは、信じられない年寄りであった。関羽と十合も交えることが出来れば、強剛の将なのであり、もし黄忠が若かったら関羽を倒せたかも知れないのだ。野にまだ人はいる、ということだ。

「やるな、老夫」

「おぬしこそ」

関羽はなんだか楽しくなってきて、さらに強烈な攻撃を仕掛けたが、黄忠の大刀はそれを弾いて思い切り叩きつけてくる。関羽は久々の強敵に胸を躍らせて、まるで子供のように打ち合った。火花を散らして百合も打ち合ったとき、城壁の韓玄が、黄忠がやられるのを恐れて、退却の鉦《かね》を打った。黄忠はまだまだやれたが、命令とあれば仕方がない。黄忠は軍勢をまとめて城内に戻り、関羽も退却して城から十里のところに陣を布いた。

（黄忠おそるべし。わが戦歴中の強敵たちの中でも一、二にはいる剛の者である。どうすればよかろうか）

関羽は、打ち合って、敗走すると見せかけて、敵の隙を突いて逆襲しようと考えた。真正面からの戦いでも勝てる自信はあるが、一刻も早く城を落とさねばならぬと思って、仕方なく術策を用いることにした。

翌朝、関羽は城門に向かって押し寄せると、黄忠の名を呼ばわった。

「昨日の続きを所望なり」

韓玄は城壁の上から黄忠に出撃を命じた。黄忠は数百騎を率いて吊り橋を渡り、昨日と同じように、燃え上がりながら関羽に立ち向かっていった。

関羽と黄忠は昨日にも勝る互角の決闘を見せ、またしても何合打ち合っても勝負がつかなかった。五十合、六十合もギンギン打ち合ううち、突如関羽が背を向けて逃げ出した。

「何故逃げる！　卑怯なり、関羽雲長！」

黄忠は猛然と関羽を追い始めていた。関羽が逃げるなどあり得ないのだが、興奮していた黄忠は思い至らず、赤兎馬を追った。

どんな駿馬でも赤兎馬にはかなわない。関羽はスピードを落として走っていた。黄忠が丁度背後に来たときに、振り向き様に偃月刀を叩きつけるつもりである。黄忠が右側背後に来た。関羽が偃月刀を振り抜こうとした瞬間、背後でどすんと音がした。振り向いて見ると、黄忠の馬が穴につまずいて倒れ、黄忠は放り出されていた。

並の者ならここで黄忠を斬り殺すところであるが、関羽は違っていた。『春秋』原理主義者の関羽は、マシーンのようでありながら、堅い道徳の背骨が一本通っている。誤って落馬した相手を斬ることは関羽の頭の中には書かれていないらしい。

関羽は急いで馬首をめぐらし、偃月刀を構えたまま大声で怒鳴った。

「不測の不運につけ込んで、討ち取るようなことはせぬ。早く馬を取り替えて決着をつけに来い」

と、その場を離れた。黄忠はしばらく関羽を見ていたが、

(雲長めに借りを作った)

蹄《ひづめ》をつかんで馬を引き起こすと、それに乗り、城に向かって駆け戻った。

韓玄が、

「いかがした黄忠」

と訊くので、

「馬で失敗いたしました。長らく戦場に出していなかった馬だからでしょう」

と答えた。関羽に命を預けられたことは言わなかった。

「おぬしの得意は百発百中の弓であろう。何故、関羽を射たないのか」

「明日の戦いにて関羽をおびき寄せ、射殺して見せましょう」

黄忠は韓玄から新しい馬を与えられ、退き下がった。

翌朝、三たび関羽が攻め寄せてきた。黄忠は出動した。またもや関羽と黄忠の決闘が始まり、三十合も打ち合ったころ、関羽は負けたふりをして逃げようとしたが、今日は黄忠は追ってこなかった。見ると黄忠は吊り橋に退がりながら矢を構えていた。関羽が馬首を廻らせると、黄忠の弓から、ビヨッという音が発せられたので、関羽は慌てて避けたが、何も飛んでこなかった。黄忠は矢をつがえずに弓を撃ったのであった。関羽が用心深く近付くとまた弓の弦が震える音がしたが、またも矢は飛んでこない。

かっこうはつけているが黄忠は弓矢が下手くそなのだと思い、関羽は吊り橋に向かって駆け始めた。黄忠は吊り橋の上から、今度は矢をつがえて、構えた。発射された矢はうなりをあげて関羽の兜の緒に命中した。

「なんと」

関羽は慌てて、矢をたてたまま馬首を返した。

黄忠の弓は、百歩はなれた場所にある柳の葉を射貫くほどの腕前であり、動いている関羽のどこにでも当てることが出来るのである。それを知った関羽は、

（おれを射ることが出来たのに……。昨日、見逃したことへのお返しのつもりだろう。老人め、味な真似を）

と思い、黄忠という男がなんだか気に入ってきた。それで関羽は撤退した。

城内に戻った黄忠を韓玄は左右の者に縛り上げさせた。

「貴様、この裏切り者めが」

「裏切りなどしておりません」

「わしの目を節穴とでもおもうたか。ここ三日のお前の戦いを見ていると怪しすぎる。まともに戦ったのは一日目だけで、二日目は馬が失敗したというのに関羽に殺されなかったのは、どうしたわけだ。そして今日はわざと関羽の兜を射て、関羽を殺さなかった。思うにこれはお前が関羽と内通して、ぐるになっているからだ。貴様を生かしておいては後の禍《わざわい》になること間違いない。斬り捨ててくれる！」

と韓玄は喚いて、左右の者に、

「すぐさまこの老いぼれを引っ立てて首を斬れ！」

と命じた。大将たちが命乞いをしたが、

「黄忠の命乞いをする者は同罪だ。斬ってくれる」

と喚くばかりである。

黄忠を城門の外に引き出し、衛兵が坐り込ませた黄忠に刀を振り上げた瞬間、

「待てい！」

と一人の大将が飛び出してきて、衛兵を斬り捨てた。黄忠の縄を切り、自由にすると、

「黄漢升どのは長沙の柱であるぞ。それを打ち首にするなぞ、言語道断のこと。長沙を亡ぼすのと同じことだ。韓玄は疑り深く残忍で横暴な男だ。いまやそれが窮まった。凶

悪の太守に天誅を加えるときが来た。そう思う者はわれに続け」

と叫んだ。熟した棗《なつめ》のような赤黒い顔、目にはきらきらと星が浮かんでいる。これぞ義陽の人、魏延文長《ぎえんぶんちょう》であった。魏延は襄陽《じょうよう》で逃亡中の劉備を叛乱に誘ったが、断られ、その後、劉備を追っていろいろ回り、今、韓玄のもとに身を寄せていたのであった。韓玄は魏延をあまり信用せず、重用せぬまま置いておいた。

魏延は城内に突進し、数百名の民衆がこれに従った。韓玄は皆に嫌われていたので、止める者もない。魏延はただちに城壁に登ると、韓玄を追いかけ回し、これを一刀両断にしてしまった。魏延は韓玄の首を取り、馬に縛り付け、民衆を引き連れて城を出て、関羽の陣営に向かった。関羽は驚き、喜んで、魏延に褒賞を与えたのであった。関羽は手勢を率いて長沙城に入城した。

さて劉備と孔明は関羽の加勢をすべく軍を整えて、長沙に向かっているところであった。進軍中、青い旗が巻き上がり、北から南へ一羽の鳥が続けて三度鳴きながら飛んでいった。劉備が、

「先生、これは何かの前兆でありましょうか」

と非科学的なことを孔明に訊いた。孔明は得意の占いで非科学的に答えた。

「長沙はすでに陥ち、主だった大将も捕獲したということでしょう。そのうち早馬が来て、はっきりするはずです」

と、しばらくして関羽の急使が走ってきた。

「長沙太守の韓玄は既に首となり、関将軍は長沙を手に入れ、黄忠、魏延などの大将を

捕らえております」

劉備はびっくりして、

「さすが先生、占いが当たりましたぞ」

孔明は白羽扇をぶらぶらさせながら、

「それはいいとして、急いで長沙に行きましょう」

と言った。

孔明たちが長沙に到着したのは二日後であった。関羽らは城門に並んで出迎えた。

「これほどの城を。雲長よ、苦労したろう」

「韓玄めが人望無く、自滅しただけでござる。しかし、黄忠の強さには手こずりました。世間は広いと知り申した」

「ほう。雲長を手こずらせるとは只者ではない。今、どこにおるのか」

「それが、わたしがいくら懇切に招いても、病と称して自宅に籠もり、食を断っておるようなのです」

「それはいかん」

劉備は一番に黄忠の邸《やしき》にゆき、天下一品の口説き技で黄忠を攻め立てた。数時間にわたる劉備の有難い説得に負けた黄忠は、

「わしは劉皇叔に従いましょう。ただ、わが主、韓玄の首と亡骸《なきがら》を長沙の東に埋葬させていただきたい」

と言った。殺されかけても韓玄は主であった。劉備はそれを許し、黄忠の忠義を褒め

称えたのであった。こうして未来の五虎大将黄忠が仲間になった。

一方、孔明は魏延に因縁をつけていた。関羽がこのたびの手柄第一として魏延を連れてくると、たちまち孔明の白羽扇が唸った。

「貴様が魏延か。自決して相果てるか、首切り役人に斬ってもらうか、好きな方を選べ」

どっちみち死ねと厳しすぎる表情で殺人宣告した。関羽が驚いて、

「先生、それはあまりな言いようではないですか。こたびこの城を陥とせたのは魏延の力が大きいのですぞ。それをいきなり斬れとはあまりに理屈に合わぬ苛酷な処分にござる」

魏延は、

(なんでいきなり出て来た変な奴に殺されなきゃならないんだ)

と、恐れながら孔明を見ていた。

関羽が必死で魏延の命乞いをしているとき、孔明が無茶をしていると劉備に誰かが知らせたらしく、劉備が走ってきた。

「先生、何事ですか」

関羽が魏延を紹介して、事の次第を説明した。

「魏延は手柄こそあれ、殺されるような罪はありませんぞ」

と劉備が言うと、

「頭の形が悪い」

と孔明は爽やかに言った。

「魏延は頭の後ろに反骨（突き出た骨）があり、先々必ず絶対に謀叛を起こすでしょう。だからここで始末して、先の禍根を断つのです」

頭蓋骨に個性があるからだけで殺すというのは孔明らしくないところである。確かにのちのち孔明と魏延は対立するところが多くなるが、謀叛というものでもない。骨相占いの他に理由があるに違いないが、よく分からない。


魯粛が柴桑《さいそう》にゆくと、孫権が部将たちを集めて迎えに出てきた。魯粛が宮門を潜り、馬から下りようとすると、先に下馬した孫権が立ち上がって答礼した。

「子敬どの、わしが馬の鞍を支えて、お前を馬から迎え下ろしたならば、お前の功を十分に顕彰したことになるじゃろうか」

と孫権が悪戯っぽい顔で言った。魯粛は趨《こばし》りに孫権の前に進み出て、

「不十分じゃ」

と言った。部将たちは、なんちゃ、驕《おご》ったか、とか言いながら、魯粛を驚きの目で見た。魯粛はおもむろに座につくと鞭を挙げつつ言った。

「願わくは、おカシラの御威徳が全世界に及び、全中国を一つに纏められ、帝王としての御事業を完成させられました上で、安車蒲輪《あんしゃほりん》（天子が賢者を召し出すときの特別車）によって、わしをお召ししてくださるんであれば、はじめてわしを十分に顕彰したことになりますんじゃ」

孫権は喜んで、魯粛に抱きついたり肩を叩いたりして、笑った。君臣の間の温かいジョークである。ほら吹き魯粛が久しぶりに大気なホラを吹いたのであり、孫権はそれが嬉しかった。

さて孫権はその頃勝手に軍事行動を起こしている。赤壁の大勝に我慢が出来なくなり自ら兵を率いて合肥《がっぴ》を攻めようとしていた。合肥は曹軍の前線基地の一つであり、呉にとっては目の上のたんこぶのようなものであった。

「わしだってかっこよく勝って吠えあげたいもんじゃ。今なら曹操じじいも負けたばかりじゃから、簡単に踏みつぶせるわい」

と半ば自己満足を目指しての出兵であった。実のところ周瑜から援兵の使者が来ていたのだが、それを無視しての出動である。自ら先頭に立って突撃しようとした。

張昭と並んで二張と評されていた張紘《ちょうこう》が、

「そもそも兵器とは不吉な道具であり、戦さとは危険なことなのでございます。いま将軍（孫権）は意気盛んなるを恃《たの》んで、狂暴な敵軍を軽視しておられますが、全軍のものは将軍の行動にひやひやしておるのでございます。たとえ敵将を斬り軍旗を奪って、戦場に威を振るわれたといたしても、それはそれぞれの部将のなすべきことであって、総指揮官のなすべきことではないのです」

兄の故孫策《そんさく》のような真似はやめてくれということだ。

「願わくは孟賁《もうほん》や夏育《かいく》のような連中の勇猛の心はお抑えくださり、お心に覇王としての計略をお持ちいただきますよう」

孟賁、夏育というのは古《いにしえ》の勇士である。孫権は、

「わかった」

と言って、陣頭に立つのだけはやめた。呉軍は合肥城を囲み、攻め続けた。　孫権はとにかく軍功をあげたかった。しかしなかなか落ちない。張紘が献策した。

「古より城を包囲するときは、その一方を開けておいて敵方の動揺を誘ったものでございます。いま見るに水も漏らさぬ包囲陣にて、敵に対する攻撃も急でございますが、これではかえって敵兵を命懸けにしてしまうのではないかと心配いたします。いちど死に物狂いとなった敵は、すぐにそれを陥落させようとしてもできるものではございません。援軍がやって来ない先に、少し包囲を緩められて、敵情を観察するのがよろしいでしょう」

しかし孫河《そんか》が反対した。

「援軍なんぞ来るかいや。このまま締め上げりゃええ」

初めから曹操は援軍を出す余裕はないと考えて、この戦争を始めた孫権である。張紘の献策を却下して、さらに攻撃に鞭を入れた。

だが孫権の思惑を裏切って曹操は張熹《ちょうき》に四万の兵を与えて合肥に援軍を急派した。孫権は冷静になり、

（ウチの兵は延びきっとる。退路を断たれたらひとたまりもないが）

と素早く撤退命令を出した。

現実問題、東呉の兵は見かけほど多くはない。いま江陵では周瑜が戦っており、残りの兵は江夏《こうか》、彭沢《ほうたく》、潯陽《じんよう》に散在させている。全体的に兵力が薄いのだ。それを知られたくない孫権は即座に撤退したのである。

曹操の戦略はもっと遠大であった。合肥が孤立しがちになるのは分かっている。既に淮河《わいが》流域にまで及ぼしていた屯田を、寿春《じゅしゅん》と合肥の間にも拓いて、補給を便ならしめようとした。赤壁の戦いの翌年、建安十四年（二〇九年）には曹操は水軍を率いて淮河流域から合肥に入った。寿春と合肥の中間、芍陂《しゃくひ》というところに軍屯を拓いた。この後、孫権と曹操は合肥を取り合って何度か戦うことになる。

さて南郡江陵の戦いは、周瑜が督励して、鬼のように攻めるのだが、曹仁もなかなかの戦さ上手を発揮して、江陵を堅守していた。既に数ヶ月が経過している。この間、劉備が、

「張飛と兵千人を貸すから、使ってやってくれ」

と提案したりした。張飛の殺人衝動が高まっていたのだろう。周瑜にその気があるなら劉備軍団が加勢してもよかったのだが、周瑜は、

（孔明の手に違いない）

と思い、呉軍だけで江陵を攻めることにこだわった。

一方、曹仁は、

「かねてより、こういうことになった場合に備えて丞相（曹操）が、書き置いていった

書がある。それを開くときがきた」

それは錦織りに包んだ箱の中に入っていた。曹仁は一読して書面を箱に戻した。徐晃が、

「わしにも見せろ」

と言ったが、

「そうしたいところだが、丞相は余人に見せることあいならぬと書いておられる。明日になれば分かる」

とことわった。

曹仁は全軍に五更（午前三時から午前五時の間）に食事をとらせ、城を出て野戦の準備をするように命じた。さらに腰に糧食の袋を下げさせた。そしていかにも罠臭く城壁に旗指物をまんべんなく立てさせた。兵を三つに分けて各門から外に出し、日が昇る頃には横に延びる陣を張った。

周瑜は物見櫓からこの陣形を見て、曹仁は撤退するつもりだと判断した。周瑜は軍勢を左翼と右翼に分けて、ひたすら前進追撃し、鉦が鳴るまで後退してはならぬと命じた。周瑜は後詰めを程普《ていふ》に任せて、自ら兵の先頭に立ち攻撃にかかった。

両軍が激突し、陣太鼓が鳴り響く中、曹洪《そうこう》が、

「やあやあ」

と馬を出して挑んできた。韓当《かんとう》が出撃して曹洪と戦った。三十合ばかり打ち合って、曹洪は逃げ出した。そこに曹仁があらわれると周泰《しゅうたい》が迎え撃った。十合ばかり戦ったと

ころで、曹仁は負けて逃げ出した。

二将が逃げ出し、曹軍は混乱状態に陥った。そこに周瑜の号令一下、左翼右翼の呉軍が突撃したので、曹仁の軍勢は大敗のていを見せながら敗走し始めた。呉軍が勢いに乗って江陵城まで追撃すると、曹軍は城の中に逃げ込むことはせず西北の方角へ逃走した。周瑜は韓当と周泰にそれらを追撃させて、城壁に人がいないことを確認してから、

「城を奪取せよ」

と突進する。城門は開けっ放しであった。周瑜を先頭にした騎馬軍が城の中に入った。と、城壁に兵を伏せて隠れていた陳矯《ちんきょう》が、合図した。曹軍の兵が立ち上がり、途端に周瑜以下の兵に弓と弩《いしゆみ》がいっせいに放たれ、雨のように降り注いだ。

「ぬう。しまった」

先を争って城に突入した呉の将兵は落とし穴にはまり、悲鳴が上がる。周瑜が手綱を引いて馬首をめぐらそうとした瞬間、矢が左の鎖骨に命中し、もんどりうって落馬してしまった。城内に伏せていた牛金《ぎゅうきん》の部隊が周瑜を捕まえようとしたが、徐盛《じょせい》と丁奉《ていほう》が戦い、なんとか周瑜を救出した。

城の外では、逃げていたはずの曹仁軍が反転攻勢をかけてきて、逆に混乱している呉軍に襲いかかった。程普が急いで軍勢を支えたが、勢いは曹仁にあり、大敗を喫してしまった。凌統が一隊を率いて斜めから曹仁軍を食い止めたすきに、呉軍は逃げ走った。

かくして曹仁は勝利した軍勢を率いて江陵城に入り、程普は敗軍をまとめて陣営に戻った。周瑜の傷はかなりひどく、急いで軍医に手当させた。

「矢の先に毒が塗ってありましたから、すぐにはよくなりません。激しくご立腹なされると傷口が開いてしまいます」

と軍医が言った。周瑜は、

「なんのこれしき」

と美しい顔を歪めて呻いた。起きることもならず、飲食物も喉を通らない有様である。

程普は全軍に命令を出し、それぞれ陣営を厳重に守備し、軽々しく出撃してはならぬと申しつけた。呉軍の陣営は静まりかえり、三日が過ぎた。曹仁は、

「周瑜を取り逃がしたのは残念だったが、深傷《ふかで》を負ったことだろう。だれぞ呉の陣営に行って挑発してまいれ」

と言った。

「ではそれがしが」

と牛金が言って、軍勢を率いて出掛けた。牛金が陣営の手前まで来て挑戦の言葉を叫んだが、程普は兵を抑えて出撃させなかった。

それからは牛金は毎日のように押しかけてきて、呉軍、周瑜を罵り、朝から晩まで汚いスラングを浴びせていった。周瑜はまだ臥せったままだ。程普は部将らと協議して、一旦退却してから孫権と会見し、善後策をたてようということになった。

周瑜は傷の痛みに耐えながらも、曹仁軍が何度も挑発に来ていることは知っていた。

諸将はだれもそれを周瑜に知らせに来なかった。周瑜は諸将を陣幕の中に呼びつけた。

「曹仁たちが陣営の前まで来て、われらを侮辱していることは知っておるぞ。程徳謀《とくぼう》ど

のは指揮権を持っておるのに何故、舐められたまま知らん顔をしているのだ」

程普が言った。

「大都督は矢傷を負われ、怒らせてはならぬと医者が言うとるけん、連中が挑戦してきても知らせなかったんじゃ」

「それで軍営を葬式のように静かにしてよいものか」

「公瑾《こうきん》どのの傷が治るまでしばらく江東に帰った方がよかろうかと」

周瑜はがばっと寝台の上に起き上がった。

「大丈夫たるもの、いったん君主の禄を食《は》んだからには、戦場で死に、馬の革で屍をくるまれて帰還してこそ本懐というものぞ。それがし一人のために国家の大事を廃すべきではない！」

諸将に、おお、と声が上がった。周瑜は鎧を身にまとい幕舎を出て、馬に跨った。

「ご無理をせんでくだせえ」

と止めるのを押し切って、周瑜は軍営の中を閲見してまわり、軍吏や兵士たちの気持ちを奮い立たせた。

するとちょうどまた曹仁の軍勢がやって来て、

「周瑜めが、まだくたばっておらんのか。それとも恐くてわが軍をまともに見られぬのか」

と罵声を浴びせ始めた。周瑜は、くわっと目を剝き、

「出陣」

と叫んだ。

「虫けら曹仁、周郎ここにあり！」

周瑜が飛び出したので諸将も慌てて後を追った。

周瑜が出て来たので曹仁は驚いたが、左右を顧みて、

「周瑜の小僧をどんどん罵れ」

と命じた。曹仁軍の兵士は声を張り上げて、周瑜の悪口、デマ、誹謗中傷を叫んだ。

曹仁らは周瑜が激怒すると傷が破れるという情報を摑んでいたらしい。さらに過激な悪口で周瑜をカンカンに怒らせた。周瑜が、

「潘璋《はんしょう》、曹仁の首を切り落として参れ」

と怒鳴ったので、潘璋が行こうとすると、周瑜が、突然、

「がっ」

と叫び声をあげ、口から血を吹き、馬から転がり落ちてしまった。

曹仁軍が突撃をかけて来たので、呉の諸将が前進し、しばらく乱戦が続いたが、やがて周瑜を収容して陣営に引きあげた。

程普が慌てて陣幕の中の周瑜の所に来て、

「大丈夫ですかい」

と顔を見ると、周瑜はにやりと笑っていた。

「心配するな。これは計略だ」

「計略」

「そうだ。わざと怒って見せ、傷が破れたようにして見せたのだ」

そのわりには口からも血を吐いているが、周瑜は、

「奴らはわたしの病状が悪化したと欺されたろう。腹心の兵士を城へ行かせて擬装投降させ、わたしが既に死んだと言わせるのだ。さすれば曹仁は今晩、夜襲をかけてくるに違いない。わが方は四方に兵を伏せてこれを待ち受ける。あとは軍鼓を一発鳴らすだけ、曹仁を生け捕りに出来よう」

と言った。周瑜の身体を張った作戦である。

「妙計じゃ」

と程普は陣幕の中にいた兵士に命じて、大いに慟哭《どうこく》させた。

慟哭は陣幕の外にも響いて、全軍の将兵は、周瑜が矢傷を破裂させて死んだに違いないと思い、気の早い陣営では喪服に着替える有様であった。

それを見ていた曹仁の間者は至急、城に戻って報告した。ちょうど曹仁たちが会議を開いていて、

「何、周瑜が死んだか。それは本当か」

と騒然となった。しばらくして呉軍からの投降者が来たというから、すぐに呼んで訊くと、

「周瑜は矢傷が破裂し、陣営に帰ってすぐ死にました。今、諸将は喪服を着て慟哭しているところです」

と答えた。曹仁は大いに喜び、

「周瑜さえいなければ呉軍など烏合の衆だ。さっそく今夜にでも夜襲をかけて、周瑜の死に首を奪《と》ってくれよう」

と決定した。

かくして曹仁は牛金を先鋒隊長とし、自らは中軍を率い、後詰めは徐晃、曹洪と軍を編制し、城には陳矯一人に一部隊で留守をさせた。ほぼ全軍を繰り出しており、呉軍を殲滅する腹である。

初更（午後七時から午後九時の間）過ぎ、ひたひたと城を出て、真っ直ぐ呉軍の陣営に向かった。

陣門まで来ると、人の気配がまったく無く、ただ旗指物や槍が見せかけに立ててあるだけであった。

「いかん、これは罠だ！」

と曹仁が叫んだ瞬間、四方から火が吹き上がり、東から韓当と蔣欽《しょうきん》、西から周泰と潘璋、南から徐盛と丁奉、北から陳武《ちんぶ》と呂蒙が突撃してきた。曹仁軍は大混乱に陥り、先鋒軍、中軍、後詰めは分断され、四方からサンドバッグのように押しまくられ、互いに救援することも出来なかった。

曹仁は城に逃げ込むべく、十重二十重の包囲網を突破しつつ、残兵を集め、必死の逃亡に入った。五更まで逃げ、江陵城から遠からぬ位置まで来たとき、太鼓の音が鳴り響いたかと思うと、凌統の部隊がゆくてを遮った。激しい戦いの末、曹仁は軍勢を率いて斜め方向に逃げたが、今度は甘寧の部隊に遭遇した。もう江陵城に逃げ込む余裕など無かった。戦って、揉み合って、躱《かわ》し、呉軍の執拗な追撃を受けながら、曹仁は北方の襄陽に向かう街道へと走った。呉軍はさらに追撃を続け、朝になって勝ち鬨《どき》を上げた。

「やっと曹仁を南郡から追い払うことが出来たぞ」

周瑜と程普は作戦成功を祝った。

周瑜と程普は諸軍をまとめて、勇んで江陵城下に到着したが、城門は閉じられ、城壁には「趙」の旗が翻っている。一瞬、何事が起きたのかと混乱した時、物見櫓に一人の武将が立ち、周瑜らに向かって叫んだ。

「われこそは常山の趙子竜《ちょうしりゅう》なり。軍師の命を奉じ、この城を占領いたした。周都督よ、お咎めあるな」

城壁には弓兵がずらりと並んでおり、周瑜たちに狙いを付けている。

孔明の指令を受けた趙雲は、二千ばかりの兵を連れて江陵城に攻め入り、陳矯を縛り上げていたのであった。

「おのれ孔明！」

周瑜の顔がみるみる朱に染まったかと見るや、激しい怒りのためにこめかみに血管が浮き、グアッと叫び声を上げて、今度は本当に矢傷を破裂させながらぶっ倒れてしまった。

呉軍は仕方なく陣営に引きあげた。軍医を呼んで周瑜を手当させていると、ようやく意識を取り戻した。諸将は安堵した。周瑜は寝床に半身起き上がって、

「諸葛亮めが、卑劣な策にてわが獲物をかっ攫いおって！　必ず殺す」

　と流血の痛みをこらえながら言った。

「その前に趙雲から江陵を奪い返さねば、腹の虫が治まらん」

　諸将も、

「そうじゃ。やったる」

「何が趙雲じゃ。あんなガキに舐められてたまるかい」

　と気勢を上げた。

　そこに魯粛が、

「それはちょっと待ちんさい」

　と出て来た。

「子敬よ、我らが死力を尽くして曹仁を追い立てたのに、こんな屈辱を我慢せいと言うのか」

　魯粛の顔色は青白く、目はこれもんの光を湛《たた》えていた。

「ここはわしに任せてもらえんじゃろうか。わしが劉備と孔明のところへ行って、きっちり筋道を通してきますけん」

　とドスを呑んだような低い声で言った。

（子敬は孔明と刺し違えるつもりだ）

　と見た周瑜は、

「よし、わかった子敬。まずは任せる」

と言った。

「待っとってくださいや」

魯粛はすぐに従者を連れて、油江口改め公安の劉備のもとに向かった。

殺気だった魯粛が劉備の本営を訪れると、劉備と孔明は昼間から酒を飲み、馬鹿話をして楽しんでいた。劉備は魯粛を見るや、

「おお、魯子敬どの。さあさあ、上がってくだされよ」

と手を引いて座らせ、盃を持たせると無理にも酒を注いだ。

「それ、ぐーっと一杯」

しかし魯粛は、盃を床に叩きつけて、立ち上がった。

「このたびの仕打ちはなんなら！　あまり馬鹿にしたことをすんのならこっちも切れるで」

と叫んだ。孔明が、

「子敬どの、何を怒っておられる。われらマブダチの間柄ではないですか」

と白羽扇で魯粛をあおいだ。

「江陵の事じゃ。横からかすめ取るような真似をしくさって。わしゃあのう、あんたたちのためにこれまで何度か骨を折ったが、許せん筋というもんがあるで」

すると孔明、

「江陵のことでしたら、いつでも明け渡しますよ」

と爽やかに言った。

「ひへ」

「そもそも公瑾どのが江陵を攻め落とせないときは、われらが取ってよいということでしたが、呉軍の奮闘を見ておれば、それはないことでしょう。南郡は公瑾どのに進呈します」

と言われて魯粛は脱力してしまった。

「趙雲を派遣したのは、襄陽にいる楽進《がくしん》が援軍を出すという諜報があったので、しっかり確保しておこうということでした。今頃は趙雲も帰り支度をしているのではないでしょうか」

「あんたら南郡は欲しゅうないんかい」

「くれるというならいただきますが、われらは同盟国、どちらが取っても別に変わりはありません」

孔明は魯粛に改めて盃を渡して、酒を注いだ。

だが、周瑜の計画では南郡奪取はまず手始めで、ゆくゆくは荊、襄九郡をすべて呉の物にしてしまうつもりである。しかし現在は襄陽は曹軍に占領されており、湖南四郡は劉備が取っている。

「子敬どの、荊州は公瑾どのの思うようにはなりませんよ。そもそもが荊州は故劉表どのの嫡男、劉琦どのが継ぐのが筋道、わが劉皇叔は劉琦どのの後見人であります。そこでわれわれは湖南四郡を預からせてもらっております。赤壁の戦いの後、戦後処理を話し合わぬままずるずる来てしまっておりますが、ここはきちんと決めておくべきでしょう」

「確かにそうじゃが」

「わたしどもも食わねばなりません。荊州の一部をお借りいたすことはお許し願いたい」

「うぬう。理屈ではあるが」

「まずもって大事なことは、いまも曹操とは戦闘中だということです。赤壁で敗れたとはいえ、その力はあなどりがたい。先般、孫仲謀《ちゅうぼう》どのも合肥で戦い、ひとたび退いたと聞き及んでおります。こんなときにわれらが争うなどしておれば、つけ込まれるは必定」

魯粛は酒を飲まされながら、孔明の流れるような説明を聞かされて、容易に丸め込まれてしまっていた。

魯粛は、江陵のことを報告するため、ほろ酔い気分で帰って行った。

魯粛が帰った後、劉備は孔明に、

「先生、これでよかったのですか。わしだって本当は江陵は欲しいところどころか、我が物と思っておったのに」

と言った。

「今はこれでよろしいのです。もしわが君が江陵を取れば、同盟はご破算、すぐに戦さとなるでしょう」

「それなら何故、趙雲に江陵を押さえさせたのだ」

「周郎にはいじめられましたから、ちょっとしたお返しですよ」

と言って孔明は白羽扇で口元を隠した。そして、

「それに、いずれ江陵はわれらのものになるでしょう」

と予言するように言った。

一方、魯粛は陣営に戻り、かくかくしかじかだったと報告した。周瑜は怪しんだが、

（今はわれらと事を構える気はないということか）

と思った。実際に、趙雲は城をきれいにして撤退しているという。

結局、周瑜は納得いかぬものを感じながら江陵に入った。

孫権は周瑜を偏将軍に任じて南郡太守の職務にあたらせ、江陵に駐屯させた。

もともと周瑜は同盟不要論者であり、劉備軍団のことなど浮浪集団に毛の生えたような物だと思っていた。呉が荊州に進出して全土を収めるのは当然のことと考えていた。しかし、劉備軍団は荊州の一角をいつの間にか切り取って、領土としている。追い払ってしまいたいところなのだが、それは出来なかった。

呉の事情である。荊州を攻略するだけの兵数がいないのである。それにまだ国としてのまとまりがない。周瑜の活躍で孫権集団が呉のあるじとして頭一つ抜けたとはいえ、不服従の豪族どもはまだいる。

たとえば丹陽郡《たんようぐん》の陳僕《ちんぼく》と祖山《そざん》という者が、孫権に叛旗を翻した。総勢二万という数である。孫権は賀斉《がせい》を威武中郎将として派遣した。賀斉は林歴山《りんれきざん》に立て籠もる陳僕たちをまことに苦労して鎮圧した。孫権は新都郡《しんとぐん》を新たにつくって賀斉を太守とした。一方で

は陸遜が不平分子である鄱陽の尤突や、丹陽の費桟を討伐するために走り回っている。

常にどこかで内乱が起こっているという状況であった。

呉でどうして内乱が頻発するのかといえば、みかじめ料が高すぎるからである。人口が少ないのが根本問題なのだが、戦闘をすれば財政難を招くわけで、それに対して賦税の徴収を厳しくすれば、やけになって造反を企む者が次々と立ち上がる道理である。呉政権の構造的欠陥と言える。張昭や諸葛瑾《しょかっきん》がそれを指摘しても、孫権は、

「クサレどもを二度と逆らえんように鎮圧するんじゃ」

と力で制圧することばかり考えていた。乱暴な国造りである。廬江郡《ろこうぐん》の有力者であった雷緒《らいしょ》という人物は孫権を見限って数万人を連れて劉備の陣営に入ったりした。

そういう内部矛盾をかかえているせいで、周瑜の思い通りにならないのである。南郡に駐屯するのでいっぱいいっぱいであった。孔明はそれを見抜いていたから、ある程度呑気にしていられた。

孔明は劉備に軍師中郎将なる役職を与えられ、湖南四郡の経営を任されることになった。

「わかりました」

と言って、臨蒸《りんじょう》という城市に家族を連れて赴いた。臨蒸は湘江《しょうこう》の支流の蒸水に臨む、交通の拠点である。四郡からちょうど同じ距離にあり、監督がしやすかった。

で、何か特殊なことをするかと思えば、とくに何もしなかった。太守を替え、悪徳役

人も追放していたので既にしてだいたい治まっていたからである。劉備人気というものはどこへ行っても抜群で、四郡の領主が劉備になったことに領民たちは歓声を上げていた。孔明は減税をして、旧太守や柄の悪い役人たちがやっていたピンハネを止めさせるだけでよかった。すると減税したのに税収はかえって上がった。また噂を聞いた周辺の民がこぞって移住してきて人口も増加、湖南四郡は盛んな地方となっていった。劉備の人徳というか魔力には、孔明も首をかしげざるを得ない。あとは領民の心得十箇条のようなものを発布しておけばよい。

たまに劉備が関羽や張飛を連れて視察すると、どこへ行っても大歓迎で、大スターの貫禄がある。領民に親しみ、飲めや歌えやでもてなされる。孔明はほとんど表に出る必要がなかった。

「わが君、これでようやくわが軍団も天下に足がかりができました」

と孔明はうやうやしく言った。劉備は輝く笑顔で、

「先生のおかげである。次は何をすればよかろう」

と訊いた。

「人材です。荊州には曹操から隠れた士が少なからずおりましょう。それを招くことです」

「それはわしも考えていたところだ」

「公募なさいませ。来る者は面接して採用を考え、名のある者がいれば惜しまず足をお運びになりますように」

優秀な者が来れば孔明も楽になり、郡の経営などせずにすむ。また将才ある者が来れば、軍団をもっと細かく分けて機能的にすることが出来る。

（わが君の異常な人徳があれば、そこそこ集まるだろう）

と孔明は思った。

暇な日は、といって暇な日が多いのだが、孔明は黄氏《こう》と仲良く発明や工作を楽しんだ。古書に記された謎の兵器を復元したり、自ら図面を引いていろんな物を設計した。こういうことは黄氏のほうが得意で、孔明がはっとするようなアイデアをいくつも持っていた。

そんなある日、公安から使者が来た。孔明に来るようにということだった。湘江を下れば公安に出ることが出来る。

行ってみると、劉備が泣いていた。孔明は、

「劉琦どのが亡くなったのですね」

と言った。

「何故、ご存じなのです」

「二日ほど前の夜、天文を見ておりましたところ、星が流れました。劉琦どのが病没したと占いました」

面倒臭いガキと思っていたが、いざ死なれてみると、劉備の心は悲しみで一杯になり、悲嘆に暮れることになった。

「人の生死は命、天にあるものです。あまりお嘆きにならぬよう。片付けねばならぬこ

とができました」

それでも劉備は三日も喪に服して、弔った。

孫乾《そんけん》、糜竺《びじく》らに葬儀を執り行わせ、孔明は故人をかっこよく誉める文章を読み上げて、

「……荊州のことはこの玄徳《げんとく》に万事お任せあれ。立派に州牧のつとめを果たしてご覧に入れます」

と最後に書いている。劉琦が死んだことで、後見人だった劉備は誰憚ることなく、荊州のあるじを名乗れるようになったのである。まあ、人が認めるかどうかは別問題として。

「近いうちに呉から魯粛が参るでしょう」

「なにをしにだ」

「多分、無理を言ってきますので、それはわたしにお任せ下さい」

と孔明は言った。

半月後、魯粛が弔問に訪れたのだが、何やら険しい顔つきであった。劉備、孔明とも城を出て魯粛を迎え、役所に案内した。

「劉琦どのが逝去なされたちゅうて、カシラ（孫権）には心ばかりの品物を御霊前に捧げいと、派遣されました。劉皇叔と諸葛先生にくれぐれもよろしゅう言うてくれとのことです」

「わざわざ有り難うございます」

劉備と孔明は立ち上がって礼を言った。品物を受け取ると早速、酒の支度をしてもて

なした。

「こんな席で言いにくいことじゃが、はっきりさせにゃいけんことがある」

魯粛は盃をぐいと飲み干してから、

「劉琦どのが逝去され、荊州の持ち主はおらんようになったわけじゃが、カシラは早々に荊州を明け渡してくれというとる。赤壁の戦いで曹操を追い払い、南郡も曹仁から取りあげたのはわしらじゃ。当然、荊州は呉の物じゃろうが」

と言った。渋々言っているのは、孫権が欲張りすぎていることを魯粛も分かっているからである。魯粛は困った使者に出されたと思っている。

孔明は、

「曹操との一戦は呉の力だけで勝ったとお思いか。劉皇叔の軍が後ろに控え、わたしが東南の風を吹かせなかったら、周郎は半分も手柄を立てられたかどうか。同盟の義をどう思っておられる。用済みになったらともに戦った友軍を、犬のように追い払うつもりですか。そもそもわが君は中山靖王《ちゅうざんせいおう》の後裔《こうえい》にして、孝景皇帝の玄孫、今上皇帝の叔父にあたるのですから、本当ならどこだろうと望む土地を与えられて当然なのです。それに比べて孫仲謀どのは銭塘《せんとう》の小役人のせがれであり、もともと朝廷に対して何の功績もない。それが故孫策どのの勢いで、江東、江南の六郡八十一州を占領しながら、なおも飽きたらず、漢王朝の領土まで収めんとするとは、欲深きにもほどがある」

と弁じたてた。

「まあ、そうきつう言わんでくれい。わしもカシラに一応、言ったんよ。曹操に対抗するなら劉皇叔との同盟は不可欠じゃと。あんたらを生かして使うんが上策なんじゃから」

　周瑜と違って魯粛は同盟必要論者である。

「じゃけんど、カシラは荊州が欲しゅうてたまらんのじゃ。このまま手ぶらで帰ったら、わしの立場がなくなるわい。カシラに何と返事をすればいいのか、罪を問われることにもなりかねん」

　呉の真の盟主になりたい孫権としては、強硬でも、荊州を手に入れるために必死なのだろう。

「カシラが力尽くでも荊州を取ると言えば、戦さになる」

「合肥には曹軍がおり、国内にごたごたがあってそんな余裕はないでしょう。さらにわれらが戦えば曹操を喜ばせるだけです」

「そうなんじゃ。なんとかならんかのう」

「マブダチの子敬どのが、面目を潰すというのであれば、わたしも心苦しいことではあります。そこで一つ妙策があります」

「妙策ですか」

「しかり。わが君がいつまでも荊州に止まっているとお思いですか。わが予定では近い将来、別の新天地を求めて、そこに移る考えなのです。ただしそれは今ではない。しばらく荊州にて兵を養い、力をつけることが必要です。別国を得るまでの間、荊州を借地するということでどうでしょう」

「別に城池を攻め取ると言うんか」

「そうです。この旨、誓紙をしたためます故、それを呉侯に持って帰られよ」

魯粛は、

(別に取るような土地は西川(益州)ぐらいのもんじゃ。じゃが、西川は公瑾も狙うておるところだ)

と思ったが、ここはそこまで考えずに、

「わかった。そんで手を打とう」

と言った。

劉備が、

「では、酔わぬうちにさっそく誓紙を書こう」

と言って、向こうの机で、新天地を得たならば、間違いなく、荊州を譲るであろう、という内容の誓紙を書いた。孔明も保証人として連署した。

「身内のわたしが連署するのは当然なので、子敬どのにもお願いします」

と言うので、魯粛も保証人として名を連ねた。これで魯粛とのマブダチ関係は沼に足を突っ込むようにさらに深くなった。そしてこれが呉との違約借地問題の始まりとなった。

「これを見せても呉侯が無茶を言うようなら、遠慮無く攻めて来られよ」

「いやいや、(孔明は別として)劉皇叔は仁義の人、嘘はつかんじゃろ」

話はまとまって、三人は楽しく宴会をしたのであった。

魯粛は公安を出ると、周瑜に会いに江陵に行った。

「ああ、子敬。よく来てくれた」

周瑜は顔色が悪く、体調も不良のようであった。

「公瑾、からだは大丈夫なんか」

「なに、案ずることはない。それより、公安で劉備たちに会ってきたのだろう。首尾はどうだった」

「荊州についてはこういう誓紙を書かせた」

「どれ」

周瑜は誓紙を見ていたが、みるみる顔が朱くなった。

「子敬よ、なんと間抜けなことをするのか。これは孔明の詐術だ」

「別におかしなことは書いとりゃせんが」

「荊州を返還するといっても、新天地を得たらとか、条件付きではないか。新天地とやらを得るまで十年かかるか、二十年かかるか、分かったものではない。しかもきみまで保証人に名を連ねているとは」

「孔明はともかく、劉備は約束を守ると思うんじゃが」

「きみは劉備がつねに恩人を裏切ってきた常習犯だということを忘れている。呂布《りよふ》しかり、袁紹《えんしよう》しかり、曹操しかり。今度は劉表、劉琦の死をいいことに荊州に居座っている。劉備が仁義の士というのは、悪い冗談だぞ」

魯粛はうーんと唸っている。

「わしゃあ、同盟を信じるけん」

「劉備は梟雄《きょうゆう》であり、孔明は奸智に長《た》けた悪党だ。決して信じてはならぬ連中である。だが、まあよい。劉備と孔明を殺してしまえば、その誓紙もただの紙切れになる」

周瑜は病身ながら、その目は力強く光っていた。

魯粛は柴桑に帰って、孫権に報告した。孫権は、

「甘うみさらしおって」

と舌打ちしたが、魯粛を責めるようなことはなかった。この頃、程普や張昭が兵を率いて合肥に行っていたからであり、曹操の圧力を嫌でも感じていた。

劉琦の死後、ほどなくまた劉備を悲しませることが起きた。長年連れ添った甘《かん》夫人が亡くなったのである。甘夫人は劉禅《りゅうぜん》の母であり、残っていた唯一の正室であった。劉備に嫁いでしまったばかりに、野に捨てられたり、戦闘に巻き込まれたり、苦労の生涯であった。のちの章武二年（二二二年）甘夫人は皇思夫人と諡《おくりな》され、蜀に移葬されることになった。孔明がやったことである。その棺が到着する前に劉備は薨《みまか》っていた。孔明は甘夫人を褒め称える言葉を上言し、合葬されることになった。

劉備は喪に服することはしなかったが、悲しみは大きく、やけ酒を飲んだり、馬で無意味に走り回ったりした。それでも部下の前ではいつもの劉備を保っていた。劉備が寡夫になったことは呉にも報らされた。

例によって魯粛が弔問の使者として訪れ、おくやみを言った。

魯粛が江陵に行くと、周瑜が目をきらきら光らせていた。

「ふふふ、子敬、荊州取りの秘策が成ったぞ」

「いきなりなんなら」

「劉備は夫人を亡くし、寡夫になった。そこで劉備に嫁を世話してやろうというのだ」

「大きなお世話じゃと言われんかのう」

「ふっ。そんじょそこらの嫁ではないぞ、主公の妹御がその相手だとすればどうだ。同盟の絆が強くなると言えば、劉備は断るまい」

「カシラや妹御の意向を聞かんでええんか」

「嫁取りは、オトリにしてもよい。劉備がのこのこやって来たら、婚礼をあげないうちに捕まえて、獄中に幽閉し、人質にして、荊州と交換しようと言ってやるのだ。そうなれば孔明にも打つ手はあるまい」

「そううまく行くかのう」

「主公に書状を書くゆえ、柴桑に届けてくれ」

周瑜は劉備を斃《たお》すための婚姻策をしたためて、魯粛に託した。

孫権の妹は御年十七歳（というが大分さばを読んで二十三くらいだったろう）、名は不明だが、現代日本に登場すれば一部から熱狂的に萌えられて、支持されるに違いない美少女戦士である。とにかく武ばったことが大好きで、薙刀、剣、弓矢、槍、乗馬となんでもござれの腕前であった。

『（孫権の）妹、才は捷にして剛猛、諸兄の風有り。侍婢百余人、皆、刀を執りて侍立す。備、入る毎に、心常に凜々たり』

孫権の妹は、捷にして剛猛、というまるで武将を説くような形容がなされている。諸兄（孫策、孫権）の気風があった。さらには自分の侍女たちにも武闘訓練を施して、いつも武装させていた。劉備はその室に入るたびに、常におそれて背筋を寒くしていた。

現代のマンガやアニメやゲームではよく見られて珍しくもないが、当時に於いては深刻なお転婆である。しかも、

「天下の英雄の妻になりたい」

と公言しており、そのせいで婚期を逃しかけていた。孫権も頭の痛いところである。政略結婚を承知するかどうかもわからない。

さて、周瑜の苦闘の間にちゃっかり荊州の三分の一をせしめた劉備軍団でありましたが、こんどは周瑜の魔手が迫って来ようというもの。果たして劉備は必殺の罠をかわせますか、孫権の妹との婚礼はどうなるのか、で、孔明は如何なる奸計を秘めているのか。

それは次回で。

劉皇叔《こうしゅく》、新妻を娶りに虎穴へむかう

柴桑《さいそう》に戻った魯粛《ろしゅく》はいそぎ孫権《そんけん》に面会を求めた。そして周瑜《しゅうゆ》の書状を手渡した。

孫権は思ってもみなかった策に驚いた。

「劉備《りゅうび》なんぞにわが妹をくれてやれちゅうんか！　どんだけ年が離れとると思うんじゃ」

魯粛は、

「わしは周郎《しゅうろう》と多少意見が違うところがありますが、悪うないと思います」

と言った。

孫権はしばらく考えていた。

（やってみて損はない）

と結論した。だが問題は妹である。日本の戦国時代もそうだが、政略結婚の場合、女性の意思などまるで無視される。逆らえないどころか、道具扱いとなる。しかし自分の妹が大人しく道具に甘んじるとは思えなかった。狂暴な妹なので、嫌となったらドスを振り回して血の雨を降らせ、自らを刺し殺すかもしれない。

結局、妹に打診することにした。妹の部屋をたずねるべく廊下を歩いていると、庭先から剣戟《けんげき》の音が響いてきた。見れば妹が侍女たちに薙刀《なぎなた》や剣の稽古をつけていた。孫権は妹を呼んで、

「今日はそこまでにしとけ。お前に大事な話があるんじゃ」

と言った。

「兄さま」

妹は兜をかぶり、男のようななりをして、玉の汗を流していた。格好なんか気にしない。

「少し待っときんさい。汗ば流して、着替えてくるけん」

「うむ」

赤壁の戦いのときにも、

「わたしも戦さ場に出してくれんね」

と言っていたほどの男勝りである。

しばらくして妹の部屋で対面していた。妹は双眸ひかり、鼻筋整った細身のいでたちで、女装束を着れば十分にお姫様として通用する。にこにこしていた。孫権は直截《ちょくせつ》に、

「お前に縁談がきちょる」

と言った。妹は、あらまあ、という顔をして、

「わたしを人の嫁にするんはあきらめちょったと思ったんにねぇ」

と言った。

「お前、相手が天下の英雄なら、嫁いでもええと言うちょったな」

「そうやわ。じゃけんどそんな男はおらんじゃろ」

「一人おるから、縁談なんじゃ」

「兄さんの部下ならいけんよ。兄さんより偉うなれん」

と言ってじーっと孫権の顔を見ていた。

「ええい、はっきり言うちゃる。劉備玄徳《げんとく》。こやつほど天下に名の売れとる男はおらんで」

「劉備玄徳さま……」

「もうええ年をした中年オヤジだぞ」

すると妹はもじもじして、

「申し分ありません。玄徳さまのところへなら」

と言った。劉備伝説はいろいろ粉飾されて人々の噂になっており、妹の耳にも入っていた。

「ほんまにええんか。妙ちきりんで変な奴かもしれんのやで」

「玄徳さまなら天下の英雄にまちがいありませんわ。きゃーうれしか」

「まだ向こうには伝えとらん。劉備の方がいらんちゅうかもしれんで」

「そうならんように、兄さまようお力添えをしてくれんね。きゃー」

というわけで孫権の妹はほとんど自発的に承諾した。

（こんなに嬉しそうな顔を見るんは初めてじゃ。これでよかったんかいな。劉備を締め上げるための縁談なんじゃが）

と孫権は複雑な心境となった。

孫権としては縁談はゴーサインとなった。後は劉備である。

「子敬《しけい》、誰を使者にするんがええかの」

「呂範《りよはん》がよかろうかと」

「おお、呂範なら間違いない」

と言って、さっそく呂範を呼ぶことにした。

呂範は汝南《じよなん》の人、字《あざな》は子衡《しこう》といい、孫策《そんさく》に出会って食客百人を連れて孫家集団に入った。風采もよく、筋金の通った男である。

孫策の在世中、呂範が会計を任されていたことがあった。若い孫権は呂範の所へたびたび小遣いをせびりに行ったが、呂範はいちいち孫策に報告して、許しを得てから渡し、許可なきときは一銭たりとも渡さなかった。それで孫権は一時期呂範を憎んでいた。孫権がやや長じて、小県の県長を務めていたとき、ついつい公金横領などをしていた。ある時、突然、孫策が会計監査をしたことがあって、孫権は冷や汗をかいた。周谷《しゆうこく》という者が、帳簿を改竄《かいざん》して不正発覚は避けられた。孫権は周谷に感謝したが、その後、孫策の跡を継いだとき思うに、周谷よりも呂範のような男が自分にとって必要だと悟ったのであった。

孫権が呂範に、表向きは縁談の使者だが、裏には劉備をぎゃふんと言わせるか、殺すための計画がある。そういうことを話すと、

「仲謀《ちゆうぼう》さまの発案ですか」

と呂範は訊いた。

「いや、周郎の計略じゃ」

「ならば柴桑ではなく京《けい》にお移り下さい」

京（鎮江《ちんこう》）は長江の下流にあり、呉の東の端っこにある。

「なぜじゃ。不便だぞ」

「劉備が飛んで逃げられなくするためです」

柴桑では荊州《けいしゅう》に近く、助けを求めることも、夏口《かこう》に脱出することも出来る。

「わたしがきっと劉備を京に呼び込みましょう」

と呂範は言った。

公安《こうあん》の劉備には呂範が派遣されることは前もって伝えられていた。劉備は孔明《こうめい》を呼んで、

「先生、呂範とかいう男が来るらしいんだが、何の用事だろう」

と訊いた。

「それは話を聞いてみなければわかりません。さきに魯粛に渡した誓紙に周瑜も孫権も納得しているはずがありません。おそらく周瑜のさしがねでしょう。荊州を狙っての奸《かん》計《けい》かと思われます。呂範はさきの戦さにも功があり、周瑜の信頼する者のひとりですし」

「面倒くせえなあ。先生、追い返してもよかろうか」

「それはなりません。同盟国の使者ですから」

数日後、呂範が公安に着いた。

「まずは呂範の用件をお聞き下さい。わたしは屏風のかげに隠れて聞いていますから」

と、孔明は屏風の裏に回って坐った。

呂範が案内されて、客殿にやって来た。風采の良い渋みのある色男である。劉備は格好のいい男に弱い。挨拶が終わって、座が定まり、お茶を飲んでから、劉備は言った。

「貴公ほどの人がわざわざここに至るということは、何か大切な用事なのですか」

すると呂範は迷いなく本題を切り出した。

「劉皇叔《こうしゆく》におかれましては、先ごろ奥方を亡くされた由。そこで当方縁談を持って参りました。いかがでしょう」

「縁談！　妻を亡くしたのは大いなる不幸だが、まだ亡骸《なきがら》のぬくもりも消えておらぬのに、再婚の話など非常識ではござらぬか」

「妻の無きは人として、道を廃することにございます。ことに皇叔さまのようなお方におかれましては、必要不可欠のものとぞんじます」

「相手はどなたかな。思えばわしももう五十に届く年齢である。そんな者のところに喜んで嫁《き》てくれるような女性がいるとは思われぬ」

どうせ孫権の所にいるクソ婆あだろうと思って訊くと、

「相手は、わが君、呉侯の妹御でござる」

「げえっ」

「妹御は当年とって十七、美しく、聡明であり、皇叔さまに配するに十分にふさわしいかとぞんじます。ご両家が姻戚関係になられたなら、同盟の絆もまた一段とつよくなるでしょう」

呂範は堂々としている。

(うぬーん、政略結婚というやつか)

「仲謀どのはご承知なのか」

「もちろんでございます」

「思うに年が離れすぎておらぬか。嫌がっている女を貰うなぞ、したくはないぞ」

「男にとってお年など関係ありません。それにこの縁談は妹御がひどく乗り気なのです。妹御は女子ではありますが、その志は男に勝るものがあり、いつも、天下の英雄でなければ嫁ぎません、と申しておられる。そこで皇叔さまの名を出したら、目をきらきらさせて、皇叔さまの妻になれるなら、女としてこれほど嬉しいことはないと、申しておられるのです」

劉備は少しやにさがって、

「本当か。そんな妙齢の娘御がわしなどに」

「皇叔さまはその名声、天下に鳴り響くお方であります。それに妹御は天下の英雄の妻になるからにはと、夫とともに戦う武芸を身につけておかねばならぬと申されて、弓術、短槍なども心得ておられ、皇叔さまが末長くお側にお置きになるのにこれ以上の姫はございませぬぞ」

呂範はずいと迫ってきた。

「是非とも皇叔さまには呉までおいでいただき、妹御と婚礼を挙げていただきたい」

「ちと考えさせてくれ。子衡どのには今しばらくご滞在いただいて、二、三日中にご返事いたす」

その日は宴会を開いて呂範をもてなし、駅舎で休息させた。

その夜、劉備と孔明が話して、

「先生、なんか凄い話になってきおったぞ。孫権が妹をくれるそうだ」

「それでどうなさるのです」

「いや、どうしたらいいか、よく分からん」

「先ほど易をたててみましたが、婚礼には大吉の卦が得られました。わたしとしてはわが君に嫁取りしていただきたいとぞんじます」

「簡単に言うのですな」

「ふふふ、周瑜も孫権もこの婚姻策で荊州が取れると思っているんでしょうが、逆です。わが君が荊州のあるじとなれる好機です」

「だが、わしが呉に行ったら、たちまち簀巻きにされて、水に沈められるんじゃないか。罠の匂いがぷんぷんするぞ。軽々しく虎の穴などに入ってはならんだろう。だいたい花嫁のほうが来るべきだろうが」

半生を命を的にして過ごしてきた劉備の野性の勘は、一大危機を察していた。

「確かに罠であり、わが君を暗殺しようと企んでいる者はいるでしょう。一度、呉に入ったら生きて戻れぬかもしれません」

「そんな危険な場所には行きたくはないぞ。味方と言えば魯粛一人くらいなものだ。そうだ、先生も一緒に行ってくれんか」

「お断り申し上げます」

「じゃあ、わしも行かん」

「そんな子供のようなことをおっしゃってはなりません。命を狙われることなど、いつものことではありませんか。こたびも命を懸けてひと勝負なさいませ。勝てば美人の若い嫁と荊州が得られるのですよ」

「うーん、若い嫁は欲しいが。殺されたら意味がない」

「まずは呂範に応諾の返事をして、公祐《こうゆう》（孫乾《そんけん》）どのに一緒に出向いてもらい、段取りを決めてきてもらいましょう」

と、爽やかに言った。

呂範と孫乾は江南にゆき、孫権と面会した。

「わしゃあのう、玄徳どのが、わしの妹の婿になって欲しいと願っておるだけで、決して他意はないんじゃ」

との言葉と土産物をもらい、孫乾は公安に戻った。

「仲謀どのは、なるだけ早くひたすら殿が婚礼を挙げに来るのを待っているとのことです」

と孫乾は報告した。

孫呉が禁断の暴力無法地帯だと思っている劉備は、それでも渋った。孔明が白羽扇《はくうせん》をかざしながら、

「案ずることはありません。わたしの胸中にはこたびのことについて秘策があります」

と言った。

「先生、本当か」

「周瑜や孫権がわが君を害することなど出来なくしてみせましょう。保証いたします。ただし、町のチンピラに刺されたりしてはいけませんよ。お供は子竜《しりゅう》が適任でしょう」

趙雲《ちょううん》に五百の兵を与えて同行させることにした。そして趙雲を呼んで、

「わが君を護って呉に入るにあたり、この錦の袋をもっていってください。袋の中には策略が入っていますから、順番に実行するのです」

と孔明必殺の軍師袋を手渡した。

「はい、先生」

趙雲はお守りか何かのように、軍師袋を肌身離さずつけたのだった。

孔明は一足先に使者を派遣して結納の品を納めさせ、準備万端整えた。

時に建安十四年（二〇九年）十月。劉備は嫁取りのために京に向かって出発した。孫乾と趙雲、それに五百の兵が、十隻の快速艇に分乗して、公安を出発した。

「大丈夫かな」

とこの場になっても疑っている劉備に、孔明は、

「後のことはお任せください。新しい義兄どのに荊州をおねだりすることを忘れないでくださいね」

と手を振って送り出した。

果たして孔明の策とは？

この小説は『三国志演義』に沿って書いているので、右の次第であるが、実際は、孫権の妹のほうが公安にやって来て婚礼を挙げたようである。劉備が京の孫権に会いに行ったのはその後のことである。孫権の妹の里帰りについていったのかも知れない。孫権の妹は、名が分からないので、孫氏《そん》とか孫夫人と呼ぶことになるが、近頃は、尚香《しょうこう》という名が定着しつつある。ちなみに黄氏《こう》の名は月英《げつえい》となっており、どこから引っ張ってきたのかはわたしは知らない。


船中、劉備は死地に赴くという不安を解くことが出来なかったので、酒を飲んで孫乾に絡んだりしていたが、近づくにつれ、

「男一匹、劉備玄徳、嫁を一人取るに何やある」

と開き直っていった。

劉備一行が長江をくだり、京口の岸辺に着いたとき、もう十月も中旬になっていた。

趙雲は軍師袋を開けてみた。中の帛《はく》には、

『喬国老《きょうこくろう》を訪《おと》なうこと。婚礼の事を城市で言いふらすべし』

と記されていた。劉備軍団の中で一番孔明に懐いていた趙雲はすぐに合点した。五百人の配下に命じて、派手な朱い袍《ほう》を身にまとわせた。

「京に入ったら、にぎやかに騒ぎ立て、劉皇叔が呉侯の妹君と婚礼を挙行しに参ったことを吹聴して回り、たくさんの品物を買いあされ」

と命じると、配下は散っていった。

「わが君、まずは喬国老にご挨拶せよとの、先生の指示でございます」

「喬国老って誰？」

喬国老とは喬玄《きょうげん》のことで、孫策の夫人、周瑜の夫人である大小二喬姉妹の父親とされているが、そんな人が今頃、京にいるとは謎めいたことである。

劉備は酒や羊肉を持って喬国老の邸《やしき》を訪ねた。

「天下の英雄、劉玄徳と申す者でござる。こたびは呂子衡どのの口利きで、孫仲謀どのの妹御を娶ることになりました。まずはご長老の喬玄どのにご挨拶とお土産をと」

喬国老は驚愕の表情で、

「なんと」

と言った。そんな話は初めて聞いたからである。

「不肖な男でして、今後ともよろしくお願いいたします」

「劉玄徳というと、あの劉備玄徳のことかね」

「おお、わが名をお耳に入れられておりましたか。面はゆいことです」

劉備はしばらく話をして、ダーッハハハと笑いを振りまいて帰って行った。

喬国老は急いで呉国太《ごこくたい》のところへ行って、祝賀の辞を述べたのであった。

「おめでたいことじゃ。なし、わしにも知らせてくれなんだ」

するとと呉国太は不審な顔つきで、

「何の話をしとるんかいね。わたしゃ何も聞いとりゃせんよ」

と言った。

呉国太って誰？　というから説明すると、昔、孫堅《そんけん》が娶った呉氏の女があって、呉夫人と呼ばれ、つまりは孫策、孫権らの実母である。度胸もあって切れる女性であったらしい。その妹も姉をしのぐ美女だったので、彼女も孫堅の側室となり、愛された。呉夫人は建安七年（二〇二年）に病死するのだが、その時の遺言で、孫権に、

「わが妹を母と思い仕えるように」

とつよく言いわたした。そうして呉夫人の妹は、呉国太とか呉太太《ごたいたい》と呼ばれ、正確には叔母ではあるが、孫権らは本物の母以上によく仕えていたのだった。

「姫君は玄徳どのの奥方になられるよし。玄徳どのはもう到着しておられる。隠すことはないじゃないの」

「なんちゅうことじゃろうか。そんなことは少しも知らんよ」

呉国太も驚いて、孫権を呼びつける一方、人をやって町中の情報を探らせた。

呉国太にもたらされた報告は、劉備はもう客館に入っており、随行の者たちが市街で、豚や羊や果実等を買いそろえ、婚礼を祝う支度をしているということだった。呉国太は喬国老と後堂で孫権が来るのを待った。

孫権が現れると、呉国太は、目に涙を溢れさせて、

「あんたは、どこまで母を蔑《ないがし》ろにするんね」

と詰《なじ》った。孫権は、

「いきなり叱りつけられるんは、この権、何のことだかようわからんのですが」

とあたふたと言った。

「しらばくれるのはやめんさい。妹を劉玄徳に嫁がせるなんちゅう、大事なことを、なんでウチに知らせんのじゃ。この母を無視して婚姻なぞ、あんたはそげに偉くなったんね。あの子はウチの娘でもあるんよ」

孫権はしまったと思った。

「母上、その話をどこでお耳にいれなさったんじゃ」

「ウチの耳にいれたくないことを、しようとしとったんか！　すでに城市の者どもはみんな知っとるということじゃ。どうしてウチにだけ隠そうとしたんなら」

とうらめしそうに睨まれて、孫権は手を振って言った。

「誤解ですじゃ。そうじゃなか」

「じゃあ、なんだというんね」

「じつはこの縁談は周郎の策略なんじゃ。婚礼を口実にして劉備をおびき寄せ、ここに拘留して、やつと荊州を交換するちゅう段取りなんじゃ。もし向こうが言うことを聞かんかったら、劉備を斬り殺す手筈ですじゃ。じゃから、これは計略であって本当の縁組みではないんよ。よって安心してつかあさい」

としどろもどろに言った。

「なんちゅう下種《げす》なことを。あんたは六郡八十一州の総大将にならんとしとるいうに、堂々の戦さでなく、卑怯な計略で荊州を奪うちゅんかいや。しかもワガ妹ば餌にするとは、なんと見下げ果てた奸策じゃろう。こんな事が天下に知れたら、誰もがウチらを嫌って、娘は一生結婚でけんようになるけん、するんならいっそウチを殺してからにせんね」

　喬国老も、

「そん通りじゃ。こげんこつで劉備を殺したら、天下の笑いもんになるで」

　と言った。呉国太は孫権と周瑜を罵り、袖を涙で濡らした。孫権は何も言えなくなった。

　そこで喬国老が、

「話がここまで進んだ以上は、劉玄徳をほんまに婿に迎えるんがええのじゃないか。劉玄徳は漢王朝のお身内じゃけん、格は問題なか。ほしたら醜態をさらさんですむで」

　と提案した。

「ウチは玄徳どのをよう知らん。時間と場所を決めて、いっぺん顔を見てみたか。ウチの目から見てよか男やったら、娘を嫁がせてもええ」

　と呉国太はまだ孫権を睨んで言った。

　意外に親孝行な孫権は、不承不承ではあったが、呉国太のリクエストに応えることにした。

(母上が気に入らんかったら、殺してええんじゃ)

　とは思っている。呂範を呼んで、近所にある甘露寺で面会をセッティングするように言った。呂範は、

「では賈華《かか》に命じて三百の衛兵を両側の廊下に伏せさせておきましょう。国太さまが気

に入らない時は、合図して、左右から一斉に襲いかからせるのです」

と言った。

「国太さまが劉備を気に入るはずがありません。劉備の首さえ取ってしまえば後はなんとでもなります」

「うむ」

孫権は賈華にあらかじめ準備するように命じた。しかし、孫権も呂範も劉備がタチの悪い年増キラーであることを知らなかった。

客館に喬国老の使者が来て、明日、呉国太が会いたいと言っている旨を伝えた。劉備と孫乾と趙雲は、相談した。

「明日の対面には危険な予感がいたします。それがしが手勢を率いてお供つかまつります」

と趙雲が言った。

翌朝、劉備は内側に細鎧を着け、その上に錦の戦袍《せんぽう》を羽織り、幾多の戦場で血を吸った剣を従者に負わせて、馬に乗って甘露寺に向かった。その後ろには、完全武装の趙雲が、五百の精兵を引き連れて従った。呉国太と喬国老は先に甘露寺の方丈に入っていた。孫権が参謀をともなって到着する。

寺の入り口で、劉備と孫権は初めて出会った。喬国老が劉備を孫権に紹介した。劉備はすぐに馬を下りて、孫権に挨拶した。朝廷における位階も年齢も孫権の方が下であったが、劉備の方が遜《へりくだ》っていた。

「劉皇叔には遠路はるばる、ご来訪いただき、歓迎いたす」

と孫権が傲然《ごうぜん》と言っても、劉備は、

「拙者が劉玄徳にござる。あなたのお父上とはずいぶん前、董卓《とうたく》と戦ったときお会いしたことがござる。婚礼が終わればあなたはわしの義兄となるのですなあ」

と下手に出るように言った。むろんお互いに観察している。

孫権の碧眼紫髯《へきがんしぜん》は印象的であった。劉備は、

（孔明先生と同じくらいの年だというのに、いい押し出しである）

と思った。孫権は耳が異様に大きく、手が長い劉備を見て、

（サルの如し）

と思った。

呉国太はこの場をこっそり覗いていて、はるか年下の孫権の横柄な態度を咎めもせず、寛容に受け答えしている劉備に感心した。

（天下の英雄といわれるだけあるわ）

孫権と劉備が方丈に来るので、呉国太は急いでひっこんだ。

門に入り、ゆっくりと渡り廊下を進み、方丈にあがった。呉国太が厳しい顔をして待っていた。

劉備は呉国太の前に出ると、

「お初にお目にかかります。劉備玄徳と申します」

と挨拶しながら、軽く流し目をくれた。呉国太は思わずくらりときて、娘時代のよう

な気分となり、玄さま、とか言いそうになった。韓流スターを追いかける年輩の婦人のような気持ちである。はっとして身を立て直し、

「玄徳どの、お手前が娘を娶ってくれるんなら、ちゅうか、どうか婿になってくださらんかねえ」

と劉備を熱い目で見つめながら言った。一瞬にして呉国太を落とし、これで決まったようなものである。

すぐに宴会の用意がなされ、劉備は上客の席に坐らされた。酒を呑みながら、微妙なジョークを飛ばす劉備に呉国太はぞっこんである。しばらくすると完全武装の趙雲が入ってきて、劉備の真後ろに佇立《ちょりつ》した。

「まあ、この格好のいい武将は何と申す人じゃろうか」

と呉国太が訊いてきたので、

「常山の趙子竜という者にござる」

と劉備が言うと、

「おお、長坂坡《ちょうはんは》で阿斗《あと》どのを抱いて残忍無類の活躍をしたという、子竜どのかの」

呉国太は言って、趙雲に自ら盃をとって与えた。趙雲は一礼して、飲み干した。

趙雲は劉備の耳に囁いた。

「廊下の両側に武装兵が伏せております。呉国太にこのことを申されませい」

劉備はうむと頷いた。盃を下にことと置くと、さっと身を乗り出して、呉国太の座席の前に跪《ひざまず》いた。そして、涙をつつーと零《こぼ》しながら、

「この場でそれがしを殺してください」

と叫んだ。呉国太は、

「いきなり、何を言いんしゃるんかいね」

と仰天して言った。

「廊下に刀斧手《とうふ》を伏せられておるのは、わが一命を取らんとする企てとぞんじますが。いいのです。どうか一息にお願いいたす」

と劉備は男の色気を炸裂させて、涙に濡れた目で呉国太を見た。呉国太は、

「うっ」

と言うと、孫権を睨み付けて、

「権、仕手を伏せとるちゅんはほんなこつね！　なんちゅうことばするんね！」

と叱りつけた。孫権はまたもあたふたして、

「そがいなこつ、わしゃあ、知らんが」

と言い、急いで呂範を呼びつけて、

「わりゃあ、わしに恥をかかすんかい」

と怒鳴りつけた。呂範は呂範で、

「賈華が勝手にやったことです」

と罪をなすりつけた。

「痴《し》れ者がっ」

と呉国太は怒り、賈華は引きずられて来て、首を斬られそうになった。

そこで劉備は立ち上がり、

「まあまあ、その者もきっと心に案じることがあって、兵に護衛をさせておったのでしょう。この場で大将を斬るのは婚姻に不吉でありますし、そんなことをされてはわたしは居場所が無くなってしまいます」

とりなした。呉国太は、

（さすが天下の英雄）

と思い、賈華に命じて、さっさと兵を連れて帰らせた。

そのあとは和やかに宴は進み、皆は劉備の自慢話やジョークを聞かされて、和気藹々《あいあい》となった。孫権だけは渋い顔をしていたが。

劉備は厠《かわや》に立った。厠から出て、庭に降りてみると、一抱えもある青石があるのが目に入った。劉備は従者が持っていた剣を受け取り、すらりと抜いた。

（我が身が無事に荊州に戻り、王覇の業が成し遂げられるものならば、この剣の一閃にて真っ二つとなれ。望みなく、一命を落とす運命ならば、刃は折れて、砕け散れ）

と念を掛けて、気合一閃、剣を振り下ろすと、石はぱかっと割れて二つになった。

その光景を見ていた孫権が、庭に降りてきた。

「玄徳どのはその石になんぞ恨みでもあるんかいの」

「いえ、それがしはもう五十になろうとするのに、逆賊（曹操《そうそう》）を掃討することが出来ず、心中常に悔しく思っております。今、国太さまに娘婿を許していただき、生涯の光栄とぞんじます。この婚儀により、孫家と親戚になりますれば、曹操を倒して漢王朝を復興できるならばと思い、この石を両断できれば成る、と占ってみたのでござる」

孫権は劉備の隣に来て、剣を抜いた。

「わしも天に占ってみよう。曹操をやっつけることが出来るんなら、どうかこの石を両断できますように」

そう言ったが、心の中では、

(荊州よ、我が物となれ)

と祈って剣を振り下ろした。石はぱっくり割れて、四つになった。

この石は十文字の恨石と称して後世まで残ったという。そのことを賞賛する詩。

宝剣落ちて、山石断たれ
金環ひびくところ、火光を生ず
両朝の旺気、皆天数にして
此従《これよ》り乾坤鼎足成る

劉備は客館に帰ると、孫乾と話し合った。

「まずは無事に潜り抜けたが、どうも孫権はわしの命を狙っているとみえる」

「殿には喬国老にお願いなさり、急ぎ祝言をあげて、禍《わざわい》が及ぶ前にさっさとお帰りになるがよろしいでしょう」

翌日、劉備はふたたび喬国老を訪ねた。歓待された。お茶を飲み終わってから、

「どうも江南には、わたしに対する殺気が多くて、長居できかねる気分なのです」

と訴えてみた。

「玄徳どのご安心めされい。呉国太さまに申し上げて、守ってもらいますから」

喬国老が、呉国太に、劉備が謀殺を恐れて不安がっていることを告げると、

「玄徳どのはウチの娘婿じゃけん、誰にも手出しはさせんよ」

と言って、ただちに劉備を自分の邸の書院に移らせて滞在させることにした。劉備が、

「趙雲がお屋敷の外にいるのは何かと不便です。それに兵を監督する者がいないと不祥事があってはいけません」

と言うと、

「そんなら、ぜんぶ来ればよかよ」

と呉国太は、趙雲はじめ五百の精兵もすべて邸に収容したので、劉備の安全度はぐっとあがった。

劉備と孫権の妹の婚礼は、国を挙げての祝賀ムードの中で、七昼夜ぶっ通しで挙行された。中国の婚礼は六礼というものを重視する。あげておけば、納采《のうさい》、問名《もんめい》、納吉《のうきち》、納《のう》徴《ちょう》、請期《しょうき》、親迎《しんげい》である。この間、男女の間で物を贈ったり、貰ったり、名を聞いたり、占ったりする。そして期日を決めて婿が嫁を迎えに行くのである。それまで婿は嫁の顔を見ない。

宴会がお開きになると、劉備は定められた手順で、花嫁の部屋を訪れることになった。二列に並んだ朱い提灯の後を付いていく。両側に人の気配がしたので、劉備は提灯を向

けた。すると剣や刀、槍、薙刀で武装した侍女たちが、ずらりと並び立っていた。劉備は剣を持っていず、丸腰である。

（げえっ。わしはこの女らに斬り殺されるのか）

一瞬、顔から血の気が引いたが、暗かったから侍女たちには見られていない。劉備が立ち止まってしまったのを見て、侍女頭と思われる女が劉備の前に跪いた。

「われらは姫君の親衛隊でございます。今宵、大事な晩に狼藉者が闖入《ちんにゅう》せぬよう警護を仰せ付かっております。安心してお進みあそばせ」

劉備は何事でもないかのように、

「そうか。お勤めご苦労である」

と言ったが、心臓はどきどきしていた。

（いったい、どんな嫁なんだ）

劉備はわざと堂々と部屋の中に踏み入った。

部屋の中にも武装侍女が立っており、壁には弓や槍や刀などの武器が飾り付けられている。部屋の真ん中に薄いカーテンをかけられた牀《しょう》があり、そこに女の影があった。

（ここでびくびくしていては舐められてしまう）

「新郎劉備、只今参上」

と叫びながら、カーテンをバッと開くと、薄絹をまとった妙齢の美女が待っていた。薄明かりの中、眉目盼《はん》たり、清揚婉たりとしたその容貌は、俯いた花のようであった。細面の顔を見て思わず、

「美しい」

と感想を漏らした。孫権の妹、名付けて孫氏は、身を起こして、

「さすがは天下の英雄じゃ。もののしい出迎えにもまったく臆しておらん」

と言った。既に劉備の股間は裾を持ち上げていた。

「その度胸、ウチの主人にふさわしい」

「そちこそこの玄徳の嫁にふさわしいぞ」

劉備はルパン三世のように牀に飛び込んだ。

劉備と孫氏は結ばれ、房事は朝まで続いた。孫氏は女を知り尽くしたおじさまのテクニックにメロメロになってしまったようだ。翌朝、夜通し立っていた侍女たちは目と顔を赤くしていた。

新婚生活が始まり、劉備は十も若返ったようであった。これより毎日、夕は酒宴が催され、呉国太はたいへんこの新しい婿を気に入った様子であった。孫権はぶすっとした顔で、

(こうなったら、殺すことはでけんじゃないか)

と酒を飲んでいた。

劉備と孫氏のありさまは、

『綢繆恩紀《ちゆうびゆうおんき》』

であったという。綢繆は糸が絡みつくようにまとわりつく様子で、恩紀は恩愛と同じで、つまりは愛情細やかで、人目を避けるでもなくいちゃいちゃしていたということだ。

しかしこの政略結婚はおかしなもので、両家の絆が固くもならず、相手の裏切りを防止するでもなく、ただ劉備を喜ばせるために行われたかのようであった。

さて、江陵にいる周瑜は、いつまでたっても劉備が死んだとも、軟禁されたとも聞こえてこないので、焦っていた。

「なにをしておるのか」

身体がだるく、熱っぽい症状が治まらず、自ら京に行きたくても行けなかった。仕方なく筆をとり、孫権あてに書状を書いた。上疏《じょうそ》していう。

――劉備は梟雄《きょうゆう》としての資質を備え、しかも関羽《かんう》や張飛《ちょうひ》といった勇猛無比の将を部下に持っておりますゆえ、必ずやいつまでも人の下に屈し他人の命令に従ってはおらぬでしょう。愚考いたしますに、遠い将来を見通して、劉備を呉（蘇州）に移し置かれ、彼のために盛大な宮殿を建てて、そこに美女や愛玩物を多数あつめて、その耳目を楽しませてやり、一方では関羽と張飛との二人を分けて別々の地方に配置し、たとえば私のような者が彼らを手足として戦いを進めれば、天下統一の大事業も、その成功は確かなものとなります。もし今、みだりに土地を割き与えて劉備の基盤を作ってやり、この三人をいっしょにして国境地帯におらせますならば、蛟《みずち》や龍が雲雨を得て天に昇りますように、おそらくはいつまでも池中に留まってはおらぬでありましょう。

周瑜の書状はしばらくして孫権に届いた。読み終わると、張昭《ちょうしょう》、呂範、魯粛に見せて

意見を聞いた。張昭は、

「公瑾《こうきん》の言う通りじゃ。劉備は貧しい下賤の出から身を起こして、天下を走り回り、未だかつて贅沢な暮らしをしたことがないけんの。豪勢な宮殿を建て、女や金や美食を存分に与えれば、それに溺れて、自然に諸葛亮《しょかつりょう》や関羽、張飛と疎遠になり、じきに不仲になるじゃろう。ほいで荊州を取りあげればよかろう」

と言った。呂範は、

「わたしもそう思います。しかし何も与えなくても別にかまいません。軟禁してしまえばいいのです」

と言った。魯粛は、

「それはいけんで、カシラ。客観的に見んさいや。今、呉はカシラを頭として、一本になろうとしとります。じゃが、曹操は襄陽《じょうよう》におってこっちを睨んどります。先の大戦で負けたとはいえ、実力もやる気も十分じゃ。こんな時に劉備を抑留するんは、意味のない仕打ちじゃと思う。劉備を荊州に居らせて、民を慰撫させ、曹操を禦《ふせ》がせるんがええと思います。そもそも曹操の敵をわしらが減らしてやるのでは、訳がわからなくなる。周郎は諸葛亮を憎むあまり、意地になっとるところがありますから、考えてくださいや」

と言った。魯粛の計は、あくまで強大な曹操勢力に、劉備と同盟して当たるということが骨子となっている。

「劉備の処遇については、ご明察を期待しますで」

聴いて孫権は損得を考えた。今、荊州を得たからといって、すぐに荊州が孫権の自在のものにはなるまい。良き統治を行って、荊州人をならす時間が必要である。だが劉備になら、すぐにでも荊州人は心を許すであろう。何しろ十万人をたぶらかした男である。また孫呉《そんご》が荊州を支配するということは、曹操の軍勢と、緩衝地帯無く、接することを意味する。孫呉だけで曹操に抗しきれるかといえば、それは孫権にも自信はなかった。かと言って、荊州を曹操に取られることは、孫呉の死命を制されることを意味する。ならば荊州に劉備を置いて守らせておくのが利口者のすることだ。

（そうしたが、ええんかのう）

劉備抹殺主義者の周瑜は劉備を過大評価しているのか、とも思う。

ということで孫権は試しに劉備に贅沢させることにした。これで贅沢にうつつをぬかし、志を失うような男だったら、組むにたりない。

東の館に劉備夫婦を住まわせ、金銀宝玉をちりばめた玉楼につくりかえ、池のような風呂をつくり、選りすぐりの美女十数人を選び出し、劉備の侍女とした。そして朝から宴会漬けにして、夜は孫氏と寝室に籠もらせた。呉国太は孫権の好意だと思い喜んでいた。劉備は歌舞音曲に美食と女色に溺れて、毎日を十二分に楽しむのであった。

孫権は劉備を呼び出した。劉備は孫氏と腕を組んで現れた。

「義兄上」

とすごく年上の劉備に呼ばれて、孫権としてははなはだ気色が悪い。

「義兄上、毎日が楽しくて仕方がありませんぞ。まことに有難いかぎりです」

「あんなー、そろそろ荊州へ帰らんでええんか」

「いいんです。荊州には孔明先生も関羽も張飛もおりますれば、任せておけばよろしい」

「じゃけんど、あんたがおらんとまずうないんか」

「ダーッハハハ、御懸念には及びませぬ。ところで、義兄上、この間、子敬どのに荊州の借用のことを書面にて渡しましたが、荊州に帰れというからには承諾してもらえたのですな」

「ぬ」

「如何に？」

「荊州全部というわけには、いかんで」

「義兄上、けちくさいことは言いっこなしですぞ」

するとと孫氏が、

「兄さま、夫玄徳は天下の英雄なんよ。荊州くらいどんとくれてやってよかやないの。ウチらの結婚の引出物にちょうどいいわいねえ。兄さまの腹の太いところを見せてくれんね。ウチの人に恥をかかせたらいけんで」

とフォローする。結局孫権は腹の太いところを見せざるを得なくなり、

「荊州くらい義弟に貸したるわい」

と取り返しのつかないことを言うのであった。これが孫権と劉備の首脳会談となった。

その後、劉備は孫権と遠乗りに出かけたりして、いよいよ遊んだ。長江を眺めている

と、荒れた水面を一艘の船が巧みに航行していった。劉備が、

「南船北馬と言いますが、なるほど本当ですな」

　と言うと、孫権は、

（わしが馬に乗り慣れとらんと思っとるな）

　と思い、張り切って駆け出し、馬に鞭を入れて速度をあげ、山の斜面を馳せくだり、ヒートするあまり曲乗りのようなことまでして見せた。

「ふっふ、南人とて馬に乗れんなんちゅうことはないじゃろ」

　劉備も負けずに、さらに危険な騎乗を見せて、実際、あやうく落馬しそうになり、冷や冷やしながら戻ってきた。

「まあしかし、わたしは船はよく操れませんから、義兄上どのの方が多才と言えましょう」

　二人は顔を合わせてからからと笑った。

　劉備は年を越しても帰ろうとせず、贅沢三昧境に浸りきっていた。もう天下のことなどうでもいいという感じであった。そこで後世の人の詩。

　呉蜀　婚を成す　此の水際
　明珠の歩障　屋は黄金
　誰か知らん　一女　天下を軽んじて
　劉郎の鼎峙の心を易《か》えしめんと欲す

この時点では、呉蜀の婚ではないが、水辺で結婚した。珠玉の屏風に黄金の御殿。誰が知ろう、一女性のために天下を軽んじて、劉備どの三分の志をころりと忘れかけ。趙雲は五百の精鋭とともに劉備の宮殿前の宿舎に留まっていたのだが、劉備がいっかな帰る様子を見せないので困惑していた。

(わが君は新夫人に心を奪われ、骨抜きにされているのではないか)

と胸を押さえた。すると肌身離さず身につけている孔明の軍師袋に手が当たった。

「そうだ。こんな時こそ、先生がくださった袋を見ねば」

袋の中には折りたたまれた書状があり、これを劉備に見せるようにと書いてあった。趙雲は、火急の用件であるから、劉備に取り次いでくれと武装侍女に頼んだ。しばらくすると劉備が、緩んだ寝間着のまま、皮膚をぼりぼり掻きながら、あくびをして出て来た。

「やあ子竜か。何かあったのか」

あまりのだらしなさに趙雲は目を背けたが、再び、劉備をきっと見つめて、

「孔明先生からの書状です」

と、書状を突きつけるように渡した。

「先生からの書状とな」

劉備が披《ひら》いて見るに、いきなり、

『いい加減に、早く帰ってきてください』

との文言が目に刺さった。そして今の劉備が置かれているまったりとした贅沢な状況をいちいち正確に指摘して、

『もう十分に愉しんだでしょうから、ご帰還ください。今月中に帰ってこなかったら、わたしは世を捨て、山に籠もります』

と結んであった。劉備は目から涙をはらはらとこぼしながら、

「ああ、贅沢三昧の日々とも別れねばならんのか」

と嘆いた。一生のうちこれほど楽しい日々はなかったと思う。

（あとひと月は遊びたかったなあ）

と怠惰に心引かれながら、趙雲に、

「先生には何でもお見通しで、隠し事はできぬ。仕方がないので帰ることにしよう」

と言った。孔明に、すぐに帰るから見捨てないでくれ、という使者を出した。

『三国志演義』では、劉備を帰したくない孫権と、殺したい周瑜が、徐盛《じょせい》、丁奉《ていほう》、潘璋《はんしょう》、陳武《ちんぶ》、蔣欽《しょうきん》、周泰《しゅうたい》、黄蓋《こうがい》、韓当《かんとう》の豪華メンバーを使って、劉備を追い殺そうとする一幕が描かれるのだが、『三國志』では、

「孫権は、曹公が北方にあることから、なるべく多くの英雄を手なずけねばならぬと考え、また一方、劉備はどんなことをしても結局は自分のもとを離れてゆくであろうと考えて、周瑜の進言を納《い》れなかった」

となっており、孫権は周瑜の献策より、魯粛の意見に従ったのである。

劉備は呉国太、喬国老に目通りして、公安に帰ることを伝えた。呉国太は、もっと滞

在するようにとかき口説いた。孫権にも、

「義兄上、それがし、そろそろ公安に帰ることにいたします」

と言うと、

「ほうか。そのうちまた遊びに来るがええ」

と淡泊に言った。このところまた山越蛮族が叛乱を起こしていて、いろいろと忙しかった。

出発の日、孫権は飛雲《ひうん》という名の大船を出して、劉備夫妻を送ってくれた。張昭、魯粛、秦松《しんしょう》ら十余人が乗り込み、もちろん百人の武装侍女団も乗っている。船上で盛大な別れの宴会を開いた。張昭と魯粛らは先に座を立ち、孫権は一人残って、劉備と語り合った。

裴松之《はいしょうし》の注によれば、この時、劉備は黒い悪巧みを秘めて孫権に言った。

「周公瑾どのは文武両略の天才であり、万人に勝る英傑に違いありません。その器量の大きさから考えて、いつまでも人の下に仕えているようなことはありますまい」

すると孫権は、じろりと劉備を見て、

「公瑾がわしを裏切り、出て行くなんちゅうことは、天地が逆さまになっても、あり得んが。わしは公瑾を信じとる」

と言った。劉備はばつの悪い顔をして、

「もちろんそうでしょう」

と言った。劉備は孫権と周瑜の関係がどれほど親密なものかを計ろうとして言ったのであり、少しの隙間でもあれば離間させようと思ったのだった。

　曹操も孫権と周瑜の信頼関係を計ろうと、赤壁の対戦の後、

「周瑜に敗れたのであるから、わたしは逃げることを恥ずかしいと思わぬ」

　と、周瑜をくすぐるようなことを言った。その後、曹操が孫権に書簡を送ったことがあり、それには、

「赤壁の戦役は、こちらは疫病が流行していたから、わたしは自分で船を焼いて退却したのであるが、そのせいで」

『公瑾をして徒《いたずら》に虚名を得さしめたるは、孟徳《もうとく》が本意に非ず』

　と書いた。周瑜の威名は一時天下に轟いていたのである。一方、孔明の威名など、誰も聞いたことがなかった。

　劉備と孫権は互いに拝礼し、別れの挨拶をした。劉備は趙雲と孫乾の待つ、走舸《そうか》に乗り移った。そして、

「孫仲謀は上の者を大切にし、下の者を粗末に扱う男だと見た。わしがあの男の下につくのは難しい。わしはもう二度とかれとは会うまい」

　とやや悲しそうな顔をして言った。

　半月と数日の後、劉備は無事に公安に帰ってきた。孔明をはじめとした劉備軍団幹部が、船着き場で迎え並んでいると、薙刀や槍、剣で武装した女たちが船から先に降り、二列となり道をつくるように並んだ。糜竺《びじく》や簡雍《かんよう》は驚いたが、武装侍女の間を劉備と孫氏が手を振りながら歩いて来る。

「ダーッハハ、驚くことはない。この女たちはわが新妻の侍女である」

見れば孫氏も完全武装し、腰に刀をさしている。

「ははっ、奥方様の」

と簡雍はエロジョークで新婚の劉備を恥ずかしがらせようと思っていたのだが、止めざるをえなかった。

孔明がすっと前に出た。

「いや先生、遅くなって悪かった。呉があまりに居心地が良かったものでな」

「わが君、おつかれさまでした。関、張の二将もおいおい駆けつけて来るでしょうから、大宴会の用意をいたしましょう」

張飛は宜都《ぎと》に駐屯しており、関羽は襄陽攻略のため、偵察の陣を張っていた。

「よっしゃーっ、こちらでも七日七晩、宴会してくれようぞ」

と劉備は孫氏の肩に手を回し、大股で歩き去り、そのあとを侍女団が隊列をなして続いた。

別の船から趙雲と五百の部下たちが降りてきた。孔明は、

「子竜どの、お役目ご苦労でした」

とねぎらった。趙雲は、

「当然のことをしたまでです。大したことはありませんでした」

と少年のような笑顔をして言った。

劉備が無事に帰ってきたという報告を江陵で受け取った周瑜は、

「仲謀さま、お恨みしますぞ。何故にわたしの策を用いてくれないのか！」

と大声で叫び、その瞬間また矢傷が破裂し、血を吐きながら卒倒してしまった。

しかし股肱《ここう》の臣であり、兄とも慕う周瑜の献策を、何故、孫権が納れなかったのか、多少、周瑜が可哀想ではある。

さて、鄴《ぎょう》にいる曹操は、劉備と孫家の縁談が起こり、劉備が京まで出掛けたことを、間者の情報で知っていた。

「孫権が劉備のやつを無事に帰すかな。わしは殺すと思う」

と程昱《ていいく》に言った。程昱は、

「わたしは殺すまいと思います」

と言った。

「孫権はそれほど果断な男ではございません。もし周瑜が京にいるならば、誰の反対も押し切って殺すでしょうが」

「まあ見ていてみよう」

と曹操は言った。

その後、孫権が劉備に土地を貸して、後ろ盾のようになったという報告が入ったとき、曹操は手紙を書いている途中で、その筆を手からぽろりと落としてしまった。意外であると同時に厄介になったと思ったのだろう。

「呉を攻めねばならんな」

とつぶやいた。

建安十五年（二一〇年）、曹操は求賢令を布告した。要は、才能有る者を推薦せよということで、曹操が以前からやっていたことを正式に政令としたものである。曹操は人材集めに貪欲であり、飢えているかのようである。唯《た》だ才のみ挙げよ、と悲鳴のように言う。

「古《いにしえ》より創業の君主、中興の君主は、かならず賢人君子を見いだして、かれらとともに天下を統治したのである。君主が賢者を見いだすために、村里におもむかなかったら、うまく出会えたであろうか。上にある者が探し求め起用しなければならないのである。今、天下はなお安定していない。故にこそ賢者を求めることが急務の時節なのである。

もし廉潔の人物でなければ起用しないとすれば、斉の桓公《かんこう》はいったいどうして覇者となれたのだろうか（管仲《かんちゅう》を登用したこと）。今、天下に粗末な衣服を着て玉の如き清潔さをもって渭水《いすい》の岸辺で釣りをしている者が存在しないと言えようか（太公望呂尚《たいこうぼうりょしょう》のこと）。兄嫁と密通し、賄賂を受け取ったりするが、魏無知《ぎむち》に出会っていない者がいないといえようか（陳平《ちんぺい》のこと）。二、三子よ、われを助けて下賤の地位にいる者を照らし出して推薦してくれ。ただ才能のみが推挙の基準である。わたしはその者を起用するであろう」

この結果、大臣たちは草の根分けても、賢才の者を探し求めて、推挙するわけだが、当然のことながら、なかなか超弩級の逸材は現れなかった。

曹操は建安十九年（二一四年）にも求賢令を出しており、人材マニア以上の何かを感じさせる。

一方、劉備陣営には人が集まりつつある。求賢令を出したわけでもないのに、自薦、他薦でおもに荊州人士がやって来るのである。ざっと名をあげると向朗《しょうろう》、習禎《しゅうてい》、輔匡《ほきょう》、劉邕《りゅうよう》、霍峻《かくしゅん》、廖化《りょうか》、廖立《りょうりつ》、郭攸之《かくゆうし》、陳震《ちんしん》、潘濬《はんしゅん》、殷観《いんかん》などであるが、劉備が声をかけたり、迎えに行った者もいる。『三国志演義』に出てこない者は、仕方がないが、扱いは薄い。来る者は拒まない劉備は玉石混淆で仲間に入れてゆき、役職を与えていった。

中でも当たりだったのは、伊籍《いせき》が推薦した馬良《ばりょう》である。

『馬氏の五常、白眉最も良し』

という、所謂、〝白眉〟という言葉のもとになった男である。襄陽郡の人、字は季常《きじょう》、二十三歳の若さである。襄陽の馬家には五人の兄弟がおり、その字にはみな常の字が使われていて、その中で最優秀と評された馬良は眉毛の中に白い毛があったため白眉と呼ばれていた。ちなみに馬良の弟の馬謖《ばしょく》の字は幼常《ようじょう》である。馬良より三つ年下であった。馬良の才は〝鳳雛《ほうすう》〟龐統士元《ほうとうしげん》に匹敵すると言われている。

孔明は馬謖の方に目を付けたようであった。劉備が馬良と今後の政治向きの話をしていると、隣で孔明は、馬謖と宇宙の話をしていた。馬謖は、

「きみは宇宙をどう思うか」

と孔明に問われても、変な顔もせず、気持ち悪そうな様子も見せず、

「宇宙は広大無辺にして、未だ知るところではありません」

と堂々と答えたので、孔明は喜んだのであった（いい話し相手が出来たと）。馬謖は、

『才器、人に過ぎ、好みて軍計を論ず』

と言われており、若いが才気抜群の青年であった。

さて、孫権の優柔不断が原因ながら、劉備は孫氏と華燭の典をあげ、揚々と帰還しドヤ顔を見せましたところ、一方、哀れな周瑜は最後の秘策を企んでいる様子にて、まだ予断を許さぬ情勢であります。周瑜の祈りは果たしてかなうのか。それは次回で。

美周郎、暁に死す

その年の秋も深まった頃、周瑜《しゅうゆ》は江陵《こうりょう》にいて、鬱々として愉しまず、日々、得体の知れない気分の悪さを感じていた。矢毒の手当が悪かったというような単純なものではなく、内臓を病んでいるであろうことを確信していた。病気休暇をとらないのは周瑜の意地からくるものであった。

（この大変なときに、私の病で公をおろそかにすることはできない）

そう、孫呉にとって大事なときなのだ。

劉備《りゅうび》軍団をなんとか退治しておきたいのはやまやまだが、孫権《そんけん》が劉備の存在を許容しているので、真正面から戦さを仕掛けることも、策謀を巡らすことも、控えられた。そのうち憎き劉備と孔明《こうめい》を打倒するための策を考える情熱まで減じてゆき、自らの衰えに慄然とした。

かろうじて強く思えることは、西川（益州）の奪取という、残された周瑜の大戦略のことだけである。もし呉がいち早く西川を取ることができれば、それだけで劉備を押さえつけることにもなる。周瑜は苦しい身体で机に向かい、そのことを考え続け、作戦を立てていった。益州占拠は、むかし亡き孫策《そんさく》とともに大いに議論して、気勢をあげたものであった。

（孫伯符《そんはくふ》が生きておれば、今頃は荊州《けいしゅう》どころか益州も収めて、曹操《そうそう》と雌雄を決していた

に違いないのだ……劉備や孔明が生きるスキマすらないだろう)

　諜報によれば益州の劉璋《りゅうしょう》は、五斗米道《ごとべいどう》の張魯《ちょうろ》の侵攻を受けて苦しんでいるという。つけいる隙はいくらでもありそうである。

(西川奪取は、呉の人材を見渡しても、わたしにしかやれない作戦である)

　心を抑えきれなくなった周瑜は、数日後、単身、江陵を出て、京《けい》に向かった。

　周瑜が来訪したと聞いた孫権は、急ぎ身繕いして、引見の間に向かった。

「大都督《だいととく》が勝手に持ち場を離れるとは、どういうことじゃ」

　だが、跪《ひざまず》いている周瑜を見て声を呑んだ。

(公瑾《こうきん》！　なんという窶《やつ》れようじゃ)

　町ゆく女をすべて振り向かせたという美貌は、肌色蒼く、頬はこけ、目はくぼみ、なまじ色男ゆえに凄絶となっていた。

「公瑾、その見てくれはどがいしたんなら」

　周瑜は坐り直して、言った。

「戦地暮らしが長く、少し疲れているだけです」

　声も息つくことが辛そうで、かすれ声であった。

　孫権は上座から降りて、周瑜の手をとった。病身の周瑜に、

「京にて養生せい」

　と言った。

「ただの疲れにございます。ご配慮は無用に願います」

「そがい言うが、只事ではないで」

周瑜は首を振った。

「主公《との》よ、それより先般、劉備がここに来たとき、なぜわたしの策を用いてくれなかったのですか。きっと将来、呉の禍根になるであろう豺狼《さいろう》を野に放ってしまうとは」

これについては孫権も周瑜に対してばつが悪く、

「いや、わしはそのつもりだったんじゃが、いろいろあってのう」

と歯切れが悪かった。

「公瑾は劉備のことを過大評価しとらんか。あんな男に何が出来ようか」

「いいえ。今は小さくとも、あれはいずれ呉の行く手を阻むやっかいな障害になるでしょう」

周瑜は口に手を当てて咳をした。

「済んだことは仕方がありません。しかし今のうちに手を打っておくべきです」

「どんな手がある」

「劉備の誓約書には新天地を得たら、荊州を返すとありましたが、新天地というのは蜀、益州に他なりません。劉備たちが益州を取るといっても五年か十年、それ以上かかるにちがいありません。今は手を出そうにも出せない兵力しか持っていないのです。しかし我々は違いますぞ。先に我が呉の兵で益州を取ってしまうのです」

呉の益州攻略策は周瑜ばかりではなく、甘寧《かんねい》もしばしば孫権に言上していたし、孫権も乗り気であった。だがまだ具体的なプランが決まっているわけではなかった。

「どうか奮威《ふんい》将軍（孫瑜《そんゆ》）とわたしに兵をお与えください。長江をのぼり、蜀を奪取して見せましょう」

　孫瑜は孫堅の弟の孫静《そんせい》の次男である。孫権の従兄弟ということになる。なかなかの武将に育っていた。戦功を重ねたほか、学問を好み遠征の間にも書物を離さなかったという。

　話しているうちに周瑜の真っ青だった顔に血の色が戻ってきていた。周瑜は夢を語るように続けた。

「長江を遡り巴郡を取るのが第一軍とすれば、もうひとつの第二軍に漢水をのぼらせて漢中に攻め込みます。蜀を手中にした後は、張魯を伐《う》ってこれを併呑し、奮威将軍にその地に駐留していただき、守りを固めてもらい、わたしは涼州の馬超《ばちょう》と同盟関係を結びます。そしてわたしは戻って、立ち枯れ寸前の劉備一党を始末し、主公とともに荊州襄《じょう》陽《よう》を根拠地として、西の馬超と連携し、曹操を追い詰めてゆけば、北方制覇も夢ではないのです」

　周瑜は目をきらきらとさせているが、孫権は手放しで喜んだりはしなかった。

「公瑾よ、おのれらが蜀を取りに四万、五万の兵で遠征するんはええ。ええんじゃが、その間、曹操が攻めてきたらどうするんじゃ」

　周瑜が当然のことながら、曹操への対策も行っていると思って訊いた。

「曹操は敗戦の憂き目を見たばかりで、意気消沈しており、また領内の叛乱を恐れておりますから、とても大兵を割いて呉を攻めるなどといった余裕はありません」

それを聞いて孫権は愕然とした。

（公瑾は知らんのか、それとも知った上で言っておるんか）

わたしもそう思うのだが、周瑜は曹操の侵攻の危険について、とても甘かった。孫権は合肥《がっぴ》で曹軍と手合わせしたから知っているが、曹軍の戦闘意欲は高く、曹操も救援の兵を素早く送ってきた。後置する手駒は十分なのだ。また曹操は水軍を再建しており、渦水から淮水《わいすい》に入り、淝水に出て合肥に集結するというデモンストレーションを敢行していた。巣湖でも大々的な水軍訓練をやって見せた。

軍事力以外でも、曹操は銅雀台《どうじゃくだい》というこの世のものではない大建築を突貫工事でやらせている。底知れない財力を見せつけているのである。銅雀台は、曹操が無駄遣いするのだからいいとしても、とにかく曹操はいつでもまた南下して呉を叩けるのだということを孫権らに誇示しているのである。

それを明敏かつ情報を重んじる周瑜が知らないはずはないと思うのだが、孫権は敢えて指摘しなかった。孫権がやむを得ず劉備と同盟を強くしたのは、曹操が意気盛んであることも大きな理由であった。

（そこまで病んでおるのか、公瑾よ）

周瑜の頭には益州攻略という目的と作戦遂行の強い意志しか無いようであった。曹操のことがすっぽり抜け落ちている。孫権は、

（いま公瑾に五万の兵を与えて、長期の遠征に出せば、一、二年ではすまんじゃろ。兵の薄くなった呉を曹操が見逃すはずはないで）

と思った。

だが、周瑜の、命を懸けた言を聞いていると、それはできん、とつれなく言うことが出来なかった。

「曹操は来ぬというんじゃな」

と念を押した。

「来ません」

周瑜は真剣な目つきで答えた。何故と、その根拠を訊ねて周瑜を辱《はずかし》めることはできない。周瑜は孫権が内で兄とも慕い、軍略に高い見識を持つ男である。

（いまは無理じゃ）

と孫権は思ったが、周瑜に、

「よし、わかった。公瑾よ、存分にやるがええ」

と言った。

「はっ。有難く存じます」

「おぬしのような萌える部下を持てて、わしは幸福じゃ」

周瑜はまた口に拳を当てて咳き込んだ。

「ただ、わたしが益州奪取のために軍を動かせば、劉備、孔明がなんらかの妨害をしてくることは必定です。あやつらも益州を狙って虎視眈々としておりますれば。やつらが不細工な真似をしてきたなら、この周瑜、先に血祭りにあげ、荊州を取りますからな」

「わかっちょる。わかっちょるぞ」

「わたしが故孫策どのに、呉に報いるのはこれからです」

一時的に、周瑜らしい目の輝きが戻った。

孫権は、何日か休んでゆくように周瑜に言った。周瑜は、

「いや、わたしは急ぎ江陵に戻り、軍の編制をしとうございます」

と断っていたが、孫権がしつこく説得したので、

「わかりました。二、三日、過ごさせていただきます」

孫権はこの間に呉の名医を集めて周瑜を診せようと思っていた。

その夜、孫権は張昭《ちょうしょう》と呂範《りょはん》を招いて、周瑜のことを相談した。魯粛《ろしゅく》は柴桑《さいそう》に戻ったのでいない。

「公瑾は病のためか、功を焦っておるんじゃろう。曹操の南下を防ぐ対策もなく、呉の兵を出すなど公瑾は血迷っておる」

と張昭が言った。呉の兵力というか、孫権が動かせる兵数は搾りに搾っても七、八万ほどで、ここから精鋭五万が出兵するとなれば、呉は空き家同然となる。各地で叛乱や、反孫権派の挙兵が断続的に起きているから、兵はそれらの鎮圧に走り回らねばならない。呉の領土での叛乱は、曹操が裏で手を回して煽っているふしもあった。

「しかし、公瑾にやめいとは、わしゃ言えん」

と孫権が言った。

「周都督のことを考えればまことにつらい。おそらく命は捨てていらっしゃるはず」

と呂範が言う。そして、

「こうなったら、劉備を使って周都督を応援させるべきです。同盟の契りを交わしたわけですから、働かせるのに遠慮はいりません」

と言った。この時、劉備勢力の兵数は二万弱である。兵を貸せと言っていい間柄だ。

「それは公瑾が固く拒むじゃろうの」

孫権の裡《うち》には、やらせてやりたいという情の気持ちと、やらせるわけにはいかないという現実的な理屈があった。


孫権は周瑜が京に滞在している間に、何人もの医者に診察させたが、いずれも、

「静養を第一にして滋養のあるものを食さば、なんとか……」

というような答えであった。匙を投げているから、休息と滋養と言うしかなかった。高名な祈禱師を連れてきて拝ませたりもした。

孫権はなおも医者を連れてこようとしたが、周瑜は、

「もう、よろしいでしょう」

と言って断った。

「それよりも進発にあたって、劉備と孔明に頼まねばならぬことがあります」

「ほう。なんじゃ」

周瑜の方から劉備軍団に支援を頼むようなことを言ったので、やや驚いた。

「われらが西川に攻め込むには、水陸に数万の兵が荊州を通過することになります。その時に、兵糧から秣《まぐさ》、武器などを十分に供出してもらいます。劉備のために西川を取り

に行くのですから、断らせません。このことを主公から劉備に頼んでいただきたい」

「うむ。筋は通っておるな。何しろわしらは同盟しとるんじゃから」

「われらが荊州の西部のどこかに幕府を開いて、その上で侵攻することも、呑ませてくだされよ」

　確かに荊州と益州の境に仮の司令部は置いておくべきであろう。

「そして、繰り返しますが、曹操のことは心配ありません」

　と周瑜は言った。周瑜は目で孫権に、

（わたしを信じてください）

　と訴えた。

　周瑜は、トラスト・ミーとか言って、結局、何も出来ないどころか、おかしなことをするような男ではない。

（むう。口では言えぬことなんじゃな）

　孫権は、周瑜の目を見て、腹を決めた。

「わかった。早速、劉備に使者を出しちゃる」

「有難くぞんじます」

　孫権は周瑜に益州攻略をやらせることを決めた。周瑜たちが遠征している間に曹操の侵攻があれば、それこそ劉備たちを働かせて、すり減ってもらうつもりである。

　ただ、孫権は周瑜の目に、微妙なサインを見たようにも思った。単純に益州を攻め取ることとは違う何かである。

「子布《しふ》（張昭）のオジキを説得するのは骨じゃが、ここはおぬしに任せるけん、大いにやってくれ」

「有難きしあわせにございます。この周瑜公瑾、必ずや呉の未来のために成果をあげてみせまする」

青白い顔の周瑜が、にこりと笑って言った。

翌朝、周瑜は柴桑に停泊している船団を再編するため出発した。孫権は周瑜の乗った船を川辺で見送っていたが、不意に泪《なみだ》をもよおした。

（もう二度と会うことはないんかもしれん）

という不吉の思いが胸に浮かんだからである。

その後、孫権は張昭と口論することになったが、孫権は、

「わしが公瑾に遠征を命令したんじゃ。益州をとるほかに理由があるかい」

と強く言った。張昭が、

「北の、曹操への対策はどうするんなら」

と言うと、

「曹操は来やせんわい。公瑾が断言したんじゃ」

「根拠があるんか！」

孫権と張昭はその場で摑み合うような喧嘩を始めたが、二人の行き過ぎた口論はよくあることなので誰も止めなかった。しばらくして孫権が、

「わしゃあ、公瑾の目にほんまもんの深い計略を見たんじゃ。わしは公瑾を信じないで

はおられん」

張昭は、ふーふー息を吐いて、

「ようやく江南の地が孫家の国がましくなってきたちゅうに、冗談じゃないで、よういかんじゃない」

と言った。

孫権は張昭に、

「オジキの言うこともわかるんじゃ。じゃが、ここは公瑾を信じて、漢《おとこ》にならせてやるのが、主君の器量ちゅうもんじゃけの」

と言って、立って喧嘩を見ていた呂範を指し招くと、

「劉備のところへ行って参れ。何と喋ればいいか、分かっとろうな」

と使者の役目を命じた。

「はっ。心得ております」

呂範はすぐに出立した。

呂範は柴桑の周瑜に挨拶してから、公安に向かった。周瑜が兵を集め、指揮して、整列させる様子は病人には見えぬほどに快活であった。

劉備は呂範が来たというので、

「今度は何の用かな」

と孔明に訊いた。

「周瑜が江陵におらぬようです」

と孔明は言った。

「そうか。だが、周瑜もいろいろと忙しく、いない時もあるだろう」

「呂範が来るのなら、周瑜はおそらく京に行ったのであり、今頃は柴桑にいるのではないかと愚考いたします」

公安は周瑜が押さえている南郡（要するに江陵とその近辺）の南側に対面している。耳を澄ませておれば、いちいち間諜を使わずとも、情報収集することができた。

「孫権に手紙などでは伝えられない策略を申し出に行ったに違いありません」

「それはどういうことだ」

「呂範の話を聞けばわかるでしょう。殿には呂範に何を言われても、よしよしと受け容れてください」

劉備は馬良《ばりよう》とともに呂範を引見することにして、孔明はまた屏風の裏に隠れた。

呂範の話しようは、いつも率直である。挨拶が終わると、

「このたび呉としては、曹操が銅雀台などをつくり、己の愉しみにかまけている間に、益州を攻略することになりました。周都督はいま柴桑に居り、その準備に並々ならぬ力を注いでおります。それもこれも劉皇叔さまのためにいたすことであります。つまりは西川を取ったあかつきには劉皇叔《こうしゆく》さまに進呈いたす所存にございます」

「なんとも急な話ですな」

「益州を進呈したら、劉皇叔さまにはそこへ入っていただき、約定どおり荊州はこちら

に返還していただきます。つきましては、同盟の義において劉皇叔さまには遠征軍に兵糧や武器を調達していただきたくお願いつかまつります」

引っかかる話であったが、劉備は、孔明の意見にしたがって、

「分かった。武器、兵糧のことはこの玄徳《げんとく》に任せてくだされ」

と堂々と言った。

「安請け合いをしてよろしいのですか。およそ五万の兵団が遠征することになりますが」

「なんの。劉備玄徳に二言はない。義兄上がわがために戦さをしてくれるというのに、ケチるようなことはせぬ。うちの倉庫を逆さまにしてでも、物資を持っていっていただく」

「ありがたきことです」

と呂範は言ったが、あまりに二つ返事だったので、劉備が本気で言っているのかどうかやや疑った。

「さらに、一時的にですが、荊州内にわが軍の基地をつくりたい。お許しいただけますかな」

「大兵が遠征するとき、中継地をつくるのは当たり前のことでござろう。好きなところに兵站《へいたん》をつくってくだされよ」

劉備は太っ腹な庄屋のごとく言った。

それで呂範に酒食を勧めて、宴会を始めようとしたが、呂範は、

「ありがたきお誘いなれど、わたしは公務中であります。それよりも劉皇叔さまのお言葉を急いでわが君に伝えねばなりません」

あしからず、と言って、呂範は本当に出発してしまった（たぶん急いで柴桑に行って、周瑜に知らせるつもり）。

「面白味のないやつだ」

と呂範を見送った劉備と馬良が戻ってくると、孔明は、ああ面倒臭い、とばかりに、変な踊りをおどっていた。

「先生、孫権は益州を奪取する腹積もりですぞ。先生の天下三分の大戦略では、益州はわれらが取らねばならぬはず。なんとも困ったことになりました」

すると孔明は白羽扇《はくうせん》で口を隠し、馬良の方に目を向けた。ハッとした馬良は、

「おそれながら、申し上げます。今の孫呉が益州を奪取することなど、とうてい無理にございます」

と説明を始めた。

「季常《きじよう》（馬良の字《あざな》）よ、なぜだ」

「まず人がいません。何万人もの兵力を動員することは、呉の国内事情が許しませんし、再び曹操が来襲したら、守ることも出来なくなります」

「ふむ、そうか。いや、そうだろう」

「また、益州牧の劉璋が如何に暗愚だとしても、配下には土着の優秀な士人がおります。それに長江には三峡の難があり、漢中からは蜀道の難があり、守るにこれほど適した地

もございません。劉璋に徹底抗戦されれば、周公瑾といえどもこれを一蹴することはできますまい」

馬良の情勢分析は及第点をあげられるもので、劉備は参謀をやらせてもいいかと思った。

「確かにそうかも知れんが、連中は、やりに行くと言っておるんだぞ」

すると馬良は自信なさげに、

「……孫権が曹操と一時的にでも、秘密休戦協定のようなものを結んでおれば、あるいは西征を行えるでしょうが」

と言った。

「うぬー。ずるいぞ、孫権め。このままではまずいではないか」

「まずうございますな」

劉備は、あっちを向いて、木の枝に小鳥がとまっているのを見ている孔明に、

「先生、小鳥などを見ている場合ではありませんぞ。われらに一大危機が迫っておる。なんぞ策はないのですか」

とすがりつくように迫って言った。孔明はさらりと体をかわして、

「馬季常の言ったとおりです。呉には一年も二年もかけて、益州攻略などをする余裕はなく、機も熟しておりません」

「では何故、益州攻略などと言って来たのだ」

「簡単なことです。これは『途を仮りて虢《かく》を滅ぼす』の計略でしょう」

昔、晋が虞《ぐ》に領国内の通過を申し入れ、虢を攻撃して滅ぼしてから、その帰途に今度は虞も滅ぼしてしまったという故事から出たことわざである。

「つまりは益州を攻略するために通過を許可してもらいたいと言って、荊州内に何万もの兵を障りなく入れるのが目的。呉軍は最初は大人しくしておいて、こちらを油断させつつ機を見計らい、一斉に牙を剝き、われらを殺戮《さつりく》するか、虜《とりこ》といたすつもりでしょう。同盟国としてこちらが断れないことを見越した、なかなか巧みな策と申せます」

「申せます、って、先生、それは本当なのか」

「まず間違いございません。ただ、孫権が曹操と手を結んでいるなどということは、十中八九ございませんからご安心を」

「なぜそんなことが言えるのか」

「それは孫権が、わが君を害することなく、京から帰らせたからです。思うにこの策は周瑜の独断であり、孫権も真意を知らぬのかも知れません」

馬良は、孔明の言を聞いていて、

(同盟国に対して、なんと被害妄想的で、ひねくれた考え方をするのか)

と、ちょっと行き過ぎた裏読みだと思ったが、劉備は絶大な信を置いている。

「周瑜の小僧め、少しばかり顔がいいからといって、調子にのりやがって。ならば先生、われらはどう迎え撃てばよろしいのでしょうか」

と訊いた。孔明は白羽扇をビッと突きだし、

「ふふふ、周瑜が死ぬ日が近づいたということですよ。まあ、すぐには死なないまでも、

九割がた息の根が止まるようにしてみせましょう」

と冷酷なことを輝くような笑顔で言った。

「おお、痺れるほどかっこいいぞ、先生！」

で、その記念の詩。

周瑜、策を決して、荊州を取らんとするも
諸葛、先に知る、第一籌《ちゅう》
長江に香餌《かげ》の穏《たし》かなるを指し望むも
知らず、暗裏に魚を釣るの鉤《かぎ》あるを

馬良は、

（そんなことをしたら、孫呉との同盟関係は完全に決裂し、泥沼の戦争になってしまうではないか）

と思った。

（ここは臣下として諫言すべきところでは……）

と、腕組みして考えたが、当の劉備は目をきらきらさせて孔明の決めポーズを見ているだけであって、どうも口をさし挟むのが憚られた。

数日後、糜竺《びじく》が使者として柴桑を訪れた。柴桑城は戦さ支度の真っ最中であり、殺気と暴力の荒れた空気に満ちていた。

周瑜は甲《よろい》をつけたまま、薄暗い幕舎内で糜竺と面会した。

「周都督におかれましてはお怪我も治り、ご壮健そうでなによりです。わが君の言葉をお伝えに参上いたしました。わが君が申しますに、益州を目指すのなら、公安に寄るのは遠回りになりますゆえ、夷陵《いりょう》にて兵糧物資をお渡しした方がよくはないか、ということなのですが、いかがでしょうか」

夷陵は南郡の西方に位置しており、長江に面した重要拠点である。周瑜はしばらく考えた。別に問題もなかったので、

「夷陵か。よかろう。劉皇叔には礼を申し上げてくれ」

と答えた。

「ほとんどの準備はできており、手筈は整っております。夷陵には、いつ頃ご到着なされますか」

「兵の編制が済み次第、出発するつもりである。三日あとか、四日あとか、そのくらいだ。日にちが決まったら使者を出そう」

「承知しました」

「ただ、今回はおぬしたちのために軍勢を動かして遠征するのであるから、軍勢の慰労の礼については、十分に尽くしてもらいたい」

劉備軍団の部将や兵士たちを陳《なら》べて待つようなことはするな、と言外に言っている。

「ははっ。そういうことは言われなくとも準備万端にございます。慰労については、わ

が君が先頭に立って、宴会芸を披露し、演歌をうたい、兵卒に酒を注いでまわるという酌婦のような心意気ですので、楽しみにしておいてください」

周瑜は無言で頷いた。糜竺は辞儀をして幕舎を出た。

糜竺が去ると、周瑜は力なく椅子に坐った。人には見せないが、やはり体がだるく、頭が重い。暗いので糜竺に蒼い顔は見られなかったろう。

そこに魯粛が入ってきた。

「周都督はおってか」

周瑜はまたしゃんと背筋を伸ばして、姿勢を整えた。二人はしばらく声もなかったが、魯粛が口を開いた。

「周郎《しゅうろう》よ、わがカシラが許したことじゃから、わしとしては何も言わんでおこうと思っておったが、なにゆえ今、益州奪取の大戦さをやらにゃあいけんのじゃ。悪いことはいわん、延期せえや」

「子敬《しけい》は戦さがわかってない。今、益州を取らねば間に合わないのだ」

「何に間に合わんのじゃっ」

わが命が……とは、言わず、胸の奥に秘めた。

「子敬よ、わたしは主公にこの遠征を委任されているのだ。奮威将軍（孫瑜）と合流し次第、出発する。たとえ帰らぬことになったとしても本望である」

頑とした言葉は翻りようもないものであった。

「何をそう焦ることがあるんじゃ。それに呉から五万の兵が出動すれば、抜け目のない曹操が南下してくるじゃないか！」

「その点は心配はいらぬ。曹操が来るとしても、戦さはその前に片付いていよう」

それを聞いて魯粛は不審そうな顔をした。

「おっと。これはこたびの戦さの機密事項であった。忘れてくれ」

魯粛は、

「何しろ心配じゃ。わしも同行させてもらわにゃいけん」

と言った。だが周瑜は、

「それは駄目だ。子敬には主公の側《かたわ》らにいてもらわねば困る。戦場では何が起きるか分からないからな」

と反論を許さぬ重い声で言った。魯粛は半強制的に柴桑に残されることになった。

翌日、奮威将軍孫瑜の率いる戦艦団が柴桑に到着した。長江の岸に呉軍の艦船が大小隙間がないほどに並ぶことになった。孫瑜は周瑜に会うと、

「カシラの命令を奉じ、周都督に加勢せいちゅうて、来ましたわい。遠慮のう使うてくださいや」

と、周瑜の節度に従うということを述べた。

「有難し」

と周瑜は拱手《きょうしゅ》して拝した。

孫瑜は一方の大将として漢水方面から益州を目指し、周瑜は長江を遡上して巴郡を衝くという既定の作戦が再度確認された。第一戦隊の先鋒は甘寧、周瑜は徐盛《じょせい》、丁奉《ていほう》とと

もにこれに続き、凌統《りょうとう》と呂蒙《りょもう》にはしんがりを命じた。程普《ていふ》は第二戦隊として、第一戦隊のバックアップを行う。

かくて水軍、陸軍を合わせて五万の呉の大軍は、慣れた船さばきで、柴桑の岸辺から、順に航行を始めた。長江は凪ぎ、水面は静かに広がっていた。

夏口を過ぎたあたりで夜となり、周瑜は全艦隊に停泊を命じた。もう荊州は目と鼻の先である。

周瑜は、副官を呼んだ。

「戦闘の責任者全員を、急ぎ、わが船に集めてくれ」

と言った。副官は、甲板にいる歩哨たちに、そのことを命じた。歩哨らは燃えている松明《たいまつ》を取り、甲板の四方に散って、大きな丸や三角を宙に何度も描いた。予《あら》め定《かじ》めてあった信号である。周瑜の旗艦から燃える手信号が発信されているのを、それぞれの船の歩哨が見つけ、意味を確認してから、自分の艦の将に伝えに行った。

やがて艀《はしけ》に乗って、諸将とその副官たちが集まってきた。皆は、不可解な表情で周瑜の旗艦に上がってきている。作戦室に甘寧、程普、孫瑜らが入っていくと、周瑜が魚油の灯のなか、床机に坐っていた。全員が揃って、周瑜は、

「ご苦労」

と言った。

「都督、こげな夜更けに急に呼び出すちゅうんは、なんぞあったんかのう」

と程普が代表して訊いた。

周瑜は目を瞑《と》じて、一度、深呼吸した。そして、言った。

「作戦命令を変更する。こたびの戦さの目標は西川の奪取にあらず」

部将たちの間でざわめきが起きた。

「狙うは劉備玄徳の首級《くび》ひとつ（もちろん孔明の首も）！　われわれは必ず荊州を取らねばならぬ」

周瑜はこれまで益州攻略を説いて、諸将に綿密な作戦を示してきた。それは必ずや益州が取れそうな、堅実で確実な作戦であった。

しかしその一方で周瑜は、劉備と孔明を斃《たお》すための頂上作戦を立てていたのであった。虚実で言えば、益州攻略が実であり、劉備軍団壊滅作戦が虚である。戦さとは虚をもって決するものである。虚は自らの方寸の内に隠し、誰にも極秘としてきた。これまで周瑜が孔明に何度か躓《つまず》かされたのは、こちらの計画が漏れていたからでもあると反省し、敢えて秘密主義をもって、この時まで隠し通してきたのである。盟友の魯粛にも、まことに魯粛のせいで失敗したような計画が少なくなかったわけだが、今回だけは断じて言わなかった。呉の諸将は、この大軍は益州取りのためであると信じて、ここまできた。

孫権もそう思っていよう。孫権に劉備退治をしたいと正直に言えば、何しろ劉備と孫《そん》氏の祝言があったばかりなので、世間的に体裁が悪過ぎて、やんわりと止められたろう。周瑜は自らの主君をも騙すことになるが、如何なる罰を受けようと、それは覚悟の上である。

周瑜は自分の命はもう長くはないと自覚しており、益州攻略の緒戦あたりで斃れることになると自ら判断していた。そうなったら、誰が呉軍を率いるのか。今はまだ呉軍というものは、〝都督〟周瑜の男気溢れた人格が、まとめ、率いているから保っているのである。死後の呉軍を任せられる将は、軍事的才能と同時に、衆をまとめる人望を持っていなければならない。そんな者は残念ながらここにはいなかった。よって無責任なことはしたくなかった。

だが、劉備勢力を駆逐する程度なら、まだ間に合い、それをわが目で見ることが出来るであろう。劉備軍団の抹殺は、周瑜の最後の奉公であった。

周瑜が曹操は来ないと言えたのは、短期決戦で劉備軍団を滅ぼして、すぐさま江南に戻れる目算があったからである。

「敵を欺《だま》すためには、まず味方から欺さねばならん。それゆえ真の目的はわが胸の内に隠してまいった。すまぬというほかない」

益州攻略策を自らも主張して熱心であった甘寧が、言った。

「都督、西川はどうするんなら。獲れる見込みは十分にあるちゅうんに」

「興覇《こうは》（甘寧の字）よ、西川の奪取はおぬしの仕事となろう。それに荊州を取りさえすれば、益州攻略は小鳥を握り潰すくらいに容易になる」

周瑜は諸将を見渡した。

「この挙はわたしの独断であり、むろん責任のすべてはわたしにある。だから、反対意見がある者や気乗りのせぬ者を無理に連れて行くつもりはない。遠慮無く立ち去ってもらってかまわない。命令違反を問われることもない。おぬしらが自分で決めてくれ」

灯が暗いせいで、諸将の顔には翳《かげ》が揺れていた。静まりかえっていたなか、

「ええかの」

とことわって、孫瑜が言った。

「わしゃあ、公瑾どのに加勢せいちゅうて、来たんじゃ。目的がなんであれ、わしは公瑾どのに合力するだけじゃ」

そして孫瑜は周瑜に向かって頷いた。

男臭さが匂い立つ甘寧が、

「なにやら腕が疼くのう。以前から関羽《かんう》、張飛《ちょうひ》と一戦交えたいと思っておったんじゃ。わしの矢がやつらの首筋を貫くところを皆に見せてやるけえの」

と言った。すると次々に声が上がり、

「ええじゃないの。ちょうどいい腕慣らしになるけん」

と徐盛が言い、

「周郎にそう言われたら、帰れんくなるがな」

「都督、水くさいで。神妙な顔しとらんと、なんぼでも命令してくれや」

と丁奉、呂蒙が続く。若い凌統は、ひとり孤独に策を立てていた周瑜の熱すぎる胸の内を察し、感が激して、涙を流し、

「なんで自分に死ねちゅうてくれんのじゃあ！」

とやや錯乱してしまった。

宿将の程普が、

「あちゃあ。こりゃいかんで。わしだけ帰るちゅうんじゃ、漢《おとこ》が廃《すた》ってしまうけんのー」

と言うと、部屋にいる全員が何故か興奮して、涙を浮かべながら、

「えい、えい、おー」

とか叫んで、肩をたたき合ったり、ハグし合ったりした（甘寧と凌統はしなかったが）。これぞ周瑜の、まるで昔の学園青春熱血ドラマのような状態になった。

「周瑜と付き合うと、芳醇な美酒を飲んだように、みずからが酔ってしまったことに気付かない」

といわれた漢が惚れる漢泣かせの人格ゆえの影響力であった。

なんだか分からない漢騒ぎが落ち着いた頃、周瑜は、皆に向かって深く頭を下げた。その目からも漢汁がぽたぽたと落ちていたが、適度に暗いので皆には気付かれなかった。

「では、荊州を取りあげるための、劉備軍団壊滅作戦を明かす」

「おおー」

「まず仲異《ちゅうい》（孫瑜の字）どのには漢水を遡っていただき、漢津のあたりで上陸してもらいたい。そこから長坂《ちょうはん》、当陽を経て、南下していただこう。劉備が逃げてくるのを待ち伏せするもよし、みずから進軍するもよし、その辺りは仲異どのの判断にお任せする」

「心得た」

「劉備軍の船は、念のため、見付け次第、拿捕《だほ》するか、破壊せよ」

船で逃げられては呉軍の恥である。

劉備軍団との間で水戦は起きないであろう。夷陵に近い上陸地点を如何にうまく選ぶかが勝利の鍵となる。呉の者は長江を知り尽くしている。ちゃんとした津以外にも、接岸可能な場所が頭に幾つかある。

上陸後は、全軍展開し、劉備たちが物資を積んで、宴会の用意をしているであろう夷陵を包囲するように迫ってゆき、これを殲滅する。夷陵の津は水上から艦隊を組んで封鎖しておくことだ。もし万が一劉備を北方に逃がしたとしても、孫瑜の兵団が南下してくるという寸法である。

各部将、隊長に周瑜が選んだ上陸地点を示し、振り分けていった。上陸後は、周瑜たちが接待を受けて和んでいる間に移動して、三方からほぼ同時に夷陵を目指して突撃するのである。

「よいか。必ず劉備の手柄首をあげるのだ」

と周瑜は言った。

(孔明の素っ首はわたし自ら刎《は》ねあげてやる)

そのあとは、全軍が連絡し合って間違いなく動くように、何人かの情報将校を選ばせることと、幾つか細かい指示を出して、作戦の説明を終えた。

「劉備も年貢の納め時じゃのう」

勢い込んだ猛者どもは、鼻息荒く、それぞれ自分の艦に帰っていった。

周瑜は床机から落ち崩れ、漢の血汁を吐いた。口に布をあてて、しばらく咳込んだ。

(ままよ。周瑜公瑾はまだ死なぬ)

寝室まで身を運ぶと、牀《しょう》に倒れ込んだ。そのまま寝入ってしまった。

翌日明け方、まだ水面も暗い時刻に、呉の船団は航行を開始した。孫瑜の艦隊は漢水に入るべく、離脱していった。周瑜はわざと進路を公安に向けた。偵察艇に命じ、公安に近づいて様子を探らせた。公安には軍船一隻も見えず、川漁師のほかは、兵士のような者は見当たらない。公安は静まりかえっていた。

（使者も出していないのに、もう夷陵に出発したというのか。いや、兵糧物資が大量ゆえ、早めに運び終えたのだろう）

周瑜は船足を速め、偵察艇を先行させた。

船の群れは分かれ、それぞれの上陸地点に向かっていった。周瑜の旗艦は江陵に進んだ。それを何隻かの軍艦が追っていく。江陵には周瑜直属の守備部隊が駐屯している。

周瑜は内心、

（何か、怪しい）

という予感を持ちつつ、船を接岸させると、馬と兵士を上陸させ、みずからも馬に跨った。甘寧と徐盛を引き連れて、三千の精鋭部隊とともに江陵城に向かった。

江陵城の門には番兵が立っており、周瑜が顔を見せると、ざっと一礼した。周瑜が、

「何か変わったことは無かったか。とくに公安の劉備のことだが」

と訊くと、

「はっ。劉備の兵が都督に捧げる物だと言って、荷駄が多数通過しました。船にも荷を

積んで上流に向かいました」

「荷の中身は？」

「布で覆っておりましたので、確認はしておりません」

「わかった。引き続き警戒するように」

周瑜は甘寧、徐盛に合図して、再び進軍を開始した。

「劉備のやつもとろいもんじゃ。わしらのためにまめまめしう働いとる。殺《や》られるのも知らんと」

と甘寧が笑いながら言った。

周瑜はどうも腑に落ちぬという顔で、

「孔明が手を出してこない。やつならば、わが策を看破はせぬまでも、怪しむくらいはしているはずだ」

と言った。

「都督、買いかぶりじゃて。こっちにはぜんぶで五万の兵がおるけんのー。勘付いたとしても、何もできやせんわい」

と徐盛が言った。

（そうだ。今度こそ、孔明を出し抜いたのだ）

わが後塵を拝せよ、孔明、と周瑜は胸の中で言った。

昼過ぎに夷陵から一、二里の所まで到達した。さらに接近すると、夷陵の城の門は開け放たれ、城の門前に山を成すほどの糧食や軍需品が積まれていた。また酒樽が無数に置かれ、劉備軍の兵たちが、百人くらいで、野外でバーベキューでもするように酒の肴を作っていた。

孔明と劉備は城の望楼の上で酒を飲んで楽しんでいた。劉備は「周」の旗を見つけ、大声で、

「おお公瑾どの、待っておりましたぞ。出陣祝いに一献さしあげたい」

一献とは駆けつけ三杯飲ませることである。

周瑜は、劉備に向かって目礼した。

(城の中に兵を隠してあるのは確実と思っておらねばなるまい。しかし関羽と張飛、趙《ちょう》雲《うん》の姿が見えぬ)

と思ったが、

(まあいい。もうしばらくすれば三方からわが兵が突撃してくる)

周瑜は馬を下りて、望楼上の劉備に拱手して拝した。

「こちらの都合で物資を用意していただき、感謝のしようがない」

「なんの。わがために西川を攻略していただくのである。じゃんじゃん飲んで歌ってくだされよ。だが公瑾どの、五万の兵と聞いておったが、ちと少ないな」

「他の兵は艦に乗って水上におります。物資を運ぶだけですから、これくらいの数でよいのです」

周瑜は三千の兵に、

「せっかくのもてなしだ。有難くいただけ」

と許し、甘寧と徐盛には、

「くつろぐ姿を見せて、劉備たちを安心させるのだ」

と囁いた。

「じゃけんど都督、敵兵は少ないようじゃし、べつに仲間を待たんでも、わしらだけでもぶち殺せますで」

と甘寧が小声で言うと、

「いや、城の中に兵を伏せているはずだ。それに、劉備の逃げ足をあなどってはならん。わたしは完全勝利にて孔明の顔色をなからしめ、あの小ずるい顔を見下して、絶望で歪ませてやりたいのだ」

と、ここ一、二年の怨恨を晴らしたいという、生き甲斐ができていた。

周瑜たちも劉備を油断させるべく、酒を含み、焼き魚や焼き肉を食べた。劉備軍と周瑜の兵三千とで大宴会が始まった。周瑜は盃は傾けても酒は飲み込まず、ちらちらと望楼上の孔明を盗み見た。時に孔明と視線があうと、孔明は爽やかな笑顔で周瑜に黙礼した。

それから何時間か過ぎた。呉兵は酔っぱらってしまって、うっかり寝ている者も少なくない。劉備と孔明を油断させる効果を発揮しているのはいいとしても、こちらの精鋭三千の威力はかなり減衰している。周瑜が今か今かと待っている、砂塵を巻き上げて突撃して来るはずの呉の大軍が、何故かまだ現れない。さすがに焦りが浮かんできた。

(どうしたことか。十分に打ち合わせたはずだが)

甘寧や徐盛も、やや顔が赤くなっているが、これから一戦するのであって、緊張は解いていない。

「来んのう。何をしくさっておるんじゃ。日が暮れるで」

と唾を吐いた。

そこへいつの間にか望楼を降りた劉備と孔明が、近付いて立っていた。

「わがもてなしに満足されましたかな」

と劉備が言った。剣を抜き、自らの手で劉備と孔明を殺すチャンスであったが、護衛役の体格のよい兵士が六人ほどSPのように立っている。周瑜は、

「馳走になった」

と短く言った。

「周都督からの馳走はまだいただけぬようですね」

と孔明が言うと、周瑜は表情を変えずに言った。

「わたしからの馳走？　ああ、西川を獲《え》たならば、惜しげ無く馳走いたそう」

「そっちではありません」

と白羽扇を優雅に動かした。

「呉軍五万が馳走です。しかし、いつまで待ってもここへ来ることはないでしょう」

周瑜の表情が隠しようもなく変わった。甘寧が、

「なんじゃと、わりゃあ」

と怒鳴って孔明に手を伸ばすと、孔明はさっと護衛の兵の後ろに隠れた。

「船というものは長江を制するに便利で必要不可欠のものですが、よき津を得ざれば、川乞食となるしかありません。兵も上陸できねば、ただの無駄飯喰らいとなりましょう」

護衛の兵に隠れたまま、顔だけ出して言った。

「計りおったな孔明！」

周瑜は孔明の策略に嵌《はま》ったことを悟った。

「周都督に言われたくありません。物資の受け渡し場所を夷陵に変えたときに気付くべきでした。夷陵ならわたしどもも詳しく調べてあった。接岸、上陸できる地点は自ずと限られ、そのくらいのことは荊州の漁師に訊けば誰でも知っていることです」

孔明は夷陵に近い幾つもの津や接岸地点に諸将に兵を付けて派遣し、逆茂木《さかもぎ》を並べてバリケードとし、呉兵が上陸できないように水際作戦をとらせたのである。趙雲、張飛、黄忠《こうちゅう》、魏延《ぎえん》、陳到《ちんとう》、糜芳《びほう》らに兵を率いさせて、

「一兵たりとも陸に上げてはならぬ」

と命じてあった。また、

「一兵たりとも殺してはならぬ」

とも、厳命してあった。弓矢が主体の戦闘になったろうが、怪我人は出ても、死人は少なかろうと思う。

作戦としてはもっと手酷《てひど》く、呉兵を殺傷（たぶん火傷）してもいいのだが、それをやると呉と本格的な戦争になってしまう。戦争を避けるには、呉兵五万に損傷を与えず、

生きて還さねばならぬ。ここが孔明が工夫せねばならなかったポイントである。

孔明は周瑜に、

「周都督、わたしはあなたと戦いたくはないのです。今日のところは、どうかお引き取りくだされぬか。あの兵糧物資には毒も仕掛けもありませんから、自由に持ち帰っていただいて、西川攻略のお役に立ててくださるよう」

とたしなめるように言った。

「くっ」

「また、漢水に向かった別動艦隊は、上陸するなり曹軍と出くわしているかも知れませんから、これは早く救援したほうがよろしいかと」

周瑜苦心の秘匿作戦が、孔明の前ではガラス張りになっているかのようだった。

「奮威将軍に何をしたのだ」

「襄陽にいる楽進《がくしん》に、正体不明の何者かから手紙が届いたのですよ。漢津のあたりに大部隊が集結する、と。有能な将であれば、手紙を怪しいと思っても、偵察くらい出すでしょう。わたしたちと呉軍の連合軍が襄陽を攻撃するという筋書きは、すぐに思い浮かぶでしょうから。楽進のような勇将は、待つよりも出撃することを選ぶに違いありません」

周瑜は打ちのめされたような顔になった。

さらに向こうから、土煙をあげ、馬に鞭打ち走らせて、青ざめた顔をした兵士が到着し、周瑜の前に転がるようにして平伏した。汗をぽたぽたと垂らし、息を切らしながら、

「都督に申し上げます。関羽の部隊が江陵に迫っております！」

と言った。

「なんだと」

この注進の兵士が慌ただしく飛び出したとき、遠くに関羽の部隊が見えていたのなら、今頃はもう江陵城を囲んで攻城戦が始まっていよう。

周瑜は孔明を睨み付けて、

「関羽が、なにゆえに。どういうことだ」

と怒鳴った。

「同盟国として当然の義務を果たしたまでです。関将軍はべつに戦さをしに行ったわけではありません。わが君の命を奉じて江陵を守りに行ったのです」

と爽やかに言う孔明とは対照的に、周瑜は歯をくい締め、こめかみの血管を浮き上がらせていた。

「都督は聞いていないのですか。さきにわが君が婚礼のために京に滞在したおり、孫仲《ちゅう》謀《ぼう》どのとの話し合いの結果、荊州全土の領有権を貸していただいたことを。全土ですから当然、南郡もこれに含まれ、周都督はわが君の特別な客将という立場になります。また周都督が遠征のため江陵を長期間空けてしまわれるのであれば、これは不用心ですので、関将軍にその留守役をやっていただくということです。江陵を狙う者は少なくなく、都督にとってもこれほど力強く安心な留守役はいないでしょう」

周瑜はついに激怒した。

「江陵はわたしが苦心惨憺して奪い取った、わが命と言ってもよい城だ！　貴様らに渡してたまるものか」

　周瑜は馬に跨った。

「皆の者、起きろ！　直ちに江陵にとって返す」

「くそったれが、今度遭ったときはシゴしちゃるけえ、おぼえとけよ」

　と甘寧と徐盛も馬に跨り、周瑜の後を追った。精鋭三千の兵ものろのろと後を追おうとするが、そのうち千人くらいは泥酔して寝てしまっていた。

　周瑜たちは夜を徹して駆け、真夜中に江陵にたどり着いた。馬も人も限界であった。

　江陵城の門前には明明《あかあか》と松明が灯されていた。

　ひるがえる旗が松明の明かりで見えた。「関」の旗であった。

「おのれ、城泥棒めが。関羽、出てこい」

　と周瑜が叫んだ。城内から重量級の馬蹄の音が響き、赤兎馬《せきとば》に跨った関羽が開いた門から出て来た。

「誰かと思えば周都督ではござらぬか。こんな夜中に何用ですかな」

　関羽は悠揚迫らぬ態度で言った。

「はて周都督は、今頃は西川攻略のため、長江をのぼっておられるはずだが」

「黙れ。誰に断って城に入った！　この城はわたし周瑜が主公から預かったものぞ」

「笑止。周都督の『途を仮りて虢を滅ぼす』の計略、そんなものは最初から孔明先生が見破っておられた。それゆえ、わたしはここにいるのだ」

関羽が青龍偃月刀《せいりゅうえんげつとう》を頭上でぶんと振り回すと、城壁にしゃがんでいた兵が一斉に槍や弓を持って立ちあがった。

「留守を守っていた兵は、抵抗せず逃げ去りもうした。周都督、これ以上恥をかきたくなくば、船に戻られよ」

と関羽が憐れむような声で言った。

聞いた周瑜は怒りが頂点に達し、馬上で、

「ぐああっ」

という声をあげ、矢傷がまたも破裂して、馬から転がり落ちた。甘寧と徐盛が周瑜を抱え上げ、馬の鞍に乗せた。

「ちっ。ここはいったん船に引き上げるしかないわい」

「クソがっ。おぼえとれよ、髭野郎めが。いつか必ずぶち殺しちゃるけんの」

甘寧と徐盛とあまり精鋭ではない呉兵は、周瑜の旗艦が停泊している江陵の津に向かった。関羽はそれを討とうともせず見送った。甘寧はこれこそ真の屈辱と感じて、吠えながら進んだ。

甘寧と徐盛は周瑜を旗艦に運び込んで、牀に横たわらせた。二千に減った兵と馬を艦に収容した。

「まず友軍と連絡を取って、艦隊を立て直さにゃならん」

「なんちゅう、さえんことじゃ。まんくそわるい」

甘寧は悔しさのあまり震えている。

「夷陵はわしらにとって悪縁のある凶地じゃ」

甘寧はさきの江陵攻略作戦に際して、夷陵で曹仁《そうじん》の大軍に攻められて危うく滅びかけたことがある。周瑜が呂蒙の献策を容れて早急に大がかりな救助部隊を派遣していなかったら、さすがの甘寧も命はなかったろう。

だが、後の話になるが、陸遜《りくそん》に率いられた呉軍が、劉備の蜀軍を完膚無きまでに打ち破ったのは夷陵の地であった。

夜明け近くになると、夷陵ラインの各ポイントで上陸しようとしたが、劉備軍に強固に阻まれて、やむなく退却した艦船がぽつりぽつりと江陵付近の水上に集まってきた。

また夷陵でのもてなしに泥酔していた兵も、顔を蒼くして戻ってきた。

例えば軍略の才において頭角をあらわしつつある呂蒙の部隊がどうだったかと言えば、木々が茂り、軽い湾をなした、隠しドックのようになっている地点に艦を横付けにしようとしたところ、太鼓の音とともに矢と石が降ってきた。呂蒙は劉備軍の待ち伏せに遭っていることをすぐに悟った。

「おのれら、慌てんなあーっ」

と、大声で怒鳴り、盾を持った兵士を石と矢の雨が降る右船腹に集めた。そうしてから、艦側がやや斜めに陸土に接し、兵が足を着けるべき地点を盾の間から覗き見た。

（なんだ、気色の悪いあれは）

丸太と角材が複雑に組み合わされ、一種のトラス構造をした、これまで見たこともない逆茂木が、フラクタル構造じみて、みぎわにとぐろを巻いていた。それがうずうず動きながら、矢を連射してくるのである。中に弩弓を持った兵が隠れているようだ。逆茂木のウロボロス、メビウス流射撃、これぞ孔明の妻、黄氏《こう》が発明した新兵器、名付けて〝龍鱗《りゅうりん》〟という、新時代の攻撃型障害物である。艦上より放つ矢は龍鱗に何故か刺さらず、跳ね返されたり、そらされたりして落ちた。緻密な計算の下、鏃《やじり》が直角をなして刺さらないような細工が、全体をバリアーのようにしている。

岩石は岸辺のだいぶ上から、おそらく霹靂車《へきれき》を使って、空中に撒かれている。しかも回転が速いところを見れば複数台あるに違いない。

(ちい。これじゃ上陸できんが)

呂蒙は、なんとかせねばと思うが、急にいい智恵は出てこない。飛矢投石は間断なく襲ってくる。呂蒙らは機械力において劣っていた。そのうち、

「大将っ、見ておっても、埒があきませんぜ。わしらに行かせてくだせえ」

と顔に気合のペイントを施した呂蒙組の若い衆十人ほどが、決死隊となり敵前上陸することを志願してきた。

「待たんかい。あの変な逆茂木を見切らにゃ、犬死にするだけじゃ」

「大将、わしらがまずブッ込みますけん、わしらが殺られるところを見て、対策を考えてくださいや」

無謀な突入であり、そういう生贄的戦術は呂蒙の好むものではなかったが、どうして

も上陸せねばならぬという全体の戦略的要請がある。

「わかった。おどれらの命、無駄にはせんからな。行けっ」

と苦しんで命じた。

「おおおおっ。わしらが一番槍をつけるんじゃあ」

まずは五人の呂蒙組の男たちが、舳先《へさき》から一本縄をおろして、それに縋《すが》って水の中に降りた。膝の辺りまで水がある。盾を構え、槍を持って、ざぶざぶとみぎわに進んでいった。

すると龍鱗の右側が、ミミズがのたうつかのように動き、五人の兵士に矢を連射してきた。カッカッと盾に矢が立つ。矢は中程まで盾に刺さっていた。普通より短めの矢であったが、盾を易々と貫通するほどの威力である。鏃にも新しい工夫がなされており、従来のものより貫通性能が高くなっているのだ。が、呂蒙組の男たちは恐れず、進んでいった。

呂蒙は目を皿のようにして見ていた。

「うおっ」

「がっ。死にさらせ」

男らは龍鱗を槍で突き、蹴りつけ、矢が櫛のようにつき立っている盾で押し込もうとしたが、そのさらに右から出て来た龍鱗に、まるで喰われるかのように取り込まれていった。

「ひいーっ」

船側にいる兵士は皆それを見ており、その人喰いの蛇のような動きに怖気《おぞけ》を震った。そして呂蒙は、龍鱗の仕組みとか弱点を見切ることができず、

（ぜんぜん分からん。許せ）

と、子分たちに詫びるのであった。

龍鱗も木製であることは間違いないから、燃やすべく、火矢を数百発は浴びせた。しかし、不思議なことにまったく火が移らなかった。ここにも未知のテクノロジーが使用されているようだ。呂蒙としては少しでも隙が出来れば、人海戦術をとって、総員強襲上陸を命じるところだが、残念ながらその機会は来なかった。

（おそらく他の上陸地点でも、同じようなことが起きているに違いない）

と呂蒙は思った。

戦闘、五時間超。矢が尽きた呂蒙は退却の合図を出すしかなかった。ただ死傷者は最初に突入した兵士を含めて十数人におさまった。劉備軍が何故か火矢を使わなかったせいもある。のちの事になるが、龍鱗に触れて巻きこまれてしまった特攻若い衆は、殺されていず、五人とも無事戻ってきた。

優れた戦術家の呂蒙にして、こんな具合なのだから、他の上陸地点に向かった部将たちは、まともな戦さをさせてもらえなかった。呉の精鋭としてメンツは丸潰れであり、ただ悔しく、情けない。

呂蒙は、

（いつか必ず劉備軍を叩きのめして荊州を奪い取ってやる）

に違いない。

と心に誓っていた。後年の執念の関羽抹殺作戦のモチベーションはこのとき培われた

最も安否が心配されていた奮威将軍孫瑜の軍勢は、これは孫瑜の戦さ上手によって、なんとか危機を免れた。北から楽進の軍勢が来ようとしていると、偵察隊の報告があった際には、もう漢津から大分内陸に来ていた。孫瑜は直ちに退却を決定した。孫瑜の部隊がしんがりとなり戦い、全兵を逃がした。こちらはさすがに兵の死傷ゼロとはならなかったが、最小限にとどめたと言える。

呉の水軍は、周瑜の命令待ちとなり、しばらく付近を遊弋《ゆうよく》した。

船端に立ち、凌統にしても丁奉にしても、周瑜に合わせる顔がないという苦い表情を浮かべている。

周瑜は旗艦の自室で目を開いた。途端に様々な苦痛が全身をさいなんだ。

（わたしはまだ生きているのか）

思わず呻きそうになった。兜と甲は脱がされ、傷にはいちおうの手当がされていた。

船室には程普と甘寧、徐盛、そして孫瑜がいた。

「都督」

「公瑾」

「おお無事じゃったかい」

と目を開いた周瑜に呼びかけた。周瑜はゆっくりと記憶を辿り、何故、自分がここに臥しているのかを理解した。

(負けた、のだ)

周瑜は苦痛の表情で上半身を起こした。

「無理はすんなや」

「徳謀《とくぼう》(程普の字)どのは、如何なる目にお遭いになられた?」

と訊いた。

副都督の程普の艦は夷陵の最も上流にある上陸地点に向かった。その上陸地点でも他の部将と同じく、奇怪なバリケードと飛矢投石のせいで上陸を拒止された。

程普はそこよりもさらに上流に、夷陵からはやや離れてしまうが、上陸に適した場所があることを知っていたので、そこに行こうとした。しばらくゆくと劉備軍の艦船が江上に蝟集《いしゅう》しているのが見えた。劉封《りゅうほう》と関平《かんぺい》が荊州水軍の艦船をもって長江を封鎖していたのである。

(ここまで抜かりなく用意しておるんじゃ。次に何が出てくるのか見当もつかんで)

程普は慎重な行動をとるべきと考え、やむを得ず引き返したのであった。

甘寧が、甲を外すとき、戦袍《せんぽう》が緩んだため、衿際から胸と腕に彫りこんだ男臭さが際立つ刺青を見せながら、

「都督、わしらはこれからどうするんな」

と荒い声で周瑜に指示を仰いだ。行くのか、行かないのか。兵士はほぼまるのまま残

っており、十分な数がいる。艦船の被害もほとんどない。あらためて劉備軍団と一戦交えるのか、それとも柴桑に退くのか、周瑜の命令次第であった。

その時、突然、見張り番の兵がやって来て、

「失礼いたします。諸葛亮《しょかつりょう》の使者が、都督あての手紙を持って来ました」

と、たどたどしく言った。周瑜は憤怒と苦痛を越えた透けるような美しい顔になっていた。

「そうか。すぐに持ってまいれ」

紙のように白い美貌が、薄く笑った。

（わたしには分かるぞ。その手紙に何と書いてあるかが。もし思った通りであれば……決して完敗ではない）

しばしののち、別の兵が手紙を持ってきて、周瑜に手渡した。手渡す手がわずかに震えていた。周瑜が、妖気にも似たアトモスフィアを部屋中に漂わせていたからである。

周瑜は開封して手紙を読んだ。それには次のように書かれていた。

「漢の軍師中郎将諸葛亮が、呉の大都督周公瑾どのの御許に一筆啓上いたします。柴桑でお別れして以来、今にいたるまで、ずっとお慕い申し上げておりました」

と、こういうことを書くから、一部の女性にＢＬのエジキにされてしまうのである。

しかもいち早く〝漢〟の国号を騙《かた》っている。

「さて、わたしがこのように私信を送る訳ですが、公瑾どのにはもう理由がお分かりかも知れません。率直に申し上げれば、こたびの戦闘は無かったことにしていただきたい

のです。部将たちにも兵にも箝口令《かんこうれい》を敷いていただき、孫呉の武闘派、メンツに拘《こだわ》る任侠派、わけてもとくに孫仲謀どのに知られないようにお願いいたします。われわれの間には何の間違いも諍《いさか》いもなく、貴方は夷陵で物資を受け取り、呉の艦隊は長江をのぼっていった、と、いうことにしていただきたいのです」

既に孔明の宇宙では戦闘などまったく起きなかったことになっているから、一昨日に会ったばかりなのに「柴桑でお別れして以来」と書いても矛盾しない。

「何故かと言えば、わたしたちは孫呉と戦いたくないからです。夷陵で一杯食わされたというような風聞が、仲謀どのの耳に入ればたちまち国交は悪化し断絶、最悪の場合、戦争となるでしょう。戦争になっても、わたしとしては別に構わないのですが、そのとき孫呉には智略勇略に傑出した総司令官はもうこの世におらぬでしょう。江南の各家、思惑がばらばらの東呉連合が相手なら、わたしどもの敵ではございません」

智勇両略に傑出した総司令官というのは、周瑜をさしている。

(孔明はわたしの疾《やまい》が篤く、命が長くないことをどうやって知ったのか)

わからぬ。そして、周瑜のいない呉なら、必勝できると大言壮語している。

「中原の曹操《そうそう》には、あくまで孫家と劉家は一枚岩であり、友好これに過ぎる状態に見えるようにしておかねばなりません。曹操に対抗するために手を結ぶのですから、わたしどもの方から呉を攻めるなど、あるはずがありません。どうか疑わず、この諸葛亮を信じてください。また貴方がいてこその孫呉の軍が精鋭たるのでありますから、まずもってご自愛なされるよう切に希みます。諸葛亮より愛をこめて」

孔明も実は周瑜にわりかし萌えていたのかも知れない。好きな子をいじめたくなるのは、男の子のさがである。

読み終わった周瑜は、孔明の手紙の内容が自分が想像していたことと一致していたので、満足であった。でもこう漏らした。

「われついに孔明に及ばざりしか」

しかし、愚痴をいうなら、あと一年でいいから生きていたい。自分は天命にて死ぬのであり、生きておればなお逆転はあり得ると思う。

自分がこうなった以上、孫呉はへたに軍事行動を起こすべきではない。自分以外の者が呉軍を率いても、劉備軍団や曹操の軍勢に勝利することは難しかろう。思い上がりではなく、客観的な、周瑜の自負であった。自分の死後しばらくは、孫呉は決して荊州に殴り込んではいけない。これは甘寧や数多の諸将に言い聞かせておくべきことだ。自分の後任者にも。孫呉が今より強勢になり、機が熟すまで。

程普が、

「何と書いてきたんじゃ」

と訊いた。周瑜はフッと笑って、手紙をぐしゃぐしゃに握り潰してしまった。そして、

既生瑜《ジー・シエン・ユウ》　既に瑜を生じて
何生亮《ヒー・シエン・リイアン》　何ぞ亮を生ずるや

と、魂の叫びをあげた。

「(天に問う)、わたしをさきにこの世に生まれさせたというのに、どうしてまた諸葛亮まで生まれさせたのか！」

周瑜は繰り返し絶叫し、そのリフレインが部屋にいる者の耳と心に響き渡った。周瑜の叫びを止めたのは喀血であった。口から顎に赤黒い液体を滴らせながら、周瑜は牀に上半身を倒した。

「公瑾！　大丈夫か」

「都督っ」

周瑜は天井を眺めながら、激しい息をつき、胸板を上下させた。

「泣き言は言わん。悪疾に憑かれるも、天命である」

「しかし、尋常じゃないで。すぐさま柴桑に帰るんじゃ」

と程普が言ったが、周瑜は、

「都督として命令する。各艦隊を戦闘隊型にならべ直して、長江を遡上せよ」

と言った。

「それはどういうこっちゃ」

「どういうもこういうもない。益州を攻略するのだ。もともとそのために来たのだからな」

部将たちは周瑜の真意が分からず、戸惑っている。

「命令である。逆らうなら罪を負わす」

と周瑜は重ねていった。

「じゃけんど、都督、都督こそ、その体じゃ無理じゃろう」

と甘寧が言うと、

「わたしは戦場で死にたいのだ。興覇《こうは》はわたしを武人として恥させたいのか」

いったん主君の命を受けて、征旅に出た以上は、武人たるもの畳の上で死ぬわけにはいかないのである。

「つまらぬ意地だが、この周郎の男伊達《おとこだて》を通させてくれぬか」

漢なら漢の意気地を知るものだ。皆、目から漢汁をこぼして頷いた。

周瑜の堅い決意を知った甘寧たちは、各艦船に整列するよう合図を送り、程普のみを残して自らの艦に戻って行った。

周瑜は程普に言った。

「徳謀どのにお願いがある。見ての通り、今のわたしに万軍を統率する力はない。徳謀どのに後の判断はお任せする」

「おお、任せいや。公瑾は安心して養生しておれ」

「ふふ。昔、わたしは徳謀どのに嫌われ、随分つらい思いをしたものです」

「いつの話をしょんなら。もうそれは言わんでくれい。わしが嫉妬して勝手に依怙地《いこじ》になっとっただけじゃ」

「いや。実際に生意気な若僧でしたからな。失礼の数々を思い出します」

程普は六十一歳だから、周瑜は二十五も年下である。そんな若年者の下につくのは、プライドの高い程普には耐えられなかったろう。周瑜はどんな侮辱を受けても、程普を尊重し、逆らうことはなかった。そうしたことが続き、程普の悪感情は溶けていった。人々は、

「周瑜が謙譲の徳をもって人を心服させた」

と語り継いだ。

しばらく昔話などをして語り合った。常に前のことしか見ない周瑜が来し方を語るのは珍しいことである。

「孫伯符とともに戦い、あまたの敵に連戦連勝していた頃がいちばん楽しかった。孫伯符がいると、どんな強敵でも負ける気がしなかった。若かったゆえ、恐い物知らずに無茶なことをしたし、自由気儘に暴れ回ったものです。あの日々を青春ともうすのでしょう」

孫策と周瑜は同い年であり、周瑜少年が舒《じょ》に住んでいた頃にたまたま孫策少年が引っ越ししてきた。周家は孫家に家を貸し、家族ぐるみの付き合いとなった。二人はいつしか腹心の友となり、男と男の断金の交わりを結んだ。その後、一時二人は離れ離れになるが、孫策が袁術《えんじゅつ》から独立して旗揚げしたときに、周瑜はすぐに兵をひきいて馳せ参じ、孫策の華やかな成り上がり伝説に色を添えた。二十四歳の頃、二人はハードロックな生き様を謳歌していた。

皖《かん》を攻めて、落としたとき、地元の名士喬公《きょうこう》の二人の娘が絶世の美女との噂が高かったので、二人で押しかけて掠奪結婚をした。姉の大喬《だいきょう》を孫策がとり、妹の小喬《しょうきょう》を周瑜が

もらった。

「喬公の二人の娘は美貌であるとはいえ、われわれ二人を婿にできたのだから、きっと運のよい女であり、喜んでよいのではないかな」

と言って笑い合い、結婚式も二組同時に挙行した。

「きっとあの当時が、わたしの人生の最盛の時だったのでしょう」

程普は、そんなことはないぞ、と言ってやりたかったが、言えなかった。

そして周瑜は思い出の世界から戻り、現実のことを話した。夷陵の一件について、その終始すべてを隠蔽して欲しい旨、程普に頼んだ。その理由も説明した。

今回の出兵はあくまで益州攻略のためなのであり、劉備軍団との駆け引き小競り合いのようなことは一切なかった。劉備軍団への怒りや恨みは腹の奥底に鎮めて、口の端にさえのぼらせないようにしてもらいたい。これを総員に徹底するのである。程普はこれにも、

「よっしゃ。ええがにするけん、任せえ。史書にも一文字も残らんくらいに、隠しちゃるけんの。公瑾はもう何も考えるな」

と言って引き受けた。程普は軍医を呼んで、周瑜の看病をさせた。

翌日、程普は副都督の立場で全体の指揮をとった。艦船群はきれいに整頓して並び、無敵艦隊の威容を見せつけている。程普の艦が臨時のフラッグシップとなり、命令をくだすこととなる。程普は、

「全艦発進せよ。制圧目標は巴郡である」

という意味の通信旗をあげた。巴郡は後にいう重慶である。

呉水軍はゆっくりと前進を開始した。江上の群狼は一糸乱れぬ統制で奔《はし》り始めた。

そして何日か……

益州牧の劉璋は、呉水軍のこの動きを知って、たちまち戦慄した。劉璋は何年も前から曹操に土下座外交のようなことをしており、贈り物を持った使者を何人も送っている。赤壁の戦いの前には、曹操に役夫や兵士を提供したりもした。今も頼るは曹操以外になく、また鄴《ぎょう》に救援の使者を走らせた。

ところが呉の艦隊は、巴丘《はきゅう》に停泊し、何日も動かなくなった。巴丘は洞庭湖のそばの岳州の南にある。いまの湖南省岳陽である。しかし、裴松之《はいしょうし》は何が気に入らないのか、

「巴丘は、現在の巴陵であったにちがいなく、さきに軍を駐屯させた巴丘とは、名は同じでも場所は別なのである」

と独りよがりっぽく主張して、そんなことは別にどうでもいい素人読者を混乱させるのが目的であるかのように注している。だいたい巴陵じたいがどこにあるんだ。

航行中、周瑜が大量に喀血し、粥すら喉を通らなくなり、意識が混濁した。艦隊はちょうど巴丘の近くに来ていた。程普は、周瑜にこれ以上、船旅のストレスを与えるべきではないと判断し、巴丘の城に周瑜を運び込ませた。

周瑜はいくらか回復し、意識もはっきりしている。

「無念である。船に乗ることさえ耐えられぬとは」

周瑜は左右の者に、書くものを用意させた。意識がはっきりしているうちに、遺すべ

き文章があった。

牀に半身を起こし、膝のあたりに板を置き下敷代わりにして、筆に墨を含ませ書き始めた。書くことは決まっているのだが、なかなか筆が動かず、岩に爪で文字を彫るような難行となった。一日に一行しか書けない日もあった。時に喀血し、書状に血の斑点をつけた。

周瑜の魂の遺書も名文といってよいものだが、孔明の出師《すいし》の表のようにはもてはやされなかった。

「わたしには美貌以外に取り立てて才能がありませぬのに、かつて討逆将軍（孫策）に礼遇をもって取り立てられ、腹心の臣下としてご信任を受けて、栄えある任務につき、兵馬の指揮にいささかあたってまいりました」

「そして討逆将軍亡きあとは、ご主君（孫権）のために犬馬の労をとり、軍旅して手柄を立てて、ご恩を報じたいと念じてまいりました。こたび巴蜀の地を占領し、つづいて襄陽を手に入れようと計ってまいりましたが、わが君のご霊威をお借りして実行するのですから、まことに容易なことであったに違いないのです。しかし、わたしが身を謹まぬ愚か者であったがゆえ、その途上にあって病を得て、さきごろより治療に努めておりますが、病勢はつのるばかりで衰える気配がございません」

『人の生には死あり、脩短《しゅうたん》は命なり、誠に惜しむに足らず、但だ微志の未だ展《の》べず、復た教命を奉ぜざるを恨むのみ。方今、曹操、北に在り、疆場《きょうえき》未だ静まらず、劉備寄寓するは、虎を養うに似たる有り、天下の事、未だ終始を知らず。此《これ》は朝士旰食《ちょうしかんしょく》の秋《とき》にして、至尊垂慮の日《とき》なり。

魯粛《ろしゆく》は忠烈にして、事に臨みて苟《かりそめ》にせず、以て瑜に代わる可し。鳥の将《まさ》に死なんとするや、その鳴くや哀し、人の将に死なんとするや、その言や善し。儻《も》し言う所を采《と》る可《べ》くんば、瑜、死すとも朽ちず』

曰く。人として生まれた以上は、死は避けられぬのであって、長寿か短命かは天命なのであり、ここで命を落とすことを少しも惜しむものではありませんが、ただわたしのいささかの志が実行されないまま終わり、もうわが君のご命令を奉ずることができなくなりますことだけが遺憾なことであります。いま、曹操は北方にあり、国境地帯はなおおさまらず、劉備が身を寄せて来ておりますのも、虎を養っているようなもので、天下の事はいまだその終始が知られません。ですが、こんなときこそ朝廷にある者たちが、寝食を忘れて全力を尽くすべき秋であり、わが君におきましてもご聖慮をめぐらせられるべき日なのでございます。

魯粛は忠烈の臣であり、事に臨んでなおざりな行動はせず、わたしに代わって職務にあたることができます。鳥が死なんとするとき、その鳴き声は哀しく、人が死なんとするとき、その言葉は善きものともうします。わたしのこれらの言葉に、もし採用いただけるところがございましたら、この周瑜はたとえ肉体が死滅しても、朽ちることなく永遠に生き続けるのです。

この書状には、益州攻略を止めろとは書いていない。劉備と仲良くせよとも書いていない。だが、自分の後任に魯粛を強く推薦することで、そのあたりのことがうまく伝わるようになっている。魯粛は、劉備と同盟して曹操にあたるという、周瑜が大反対した政策を堅持する者であり、この時期の益州攻略にも強く反対していた。その魯粛を自分の後任に推挙するということは、周瑜は或いは我執だったかも知れない自らの戦略を、敢えて改めることを潔しとしたのである。

自分がいてこその呉兵の精強なのであり、大きな戦さができる。しかし、自分がいないのなら、魯粛の政略方針こそが目下の孫呉にとって一番の採るべき策となろう。これは孫策がいまわの際に孫権に言い遺した、

「江東の軍勢を総動員して、機を見て行動を起こし、天下の群雄たちと雌雄を決するといったことでは、おまえ（孫権）はおれには及ばない。しかし賢者を取り立て、能力ある者を任用して、かれらに喜んで力を尽くさせ、江東を保ってゆくといったことでは、おまえのほうが、おれより上手である」

という遺言に似ている。

周瑜は見舞いに訪れる部将たちに、

「魯粛は度胸も見識もあり、呉の朝廷において第一等の人物である。戦さ自体はおくとして、智略の点で十分にわが代わりを任せられる。魯粛がわたしの代わりを引き受けてくれるなら、安心して死ぬことができる」

と繰り返し語った。一癖も二癖もあるゴンタクレどもが、魯粛を軽く見ず、よく従うようにするためである。周瑜は、政略は魯粛が担当し、戦略面は呂蒙がよかろうと思っ

ているが、それは書かなかった。魯粛が決めるべきことだからである。

孫権あての遺書を書き終わった二日後、周瑜は息を引き取った(憤死ではなく結核)。孔明が周瑜の寿命を少しばかり削ったのは間違いないが、最もたくさん削ったのは赤壁の戦いの猛烈なプレッシャーであったろう。

ときに建安十五年(二一〇年)、十二月八日のことであった。享年三十六。若死にだが、呉の重要人物には、夭折する者が少なくない。周瑜の主君であり、無二の親友であった孫策は二十六歳で死んでいる。孫策、孫権の父、孫堅《そんけん》も三十七で死んだ。

程普は周瑜の書状を急ぎの使者に託して孫権に届けさせた。そして立派な柩を調達してきて周瑜を納めた。部将たちは、頭《こうべ》を垂れて祈った。何人かは漢汁を拭こうともせず、垂れ流していた。顎髭の先から、地に滴った。

(柴桑に帰ろうかの。周郎はまだ足りんと言うじゃろうが)

と程普は決めた。


『三国志演義』によれば、この時、孔明は荊州にいて、夜中に天体観測をしていた。将軍星(武将や軍師が死ぬとき必ず流れ落ちる謎の星)が地上に落下するのを見て、

「周瑜が死んだ」

と大笑いしながら言ったという。夜が明けるともう嬉しくてたまらないといった様子で、劉備に報告した。劉備が間者を放って探らせたところ、はたして周瑜は死んでいた。

孔明はこのあと、周瑜の葬式に呼ばれもしないのに押しかけて、ドラゴンズ・アイから

きらきら光る泪を垂れ流しにする（嘘泣き？）。

　こんな孔明を見てもまだファンでいられるか、人として許してはいけないのではないかと、読者に問いを突きつけるものがある。が、大多数の人は、孔明推し、神泣き、イケメンは逝ってよし、とか言って、孔明ファンを続けたのであった。曹操をヒーロー視したり、周瑜を再評価したりするのは、二十世紀も末、主に日本で流行した特殊なムーヴメントである。

　で、周瑜の死を嘆じた記念の詩。

赤壁、雄烈を遺し
青年にして俊声あり
弦歌に雅意を知り
杯酒、良朋を謝す
曾て三千斛《こく》を謁し
常に十万の兵を駆る
巴丘《ひょうちょう》、命の終わりし処《ところ》
憑弔すれば情傷《こころふる》えんと欲す

「曾て三千斛を謁し」というのは、昔、周瑜が魯粛の評判を聞いて訪れた時、たちまち意気投合して、魯粛が三千斛の米をぽんと差し出したことをいう。「憑弔」というのは、哀悼の意を表すことである。後は漢和辞典をひいてくれ。
次は『三国志平話』にある周瑜を賛する詩。

美なるかな公瑾、世を間《へだ》てて生まる
呉と覇を呑み 魏と鋒《ほこさき》を争う
烏林に敵を破り、赤壁に兵を鏖《みなごろ》す
此の雄勇に似たるは、更に誰か同じき有らん

解説は不要であろう。劉備がつくったことになっているから、下手くそでも問題ない。
ついでに詩仙とたたえられた唐の李白の詩も紹介する。

赤壁歌送別

二龍、争戦して、雌雄を決す
赤壁の楼船、地を掃《はら》って空し
烈火、天に張りて、雲海を照らし
周瑜、此《ここ》において、曹公を破る
君、滄江に去《ゆ》きて、澄碧を望めば

　鯨鯢《げいげい》、唐突して、余跡を留めん
　一一、書し来りて、故人に報ぜよ
　我、之に因りて、心魄を壮《さかん》にせんと欲す

さすがに李白の詩は『三国志演義』に挟まっている記念の詩群（一部を除いて）とは風韻もレベルも違う。唐代にはまだ『三国志演義』は成立していなかったので、赤壁の戦いとは周瑜と曹操の対決だったことが、士人の常識であった。

「周瑜はこの地で曹操を打ち破ったのだ」

ということで、劉備軍団のことなぞ詠むに余白はない。

この詩は、李白が、江南に赴く友人に送ったものであろう。

「君が長江赤壁の古戦場に行って、碧く澄んだ川面を望めば、巨鯨のような戦艦が激突したところ、その跡を目の当たりにできよう。その一つ一つを手紙に書いて、故人（李白のこと）に知らせてくれ。わたしはそれを読んで、わが心魄を燃え上がらせたいのだ」

赤壁の戦いは、多くの詩人にインスピレーションを与えており、宋の蘇軾《そしょく》（蘇《そ》東坡《とうば》）の『念奴嬌』「赤壁の賦」、唐の杜《と》牧《ぼく》の「赤壁」などは『三国志』本によく引かれている。いずれも主役は、周瑜、曹操である。

後に記すことになろうが、孔明をテーマにしたものも少なからずあり、詩聖・杜甫《とほ》などは、いきなり、

『諸葛の大名は宇宙に垂る』

などと、取り返しのつかないことを書いている。

と、詩の紹介をしているうちに、周瑜の血の遺書が、京の孫権のもとに届いた。

「公瑾が死んだなんちゃ、わしは信じんぞ。死ぬことは認めん」

と子供のようにじたばたした。

「なんじゃっ。こんな書状なんぞ」

孫権は震える手で封を開いた。そして、血液の斑点がところどころ文字を滲ませている書状を読んでいった。

最後まで目を通した孫権は、周囲に憚ることなく慟哭《どうこく》した。張昭は、この人も辛そうであったが、

「主公、喪服に着替えにゃあ、いかんで」

と言った。だが孫権は激しく泣くばかりであった。女官たちが奥に連れて行って、無理にも着替えさせたが、その間もずっと泣き喚いていた。兄、孫策が死んだときも、孫権は激しく泣いたが、慟哭まではしなかった。

「公瑾は王佐の才を持っておったんじゃ。それが発揮できぬうちに突然、短命で終わってしもうた。公瑾がおらんようになって、わしゃあ、いったい何を頼りとすればええんじゃろう」

孫策が死んだとき、呉夫人（孫権らの母）は、孫権に周瑜を兄と思って仕えるように

命じた。孫権は十九歳、父兄の跡を継いだとき、その地位はかなり微妙なものであった。故孫策の配下の部将らは、孫権の部下でも家臣でもない。江東の各家の孫権に対する礼は非常に粗略なものであった。そのとき周瑜が率先して孫権に臣下の礼をとり、謹んだから、他の家の者たちや食客らも、

「周郎があぁも下手に出て、鄭重にするとは……」

と、かれらも取り敢えず孫権に鄭重な礼を守ることにした。周瑜がそうやって孫権を尊ばなかったら、いまごろ孫家は江南の一土豪に過ぎなかったかも知れないのだ。すべて周瑜の孫策との男の友情と約束、男気がなさしめることであった。孫権はもちろんそのことが分かっており、周瑜は特別な家臣なのであった。

（公瑾の才があれば、わしを逐《お》って、諸豪をまとめ、呉のあるじとなることもできたのだ。だが、公瑾はわしに邪せず、ただ忠を尽くすのみであった）

のちに孫権が呉の皇帝に即位したとき（二二九年）、公卿百官たちに十九年も前に死んだ周瑜のことを持ち出して、

「わしは周公瑾がおらんかったら、帝位につけなかったんじゃ」

と碧眼を潤ませて言った。

孫権は周瑜の善き言葉を採用して、周瑜を不朽不滅の漢にせねばならなかった。すぐさま魯粛を奮武校尉に任じ、周瑜の後任にあたらせ、都督とした。周瑜の配下の軍勢四千余人と、所領の四県も、ともに魯粛に属することになった。また程普は江夏太守であ

ったが、南郡太守の職務を執ることを命じた。だが江陵は既に関羽の占拠するところとなっていたから、形だけのことにならざるを得なかった。この二つの辞令書を使者に持たせて柴桑に派遣した。

公安の付近には、広範囲にいつも川漁師の小舟が浮かんでいる。孔明が劉備に進言して、させていることである。いくつかの漁師舟には劉備配下の兵が変装して乗っており、船舶の通行を見張っている。

呉の水軍が群れをなして下ってきたというので、劉備と孔明、馬良は、江の岸まで見に行った。

船影は遠く、艦隊は粛々と、まことに静かにくだっていく。

「あれからまた長江をのぼり始めて、いっとき巴丘に留まっていたというが、また引き返してきた。何があったのか」

と劉備が言った。孔明は、

「言うまでもないことでしょう」

と言った。そして、

「周瑜が死んだのです」

と断定した。馬良（どうも今一つ孔明を信じられずにいる）が、

「なにゆえ、そうお分かりになるのか」

と問うと、

「お手前には見えぬのか。甲板にいる兵士が喪章をつけているのを」

孔明の視力は2・0以上あるのか。劉備は、自分も見えてないくせに、

「おう。つけておる」

と言った。馬良は目をひん剝いて見直して、

「うーん、確かに。何か、つけておりますな」

と言った。

「ですが、死者が周瑜かどうか分からぬでしょう？　程普であってもおかしくない」

孔明は、

「周瑜が生きておれば、誰が死のうが、任務を果たすため前進いたします。それが後退するならば、死んだのは周瑜以外にないのです」

と言った。

「そうか、周瑜が死んだか。あぶないヤツであったが、確かに英雄ではあった」

と劉備がしんみりといい顔で言った。自分を害しようと企んだ相手でも、死んだとなると悲しくなる。そういう、偽善ととられかねない気分が、劉備の人徳の秘密の一つである。

「それよりどうしましょう」

「何をだ」

「同盟国の柱石が亡くなったのです。当然わが方は弔問の使者を出さなくてはならないでしょう。魯粛などは何回もこちらに弔問の使者として来ております」

「うぬーん、弔問があったわい。うちからも誰ぞ遣《や》らなければ、非礼とされる」

「基本的な外交というものです。同時に周瑜を失ってしまった呉の雰囲気を身に感じて来なくてはなりません」

劉備は腕を組んだ。

「しかしなあ、ついこの前、みんなで周瑜をコケにしたんだぞ。連中の怒りは収まらず、沸騰しておるに違いない。そんなところへ、のこのこと弔辞をならべに行ったら、ただでは済まんぞ。よくて腕一本を失う覚悟が必要だな」

と言いながら劉備は馬良を見つめた。馬良は、自分が行かされるのかと思い、

「理由があっての訪問です。身を慎み、礼をもってするなら、相手も乱暴狼藉はいたしますまい」

と言ったが、

「江東の連中は侠徒《ヤクザ》と変わりがないのだ。些細なことでも、メンツが立つか立たないかで一家どうしが殺し合いをしたりする。こちらが頭を低くしたら、そのまま顔を地面に押しつけられ、足で踏みにじられるんだぞ」

と劉備がわざと恐がらすように言う。馬良は、

「四方に使いして、君命を辱めず。士というべきなり。と孔子も曰《い》っております。どうかわたしにご命令ください」

と決死の表情で言った。

馬良としては劉備に仕えて、初めての大仕事となり、それを成功させることによって

自分の能力と忠誠を示したいのであった。すると孔明が、

「季常どのの手には余りましょう。わたしが行ってまいります。簡雍《かんよう》どのでもいいのですが、下ネタで和んでくれる人たちではありませんので」

と、さらりと言った。劉備は、

「先生、それは無茶である。馬季常なら腕一本ですむが、先生が行けば首が落ちますぞ。夷陵の作戦でやられたことを恨んでいる将兵は数えきれぬはず。わしと先生はヤツらの必殺帳の上から一番目か二番目にあるはずだ」

と真面目な顔をして言った。

「いけませんよ、手を結んだ相手を敵視しては。周瑜という同盟強硬反対論者がいなくなり、おそらくマブダチの魯粛が都督の地位を襲うことになりましょう。これからがキモです。呉との同盟関係をずぶずぶにしていかねばならないわけですから」

「魯粛一人味方では、どうしようもない。しかし、だいたいうちと孫権は本当に同盟を結んでいるのか？　いざこざばかりという記憶しかないぞ。ともあれ今、周瑜の葬式に行くのは飢えた虎の群れに入ってゆくようなものだ。先生が如何に智能（痴能）抜群とはいえ、猛《たけ》った野獣の爪牙《そうが》を避けるのは不可能である」

ナマの暴力発動には、頭が如何によくても（いかれていても）通用しないと言いたい。

孔明はフッと笑い、

「案ずることはありません。周瑜が在世のときでさえ、毛ほども恐れなかったわたしです。周瑜亡きいま、何を恐れることがありましょう」

と癒し系の声で言った。馬良が、

「諸葛軍師、後学のため、わたしも同行させてください」

と真剣な目をして言うので、孔明は、

「よろしい。しかし、自分の身は自分で守らねばなりませんよ」

と言った。

問者の報告で、周瑜の亡骸《なきがら》が柴桑にとどめられていることがわかった。葬儀は周瑜の亡骸が美しいうちに済ませるよう柴桑で、埋葬は呉（蘇州）にするよう孫権の命令があったらしい。

孔明は、趙雲《ちょううん》と五百人の精鋭を率いてゆくことにした。こういう政治的な場に用心棒として連れて行くのはたいてい趙雲！　ということで、決まろうとしている。

たくさんの供え物を準備して船に積み、乗り込んだ。馬良も不完全な武装をして、同船に乗り込んだ。船は津を離れ、出発した。

孔明は、馬良の姿を見て、

「そういう中途半端な武装は、見苦しいですよ。士ならば寸鉄も帯びずにゆくか、甲をきちんとつけてゆくか、どちらかに」

と言った。孔明は綸巾《かんきん》に鶴氅《かくしょう》、手には白羽扇と、日常と変わらぬいでたちである。馬良は恥じて、鎖帷子《くさりかたびら》とか、短刀とかを外して捨てた。

「諸葛軍師、大丈夫でしょうか」

孔明は、

「さあ」

　と言うだけである。

「使者たるもの、至誠天に通ずと心懸けておればよいのです。結果のことは考えても仕方がありません」

「さすが孔明先生である。暴力集団を前にしても、まったく怯《ひる》み恐れることがない（暴力団交際禁止条例も無視だ）。おい、貴様らも先生の誠を見習わしていただけ」

　と趙雲が部下たちに言った。

　馬良は、

（今一つ得体が知れない孔明どのが、今度の修羅場をどんなふうに切り抜けるのか、しっかり見させてもらわねば）

　と、孔明を自分の目で測ろうと思っている。が、そんな甘い気持ちでは死ぬぞ、季常。

　やがて柴桑に着いた。

　柴桑における周瑜の葬儀は、呉国始まって以来と言ってよいほどの盛大さであった。

　その式場に綸巾道袍姿の孔明が、趙雲と馬良を引き連れて、ごく自然な様子で、踏み入ってきた。さすがに精鋭五百人は船着き場に置いてきてある。

　孔明に気付いた甘寧、徐盛は、

（あの野郎）

　とたちまち憤怒が顔面を朱に染めた。程普の説得で、夷陵のことは無かったことにしてはいるが、張本人が平然と現れたとなれば、剣の柄《つか》を握ってしまうのも仕方がない。

（クソガキゃあ、舐めやがって。ぶっ殺しちゃる）

と後先無く、孔明に向かっていこうとすると、程普がしっと肩を摑まえて、

「だめじゃ。こらえい。公瑾の指令ぞ」

と甘寧、徐盛を目でも押さえ、囁きでも抑えた。

孔明に怒り心頭なのは甘寧、徐盛だけではない。呂蒙、凌統、丁奉、孫瑜らとその手下どもも、頭では程普の説得は分かっているが、もう意志とは無関係に肉体が、孔明を殺《や》りたがっているのだ。とくに周瑜の直属の兵らは、

（周都督の仇）

と思っている。式場内はたちまち殺伐なる雰囲気に包まれ、殺意の炎があがるかのようになった。何人かは剣を抜きつつ、孔明一行に接近してきた。が、趙雲が一睨みすると、格の違う野獣性に反応し、つい及び腰になる。長坂坡で十万以上の曹軍の中を単騎で斬り開き、殺して殺して殺しまくってきたという趙雲伝説は耳に届いている。

呉の将兵たちが遠巻きに囲んでいる中、孔明は托鉢のお坊さんのように柩の置いてある壇にむかって歩いてくる。しかし、皆は、

（ここで殺らにゃ、呉人は、末代まで腰抜け屁タレだと烙印を押されてしまう）

と、ざわざわと動き始めた。

そのとき、すごく高価そうな生地の喪服を着て、手首にちゃらちゃらと光ものの腕輪をつけた、典型的な江東高級ヤクザの格好をした魯粛が、

「おどれら、何をざわついとるんじゃ。周郎の葬儀をぶち壊す気ぃかあ。お客人がわざわざ弔問にいらしてくれたんじゃ。それに礼もせんで、もぐるつもりなんかい、わりゃ。礼儀も弁《わきま》えんちゃんがらは、指詰のメにあわしちゃるけんのう」

と二代目若頭の貫禄で言った。

孔明は、顔を伏せ気味にして、

「このたびは、まことに不幸なことでした。取る物も取り敢えず、故人に別れを言いにまいりました」

と言った。

「遠くからじきじきのご来場、ありがたく存じますで」

と魯粛は軽く腰をかがめて言った。

孔明は壇の前に白羽扇を置いた。祭壇に供え物の一部を捧げ、みずから酒をそそいでから、下って地面に跪《ひざまず》いた。そして、襟元から自筆の祭文をとり出し、披《ひら》いた。竜声が朗々と音読しはじめた。

『嗚呼、公瑾よ、君は不幸にして天折せらる。命の長短はもとより天のさだめるところとはいえ、どうして悼まずにおられようか。わが心も傷みに堪えず、ここに一觴《ひとつき》の酒をそそぐ。それ、君に霊あらば、わが烝嘗《そなえもの》を享《う》けたまえ。

君は幼（十歳）にして、孫伯符と交わり、義に仗《よ》って、財を疎んじ、家を譲りて居らしめたり。

君は弱冠（二十歳）にして、鵬《おおとり》の羽ばたくがごとく万里を天翔けたり。ついで覇業を建てるや、たちまち江南に割拠す。

君は壮力（三十歳）にして、遠く巴丘を鎮めれば、景升《けいしょう》（劉表《りゅうひょう》）は憂を懐《いだ》き、討逆（孫策のこと）は憂い無かりき。

君が丰度《ほうど》を偲べば、佳き妻に小喬あり。漢臣の婿として、当朝に愧《は》じず。

君が気概を偲ぶに、曹操に人質を納《い》るるを諫め阻み、始めから翅を垂らすことなく、終《つい》には能く翼を奮う。

君が鄱陽《はよう》に在りしとき、蔣幹が来たりて説くも、揮灑《おもいのまま》に心紊《みだ》されず、広い度量に高き志をあらわせり。

君の大才は、文武に籌略《はかりごと》あり。火攻をもって大敵を破り、強きをくじきて弱者と為さしむ。

君の当年《ありしひ》を想うに、雄姿英発たるものがあり、君が早逝を哭《こく》し、地に俯して、血涙流れてやまず。

忠義の心、英霊の気。命は三十路《みそじ》に終わるも、その名は百世に垂れる。君を哀しむの情や切にして、愁腸《さびしいきもち》は千々に結ぼる。惟《た》だ我が肝胆に、悲しみの断絶すること無し。昊天《おおぞら》は昏暗《ほのぐら》く、三軍は愴然たり。主は君が為に哀泣し、友は君が為に涙漣《なみだこぼ》す。

亮や不才にして、計を乞い謀を求むるに、君は我に計を授け、呉を助けて曹操を拒み、漢を輔《たす》けて劉備を安んじたもう。掎角《きかく》の援《たす》けによりて、首尾相い儔《つら》なれば、存亡また何をか慮《おもんぱか》り何をか憂えんや。

鳴呼、公瑾よ。生と死、永遠《とわ》に別る。その貞《ただ》しきを素朴に守り、冥々滅々たり、魂にもし霊あらば、我が心を鑒《よみ》せよ。此よりして我には天下に知音《よきとも》無し。嗚呼、痛ましき哉。伏して惟《おも》うに、尚《ねが》わくは饗《う》けよ。

嗚呼、美しきかな公瑾。

嗚呼、麗しきかな公瑾。

嗚呼、艶めかしきかな公瑾。

嗚呼、雅やかなるかな公瑾。

嗚呼、清きかな公瑾。

亮、以って天地に祈り、これを祭るなり』

周瑜の一生を眼前に、走馬燈のようにあらわし、才を絶賛して褒め称え、心の底から悼み悔やむ祭文である。聴いていた呉の将兵は、憎むべき孔明が唱しているにもかかわらず、何故なるか、感動のあまり漢汁《おとこ》で目を潤していた。

しかし、この場で最も激しく泣いているのは孔明であった。哭泣《こっきゅう》、面貌を歪ます。もう祭文の途中で既に目から水流、決壊するが如くに溢れ出させていた。読み終わると、孔明は地に身を投げ出し、熱い液体を湧泉のように噴出させながら慟哭した。孔明の零《こぼ》す液体が、単なる涙なのか、漢汁なのか、それとも成分不明の竜の分泌物なのか、誰にも分からなかった。

孔明が、哭《な》くのを、呉の人々は、はじめて、視た。

（ええ男哭きしとるやんけ……）

孔明はいつまでも嘆き悲しみ続けた。哭きの竜なのか。しかし周瑜の生涯についてあまりにもよく知っているのは、マニアであり追っかけだったからなのか。

呉の将兵たちのうち、周瑜の益州攻略作戦に参加していない者は、

「なんちゅう、ばり凄か嘆きじゃろう。このままじゃ、悼み死にしかねんで」

「周郎と諸葛亮は不仲じゃち聞いとったが、この悲嘆に暮れっぷりを見れば、噂はそらごとじゃないんかい」

と言い合った。

中でも、陸遜《りくそん》、字は伯言《はくげん》が、何かに衝き動かされるように叫んだ。

「われらの周公瑾どののために、余所者《よそもん》があれほど嘆いているというのに、おれたちはどうだ。ぜんぜん哭きが足りぬ！　これほどの屈辱があるかぁ」

貴様らも哭け！　と、自ら物凄く哀しみ始めた。周瑜を漢として尊敬していた陸遜の漢汁が目から迸《ほとばし》った。後に呉の不動の大将軍となる陸遜は、このとき二十八歳であり、陸家の組長として地方行政ならびに内乱鎮圧に働いていた。陸遜が胸を掻きむしって哭き始めたので、陸組の兵隊どもも親分に負けじと哭き喚いたのであった。

趙雲と馬良の目にも光るものがあり、趙雲などは拳を握り締め、拳骨に筋を浮かせて関節を鳴らし震わせ、泣き崩れそうになる己を抑えていた。

「呉人よ、先生の哭き様を刮目して見るべし！」

と声を轟かせた。

葬儀場は漢泣場に一変していた。

真の漢の涙は決して湿っぽくはない。哭くに値する何物かを己の裡《うち》に見いだし、しかし、自己憐憫のめそめそさを一切廃して、天上天下に愧《は》じぬ一個の男子として、魂魄が散り果てようとも、断固として悲の意志を貫き、ただひたすらに哭き、哭き疲れつつも敢えて耽溺せず、強烈なる激熱水は鋼鉄をも溶かし、後世の誠人に微《ほほ》笑をもって納められるものなのである。孔明の哭き姿はこの場の者にそのことを語って已まなかった。

甘寧が、肩脱ぎして大鯉の刺青をさらして、腕を振り、

「し、芝居じゃ。クソっ、おどれら、騙されるんじゃないで。こんなの《こいつ》サル芝居じゃあ」

と叫んだが、甘寧自身も哭いていて、説得力がまるでない。

たまらなくなった魯粛が、洟水《はなみず》まで流しながら、地に伏せて哭く孔明の背に掌《て》をおいた。

「こ、こう、孔明どのっ。もうええ、もうええんじゃ。わかったけん。わかったたち言うとるじゃろうが」

孔明の肩に手を掛け、起こそうとする。

「頼むからもう哭かんでくれや。そうえっと哭かれては周郎が天に帰られん」

(孔明はただの変質者ではのうて、じつは熱い心をうちに秘めた情のあつい漢なんじゃ。周郎のほうが雅量がわずかに小そうて、へんに敵愾心《てきがいしん》を燃やしておったんじゃのう)

と魯粛は軽はずみに思った。

孔明は、伏せたままで、右腕をあげ、

「白羽扇を」

と言った。馬良が走ってきて、壇の前に置いてある白羽扇を拾い、孔明の右手に握らせた。孔明は腕立て伏せをするように身を持ち上げると、次にはすらりと立ち上がっていた。こういう身法は中国拳法などにある。

孔明が伏せていた地面には大量の液体が、水溜まりになりかけており、孔明の道袍も袖から胸元がびっしょりと濡れていた。孔明が袖で目のあたりを一拭きして、腫れぼったくなった顔をさらしたとき、式場は静まりかえっており、多くの者は粛然として孔明を見ていた。孔明は、では、と一礼すると静かに歩き始め、式場の外に向かった。魯粛が、

「待ってくれや。あちらに酒と肴を用意しとるけん、休んでいってくれや」

と鼻のつまったような声で言うと、孔明は、

「この孔明、そこまで厚かましい者ではございません。公瑾どのの死について、どう言い訳しようと、わたしにも纔《わず》かながら責がありまする」

すっすっと鶴行して歩く孔明に、馬良と趙雲が従った。その記念の詩。

臥竜《がりよう》、南陽に睡り未だ醒めざるに
又た列曜《ひかりをきそう》もの舒城に下るを添えたり
蒼天既《すで》已に公瑾を生ぜしに

塵世《じんせい》何ぞ孔明を出だすを須《もち》いんや

先の周瑜の悲嘆と同じテーマである。

「臥竜は南陽に引き籠もり、まだ世に出ていなかったのに、宇宙の星がまたひとつ舒城（周瑜の出生地）に下った。天はすでに公瑾を地に生じさせたのに、どうしてこの世に孔明まで送り出したのか」

と、周瑜を知るものは嘆き、溜息をついたということだ（孔明が眠っている以前に、周瑜は生まれていたのだが）。

孔明一行は害されることもなく、式場を後にし、江岸にある船にむかった。魯粛が、追ってきた。そして、

「殺されかねんというのに、よう来てくれた。わしゃ、あんたが弔問の使者に来ると聞いたとき、なんちゅう馬鹿なことをするんか、と、半ば諦めておったんじゃ。無事に済んでよかったのう」

と言った。魯粛は夷陵の一件を知らなかったが、それがなくても孔明は呉人に相当憎まれていたらしい。周瑜が奸謀の主と判断し、何度か退治しようとしていたことは誰でも知っている。江東には周瑜の鑑定眼を疑う者はまずいない（実際、周瑜の言うとおりに劉孫関係はまずいことになった）。特に江東江南の女たちからは、痴漢変態の評判が立っている。孔明は、この地の文に反応して、

（心外な）

という顔をしたが、

「子敬どのが公瑾どのの跡を継いで都督の権を握るかぎり、われらも呉国も安泰でしょう」

と言った。

孔明が船に乗ろうとしたところ、薄汚い道袍をまとい、竹冠を目深にかぶり、黒い帯に白い沓《くつ》を履いた一人の変質者か、或いは傾奇者《かぶきもの》が、足早に近付いてきた。

「待て諸葛亮！　周瑜を憤死に追い込んでおきながら、何食わぬ顔をして、ぬけぬけと弔問にいたり、恥ずかしい祭文を披露して、無様に泣き喚いて人を欺くとは、もはや孫呉に人なしとあなどってのことか！」

と凜乎《りんこ》とした叱声を浴びせた。

江岸には薄靄《うすもや》がわいており、一見、見定めがたい。いったい何奴か……。

周瑜の柩は、亡き周瑜の愛船によって呉へ運ばれていた。孫権はわざわざ蕪湖《ぶこ》まで出向いて、迎えた。

呉の城に周瑜の柩が安置されると、孫権はその柩にしがみついて哭いた。左右の侍臣らは今更ながらの孫権の周瑜への愛に萌え心を打たれた。

「公瑾よ、おぬしの献策を用いることができなんだわしを許してくれ」

隣に立つ程普に、

「公瑾の葬儀は史上稀に見るほどの豪華なものにしてやったんか」

と訊いた。

「勿論、出来うる限りの贅を凝らしました」

きわめて稀なことに、吝嗇《りんしょく》な孫権が、周瑜の葬式にかかったもろもろの費用をすべて、自腹で給付した。そして令を発して言った。

「故《もと》の将軍、周瑜と程普とについては、たとえ人客（非合法奴隷）を持っていたとしても、一切、その罪を問わない」

これは破格のことで、如何にやくざな江東であっても、非公認の奴隷を持つことは御法度であった。犯した者は嬲《なぶ》り殺しの刑に処せられる。人権などなかった時代でも、人としてやってはいけないことはあり、しかし、人客の闇商売は末端価格が半端ではなく、おそるべき大儲けができた。それを周瑜、程普には容認するというのだ。

とはいえ、周瑜も程普も人客など持っていなかったので、とにかく超法規な破格の権を与えたということが、注目されるのである。

周瑜が埋葬された日、江東の女という女たちは、みな、永遠の花婿のために、小喬とともに喪に服した。江東に稀代の快傑にして美男だった漢がいたことが、何世にもわたって語り継がれたのである。

男と生まれたからには、周瑜公瑾になってみたい。

そういう賛である。

その後の周家について語れば、ついにその家系からは周瑜二世は出なかった。周瑜には二男一女がおり、一女は太子孫登《そんとう》に嫁いで妃となった。

長男の周循《しゅうじゅん》は公主（孫権の娘）を娶り、孫権に仕えた。文武両道にすぐれ、思いやりがあり、周瑜の風があると期待されたが、夭折してしまった。

弟の周胤《しゅういん》は周家の恥となった。周循のできがよかったのでいじけてしまったのか、思いやりに欠けており、素行不良で酷薄でさえあった。周胤は成人すると、父親の遺業によって興業都尉に任じられ、皇室の女を妻にして、公安に駐屯した（とうに関羽は死に、孔明らは益州・巴蜀に移っていた）。黄龍元年（二二九年）、都郷侯に封ぜられたが、罪を犯し、廬陵《ろりよう》郡に流刑にされた。赤烏二年（二三九年）、諸葛瑾《しょかつきん》と歩騭《ほしつ》が連名で上疏《じょうそ》して（孫権は皇帝である）言った。まあ、いろいろ言ったのだが、要するに、

「周胤は行い悪く、刑罰を被ってしまったが、故周瑜の輝かしい功績に免じてそろそろ赦してやってはどうか」

ということである。

しかし、孫権の態度は厳しく、周瑜の名を汚した不肖の息子を赦そうとはしなかった。

「わしは、あんな《あいつ》を心底から反省させにゃいけんと考え、すぐに召し還してはならんと思うとるんじゃ」

と言った。それでも諸葛瑾、歩騭らの上表が引き続いて上程され、朱然《しゅぜん》や全琮《ぜんそう》までもが、周胤を赦免するよう上陳したので、孫権もようやく赦すことを認めた。諸葛瑾たちは周胤は十分に懲りているし、やはり周瑜の息子を罪人のままにしていてはよくないと

思っていたのだろう。だが、ちょうどその頃、周胤は酒毒と荒淫のため、流刑地で死んだのであった。

小喬は周瑜の亡骸を廬江に葬ったあと、墓を守って二男一女を育て、死後も同じ墓に入ったというが、これは伝説である。

さて、周瑜、逝きて美名を遺し、孔明、生きて哭名を残す。江岸で孔明の背中を叱責した怪人は何者ぞ。談師、赤壁のいくさから、荊州のいざこざ、周郎の死まで、息を継ぎ継ぎ語りましたが、劉備軍団の明日はまだなお見えず、蜀を奪うは何時の日か。果たして孫権とうまくいくのか。また、曹操に対抗できるは何時の日か。まだ出てこないあの人は……。それについてはまた次回にて。

却説《さてと》きなん。

解説　『泣き虫弱虫諸葛孔明』と私

市川淳一
（書店員）

三国志に初めて出会ったのは、小学生の頃。学校の図書室にあった横山光輝『三国志』でした。

母親思いで情に厚い正義の人、劉備。彼と一生を共にすることを誓う一騎当千の豪傑、関羽と張飛。ニヒルな切れ者、敵役《かたきやく》の曹操。……そして劉備の軍師、神算鬼謀溢れる完全無欠の天才、諸葛孔明。「これでもかっ！」ってくらいに、キャラ立ちバツグンの英雄豪傑たちが次々登場し活躍する、歴史大河ロマンに私は瞬《また》く間に魅了され、終業後、図書室に通い、時間も忘れては読み耽《ふ》ける毎日。当然勝利すると思っていた主人公の劉備が負けるという、正調三国志ルートを選んだ誰もが通る洗礼《ショック》を受けた後も、その興味は衰えず、「三国志」と名の付いたモノがあれば見聞き齧り、気付いた頃にはいっぱしの〝サンゴクシシャン〟になっておりました。

本書冒頭でも触れられておりますが、現代日本は、数えきれない程の多種多様な「三国志」で溢れています。小説・随筆はもちろん、マンガ・ゲーム等々の様々な「三国志」達が様々な解釈やアプローチで独自の「三国志」世界を築き上げています。
そんな数ある「三国志」のなかでも、本書『泣き虫弱虫諸葛孔明』はひと際異彩を放っています。小説とはいうものの、物語が進行していくなかで、合間々々に著者自らが、矛盾と不合理の連続である「三国志」世界に対してツッコミを入れる不思議な構成。その様をみるにつけ、私の目には酒見先生と「三国志」がプロレスの試合をしているように映るのです（作中に登場する数多のパロディの中で、圧倒的にプロレスネタが多いのも偶然ではないはず）。虚実ないまぜの世界に、敢えて真向から対峙することで酒見先生は、「三国志」がまだ誰にも見せたことのない表情を引き出す（まるであの魔性の男のように……）。それが滅茶苦茶に面白い。

そうなのだ。酒見先生はきっと「三国志」とプロレスがしたいのだ。

それも「演義」や「正史」などといった正統派レスラーだけではなく、「三国志」を取り巻く有《う》象無《ぞうむ》象《ぞう》、現代の日本人が古代の中国の一時代に熱狂しているこの摩訶不思議な現象（怪奇派レスラー）に、チョップ（解説や批評）を打つ酒見先生、負けじとやり返す「三国志」。その光景を見守る観客（サンゴクシシャン）は歓喜し時に眼頭を熱くする。いつ果てるともない二人の名勝負……。

のです。

三国志最大の山場、赤壁の戦いが終わっても、物語はまだまだ続く。入蜀に南蛮制圧戦に魏との北伐戦。これからも『泣き虫弱虫諸葛孔明』からとても目が離せそうにないのです。

最後に、このような素敵な機会を与えてくださった酒見賢一先生、そして素人の拙い文章を読んでくださった読者の皆様に厚く御礼申し上げます。

追伸

巻末に収録されております『泣き虫弱虫諸葛孔明　非公認応援フリペ』なるマンガは、私が勤務しております丸善ラゾーナ川崎店にて、「突然『残酷な天使のテーゼ』を歌い出す孔明とか、テーズ式のバックドロップで敵を殺戮《さつりく》する張飛が出てくるトンデモない三国志があるよ！　絶対面白いから、みんな気付いて！」とばかりに、半ば職務を忘れ、私情を思いっきりはさみながら、第参部・第四部の単行本刊行時に配布していたものです。

どうしようもなくおヒマな折にでも、ご笑覧いただけたら幸いでございます。

※フリペの題字にあります「三国志とは底が丸見えの底なし沼」というフレーズは、週刊ファイト元編集長、故・井上義啓《よしひろ》氏の言葉、「プロレスとは底が丸見えの底なし沼である」から引用させていただきました。

ドン
三国志とは底が丸見えの底なし沼なのだ
第参部遂に、7/22発売
『泣き虫弱虫 非公認！
諸葛孔明』応援フリペ。
周瑜
おのれ孔明～～っ
トニー・レ●ン氏
『泣き虫弱虫諸葛孔明 第参部』発売記念企画
今までの名シーンを勝手に漫画で再現しました!!
第参部の内容を、
ちょこっとだけご紹介。
第2部P142
唐突に「残酷
使のテーゼ」を
げる孔明。
人は～愛～
をつむぎなが
～ら歴史を
つ～くる～♪
も～しも二人
逢え～
こと～にた
東南の風を
るため本気
孔明。（あくま
ラララ～
妖気～
～ん～て

（丸善ラゾーナ川崎店　2012 年 6 月配布）

祝！第四部発売！ひとり新聞 特別編
やれるのか！おい！（孔明に向かって）
『泣《な》き虫《むし》弱《よわ》虫《むし》諸《しょ》葛《かつ》孔《こう》明《めい》』
酒見賢一（文芸春秋）
非公認応援フリペ2
ムッフッフッ…
魔性の男
アントニオ劉備
泣き虫弱虫諸葛孔明 第四部の名シーン？を
勝手にマンガで再現しちゃいました！
とにかく
愛らしくあり
大熊猫を得る
が出来れば天
外交交渉に大
使え勝利する
間違いありません
熱弁！
むむっ
パンダ
素晴し
に説く
かってに考えました
こんな赤兎馬は嫌だ！
一日に千
ことがで
千里越える
爆発する
自爆まであと5秒です……
プシュー
4．3．2．

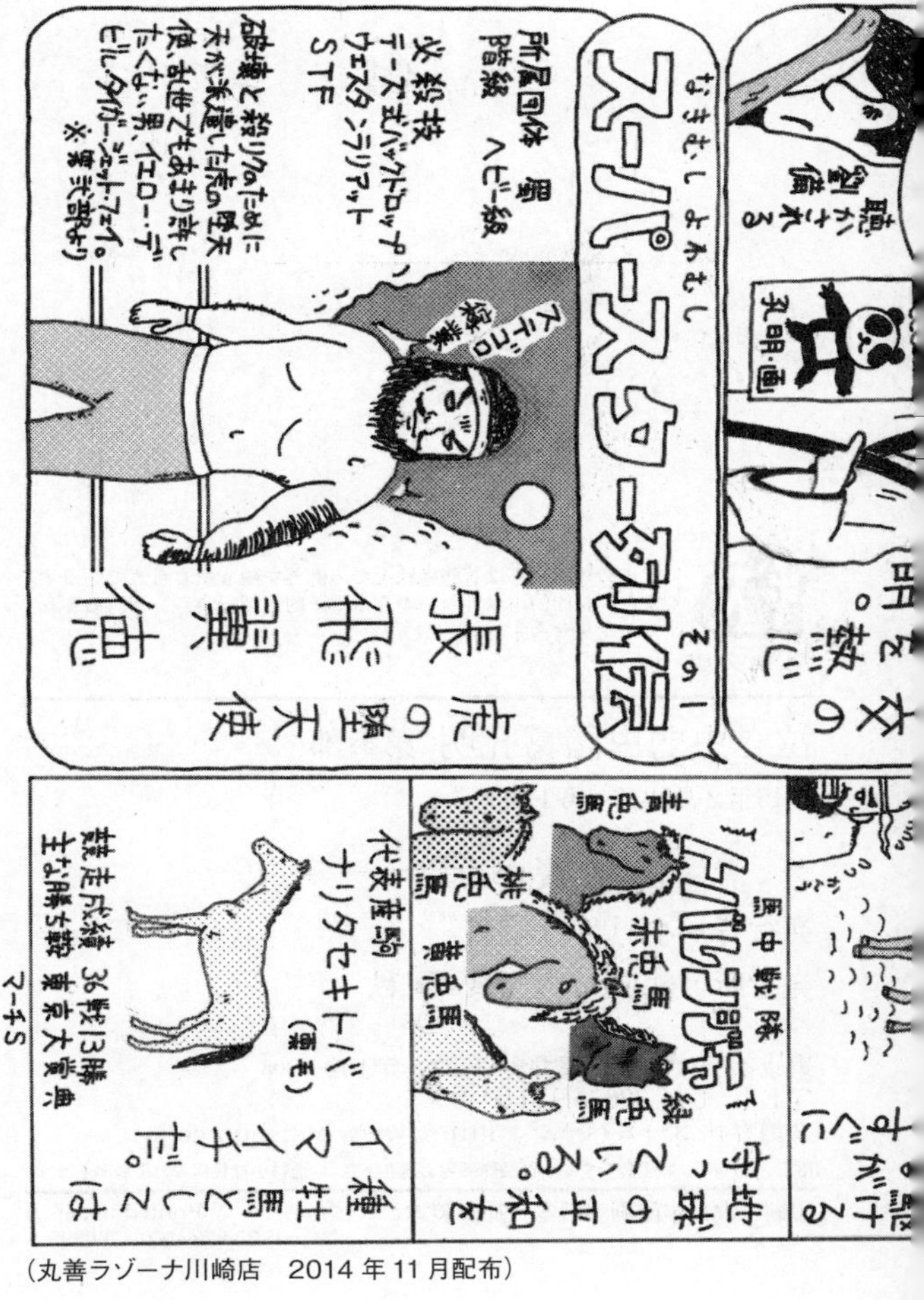

（丸善ラゾーナ川崎店　2014 年 11 月配布）

文春文庫

泣《な》き虫《むし》弱虫《よわむし》諸葛孔明《しよかつこうめい》 第参部《だいさんぶ》

定価はカバーに表示してあります

2015年2月10日　第1刷

著　者　酒《さけ》見《み》賢《けん》一《いち》

発行者　羽鳥好之

発行所　株式会社 文藝春秋

東京都千代田区紀尾井町 3-23　〒102-8008
TEL　03・3265・1211
文藝春秋ホームページ　http://www.bunshun.co.jp

落丁、乱丁本は、お手数ですが小社製作部宛お送り下さい。送料小社負担でお取替致します。

印刷・大日本印刷　製本・加藤製本

Printed in Japan
ISBN978-4-16-790299-5